SCOTT MARIANI

O SEGREDO DO ALQUIMISTA

EDITORA FUNDAMENTO

2014, Editora Fundamento Educacional Ltda.

Editor e edição de texto: Editora Fundamento
Editoração eletrônica: Thais Luciane de Castro Boldt
CTP e impressão: SVP - Gráfica Pallotti
Tradução: Debora da Silva Guimarães Isidoro Tradução

Dados Internacionais de Catalogação na Publicação (CIP)
(Câmara Brasileira do Livro, SP, Brasil)

Marianni, Scott
Ben Hope 01 : o segredo do alquimista / Scott Marianni ; [versão brasileira da editora] . – 1. ed. – São Paulo, SP : Editora Fundamento Educacional, 2014 – (Ben Hope)

Título original : Ben Hope 01 : The Alchemist's Secret

1. Ficção inglesa I. Título. II. Série.

12-13196 CDD-823

Índices para catálogo sistemático :
1. Ficção : Literatura inglesa 823

Fundação Biblioteca Nacional

Depósito legal na Biblioteca Nacional, conforme Decreto nº 1.825, de dezembro de 1907.

Impresso no Brasil

Telefone: (41) 3015 9700
E-mail: info@editorafundamento.com.br
Site: www.editorafundamento.com.br

Este livro foi impresso em papel pólen soft 80 g/m² e a capa em papel-cartão 250 g/m².

SCOTT MARIANI

O SEGREDO DO ALQUIMISTA

1

França, outubro de 2001

Padre Pascal Cambriel abaixou o chapéu e levantou a gola do casaco para se proteger da forte chuva. A tempestade havia escancarado a porta do galinheiro e as aves corriam por ali em pânico. O sacerdote de 64 anos as conduziu de volta ao galinheiro com a bengala, contando-as à medida que entravam. Que noite!

Um relâmpago iluminou o quintal em torno dele e todo o antigo vilarejo de pedra. Atrás do muro do jardim da casa, ficava a igreja de Saint-Jean, uma construção do século 10, e o cemitério simples, cujas lápides em ruínas eram circundadas por vegetação trepadeira. Os telhados das casas e a paisagem escarpada ao longe eram fortemente iluminados pelos relâmpagos que rasgavam o céu e mergulhavam na escuridão, desaparecendo um segundo antes do estouro do trovão. Encharcado, padre Pascal fechou a porta do galinheiro e devolveu o ferrolho ao lugar, trancando as aves barulhentas lá dentro, em segurança.

Mais um relâmpago luminoso, e outra coisa atraiu o olhar do padre quando ele se virava para voltar ao chalé. O religioso parou de repente contendo uma exclamação.

Visível por apenas um instante, uma silhueta alta, esguia e maltrapilha o observava do outro lado da mureta, desaparecendo em seguida.

Com as mãos molhadas, padre Pascal esfregou os olhos. Teria sido sua imaginação? A luz brilhou novamente, e no instante de duração do relâmpago ele viu o homem estranho correndo para a floresta, além dos limites do vilarejo.

Depois de tantos anos como pastor de sua comunidade, o instinto natural do sacerdote era tentar imediatamente ajudar qualquer alma em necessidade.

– Espere! – ele gritou contra o vento. Correu portão afora, mancando um pouco da perna ruim, e subiu a via estreita entre as casas, seguindo na direção do homem, que havia desaparecido em meio às sombras das árvores.

Padre Pascal logo encontrou o desconhecido caído com o rosto voltado para as folhas e gravetos que cobriam o chão na entrada da floresta. Ele tremia violentamente e segurava com força um dos lados do corpo magro. Na escuridão molhada, o padre notou que as roupas do homem estavam em frangalhos.

– Senhor – murmurou solidário, respondendo ao instinto e tirando o casaco para agasalhar o estranho. – Meu amigo, você está bem? O que aconteceu? Por favor, deixe-me ajudá-lo.

O desconhecido falava sozinho em voz baixa, um resmungo entrecortado por soluços. Os ombros dele tremiam. Padre Pascal pôs o casaco sobre as costas do homem, sentindo a própria camisa se encharcar imediatamente sob a chuva.

– Precisamos ir para um lugar coberto – disse com voz suave. – Tenho fogo, comida e uma cama. Vou chamar o doutor Bachelar. Você consegue andar? – Com delicadeza, ele tentou virar o homem para segurar-lhe as mãos e ajudá-lo a erguer-se.

Recuou diante do que viu à luz do relâmpago seguinte. A camisa do homem, além de rasgada, estava ensopada de sangue. Os cortes longos e profundos marcavam o corpo emaciado. Cortes e mais cortes. Feridas cicatrizadas que tinham sido abertas novamente.

Pascal olhava sem acreditar no que via. Não eram cortes aleatórios, mas padrões, formas, símbolos recobertos de sangue.

– Quem fez isso com você, meu filho? – O sacerdote estudou o rosto do estranho. Era murcho e magro, quase a ponto de parecer monstruoso. Desde quando ele vagava naquele estado?

Com voz áspera, o ferido murmurou alguma coisa:

– *Omnis qui bibit hanc aquam...*

Padre Pascal constatou com espanto que o homem falava com ele em latim.

– Água? – perguntou. – Você quer água?

O homem continuou resmungando, olhando para ele com expressão transtornada, agarrando-lhe a manga.

– *... si fidem addit, salvus erit.*

Pascal franziu o cenho. Alguma coisa sobre fé, salvação?

Ele pensou que o homem não falava coisa com coisa. A pobre alma havia perdido a razão. Então outro relâmpago brilhou quase em cima deles e, quando o trovão retumbou um instante depois, ele viu assustado que os dedos ensanguentados do homem apertavam com força o cabo de uma faca.

Era uma faca diferente de todas as que já tinha visto, uma adaga em forma de cruz com um cabo de ouro e pedras brilhantes. Da lâmina longa e fina, pingava sangue.

Foi então que o padre entendeu o que o desconhecido havia feito. Ele fizera os cortes no próprio corpo.

– O que você fez? – padre Pascal perguntou horrorizado. O desconhecido olhava para ele enquanto se ajoelhava, o rosto ensanguentado e sujo de lama iluminado repentinamente por mais um relâmpago. Seus olhos eram vazios, perdidos, como se a mente estivesse em outro lugar. Ele ainda segurava a arma ornamentada.

Por alguns momentos, padre Cambriel teve certeza de que o homem o mataria. Sua vida chegava ao fim. Morte. O que ela traria? Algum tipo de existência continuada, disso estava certo, embora não tivesse clareza de sua exata natureza.

Sempre imaginara como encararia a morte quando sua hora chegasse. Esperava que a profunda fé religiosa o preparasse para enfrentar com serenidade e compostura o fim que Deus lhe escolhesse. Agora, porém, pensar no aço frio rasgando-lhe a carne enfraquecia suas pernas, que tremiam como gelatina.

Naquele momento, quando não tinha mais dúvidas de que iria

morrer, pensou em como seria lembrado. Havia sido um bom homem? Levara uma vida digna?

"Deus, dai-me forças."

O louco olhou fascinado para a faca que segurava, depois para o padre indefeso, e então começou a rir – uma risada baixa e gorgolejante que foi ganhando volume até se tornar um grito histérico.

– *Igne natura renovatur integra!*

Ele gritou as palavras muitas vezes, e padre Cambriel viu com terror ele passar a faca no próprio pescoço.

2

Algum lugar perto de Cádiz, sul da Espanha
Setembro de 2007

Ben Hope pulou de cima do muro e aterrissou silencioso no quintal. Ficou abaixado na escuridão por um momento. Tudo que ouvia era o guizalhar dos grilos, o pio de alguma ave noturna perturbada por sua movimentação na floresta e os batimentos controlados do próprio coração. Levantou a manga justa da jaqueta preta. Eram 4h34.

Fez a última verificação da Browning 9 mm para se certificar de que estava carregada e pronta para uso. Sem fazer barulho, acionou a trava de segurança e guardou a arma. Depois, tirou do bolso a máscara preta de esqui e cobriu cabeça e rosto com ela.

A casa parcialmente destruída estava escura. Seguindo a planta fornecida por seu informante, Ben foi caminhando encostado à parede, preparado para a explosão das luzes de segurança que não aconteceu. Ele chegou à entrada dos fundos. Tudo era como havia sido informado. A fechadura da porta não ofereceu muita resistência, e depois de alguns segundos ele entrou.

Seguiu por um corredor escuro, passou por uma sala e por outra, enquanto o fino feixe de luz da lanterna acoplada à pistola revelava paredes emboloradas, piso podre e pilhas de lixo no chão. Ele se aproximou da porta, trancada pelo outro lado a cadeado e ferrolho. Quando direcionou a luz para a fechadura, Ben viu que era um trabalho amador. O ferrolho havia sido preso por apenas um parafuso à madeira comida por cupins. Em menos de um minuto, trabalhando em silêncio, ele removeu a fechadura da porta e entrou vagarosamente e com cautela para não assustar a criança adormecida.

O menino de 11 anos, Julián Sanchez, mexeu-se e resmungou quando Ben ajoelhou-se ao lado da cama improvisada.

– *Tranquilo, soy un amigo* – sussurrou no ouvido do garoto. Depois apontou a lanterna para os olhos de Julián. Praticamente nenhum reflexo pupilar. Ele havia sido drogado.

O quarto exalava um forte odor de umidade e sujeira. Um rato, que estivera em cima da mesinha, ao pé da cama improvisada, comendo os restos de uma refeição frugal servida em uma vasilha de alumínio, pulou para o chão e correu para o esconderijo. Ben virou com gentileza o menino nos lençóis imundos. Tinha as mãos amarradas com um fio de plástico que lhe feria a pele.

Julián gemeu enquanto Ben, com uma faca, cortava os fios para soltar-lhe os braços. A mão esquerda do menino estava amarrada com um trapo sujo, endurecido por causa do sangue seco. Ben esperava que fosse consequência de um dedo removido, apenas. Já havia visto coisas muito piores.

O resgate exigido era de 2 milhões de euros, em notas usadas. Como prova de sinceridade, os sequestradores haviam enviado pelo correio um dedo cortado. Um movimento em falso, como chamar a polícia, por exemplo, prevenira a voz ao telefone, e a próxima remessa poderia conter mais pedaços. Talvez outro dedo, talvez as bolas. Talvez a cabeça.

Emilio e Maria Sanchez trataram as ameaças como elas deviam ser tratadas – com seriedade. Reunir os 2 milhões não era um problema para o rico casal de Málaga, mas eles sabiam perfeitamente bem que o pagamento do resgate não significava a garantia da volta do filho sem ser dentro de um saco preto. Os termos do seguro contra sequestro estipulavam que as negociações deveriam ser feitas sempre por canais oficiais. Isso exigia o envolvimento da polícia – e acionar a polícia agora seria o mesmo que assinar o atestado de óbito de Julián. Eles foram forçados a encontrar uma alternativa viável para aumentar as chances de que o filho voltasse para casa em segurança.

Era nesse ponto que Ben entrava na história, bastava saber para qual número ligar.

Ben tirou da cama a criança atordoada e acomodou o corpo inerte sobre o ombro esquerdo. Um cachorro começou a latir em algum lugar atrás da casa. Ele ouviu movimento, uma porta se abrindo em algum lugar. Segurando a Browning com silenciador apontada para a frente, que servia como uma lanterna, ele carregou Julián pelos corredores sombrios.

Três homens, o informante havia avisado. Um deles passava a maior parte do tempo bêbado, mas teria que ficar atento aos outros dois. Ben acreditava no informante assim como acreditava no que dizia um homem que tinha uma arma apontada para a cabeça.

Uma porta se abriu diante dele, e uma voz gritou na escuridão. A luz da pistola de Ben encontrou um homem gordo, com a barba por fazer, vestindo bermuda e camiseta rasgada. O rosto se contorceu quando os olhos foram atingidos pela luz brilhante. Segurava uma pistola de canos serrados, cuja mira dupla apontava para o estômago de Ben.

A Browning cuspiu imediatamente duas balas silenciosas, e o raio de luz acompanhou o arco que o corpo já sem vida descreveu ao cair no chão. O homem ficou imóvel, com dois buracos idênticos no centro da camiseta, o sangue já formando uma poça embaixo dele. Sem pensar, Ben fez o que fora treinado para fazer nessas circunstâncias, aproximou-se do corpo e concluiu o serviço com um preventivo disparo contra a cabeça da vítima.

O segundo homem, alertado pelo som, aproximou-se correndo escada abaixo com uma lanterna na mão. Ben disparou contra a luz. Houve um grito breve e o homem caiu de cabeça pela escada antes de conseguir disparar. A arma escorregou pelo chão. Ben se aproximou dele e certificou-se de que nunca mais se levantaria. Depois fez uma pausa de trinta segundos, esperando ouvir alguma coisa.

O terceiro homem não apareceu. Possivelmente não acordou.

E nem acordaria.

Levando o inconsciente Julián sobre um dos ombros, Ben caminhou pela casa até encontrar uma cozinha sórdida. A lanterna da pistola iluminou uma barata correndo. Seguiu-a pelo chão sujo, até encontrar um velho fogareiro abastecido por um botijão de gás. Ben deixou com cuidado Julián sobre uma cadeira. Ajoelhando-se na escuridão ao lado do fogão, cortou com a faca o cano de plástico atrás do fogareiro e usou um velho engradado de cerveja para empurrar a extremidade do cano contra a lateral do cilindro de metal. Depois abriu parcialmente a válvula no alto do botijão e acendeu o isqueiro, o jato sibilante de gás inflamou-se em uma pequena chama amarela. Terminou então de abrir a válvula. A chama trêmula tornou-se um forte jato de fogo azul que lambia agressivamente o cilindro, envolvendo-o e escurecendo o metal.

Três tiros da Browning e o ferrolho retorcido caiu do portão principal. Ben contava os segundos enquanto levava o garoto para longe da casa, em direção às árvores.

Estavam no limite do bosque quando a casa explodiu. A luz repentina e uma bola de fogo alaranjado iluminaram as árvores e também o rosto de Ben, quando se virou para ver o esconderijo dos sequestradores ir pelos ares. Escombros em chamas eram projetados em todas as direções. Uma grossa coluna de fumaça vermelha subia para o céu estrelado.

O carro estava escondido do outro lado da floresta.

– Você vai para casa – ele disse a Julián.

3

Costa oeste da Irlanda, quatro dias depois

Ben acordou em sobressalto. Por alguns momentos ficou ali, desorientado e confuso, enquanto a realidade ia se recompondo pouco a pouco. Ao lado dele, sobre o criado-mudo, o telefone tocava. Ele estendeu a mão para o aparelho. Desajeitado depois de tantas horas de sono, derrubou o copo vazio e a garrafa de uísque que deixara ao lado do telefone. O copo se quebrou no chão de madeira. Com um baque surdo, a garrafa caiu rolando em uma pilha de roupas abandonadas.

Ele praguejou e se sentou na cama desarrumada. Sentia a garganta seca e a cabeça latejar. O gosto de uísque rançoso ainda evidente na boca.

Ele pegou o telefone.

– Alô? – disse, ou tentou dizer. A voz rouca foi seguida por um ataque de tosse. Fechou os olhos e experimentou aquela desagradável e familiar sensação de ser sugado de volta para o interior de um túnel longo e escuro, o que fez sua cabeça rodar e o estômago protestar.

– Desculpe – disse uma voz masculina com forte sotaque britânico do outro lado da linha. – Liguei para o número errado? Estou procurando o sr. Benjamin Hope. – A voz tinha uma nota de desaprovação, o que imediatamente irritou Ben, apesar da confusão mental.

Ele tossiu novamente, limpou o rosto com o dorso da mão e tentou abrir os olhos.

– Benedict – murmurou, pigarreando para limpar a garganta e

falar com mais clareza. – É *Benedict* Hope. Sou eu. Que horas são para você estar me ligando...? – acrescentou irritado.

A voz soou ainda mais aborrecida, como se sua impressão sobre Ben acabasse de se confirmar.

– São 10h30.

Ben apoiou a cabeça na mão. Depois olhou para o relógio. A luz do sol penetrava pela fresta das cortinas. O foco voltava lentamente.

– Tudo bem. Desculpe. Tive uma noite agitada.

– É evidente.

– Posso ajudá-lo? – Ben disparou impaciente.

– Sr. Hope, meu nome é Alexander Villiers. Estou ligando em nome de meu patrão, sr. Sebastian Fairfax. Tenho ordens para informá-lo de que o sr. Fairfax gostaria de contratar seus serviços. – Uma pausa. – *Aparentemente*, é um dos melhores detetives particulares hoje em dia.

– Está mal informado. Não sou detetive. Encontro pessoas desaparecidas.

A voz continuou do outro lado.

– O sr. Fairfax gostaria de vê-lo. Podemos marcar um encontro? Naturalmente, iremos buscá-lo e pagaremos por seu tempo.

Ben sentou-se ereto com as costas apoiadas na cabeceira da cama, esticou o braço para pegar o Zippo e o Gauloises. Prendeu o maço entre os joelhos e tirou dele um cigarro. Abriu o isqueiro e, friccionando a pedra, acendeu-o.

– Desculpe, não estou disponível. Concluí um serviço recentemente e estou no meu período de descanso.

– Entendo – respondeu Villiers. – Também tenho ordens para informá-lo de que o sr. Fairfax está disposto a pagar generosamente por seus serviços.

– Não se trata de dinheiro.

– Nesse caso, talvez eu deva lhe dizer que este é um caso de vida ou morte. Sabemos que você pode ser nossa única chance. Não pode ao menos encontrar o sr. Fairfax? Quando ouvir o que ele tem a dizer, talvez mude de ideia.

Ben hesitou.

– Obrigado por concordar – Villiers falou depois de uma breve pausa. – Por favor, prepare-se, pois alguém vai buscá-lo nas próximas horas. Até logo.

– Espere. Onde?

– Sabemos onde encontrá-lo, sr. Hope.

Ben saiu para sua corrida diária na praia deserta, tendo apenas a água e algumas aves como companhia. O oceano estava calmo, e o sol era mais fresco, agora que o outono estava a caminho.

Depois de um quilômetro e meio na areia macia, a ressaca era só um eco distante. Ele escolheu um caminho para a enseada rochosa que era sua parte favorita da praia. Ninguém jamais ia ali, exceto ele. Gostava de solidão, embora seu trabalho fosse tentar reunir pessoas com outras que as haviam perdido. Era para lá que gostava de ir às vezes, quando não estava trabalhando. Era um lugar onde podia esquecer tudo, onde o mundo e todos os problemas que existiam nele se ausentavam de sua mente por alguns preciosos momentos. Até a casa ficava escondida, protegida atrás de um alto banco de areia, pedras e densos arbustos. Não se importava muito com a casa de seis quartos – era grande demais para ele e Winnie, sua velha governanta –, só a comprara por causa do trecho de praia particular que fazia parte da propriedade, seu santuário.

Ele se sentou sobre a mesma pedra grande e plana, algo que sempre fazia, e ficou ali jogando pedrinhas no mar, observando as ondas lamberem silenciosas a praia à sua volta. Com os olhos azuis apertados contra o sol, ele acompanhou a curva que uma pedra descreveu no ar e a espuma branca que se formou no ponto em que ela mergulhou no mar. "Bom trabalho, Hope", pensou. "Aquela pedra levou mil anos para chegar à praia, e agora você a jogou de volta." Acendeu outro cigarro e olhou para o mar, sentindo a brisa mansa e salgada tocando-lhe os cabelos louros.

Depois de um tempo, Ben levantou-se relutante, saltou de sua pedra e voltou para casa. Encontrou Winnie lidando com as panelas na cozinha, preparando o almoço.

– Vou sair dentro de algumas horas, Winnie. Não precisa preparar nada especial.

Winnie virou-se e olhou para ele.

– Mas você voltou ontem. Para onde vai desta vez?

– Não tenho ideia.

– Quanto tempo vai passar fora?

– Também não sei.

– Bem, é melhor comer alguma coisa – ela falou com firmeza. – Correndo por aí o tempo todo, sem nunca parar para recuperar o fôlego... – Suspirou e balançou a cabeça.

Winnie havia sido uma fiel e constante companhia para a família Hope por muitos anos. Ben era o único que restava já havia algum tempo. Depois da morte do pai, ele havia vendido a casa da família e se mudado para a costa oeste da Irlanda, ali onde estava agora. Winnie o acompanhara. Mais que uma simples governanta, ela era como uma mãe para ele – uma mãe ansiosa, frequentemente irritada, mas sempre paciente e dedicada.

Winnie abandonou o almoço que havia começado e preparou rapidamente vários sanduíches de presunto. Ben sentou-se à mesa da cozinha e comeu alguns deles, perdido em pensamentos.

Winnie o deixou para cuidar de outras tarefas na casa. Não havia muito a fazer. Ben quase nunca estava ali e, quando estava, ela quase nem notava sua presença. Ele nunca falava sobre seu trabalho, mas Winnie sabia o suficiente para perceber que era algo perigoso. Isso a preocupava. E se inquietava com a bebida, também, com as caixas de uísque que chegavam trazidas regularmente por uma caminhonete. Ela nunca falava abertamente sobre o assunto com Ben, mas tinha receio de que, de um jeito ou de outro, ele acabasse morrendo prematuramente. Só Deus sabia o que o levaria primeiro, o uísque ou uma bala. Seu maior medo era que, para ele, isso não fizesse diferença.

Se ao menos Ben encontrasse alguma coisa que considerasse importante! *Alguém* com quem se importar. Ele mantinha a vida privada em segredo, mas Winnie sabia que, nas poucas vezes que alguma mulher tentara se aproximar dele, conquistar seu amor, Ben se afastou. Jamais levara alguém àquela casa, e muitos telefonemas nem sequer eram atendidos. No final, elas sempre paravam de ligar. Ele tinha medo de amar alguém. Era como se houvesse matado essa parte de si mesmo, se esvaziado emocionalmente, ficado oco por dentro.

Ainda se lembrava dele como um jovem alegre, cheio de otimismo e sonhos, com alguma coisa em que acreditar, algo que lhe dava força e não saía de uma garrafa. Isso havia sido há muito, muito tempo. Antes *daquilo*. Ela suspirou ao se lembrar daqueles tempos terríveis. Haviam realmente terminado? Ela era a única pessoa, além do próprio Ben, que entendia o que o movia secretamente. Conhecia a dor que imperava no coração dele.

4

O avião particular o transportava para o sul, sobre o mar da Irlanda, rumo à costa de Sussex. A aeronave aterrissou em uma pista de pouso, onde uma reluzente limusine preta Bentley Arnage os esperava. Ben foi acomodado no banco de trás do automóvel, conduzido pelos mesmos desconhecidos homens de terno cinza que tinham ido buscá-lo em casa naquela tarde e o acompanharam na viagem de avião, taciturnos e carrancudos. Os dois homens embarcaram em um Jaguar Sovereign preto, que os esperava na pista com o motor ligado, aguardando a partida do Bentley.

No interior de couro bege macio do Bentley, Ben ignorou o bar e preferiu beber um gole de uísque da garrafinha que levava consigo. Quando devolveu a garrafa ao bolso, notou que o motorista uniformizado o observava pelo espelho retrovisor.

O homem dirigiu por cerca de 40 minutos. O Jaguar os seguiu durante todo o trajeto. Ben observava as placas e prestava atenção ao trajeto, orientando-se. Depois de algumas milhas de pista dupla, o Bentley seguiu por uma estrada secundária que cortava a área rural, ganhando velocidade e trafegando suavemente por vias desertas. Um vilarejo ficou para trás. Depois de um tempo, o carro trocou a estrada por uma tranquila rua do interior e parou diante de um portão em arco recortado em um muro muito alto. O Jaguar parou atrás. O portão automático, preto e dourado, se abriu para deixar passarem os carros. O Bentley seguiu por uma alameda privada e sinuosa e passou por varandas de edifícios utilitários. Ben virou-se e viu belíssimos cavalos cavalgando em uma área fechada por uma cerca branca. Quando espiou pelo vidro de trás do carro, o Jaguar havia desaparecido.

A estrada continuava cortando o jardim formal e impecável. A casa surgiu diante deles ao final de uma alameda ladeada por ciprestes, uma mansão georgiana, cuja entrada era adornada por uma escada de pedra e colunas clássicas.

Ben tentou imaginar qual era o trabalho desse possível novo cliente. A casa parecia valer uns 7 ou 8 milhões de euros. Tudo indicava que teria nas mãos mais um caso de sequestro e resgate, como acontecia com a maioria de seus clientes ricos. O crime de S&R estava se tornando um dos negócios que se expandia mais rapidamente nos últimos tempos. Em alguns países, o ramo de S&R havia superado o tráfico de heroína.

O Bentley passou por uma grande fonte ornamental e parou diante da escada. Ben não esperou o motorista abrir a porta do automóvel. Um homem desceu os degraus de pedra para recebê-lo.

– Sou Alexander Villiers, assistente particular do sr. Fairfax. Conversamos por telefone.

Ben apenas assentiu e estudou Villiers. Com cabelos lisos e grisalhos nas têmporas, ele parecia ter quarenta e poucos anos. Vestia um alinhado paletó azul-marinho, e a gravata tinha um emblema que parecia ser de uma faculdade ou escola pública.

– Fico feliz por ter vindo – disse Villiers. – O sr. Fairfax o espera lá em cima.

Ben foi conduzido pelo amplo *hall* de entrada de piso de mármore, um espaço largo o bastante para acomodar uma aeronave de tamanho médio, e por uma escada curva que levava a um corredor, cujas paredes revestidas de madeira eram cobertas de quadros e armários com portas de vidro. Villiers o guiou em silêncio por um longo corredor e parou diante de uma porta. Bateu, e uma voz ressonante respondeu do outro lado:

– Entre.

Villiers abriu a porta e introduziu Ben ao interior do estúdio. A luz do sol penetrava radiante por uma janela em arco ladeada por pesadas cortinas de veludo. Pairava no ar um cheiro de couro e lustra-móveis.

Quando Ben entrou, o homem sentado atrás da larga mesa de madeira se levantou. Ele era alto e esguio, vestia terno escuro e tinha cabelos brancos e abundantes, que mantinha penteados para trás, deixando à mostra a testa alta. Ben calculou que devia ter 75 anos, apesar da boa forma física.

– Sr. Hope, senhor – anunciou Villiers, antes de sair e fechar a porta atrás de si. O homem alto saiu de trás da mesa e aproximou-se de Ben com a mão estendida. Seus olhos cinzentos eram rápidos e penetrantes.

– Sr. Hope, sou Sebastian Fairfax – apresentou-se com simpatia. – Muito obrigado por ter concordado em vir tão rapidamente.

Eles trocaram um aperto de mão.

– Por favor, sente-se – convidou Fairfax. – Quer beber alguma coisa? – Ele se dirigiu a um armário à sua esquerda e retirou uma garrafa de cristal. Ben levou a mão ao bolso do paletó e tirou dele a velha garrafinha, cuja tampa removeu.

– Vejo que trouxe a própria bebida – comentou Fairfax. – Um homem de recursos.

Ben tomou um gole da bebida, consciente do olhar atento de Fairfax. Ele sabia o que o velho estava pensando.

– Isso não interfere no meu trabalho – disse, devolvendo a tampa ao recipiente.

– Tenho certeza disso – respondeu Fairfax, voltando a sentar-se atrás da escrivaninha. – Agora, podemos ir direto ao assunto?

– Seria ótimo.

Fairfax reclinou-se em sua cadeira e comprimiu os lábios.

– Você é um homem que encontra pessoas.

– Eu tento – Ben respondeu.

Fairfax comprimiu os lábios e continuou:

– Há alguém que eu gostaria que você encontrasse. É trabalho para um especialista e seu histórico é bem impressionante.

– Continue.

– Estou procurando um homem chamado Fulcanelli. O assunto é extremamente importante e preciso de um profissional com o seu talento para localizá-lo.

– Fulcanelli. E o primeiro nome? – Ben perguntou.

– Fulcanelli é pseudônimo. Ninguém conhece sua verdadeira identidade.

– Isso ajuda muito. Então, devo presumir que esse homem não é um amigo especialmente próximo, ou um parente desaparecido, ou alguma coisa assim? – Ben sorriu com frieza. – Meus clientes normalmente conhecem as pessoas que querem que eu encontre.

– Você acertou, ele não é nada disso.

– Então, qual é a ligação? Por que quer encontrá-lo? Ele roubou alguma coisa sua? Nesse caso, isso é trabalho para a polícia, não para mim.

– Não, nada disso – Fairfax respondeu com um gesto de indiferença. – Não tenho nada contra Fulcanelli. Pelo contrário, ele significa muito para mim.

– Muito bem. Pode me dizer quando e onde essa pessoa foi vista pela última vez?

– Fulcanelli foi visto pela última vez em Paris, de acordo com o que consegui rastrear – respondeu Fairfax. – E sobre *quando* ele foi visto pela última vez... Foi há algum tempo.

– Isso sempre torna as coisas mais difíceis. De quanto tempo estamos falando? Mais de dois anos, talvez?

– Um pouco mais que isso.

– Cinco? Dez?

– Sr. Hope, pelo que se sabe, Fulcanelli foi visto pela última vez em 1926.

Ben o encarou. E fez um cálculo rápido.

– Isso foi há mais de oitenta anos. Estamos falando de um caso de criança sequestrada?

– Ele não era criança – Fairfax declarou com um sorriso calmo. – Fulcanelli devia ter 80 anos quando desapareceu subitamente.

Ben estreitou os olhos.

– Isso é alguma brincadeira? Vim de muito longe e, francamente...

– Garanto que o assunto é sério – Fairfax o interrompeu. – Não sou um homem de brincadeiras. Repito, quero lhe pedir para encontrar Fulcanelli.

– Procuro pessoas que estão vivas – disse Ben. – Não estou interessado em buscar espíritos que já nos deixaram. Se é isso que quer, precisa ligar para o instituto de parapsicologia, e eles podem mandar um caça-fantasmas.

Fairfax sorriu.

– Aprecio seu ceticismo. Porém, há uma razão para eu acreditar que Fulcanelli está vivo. Mas talvez tenhamos que estreitar o foco aqui. Meu principal interesse não é tanto no homem, mas em determinado conhecimento que ele possui, ou possuía. Informação de natureza crucialmente importante, que eu e meus agentes até agora não localizamos.

– Que tipo de informação?

– A informação faz parte de um documento, um manuscrito valioso, para ser exato. Quero que você encontre e traga para mim o manuscrito de Fulcanelli.

Ben comprimiu os lábios.

– Há algum mal-entendido aqui? Villiers, seu empregado, me disse que o assunto era de vida ou morte.

– E é – respondeu Fairfax.

– Não entendi. De que informação estamos falando?

Fairfax sorriu com tristeza.

– Eu vou explicar. Sr. Hope, tenho uma neta. O nome dela é Ruth.

Ben torceu para que sua reação ao ouvir aquele nome não tivesse sido evidente.

– Ruth tem 9 anos de idade, sr. Hope – Fairfax continuou –, e receio que não chegue aos 10. Ela sofre de um tipo raro de câncer. A mãe dela, minha filha, perdeu as esperanças no tratamento. Os especialistas que contratamos, todos médicos de primeira, também estão desanimados, porque não conseguiram reverter o curso dessa terrível doença. – Fairfax estendeu a mão. Sobre a mesa, diante dele,

havia um porta-retratos dourado. Ele o virou para mostrar a foto a Ben. Era de uma menininha loura que, sorridente e feliz, montava um pônei.
– Não preciso dizer que esta foto foi tirada há algum tempo, antes de a doença ser diagnosticada. Ela não tem mais essa aparência. Os médicos a mandaram para casa, não têm mais esperança.

– Lamento muito – respondeu Ben. – Mas não entendo o que essa história tem a ver com...

– Com o manuscrito Fulcanelli? Tem tudo a ver com isso. Acredito que o documento contém informações vitais, conhecimento muito antigo que poderia salvar a vida da minha amada Ruth. Poderia trazê-la de volta para nós e recuperar o que ela era, como nesta foto.

– Conhecimento antigo? Que tipo de conhecimento?

Fairfax sorriu.

– Sr. Hope, Fulcanelli era, e ainda é, acredito, um alquimista.

Houve um silêncio denso. Fairfax estudou intensamente o rosto de Ben.

Ben fixou os olhos nas mãos dele por alguns momentos. Suspirou.

– O que você está dizendo é que esse manuscrito ensina como fazer uma... uma espécie de poção para salvar vidas?

– Um elixir alquímico – disse Fairfax. – Fulcanelli conhecia esse segredo.

– Escute, sr. Fairfax, entendo o quanto sua situação é dolorosa – Ben começou com cuidado, medindo bem as palavras. – Tem minha solidariedade. É fácil querer acreditar que algum remédio secreto pode fazer milagres. Mas um homem com o seu intelecto... não acha que pode estar se iludindo? Quero dizer, *alquimia*? Não seria melhor procurar orientação médica especializada? Talvez uma nova forma de tratamento, alguma tecnologia moderna...

Fairfax balançou a cabeça.

– Já disse, não há mais nada que possa ser feito pela ciência moderna. Procurei todas as possibilidades. Acredite, pesquisei esse assunto com extrema profundidade e não estou tratando a questão de maneira superficial... há mais coisas no livro de ciências que os especialistas modernos nos fazem crer. – Ele parou. – Sr. Hope, sou um homem orgulhoso. Tenho tido extraordinário sucesso em minha vida e exerço influência considerável. Porém, você me vê aqui como um velho e triste avô. Eu me ajoelharia para implorar por sua ajuda, por Ruth, se soubesse que isso poderia persuadi-lo. Pode achar que minha busca é uma tolice, mas, pelo amor de Deus e pelo bem daquela doce criança, faça o que estou pedindo e aceite minha oferta. O que tem a perder? Nós seremos os maiores prejudicados se nossa Ruth não sobreviver.

Ben hesitou.

– Sei que não tem família nem filhos, sr. Hope – continuou Fairfax. – Talvez só um pai ou um avô possa entender realmente o que significa ver uma descendente querida sofrer ou morrer. Nenhum pai deveria ter que enfrentar essa tortura. – Ele olhou nos olhos de Ben com firmeza inabalável. – Encontre o manuscrito Fulcanelli, sr. Hope. Eu acredito que é capaz disso. Pelo serviço, pagarei um milhão de libras esterlinas, um quarto desse valor adiantado, e o restante na entrega do manuscrito. – Ele abriu uma gaveta da mesa e retirou dela um pedaço de papel, que empurrou pela superfície de madeira. Ben o pegou. Um cheque de 250 mil libras emitido em seu nome. – Só falta minha assinatura – Fairfax disse em voz baixa. – E o dinheiro será seu.

Ben levantou-se com o cheque na mão. Fairfax o observou atento enquanto ele se aproximou da janela e olhou para as árvores que balançavam suavemente. Ben ficou quieto por um minuto, depois suspirou ruidosamente e virou-se devagar.

– Não é isso que eu faço. Eu localizo pessoas desaparecidas.

– Estou pedindo para você salvar a vida de uma criança. É importante de que forma isso será feito?

– Está me pedindo para começar uma busca infrutífera que você *acredita* que pode salvá-la. – Ele jogou o cheque sobre a mesa de Fairfax. – Mas eu não acho que isso é possível. Lamento, sr. Fairfax. Agradeço pela oferta, mas não estou interessado. Agora, gostaria de voltar à pista de pouso.

5

Em um campo largo, aberto e cheio de flores, forrado por grama macia e abundante, um menino adolescente e uma garotinha corriam e riam de mãos dadas. Os cabelos louros de ambos brilhavam como ouro ao sol. O menino soltou a mão da criança e se ajoelhou para colher uma flor. Rindo, ela continuou correndo, olhando para trás, para ele, com o nariz franzido e uma expressão travessa, as faces coradas e sardentas. O menino ofereceu a flor a ela, e de repente a criança estava distante. Ao lado dela havia um portão que se abria para um labirinto cercado por muros altos.

– Ruth! – ele chamou. – Volte!

A menina uniu as mãos em torno da boca e gritou:

– Venha me procurar! – e desapareceu rindo além do portão.

O menino correu atrás dela, mas havia algo errado. A distância entre ele e o labirinto só aumentava mais e mais. Ele gritou:

– Não, Ruth, não vá, não me deixe!

E continuou correndo, mas agora o solo sob seus pés não era mais de relva, e sim de areia fofa, na qual afundava e tropeçava.

Então, um homem alto em vestes brancas e leves impedia sua passagem. A cabeça do garoto só alcançava-lhe a cintura e ele se sentiu pequeno e impotente. Contornou o desconhecido e chegou à entrada do labirinto a tempo de ver Ruth correndo ao longe. Ela não ria mais; quando desapareceu além de uma curva, a menina chorava de medo. Seus olhos se encontraram pela última vez. Em seguida, ela sumiu.

Agora havia outros homens altos em vestes brancas, todos de

barba negra. Eles o cercaram. A figura gigantesca desses homens impedia-lhe a passagem e a visão, e falavam em um idioma que o menino não compreendia. Olhos redondos e brancos em rostos cor de mogno se aproximavam do dele, exibindo as falhas entre os dentes enquanto riam. Mãos fortes agora o seguravam pelos braços e ombros, contendo-o, enquanto ele gritava e se debatia inutilmente. Havia cada vez mais deles. Estava preso, incapaz de se mover...

Ele segurou o copo com força e sentiu na língua o ardor do uísque. Longe, além das pesadas e escuras ondas cinzentas que quebravam nas pedras da praia, o arco do horizonte clareava lentamente e se tingia com o vermelho do amanhecer.

Ao som da porta se abrindo atrás dele, voltou-se da posição em que estava à janela.

– Bom dia, Win – disse, forçando um sorriso. – O que faz acordada tão cedo?

Ela o fitou preocupada, notando o copo em sua mão e a garrafa vazia sobre a mesa.

– Pensei ter ouvido vozes. Tudo certo, Ben?

– Não consegui voltar a dormir.

– Pesadelos novamente? – A mulher perguntou compreensiva.

Ben assentiu. Winnie suspirou. Depois, pegou a velha e gasta fotografia que ele estivera apreciando e deixara sobre a mesa, ao lado da garrafa de uísque.

– Ela era linda – sussurrou a velha senhora, balançando a cabeça e mordendo o lábio.

– Sinto muita saudade dela, Winnie. Depois de todos esses anos.

– Acha que não sei? – ela respondeu, erguendo os olhos para fitá-lo. – Sinto falta de todos eles – disse, devolvendo a foto à mesa com cuidado.

Ben levantou o copo mais uma vez e o esvaziou depressa.

Winnie franziu o cenho.

– Ben, toda essa bebida...

– Nada de sermão, Win.

– Nunca disse nada antes – ela respondeu com firmeza. – Mas você está piorando. Qual é o problema, Ben? Desde que voltou da visita àquele homem está agindo de um jeito estranho, inquieto, não come... Quase não dormiu nas últimas três noites. Estou preocupada com você. Olhe só para você mesmo... está pálido. E sei que abriu essa garrafa ontem à noite.

Ele sorriu sem entusiasmo, inclinou-se e a beijou na testa.

– Lamento se surtei. Não queria deixar você preocupada, Win. Sei que não é fácil conviver comigo.

– O que ele queria com você, afinal?

– Fairfax? – Ben olhou de novo pela janela, para o mar, vendo o sol pintar de dourado a camada inferior das nuvens. – Ele queria... queria que eu salvasse Ruth – disse, e lamentou que o copo estivesse vazio.

Ben esperou até pouco antes das 9 horas para dar o telefonema.

– Está reconsiderando minha oferta? – Fairfax perguntou do outro lado.

– Já encontrou outra pessoa?

– Não.

– Nesse caso, aceito o trabalho.

6

Oxford, Inglaterra

Ben chegou cedo para o encontro na Oxford Union Society. Como muitos antigos alunos da universidade, era membro vitalício da venerável instituição localizada na rua Cornmarket, que durante séculos servia como local de encontro, sala de debates e clube fechado. Como fazia nos tempos de estudante, evitou a entrada principal e seguiu para os fundos, por uma viela estreita que passava pela lateral de um McDonald's. Exibindo na recepção o velho crachá de associado, ele seguiu pelos santificados corredores pela primeira vez em quase vinte anos.

Era estranho voltar. Nunca havia imaginado que pisaria novamente naquele lugar, ou mesmo naquela cidade, com todas as lembranças sombrias que ali habitavam – lembranças de uma vida que ele havia planejado, lembranças da vida que o destino impusera no lugar daquela.

O professor Rose ainda não havia chegado quando ele entrou na velha biblioteca da União. Nada mudara. Olhando em volta, viu o mesmo revestimento de madeira escura, as mesas de leitura e as altas galerias com livros de capa de couro. Lá em cima, o teto de afresco com pequenas janelas rosadas e os valiosos e lendários murais arturianos dominavam a sala magnífica.

– Benedict! – chamou uma voz atrás dele. Ao voltar-se, viu Jonathan Rose mais encorpado, mais grisalho e mais careca, mas o reconheceu imediatamente como o professor de História que conhecera havia tanto tempo. Rose se aproximou animadamente pela sala de piso de madeira envelhecida e apertou sua mão.

– Como vai, professor? Há quanto tempo...

Os dois se sentaram em poltronas de couro gasto e falaram sobre amenidades por alguns minutos. Pouca coisa mudara no professor – a vida acadêmica em Oxford prosseguia basicamente como sempre fora.

– Fiquei um pouco surpreso por ter notícias suas depois de todos esses anos, Benedict. A que devo o prazer?

Ben explicou o motivo que o levara a arranjar aquele encontro.

– Então lembrei que conhecia um dos melhores estudiosos de História do país.

– Só não me chame de *velho historiador*, como fazem meus alunos. – Rose sorriu. – Então, está interessado em alquimia. – Ele levantou as sobrancelhas e estudou o rosto de Ben por cima dos óculos. – Nunca pensei que esse tipo de assunto pudesse atraí-lo. Espero que não tenha se tornado um desses tipos *New Age*...

Ben riu.

– Atualmente sou escritor. Estou apenas fazendo uma pesquisa.

– Escritor? Bom, bom. Como disse que era o nome desse homem...? Fracasini?

– Fulcanelli.

Rose balançou a cabeça.

– Não me lembro de ter ouvido falar nele. Não sou a pessoa mais indicada para ajudá-lo com isso. O tema está muito distante daqueles abordados por nós, acadêmicos mais antigos, mesmo nesta era pós--Harry Potter.

Ben sentiu uma pontada de decepção. Não havia alimentado muitas esperanças de que Jon Rose pudesse contribuir muito sobre Fulcanelli, muito menos sobre o manuscrito Fulcanelli, mas, com um material tão restrito, era uma pena perder qualquer fonte potencial de informações confiáveis.

– Pode me dizer alguma coisa sobre alquimia de maneira geral? – ele perguntou.

– Como disse, não é meu campo de interesse – Rose respondeu. – Como muita gente, sempre me senti inclinado a desprezar essas teorias como simples magia. – Ele sorriu. – Porém, é preciso reconhecer que poucos cultos esotéricos se mantiveram tão bem ao longo dos séculos. Desde o antigo Egito e a China, passando pela Idade das Trevas e pelos tempos medievais, e sobrevivendo até o Renascimento, a alquimia é uma subcorrente que sempre ressurge ao longo da história. – Rose se reclinou na poltrona de couro enquanto falava, adotando a pose de professor que, para ele, era uma segunda natureza. – Porém, não se sabe o que eles faziam, ou *pensavam* fazer. Transformar chumbo em ouro, criar poções mágicas, elixires da vida e tudo isso...

– Devo deduzir que não acredita na possibilidade de um elixir alquímico que possa curar enfermidades?

Rose franziu o cenho, notando a expressão séria de Ben e tentando imaginar aonde ele queria chegar com aquela conversa.

– Acho que, se eles houvessem criado um remédio mágico para a praga, o sarampo, a cólera, o tifo e todas as doenças que assolaram a humanidade ao longo da história, nós saberíamos. – Ele deu de ombros. – O problema é que tudo é especulação. Ninguém sabe realmente o que os alquimistas podem ter descoberto. A alquimia é famosa por sua inescrutabilidade, e toda aquela atmosfera de capa e espada, as irmandades secretas, enigmas e códigos, supostos conhecimentos ocultos. Pessoalmente, não acredito que exista muita substância nisso.

– Por que todo o sigilo? – Ben perguntou, pensando nas leituras dos últimos dois dias, nas pesquisas que fizera na internet usando termos e expressões como "conhecimento ancestral" e "segredos de alquimia" e visitando sites e mais sites esotéricos. Encontrara uma ampla variedade de textos alquímicos que iam desde os tempos modernos até o século 14. Todos tinham a mesma linguagem confusa e grandiosa, o mesmo ar sombrio de sigilo. Ele não havia sido capaz de decidir quanto daquele material era genuíno e quanto era só encenação esotérica para o benefício dos crédulos devotos que a corrente atraía ao longo dos séculos.

– Se eu quisesse ser cínico, diria que o motivo é justamente o fato de eles não terem nada digno de ser revelado – Rose comentou sorrindo. – Mas também é preciso lembrar que os alquimistas tinham inimigos poderosos, e talvez parte dessa obsessão pelo segredo seja uma tentativa de se proteger.

– Contra o quê?

– Bem, de um lado da balança havia os tubarões e especuladores que os perseguiam – disse Rose. – De vez em quando algum alquimista que falava demais sobre produzir ouro era sequestrado e obrigado a contar como isso era possível. Quando não conseguiam comprovar que o metal precioso era realmente produzido, o que devia acontecer sempre, os alquimistas acabavam pendurados em uma árvore. – O professor fez uma pausa. – Mas o verdadeiro inimigo dessa sociedade era a Igreja, especialmente na Europa, onde seus membros eram frequentemente queimados como hereges e bruxas. Basta estudar o que a Inquisição Católica fez com os cátaros na França medieval, por ordens diretas do Papa Inocêncio III. Eles ordenaram a eliminação completa de um povo que era obra de Deus. Hoje em dia chamamos essa prática de genocídio.

– Ouvi falar sobre os cátaros – disse Ben. – Pode me contar mais?

Rose tirou os óculos e limpou as lentes com a ponta da gravata.

– É uma história terrível – ele disse. – O catarismo foi um movimento religioso amplamente disseminado na Idade Média e ocupou o sul da França, hoje conhecido como Languedoc. O nome deriva da palavra grega *catharos*, que significa "puro". Suas crenças religiosas eram um pouco radicais no sentido de que viam Deus como um tipo de princípio cósmico de amor. Eles não davam muita importância ao Cristo, e talvez nem tenham acreditado em sua existência. A ideia desse grupo era de que, mesmo que o Cristo houvesse existido, ele certamente não poderia ter sido o filho de Deus. Acreditavam que toda matéria era fundamentalmente bruta e corrupta, inclusive os seres humanos. Para eles, a idolatria religiosa girava em torno da espiritualização, do aperfeiçoamento e da transformação dessa matéria-prima para alcançar a união com o Divino.

Ben sorriu.

– Entendo como essas posições podem ter incomodado um pouco os ortodoxos.

– Exatamente – Rose confirmou. – Os cátaros criaram essencialmente um estado livre que a Igreja não conseguia controlar. Pior, eles pregavam abertamente ideias que poderiam minar sua credibilidade e autoridade.

– Os cátaros eram alquimistas? – Ben perguntou. – Essa história sobre transformar matéria-prima é bem parecida com o que propõe a alquimia.

– Acho que ninguém tem certeza disso – respondeu Rose. – Como historiador, eu não apostaria meu pescoço nisso. Mas você tem razão. O conceito alquímico de purificar a matéria-prima e transformá-la em algo mais perfeito e incorruptível está em sintonia com as crenças dos cátaros, sem dúvida nenhuma. Nunca saberemos ao certo, porque os cátaros não viveram o bastante para contar a história.

– O que aconteceu com eles?

– Resumindo, exterminação em massa – disse Rose. – Quando o Papa Inocêncio III chegou ao poder, em 1198, as supostas heresias dos cátaros deram a ele uma desculpa magnífica para ampliar e reforçar os poderes da Igreja. Dez anos depois, ele havia montado um fabuloso exército de cavaleiros, o maior jamais visto na Europa naquele tempo. Eram soldados endurecidos, muitos pela luta na Terra Santa, onde já haviam servido. Sob o comando de Simon de Montfort, homem que havia participado das cruzadas e também era o Duque de Leicester, essa imensa força militar invadiu o Languedoc e massacrou todas as fortalezas, cidades e vilarejos com a mais remota conexão com os cátaros. De Montfort tornou-se conhecido como o *"glaive de l'église"*.

– A espada da Igreja – Ben traduziu.

Rose assentiu.

– E ele não estava brincando. Relatos da época davam conta de cem mil homens, mulheres e crianças mortos só em Béziers. Ao longo dos anos seguintes, o exército do Papa varreu toda a região, destruindo tudo o que encontrava no caminho e queimando vivo quem não tivesse morrido sob suas espadas. Em Lavaur, em 1211, eles jogaram na pira quatrocentos cátaros hereges.

– Bonzinhos – Ben comentou.

– Foi uma coisa cruel – continuou Rose. – E nessa época a Igreja Católica formou sua Inquisição, uma nova ala oficial da Igreja para conferir maior autoridade às atrocidades realizadas pelo exército. Eles supervisionavam interrogatórios, tortura e execução. Respondiam apenas ao Papa. Tinham poder absoluto. Em determinado momento de 1242, os inquisidores eram tão sanguinários que um destacamento de cavaleiros desgostosos rompeu com sua estação e matou um batalhão inteiro de soldados em um lugar chamado Avignonet. É claro, os cavaleiros rebeldes foram rapidamente contidos. Depois, finalmente em 1243, após a resistência dos cátaros ter se sustentado por muito mais tempo do que todos esperavam, o Papa decidiu que era hora de aniquilá-los de uma vez por todas. Oito mil cavaleiros cercaram a última fortaleza do catarismo, o castelo de Montségur, no topo da montanha, lançando, por catapultas, pedras enormes durante dez meses, até os cátaros serem finalmente traídos e forçados a se renderem. Duzentas daquelas pobres almas foram levadas montanhas abaixo e queimadas vivas pelos inquisidores. E esse foi mais ou menos o fim deles. O fim de um dos mais escandalosos holocaustos de todos os tempos.

– Entendo que a heresia alquímica fosse algo perigoso demais para ser exposto – Ben comentou.

– Ainda é, em alguns aspectos – Rose respondeu em tom divertido.

– Como assim? – estranhou Ben.

O professor jogou a cabeça para trás e riu.

– Não estou dizendo que ainda se executem hereges em praça pública. Estava pensando no perigo para as pessoas como eu, acadêmicos ou cientistas. O motivo pelo qual ninguém quer abordar esse assunto é a inevitável reputação decorrente desse interesse: todos passam a vê-lo como um maluco. De vez em quando alguém dá uma mordida no fruto proibido e sua cabeça rola. Teve um pobre coitado que caiu por esse motivo há algum tempo.

– O que aconteceu?

– Foi em uma universidade parisiense. Um cidadão americano, professor de biologia, se meteu em confusão com uma pesquisa não autorizada...

– Sobre alquimia?

– Alguma coisa desse tipo. Ele publicou alguns artigos que incomodaram certas pessoas.

– Quem era esse americano? – Ben quis saber.

– Estou tentando lembrar o nome – disse Rose. – Dr... dr. Roper, não... Ryder, sim, é isso. Houve um grande furor no mundo acadêmico. O fato chegou a ser mencionado no boletim da Sociedade Medieval Francesa. Aparentemente, Ryder procurou um tribunal universitário para prestar queixa por demissão injusta. Mas foi inútil. Como disse, quando eles decidem rotular alguém como maluco, tudo se transforma em uma verdadeira caça às bruxas.

– Dr. Ryder de Paris – Ben repetiu, registrando a informação.

– Há um artigo completo sobre isso em um número da *Scientific American* que vi na sala dos professores da faculdade. Quando voltar lá mais tarde, vou dar uma olhada na matéria e ligo para você. Talvez haja um número para entrar em contato com Ryder.

– Obrigado, vou dar uma olhada nisso.

– Ah... – Rose parecia ter se lembrado de alguma coisa. – Só uma ideia. Se por acaso for a Paris, outra pessoa que pode tentar encontrar é um homem chamado Maurice Loriot. Ele é um grande editor de livros, fascinado por todo tipo de assunto esotérico, publica muito material nessa área. Ele é um grande amigo meu. Aqui está seu cartão... se encontrá-lo, diga-lhe que mandei lembranças.

Ben pegou o cartão.

– Eu direi. E me avise se encontrar algum número de contato do dr. Ryder. Gostaria muito de conhecê-lo.

Eles se despediram com um caloroso aperto de mão.

– Boa sorte com sua pesquisa, Benedict – disse o professor Rose. – Tente não esperar mais vinte anos para voltar.

Longe dali, duas vozes falavam por telefone.

– O nome dele é Hope – uma das vozes dizia. – Benedict Hope. – O homem tinha sotaque inglês e a voz era rápida, sussurrada, ligeiramente abafada, como se estivesse cobrindo o fone com a mão para impedir que outros ouvissem.

– Não se preocupe – respondeu a outra voz. O italiano se mostrava confiante e tranquilo. – Vamos cuidar dele como cuidamos dos outros.

– Esse é o problema – a primeira voz cochichou. – Esse não é como os outros. Acho que ele pode causar problemas para nós.

Uma pausa.

– Mantenha-me informado. Vamos cuidar disso.

7

Roma, Itália

O homem folheou a velha cópia da *Scientific American* até encontrar a página marcada. O artigo que ele procurava tinha o título de "Ciência Quântica Medieval". A autora era a dra. Roberta Ryder, bióloga americana que trabalhava em Paris. Já tinha lido o artigo antes, mas, por causa dos relatórios que recebia nos últimos dias, relia agora a matéria de um ponto de vista inteiramente novo.

Quando vira o artigo de Ryder pela primeira vez, ficara satisfeito com a forma como os editores da revista haviam abordado o trabalho da cientista. Eles a destroçaram, dedicaram um editorial inteiro a desmentir e ridicularizar todas as afirmações feitas por ela. Haviam, inclusive, exposto a doutora ao ridículo na primeira página da publicação. Transformá-la nesse exemplo havia sido um evidente trabalho de destruição, mas que outro tratamento poderia ser dado a uma jovem cientista premiada e respeitada que, de repente, começava a fazer afirmações malucas e sem fundamento sobre um assunto como alquimia? A sociedade científica não poderia tolerar uma radical desse tipo, que exigia que a pesquisa alquímica fosse levada a sério e tivesse financiamento apropriado, alegando que sua reputação popular de charlatanismo não era justa ou merecida, talvez até uma conspiração, e que um dia ela revolucionaria a Física e a Biologia.

Desde então, ele acompanhava a carreira da dra. Ryder, e ficara satisfeito com a maneira como ela havia desmoronado. Tinha sido completetamente desacreditada. O mundo científico dera as costas para ela, praticamente a excomungara. Ryder perdera até o emprego na universidade. Na época, quando soubera dessa notícia, ficou eufórico.

Mas agora não estava tão feliz. De fato, estava furioso e ansioso.

A maldita mulher não desistia. Havia revelado uma dureza e uma determinação inesperadas diante da adversidade. Apesar do desprezo universal dos colegas, apesar de ter ficado quase sem dinheiro, ela continuava persistindo na pesquisa particular. Agora os relatos dessa fonte davam conta de que ela fizera uma descoberta. Não muito importante, necessariamente – mas grande o bastante para ele se preocupar.

Esperta, essa tal Ryder. Perigosamente esperta. Com um orçamento apertado, conseguia resultados melhores que toda a equipe bem paga e bem equipada que ele tinha. Ela não podia continuar desse jeito. E se descobrisse coisas demais? A mulher tinha que ser detida.

8

Paris

Se os objetos que uma pessoa guarda em um cofre de banco cercado de segurança dizem alguma coisa sobre suas prioridades, Ben Hope era um homem com uma visão muito simples da vida.

Seu cofre no Banque Nationale de Paris era praticamente idêntico àqueles que ele mantinha em Londres, Milão, Madri, Berlim e Praga. Todos continham apenas duas coisas. A primeira delas era dinheiro na moeda do país. O valor era sempre o mesmo, o suficiente para poder se movimentar com liberdade por períodos indeterminados. Hotéis, transporte, informação, essas eram suas maiores despesas. Difícil dizer por quanto tempo esse trabalho o manteria na França. Enquanto os seguranças permaneciam do lado de fora da sala privada, ele transferia mais ou menos a metade da quantia do cofre para a velha bolsa de lona. Dinheiro em notas de euro.

A segunda coisa que Ben mantinha nos cofres de meia dúzia de importantes bancos europeus variava. Ele removeu a gaveta superior da caixa com o restante do dinheiro e a deixou sobre a mesa, depois pegou a pistola no fundo do recipiente.

A Browning Hi-Power GP35 9 mm semiautomática era um modelo antigo, substituída por novas gerações mais plásticas de SIG, HK e Glock, todas pistolas de combate. Mas era uma antiga parceira, completamente confiável, simples e com suficiente força e penetração para conter qualquer atacante. Aceitava treze cartuchos mais um na culatra, o bastante para dar um fim rápido a qualquer situação difícil. Ben conhecia aquela arma por quase metade de sua vida, e ela o servia como uma velha luva.

A questão era: devia deixá-la no banco ou levá-la com ele? Havia pontos positivos e negativos. O positivo era que, se havia uma coisa possível de prever nesse ofício, era a imprevisibilidade. A Browning representava paz de espírito, e isso valia muito. O ponto negativo era que sempre havia um risco em carregar uma arma não registrada. A pistola escondida exigia ter cuidado extra em tudo que fosse fazer. Se um policial mais dedicado decidisse revistar suas coisas, e se fosse suficientemente descuidado para deixá-lo encontrar a arma, certamente os problemas seriam inevitáveis. Um cidadão mais atento que notasse um coldre Di Santis embaixo de seu paletó podia ficar histérico e transformá-lo em um fugitivo instantâneo. Como se não bastasse, era quase certo que ele nunca iria precisar da arma nesse serviço, um esforço que resultaria em nada, em sua opinião.

Mas valia a pena arriscar. Ele pôs na bolsa a pistola com o silencioso, os carregadores, munição e cartucheira, junto com o dinheiro, e chamou os guardas para levarem a caixa de volta ao cofre.

Fora do banco, Ben andou pelas ruas de Paris. Passava muito tempo nessa cidade. Na França, sentia-se em casa, e falava o idioma local com sotaque muito discreto.

Pegou o metrô para voltar ao apartamento. O lugar havia sido presente de um cliente rico cujo filho ele havia resgatado. O imóvel, bem localizado no centro de Paris, ficava meio escondido em uma alameda secundária, cercado por velhos prédios. A única entrada do edifício era pela garagem subterrânea, que dava acesso a uma escada estreita e então a uma pesada porta de aço com trava de segurança. Considerava o apartamento uma espécie de esconderijo seguro. O interior era confortável, mas espartano, com uma cozinha funcional, um quarto simples, uma sala provida de uma poltrona, escrivaninha, televisão e seu laptop. Isso era tudo de que Ben precisava ali, em sua porta para a Europa.

A catedral de Notre-Dame se erguia sobre o horizonte parisiense sob o sol de fim de tarde. Quando Ben aproximou-se do imenso edifício, um guia turístico falava para um grupo de turistas americanos, todos com câmeras fotográficas em mãos:

– Fundada em 1163 e construída ao longo de cento e setenta anos, essa esplêndida joia de pedra quase foi destruída durante a Revolução Francesa, mas posteriormente, na metade do século 19, foi restaurada em toda sua glória anterior...

Ben entrou pela porta ocidental. Havia muitos anos não punha os pés em uma igreja, ou sequer prestava atenção a uma. Era estranho voltar. Não sabia se gostava muito da sensação. Mas até ele mesmo tinha que admitir a grandeza espetacular do lugar.

À frente dele, a nave central se erguia vertiginosamente até o teto abobadado. Os arcos e pilares da catedral eram banhados pelos raios do sol poente que penetrava a magnífica rosácea na fachada oeste do edifício.

Ele passou muito tempo andando para cima e para baixo, os passos ecoando nas pedras do piso, olhando para lá e para cá e analisando esculturas e relevos. Trazia embaixo do braço uma cópia de segunda mão do livro cujo autor ele devia procurar – o elusivo mestre alquimista Fulcanelli. A obra era uma tradução de *O mistério das catedrais*, escrito em 1922. Quando entrara na seção de ocultismo de uma velha livraria em Paris, Ben ficara animado com a esperança de encontrar algo valioso. As pistas mais úteis com que poderia ter sonhado eram uma foto do homem, algum tipo de informação pessoal, como uma indicação de seu verdadeiro sobrenome ou detalhes da família, e qualquer tipo de menção ao manuscrito.

Mas não havia nada disso ali. O livro falava de símbolos alquímicos e criptogramas que Fulcanelli afirmava ter entalhado na decoração das paredes da catedral, as mesmas paredes para as quais Ben olhava agora.

O Portal do Julgamento era uma grande arcada gótica coberta por complexos entalhes em pedra. Sob fileiras de santos, havia uma série de imagens esculpidas exibindo diferentes figuras e símbolos. De acordo com o livro de Fulcanelli, essas esculturas deviam ter algum significado oculto - um código secreto que só os esclarecidos podiam ler. Mas Ben não conseguia entender nada daquilo. Obviamente, não tinha conhecimento para isso, decidiu. "Como se eu precisasse de Fulcanelli para me dar essa notícia."

No centro do enorme portal, aos pés de uma estátua de Cristo, uma imagem circular mostrava uma mulher sentada em um trono. Ela segurava dois livros, um aberto, outro fechado. Fulcanelli dizia que esses eram símbolos do conhecimento aberto e do conhecimento fechado. Ben olhou rapidamente para as outras esculturas no Portal do Julgamento. Uma mulher segurando um caduceu, o antigo símbolo de cura, uma serpente enrolada em um cajado. Uma salamandra. Um cavaleiro com uma espada e um escudo onde havia a figura de um leão. Um emblema circular com um corvo. Aparentemente, tudo ali transmitia uma mensagem velada. No portal norte, o Portal da Virgem, o livro de Fulcanelli o guiava para um sarcófago esculpido na cornija central, a representação de um episódio na vida do Cristo. A decoração nas laterais do sarcófago era descrita no livro como símbolos alquímicos para ouro, mercúrio, chumbo e outras substâncias.

Mas eram mesmo? Para Ben, elas pareciam ser apenas motivos florais. Onde estava a evidência de que os escultores medievais haviam inserido deliberadamente mensagens esotéricas em seu trabalho? Podia captar beleza e arte naquelas esculturas. Mas elas continham alguma coisa para ensinar? Podiam ter alguma utilidade para uma criança à beira da morte? O problema com esse tipo de simbologia, ele refletiu, era que toda imagem podia ser interpretada como desejava o intérprete. Um corvo podia ser apenas um corvo, mas alguém em busca de um significado oculto poderia facilmente encontrá-lo, mesmo que ele nunca houvesse sido posto ali intencionalmente. Era muito fácil projetar significados subjetivos, crenças ou desejos em uma escultura de pedra com séculos de existência, uma obra cujo criador não estava mais vivo para dizer que não era nada disso. Esse era o material das teorias da conspiração e cultos em torno do "conhecimento oculto".

Muitas pessoas estavam desesperadas por versões alternativas da história, como se os fatos reais de tempos idos fossem insuficientemente satisfatórios ou interessantes. Talvez fosse para compensar a verdade sem graça da existência humana, para introduzir uma dose de intriga na própria vida tediosa e desestimulante. Subculturas inteiras cresciam em torno desses mitos, reescrevendo o passado como o roteiro de um filme. Pessoalmente, depois de sua pesquisa sobre alquimia, tinha a impressão de que essa era só mais uma subcultura alternativa correndo atrás do próprio rabo em busca de entusiasmo.

Estava começando a se arrepender. Não era a primeira vez que lamentava ter aceitado um trabalho. Não fosse pelas 250 mil libras de Fairfax em sua conta bancária, poderia jurar que alguém lhe pregava uma peça. O que devia fazer era sair dali agora mesmo, pegar o primeiro avião para a Inglaterra e devolver o dinheiro para aquele velho tolo.

"Não, ele não é um velho tolo. É um homem desesperado com uma neta à beira da morte", pensou. Ruth. Ben sabia por que estava ali.

Ele se sentou em um banco e organizou os pensamentos por alguns minutos, cercado por silhuetas isoladas que estavam ali para rezar. Ele abriu novamente o livro de Fulcanelli, respirou fundo e reviu mentalmente o que conseguira apreender daquelas páginas até então.

A introdução de *Os mistérios das catedrais* era uma adição posterior ao texto de Fulcanelli, escrita por um de seus seguidores. O texto descrevia como, em 1926, Fulcanelli confiara a seu aprendiz parisiense um determinado material – ninguém parecia saber o quê, exatamente – e depois desaparecera prontamente no ar. Desde então, de acordo com o escritor, muitas pessoas haviam tentado localizar o mestre alquimista – incluindo, aparentemente, uma agência internacional de inteligência.

Sim, certo. Era a mesma coisa com a maioria das informações que encontrara nos sites da web. Havia diversas outras versões da história de Fulcanelli, dependendo da página visitada. Alguns relatavam que Fulcanelli nunca existira. Outros diziam que ele era uma criatura inventada, composta por traços de várias pessoas diferentes, uma fachada para uma sociedade secreta ou irmandade dedicada a explorar o oculto. Outros alegavam que ele era uma pessoa de verdade, afinal. De acordo com uma fonte, o alquimista fora visto em Nova York décadas depois de seu misterioso desaparecimento, quando devia ter bem mais de cem anos de idade.

Ben não acreditava em nada disso. Nenhuma das alegações se sustentava. Se não se tinha conhecimento de fotos do alquimista, como acreditar nos que diziam tê-lo visto? Tudo era muito confuso. Havia apenas uma coisa em comum entre todas essas chamadas informações, e era justamente o fato de não haver nenhuma menção ao manuscrito Fulcanelli.

Ben não viu nada especialmente esclarecedor durante a visita que fez à Notre-Dame. Mas uma coisa ele viu, logo depois de entrar. Um homem o seguia.

O sujeito não fazia um bom trabalho. Era muito furtivo, tomava muito cuidado para ficar fora de seu caminho. Em um minuto estava parado num canto distante olhando por cima de um ombro, no outro estava nos bancos tentando esconder a silhueta gorducha atrás de um missal. Se sorrisse e pedisse alguma informação a Ben, teria sido menos suspeito.

Ben prestava atenção à decoração da catedral, mantendo uma linguagem corporal relaxada e uma atitude curiosa como a de um turista qualquer. Mas, desde o momento que o vira, estava estudando o desconhecido com atenção. Quem era ele? O que significava aquilo?

Em tais casos, Ben acreditava na honestidade e na ação direta. Se queria descobrir por que alguém o seguia, simplesmente perguntava à pessoa quem ela era e o que queria. O que precisava fazer antes era atrair o homem para um local tranquilo e então impedir qualquer possibilidade de fuga. Então, poderia espremê-lo como a uma laranja. A gentileza com que lidaria com a situação iria depender inteiramente da reação do sujeito quando fosse encurralado e confrontado. Um amador como esse poderia simplesmente desmoronar com um mínimo de pressão.

Ben seguiu para o pátio interno da catedral, perto do altar. Uma escada em espiral levava até as torres, e ele começou a subir. Pouco antes de perder o ângulo de visão, ele percebeu que a linguagem corporal do desconhecido que o seguia traía nervosismo. Ben continuou subindo sem pressa a escada até chegar ao segundo andar. Então, ele continuou por uma estreita passarela de pedra que emergia para a luz do sol, muito acima dos telhados parisienses. Estava cercado por gárgulas dignas de pesadelos, demônios de pedra e criaturas postas ali por um pedreiro medieval para espantar os maus espíritos.

A passarela ligava as duas torres da catedral, muito acima da ampla rosácea na fachada. Só uma mureta de pedra mais baixa que a altura de sua cintura o separava da queda de mais de 60 metros até o solo. Ben saiu do campo de visão e esperou que seu seguidor aparecesse.

O homem alcançou o parapeito depois de um ou dois minutos, olhando em volta. Ben esperou até ele estar longe da porta para a escada, então surgiu de trás de uma estátua de expressão sorridente e maléfica.

– Ei, você – ele disse, aproximando-se do desconhecido. O homem reagiu em pânico, os olhos correndo de um lado para o outro. Ben o empurrou contra um canto, usando o próprio corpo para bloquear sua via de fuga. – Por que está me seguindo?

Vira muitos homens reagirem em situações de estresse, e sabia que todos tinham reações diferentes. Uns desmoronavam, outros fugiam, outros resistiam.

A reação desse homem foi de violência letal e instantânea. Ben viu o movimento de sua mão direita uma fração de segundo antes de ele tirar a faca do paletó. Era uma arma em estilo militar com lâmina preta e dupla – uma cópia barata da faca de luta Fairbairn-Sykes que Ben conhecia do passado.

Ele se esquivou do ataque, agarrou o punho armado e bateu o braço do agressor contra seu joelho. A lâmina caiu no chão. Ben continuou segurando o pulso, dobrando-o em um ângulo que, sabia por experiência própria, era extremamente doloroso.

– Por que está me seguindo? – ele repetiu em voz baixa. – Não quero machucar você.

Ele não estava preparado para o que aconteceu em seguida.

Não há como escapar de um golpe que imobiliza realmente o punho. A menos que a vítima permita deliberadamente que seu pulso seja fraturado. Nenhuma pessoa normal faria tal coisa, mas esse homem fez. Ele se contorceu contra a pressão exercida por Ben. De início, Ben pensou que ele apenas tentava se libertar, e o segurou com mais força. Mas em seguida ele sentiu os ossos do pulso do homem cedendo sob seus dedos. Sem nenhuma resistência da mão flácida, de repente não tinha como segurar o braço. O perseguidor se contorceu e se afastou, os olhos arregalados, a testa coberta de suor e a voz gemendo de agonia enquanto a mão pendia como um trapo da manga do paletó. E antes que Ben pudesse detê-lo, ele se virou, correu para a mureta e se lançou no espaço vazio.

Enquanto o homem caía, Ben já se dirigia rapidamente à escada em espiral. Quando o corpo caiu sobre as lanças de ferro de uma cerca, perto de um grupo de turistas, Ben já tinha voltado ao canto mais escuro e distante da catedral. Quando os primeiros turistas começaram a gritar e pessoas correram para ver o que havia acontecido, Ben juntou-se à multidão confusa sem chamar nenhuma atenção.

Ele já estava muito longe quando o primeiro policial chegou ao local.

9

Luc Simon estava atrasado. Havia vestido o terno elegante na sede da polícia e correra para o carro ainda amarrando a gravata. Ao observá-lo, seus oficiais se perguntavam para onde o inspetor corria todo arrumado.

Ele olhou para o relógio enquanto enfrentava o trânsito de Paris. Havia reservado uma mesa no Guy Savoy para as oito da noite. Eram 20h33 quando chegou lá. Um garçom o conduziu pelo salão. O restaurante estava cheio e havia no ar um murmúrio de conversas paralelas. Soava ao fundo uma música suave. Em um canto, ele viu Hélène sentada à mesa para duas pessoas, os cabelos negros e brilhantes escondiam-lhe o rosto enquanto ela folheava uma revista com atitude tensa. Ele pediu ao garçom que servisse champanhe imediatamente, e foi se sentar com ela.

– Deixe-me adivinhar – a mulher suspirou ao vê-lo se acomodar diante dela. – Não conseguiu sair antes.

– Vim o mais depressa que pude. Surgiu um imprevisto.

– Como sempre. Até no nosso aniversário de casamento o trabalho vem em primeiro lugar, não é?

– Bem, o que acontece é que homicidas malucos não têm muito respeito pela agenda pessoal das pessoas – ele respondeu, sentindo a velha e conhecida barreira de tensão se erguer rapidamente entre eles. Era algo comum. – Ah, aí vem o champanhe – disse, fazendo um esforço para sorrir.

Eles ficaram em silêncio enquanto o garçom removia a rolha,

servia o champanhe e deixava a garrafa no balde de prata cheio de gelo. Luc esperou até que ele se afastasse. – Bem... feliz aniversário. – E bateu sua taça na dela.

A mulher o observou em silêncio. Isso não ia bem.

– Aqui. – Ele levou a mão ao bolso e tirou dele um pacotinho, que colocou sobre a mesa. – Para você. Vamos, abra.

Hélène hesitou antes de abrir o pacote com os dedos longos e finos. Depois levantou a tampa do estojo e olhou em seu interior.

– Um Constelação Ômega?

– Sei que você sempre quis um – ele comentou, analisando o rosto da esposa em busca de uma reação.

Ela enfiou o relógio de volta na caixa e a jogou sobre a mesa.

– Muito bonito. Mas não é para mim.

– Como assim? É claro que é para você.

Ela balançou a cabeça com tristeza.

– Dê de presente para sua próxima mulher.

O rosto dele ficou sombrio.

– O que está dizendo, Hélène?

Ela olhou para as próprias mãos, evitando encará-lo.

– Quero me separar, Luc. Para mim, chega.

Uma longa pausa. O champanhe permanecia intocado, perdia o gás.

– Sei que as coisas têm estado meio malucas ultimamente – ele disse, tentando manter a voz neutra e estável –, mas vão melhorar, Hélène. Prometo.

– Estamos nisso há quatro anos, Luc. Nada vai acontecer.

– Mas... eu amo você. Isso não tem nenhuma importância?

– Conheci outra pessoa.

– E escolheu um ótimo momento para me contar isso.

– Desculpe. Eu tenho tentado. Mas nunca vejo você. Tivemos que marcar um encontro só para podermos nos sentar e conversar desse jeito.

Ele sentiu um espasmo no rosto.

– Então, você conheceu alguém. Ótimo. Quem é o palhaço?

Ela não respondeu.

– Eu perguntei... *quem... é... o... palhaço...* – ele explodiu, batendo com o pulso sobre a mesa a cada palavra. Sua taça tombou, rolou e caiu no chão. O restaurante ficou em silêncio por alguns segundos. Todos se viraram para olhar.

– Isso mesmo, faça um escândalo.

Um garçom aproximou-se constrangido. Simon se virou para encará-lo.

– *Monsieur*, devo pedir que respeite...

– Saia daqui – Simon falou em voz baixa por entre os dentes – ou jogo você por aquela maldita janela. – O garçom se afastou apressado e foi falar com o gerente, que os observava apreensivo.

– Está vendo? Sempre a mesma coisa. Sua reação.

– Então, talvez queira me contar com quem está se esfregando enquanto fico por aí enterrado até o queixo em sangue e merda. – Sabia que falar daquele jeito só piorava a situação para os dois. "Calma, mantenha a calma".

– Você não o conhece. Só conhece policiais, bandidos, assassinos e cadáveres.

– É meu trabalho, Hélène.

Uma lágrima correu pelo rosto dela, acompanhando o contorno perfeito da face.

– Sim, é seu trabalho, e é sua vida. – Ela fungou. – É só nisso que você pensa.

– Sabia o que eu fazia quando nos conhecemos. Sou um policial, faço o que os policiais fazem. O que mudou? – Esforçava-se para controlar a voz enquanto sentia outra explosão se aproximando.

– *Eu* mudei. Achei que poderia me acostumar com isso. Pensei que conseguiria viver com a espera e a preocupação, com o medo de um dia meu marido chegar em casa dentro de um caixão. Mas não consigo, Luc. Não consigo respirar, preciso me sentir viva de novo.

– Ele faz você se sentir viva de novo?

– Ele não me faz sentir como se eu morresse por dentro – Hélène explodiu. E secou os olhos. – Só quero uma vida normal.

– E se eu me demitir? – As mãos seguraram as dela sobre a mesa. – Se eu for apenas um cara normal... Vou me demitir, procurar outro emprego.

– Que emprego?

Ele parou, percebendo que não conseguia pensar em nada que fosse capaz de fazer em vez de ser policial.

– Não sei – reconheceu.

Hélène balançou a cabeça e removeu as mãos das dele.

– Você nasceu para ser policial, Luc. Odiaria fazer outra coisa. E me odiaria por fazê-lo abandonar aquilo que mais ama.

Ele ficou em silêncio por alguns momentos, pensando. No fundo, sabia que o que a esposa dizia era verdade. Havia negligenciado o casamento, e agora pagava por isso.

– Então, e se eu me afastasse por um tempo? Um mês, digamos? Podíamos viajar juntos para algum lugar, qualquer lugar. Viena, talvez? Você sempre falou sobre ir a Viena. O que acha? Ir à ópera, dar um passeio de gôndola, tudo isso.

– Gôndolas ficam em Veneza – ela respondeu em tom seco.

– Então, iremos à Veneza também.

– Acho que já passamos desse ponto, Luc. Mesmo que eu aceitasse sua sugestão, e daí? Depois de um mês, tudo recomeçaria como era antes.

– Pode me dar uma chance? – ele pediu em voz baixa. – Vou tentar mudar. Sei que tenho força para isso.

– É tarde demais – ela soluçou, olhando para a taça de champanhe. – Não vou voltar para casa com você esta noite, Luc.

10

O lugar não era o que Ben esperava encontrar. Para ele, a palavra "laboratório" sempre esteve associada a imagens de uma instalação moderna, espaçosa, bem equipada e construída com um objetivo. A surpresa aumentou quando ele seguiu as orientações que recebera do rapaz ao telefone e chegou ao velho prédio de apartamentos no centro de Paris. Não havia elevador, e a escada em espiral com corrimão de ferro se estendia por três andares até um corredor estreito com uma porta de cada lado. Sentia no ar um cheiro de mofo e amônia.

Enquanto subia a escada, continuava pensando no incidente em Notre-Dame. Estava atormentado com isso. Havia sido cauteloso no caminho até ali, parando frequentemente, olhando pelas vitrinas das lojas, atento às pessoas à sua volta. Se alguém o seguia, não conseguira perceber.

Ele verificou o número do apartamento e tocou o interfone. Após alguns instantes um homem magro e de tez pálida, cabelos encaracolados escuros, abriu a porta, admitindo-o no que parecia ser um apartamento muito pequeno. O homem bateu à porta identificada por uma placa com a palavra LABORATÓRIO, esperou um instante e entrou.

O laboratório não passava de um quarto reformado. Superfícies de trabalho se envergavam sob o peso de uma dúzia de computadores, pelo menos. Pilhas de livros e pastas ameaçavam cair por todos os cantos. Em uma das extremidades de um balcão havia uma pia e uma coleção de equipamentos científicos muito velhos, tubos de ensaio em suportes e um microscópio. Quase não sobrava espaço para a mesa, atrás da qual se sentava uma mulher jovem, trinta e poucos anos, vestindo avental branco. Seus cabelos de um tom escuro de vermelho estavam presos em um coque, o que dava a ela um ar de seriedade. A mulher era atraente o bastante para prescindir de maquiagem e o único enfeite que usava era um simples par de brincos de pérolas.

A jovem levantou a cabeça e sorriu ao ver Ben entrar.

– Com licença. Estou procurando o dr. Ryder – ele falou em francês.

– Já a encontrou – a mulher respondeu em inglês, levantando-se. Tinha sotaque americano. – Por favor, pode me chamar de Roberta.

Eles trocaram um aperto de mão.

A dra. Ryder o observava esperando pela costumeira reação, o inevitável erguer de sobrancelhas e a surpresa debochada: "Ah, é uma mulher!", ou "Uau, os cientistas estão ficando mais bonitos hoje em dia", coisas que praticamente todos os homens que encontrava acabavam dizendo, para grande irritação dela. Essa reação se tornara uma espécie de teste padrão para avaliar os homens que conhecia. Era a mesma resposta que provocava quando contava aos rapazes sobre sua faixa preta em caratê Shotokan: "Ah, então é melhor eu tomar cuidado". Idiotas.

Mas quando convidou Ben a sentar-se, ela não percebeu nenhuma emoção em seu rosto. Interessante. Esse homem não se encaixava no perfil do inglês típico que aprendera a reconhecer – faces rosadas, barriga de cerveja, mau gosto no vestir-se ou calvície disfarçada por um penteado ridículo com meia dúzia de fios. O homem diante dela era alto, pouco menos de 1,80 metro, e mostrava elegância natural, vestido de jeans e paletó, a camisa polo preta insinuando uma silhueta esguia, mas musculosa. Devia ser cinco ou seis anos mais velho que ela. Tinha o bronzeado acentuado de alguém que passa muito tempo em um país quente, e os cabelos louros e espessos tinham reflexos mais claros de sol. Era o tipo de homem por quem ela poderia se sentir atraída. Mas havia uma dureza na posição da mandíbula, e alguma coisa fria e distante naqueles olhos azuis.

– Obrigado por me receber – ele disse.

– Meu assistente Michael disse que você é do *Sunday Times*.

– Exatamente. Estou trabalhando em uma matéria para o suplemento do nosso jornal.

– Ah, é? E como posso ajudá-lo, sr. Hope?

– Ben.

– Certo, o que posso fazer por você, Ben? Ah, a propósito, esse é Michel Zardi, meu amigo e assistente. – Ela acenou para Michel, que havia entrado no laboratório para procurar um arquivo. – Escute, eu ia mesmo preparar um café. Quer uma xícara?

– Café seria bom – disse Ben. – Preto, sem açúcar. Preciso dar um telefonema rápido. Importa-se?

– Não, fique à vontade – ela respondeu. Depois olhou para Michel. – Quer café? – perguntou com um francês impecável.

– *Non, merci*. Vou sair em um minuto, preciso ir buscar peixe para Lutin.

Ela riu.

– Esse seu gato come melhor que eu.

Michel riu e saiu. Roberta preparou o café enquanto Ben falava ao telefone. Ele digitou o número de Loriot, o editor literário que Rose havia mencionado. Ninguém atendeu. Ben deixou um recado e o seu número.

– Seu francês é muito bom para um jornalista inglês – ela comentou.

– Viajo muito. O seu também é excelente. Há quanto tempo mora aqui?

– Há quase seis anos. – Ela sorveu um pequeno gole do café quente. – Então, vamos falar sobre o que o trouxe aqui, Ben. Queria conversar comigo sobre alquimia? Como soube a meu respeito?

– O professor Jon Rose, da Universidade de Oxford, me deu seu contato. Ele ouviu falar de seu trabalho e pensou que talvez pudesse me ajudar. Naturalmente – mentiu –, vai receber os créditos por toda e qualquer informação que me fornecer e for utilizada no artigo.

– Pode omitir meu nome – ela riu. – Na verdade, é melhor não mencioná-lo. Atualmente, sou a intocável oficial do mundo científico.

Mas, se eu puder ajudá-lo, conte comigo. O que quer saber?

Ele se inclinou para a frente na cadeira.

– Quero saber mais sobre o trabalho de alquimistas como... Fulcanelli, por exemplo – disse, soando deliberadamente casual. – Quem eram, o que faziam, o que podem ter descoberto, esse tipo de coisa.

– Certo. Fulcanelli. – Ela parou, fitando-o de forma direta. – O que sabe sobre alquimia, Ben?

– Muito pouco. – A resposta era sincera.

Ela assentiu.

– Tudo bem. Primeiro, deixe-me esclarecer uma coisa. Alquimia não é a transformação de metais de base em ouro, certo?

– Você se incomoda se eu anotar? – Ben tirou um bloquinho do bolso.

– Fique à vontade. Quero dizer, em tese não é impossível criar ouro. A diferença entre um elemento químico e outro é só uma questão de manipular pequenas partículas de energia. Remover um elétron aqui, acrescentar outro ali, enfim, é possível transformar qualquer molécula em outra, teoricamente. Mas, para mim, alquimia não é isso. Vejo essa transformação de metais de base em ouro mais como uma metáfora.

– Uma metáfora para quê?

– Pense nisso, Ben. O ouro é o metal mais estável e incorruptível. Nunca corrói, nunca escurece. Objetos feitos de ouro puro permanecem perfeitos por milhares de anos. Compare essa durabilidade à do ferro, por exemplo, que enferruja em pouco tempo. Agora, imagine se fosse possível encontrar uma tecnologia capaz de estabilizar matéria corruptível, impedir a deterioração...

– De quê?

– De qualquer coisa, em princípio. Tudo no nosso universo é feito fundamentalmente da mesma matéria. Acho que o que os alquimistas estão procurando, em última análise, é um elemento universal dentro da natureza que possa ser extraído, ou dominado, ou usado para manter ou recuperar a perfeição da matéria, não só dos metais.

– Entendi – disse Ben, fazendo uma anotação no bloquinho.

– Tudo bem? Agora, se fosse possível encontrar essa tecnologia, fazê-la funcionar, ela teria um potencial ilimitado. Seria como a bomba atômica ao contrário: usar a energia da natureza para criar, ao invés de destruir. Para mim, como bióloga, o interesse está nos efeitos potenciais sobre os organismos vivos, especialmente os humanos. E se pudéssemos retardar a deterioração dos tecidos vivos, talvez até restaurar o funcionamento saudável dos tecidos doentes?

Ele não precisou pensar por muito tempo.

– Você teria em mãos a tecnologia médica definitiva.

A cientista assentiu.

– Com certeza. Seria incrível.

– Acha mesmo que eles estavam no caminho certo? Quero dizer, é possível que pudessem ter criado algo assim?

Ela sorriu.

– Sei o que está pensando. É verdade, muitos alquimistas eram malucos mesmo, velhos doidos com um punhado de ideias absurdas sobre magia, talvez alguns até pensassem nisso como bruxaria, como a internet e o telefone teriam parecido magia negra para alguém que fosse teletransportado de um passado distante para cá. Mas também havia alquimistas que eram cientistas sérios.

– Exemplos?

– Isaac Newton! O pai da física clássica era também secretamente um alquimista; algumas das descobertas mais importantes de Newton usadas até hoje pelos cientistas podem ter sido baseadas em sua pesquisa alquímica.

– Eu não sabia disso.

– Pois é. E outro homem de quem talvez tenha ouvido falar e que mantinha envolvimento próximo com a alquimia era Leonardo da Vinci.

– O artista?

– E também brilhante engenheiro, desenhista e inventor – ela respondeu. – E o matemático Giordano Bruno também se enquadrava nessa categoria. Pelo menos até ser queimado pela Inquisição Católica nos anos de 1600. – Ela fez uma careta. – Esses alquimistas são os que despertam meu interesse, os que construíram a base para uma ciência moderna inteiramente nova que vai mudar tudo. É nisso que acredito, e meu trabalho é basicamente esse. – Uma pausa. – Tenho uma ideia: em vez de ficar aqui só falando, vou lhe mostrar uma coisa. O que acha de insetos?

– Insetos?

– Sim, insetos. Algumas pessoas têm pavor deles.

– Não, eu não me incomodo.

Roberta abriu uma porta dupla para o que devia ter sido originalmente um guarda-roupa embutido ou uma despensa. O espaço havia sido adaptado com prateleiras de madeira que sustentavam tanques de vidro. Aquários. Mas neles, em vez de peixes, havia moscas. Milhares delas. Enxames negros e peludos cobrindo toda a superfície do vidro.

– Jesus – ele murmurou recuando.

– Nojento, não é? – Roberta perguntou animada. – Bem-vindo ao meu experimento.

Os dois tanques tinham sido rotulados como A e B.

– O tanque B é o grupo controle – a cientista explicou. – Significa que as moscas contidas nele são comuns, bem cuidadas, é verdade, mas não recebem nenhum tratamento. No tanque A estão as moscas experimentais.

– Entendi. E o que acontece com elas? – Ben perguntou desconfiado.

– São tratadas com uma fórmula.

– E o que é essa fórmula?

– Não tenho um nome para ela. Inventei, ou copiei, devo dizer, de velhos textos alquímicos. É só água, na verdade, mas submetida a alguns processos especiais.

– Que tipo de processos?

Ela sorriu tímida.

– Especiais.

– E o que acontece com as moscas que são tratadas com a fórmula?

– Ah, essa é a parte interessante. O tempo médio de vida de uma mosca doméstica adulta normal, quando bem alimentada, é de seis semanas. É mais ou menos isso que vive uma mosca do meu tanque B. Mas as moscas do tanque A, que recebem pequenas doses da fórmula em sua alimentação, vivem por um período maior, de 30% a 35%, em torno de oito semanas.

Ben estreitou os olhos.

– Tem certeza disso?

Ela assentiu.

– Estamos na terceira geração, e os resultados se mantêm.

– Essa é uma descoberta recente, não é?

– Sim, e estamos no primeiro estágio. Ainda não sei por que está funcionando nem como explicar o efeito. Só sei que posso obter resultados melhores, e vou... E quando isso acontecer, a comunidade científica vai pegar fogo.

Ele se preparava para responder quando o celular tocou.

– Droga. Desculpe. – Havia esquecido de desligar o aparelho para a entrevista. Ben o tirou do bolso.

– Então, não vai atender? – a cientista perguntou erguendo uma sobrancelha.

Ele atendeu.

– Alô?

– Loriot falando. Recebi seu recado.

– Obrigado por ligar, *monsieur* Loriot – disse Ben, olhando para Roberta como se pedisse desculpas novamente e levantando um dedo, indicando que só levaria um minuto. Roberta deu de ombros e bebeu um gole de café, depois pegou uma folha de papel sobre a mesa e começou a ler.

– Gostaria de encontrá-lo. Poderia vir à minha casa esta noite para tomar um drinque e conversar? – Loriot o convidou.

– Seria ótimo. Onde mora, *monsieur* Loriot?

Roberta jogou a folha em cima da mesa, suspirou e consultou o relógio com um gesto exagerado.

– Moro na Villa Margaux, perto do vilarejo de Brignancourt, do outro lado de Pontoise. Não é longe de Paris.

Ben anotou os detalhes.

– Brignancourt – repetiu rapidamente, tentando encerrar a conversa sem ser indelicado com Loriot. O homem podia ser um contato importante. "Mas, se vai fingir que é jornalista, pelo menos tente dar um estilo profissional à representação", ele pensou, irritado com a própria atitude.

– Mandarei meu carro ir buscá-lo – disse Loriot.

– Tudo bem – concordou, escrevendo no bloco. – Hoje à noite, às 20h45... Sim... Estarei esperando... Bem, obrigado mais uma vez por ter ligado... Até logo. – Ele desligou o telefone e o guardou no bolso. – Desculpe – disse a Roberta. – Agora está desligado.

– Ah, não se preocupe com isso. – Ela respondeu com sarcasmo. – Não tenho nada para fazer mesmo...

Ele pigarreou.

– Enfim, sobre essa sua fórmula...

– Sim?

– Já a testou em outras espécies? Humanos, talvez?

A cientista balançou a cabeça.

– Ainda não. Seria fabuloso, não é? Se os resultados reforçarem os do experimento com as moscas, a expectativa de vida de um humano saudável pode passar, digamos, de 80 para 180 anos. E acho que posso fazer ainda melhor.

– Se uma de suas moscas estivesse doente ou morrendo, essa coisa teria o poder de curá-la e mantê-la viva? – ele perguntou.

– Quer saber se a fórmula tem propriedades medicinais? – ela indagou. Depois estalou a língua e suspirou. – Gostaria de poder dizer que sim. Temos tentado dar a fórmula às moscas do grupo B que estão quase morrendo para ver o que acontece, mas elas ainda morrem. Até agora, parece que só funciona no nível preventivo. – Roberta deu de ombros. – Mas quem sabe? Estamos apenas começando aqui. Com o tempo, podemos desenvolver alguma coisa que não vai apenas prolongar a vida em espécimes selvagens, mas curar a enfermidade daquelas que estiverem doentes, talvez até adiar indefinidamente a morte de algumas. Se pudéssemos replicar esse efeito nos humanos...

– Parece que você pode ter descoberto algum tipo de elixir da vida?

– Bem, não vamos comemorar antes da hora – ela disse rindo. – Mas acho que estou no caminho de alguma coisa, sim. O problema é a falta de patrocínio. Para verificar e comprovar todas as descobertas é preciso fazer testes clínicos muito sérios. Isso pode levar anos.

– Por que não pede patrocínio a indústrias médicas?

Ela riu.

– Cara, você é muito ingênuo. Estamos falando de *alquimia*. Bruxaria, vodu, bobagem. Por que acha que estou trabalhando nisso em um quarto reformado? Ninguém me leva a sério desde que escrevi aquele trabalho.

– Eu soube que teve problemas com aquilo.

– Problemas? – Ela riu. – Sim, acho que podemos dar esse nome. Primeiro minha foto estampou a capa da *Scientific American*, um editor engraçadinho pôs um chapéu de bruxa na minha cabeça e uma placa pendurada no meu pescoço com a inscrição "Americana não científica". Depois, aqueles idiotas da universidade me demitiram. Minha carreira não foi exatamente favorecida. Depois, demitiram o pobre Michel de seu posto no laboratório de tecnologia. Disseram que ele desperdiçava tempo e dinheiro da universidade no meu projeto fantástico. Ele é o único que continua comigo depois de tudo isso. Pago a ele o que posso, mas tem sido difícil para nós dois. – Roberta suspirou e balançou a cabeça. – Bastardos. Mas vou mostrar a eles.

– Tem um pouco da sua fórmula aqui? – Ben perguntou. – Gostaria de vê-la.

– Não, não tenho. Acabou, preciso preparar mais – ela respondeu com firmeza.

Ben estudou os olhos dela procurando indícios de que mentia. Difícil dizer. Ele parou por um momento.

– Então, acha que existe alguma chance de me dar uma cópia das suas anotações de pesquisa? – indagou, esperando que a solicitação não despertasse suspeitas imediatas.

Roberta balançou um dedo.

– De jeito nenhum, parceiro. De qualquer maneira, acha que eu seria idiota o bastante para escrever a fórmula? – E bateu com o indicador na cabeça. – Está tudo aqui. Esse é o meu bebê, e ninguém vai pôr as mãos nele.

Ben sorriu.

– Tudo bem, esqueça que eu pedi.

Houve alguns segundos de silêncio. Roberta o encarou por um instante, depois apoiou as mãos sobre os joelhos, como se sinalizasse o fim da entrevista.

– Posso ajudar com mais alguma coisa, Ben?

– Não vou tomar mais o seu tempo – ele respondeu, preocupado com a possibilidade de ter estragado tudo ao pedir para ver as anotações. – Mas, se descobrir alguma coisa importante, vai ligar para mim? – E entregou-lhe um cartão.

Ela o pegou e sorriu.

– Se quiser, sim, mas não se anime demais. É um processo lento. Pode voltar a me procurar em, digamos, três anos.

– Temos um encontro marcado – ele respondeu.

11

De repente Roberta Ryder parecia muito menos a cientista austera, agora que soltara os cabelos ruivos e trocara o avental do laboratório por uma jaqueta de brim.

– Michel, vou sair. Pode tirar o resto do dia de folga, está bem?

Levando a bolsa, ela pegou as chaves do carro e seguiu para a sessão semanal em um centro de artes marciais do outro lado da cidade, em Montparnasse.

Enquanto dirigia, Roberta pensava na entrevista com o jornalista Ben Hope. Tinha sempre de se mostrar como a cientista arrojada e desafiante que um dia provaria seu ponto de vista a todos... Essa era a imagem a que tinha se apegado. Ninguém sabia a frágil realidade de sua situação. Não sabiam sobre seus medos, sobre as preocupações que a mantinham acordada à noite. No dia em que fora demitida da universidade, podia ter feito a mala e embarcado no primeiro voo de volta para casa, nos Estados Unidos. Mas não fizera nada disso. Havia ficado para lutar. E agora se perguntava se havia sido uma decisão sábia. Todos os sacrifícios que fizera valeram a pena? Estava apenas perseguindo um arco-íris, enganando-se com a noção de que a posição que assumira algum dia faria diferença? Logo não teria mais dinheiro, e então seria necessário encontrar outra fonte de renda, alguma outra coisa – talvez aulas particulares de Ciências para crianças. E talvez não conseguisse o dinheiro necessário nem assim. Tinha que pagar o salário de Michel e sustentar sua pesquisa, além de sobreviver. Os próximos dois ou três meses diriam se poderia continuar ou se teria que desistir.

Ela voltou ao apartamento por volta das 17h30. Sentia as pernas pesadas quando subiu a escada em espiral até o terceiro andar. A aula de caratê tinha sido cansativa, e estava com calor depois de enfrentar o trânsito da hora do *rush*.

Quando chegou ao corredor e pegou a chave, percebeu que a porta não estava trancada. Michel voltara para pegar alguma coisa? Ele era a única pessoa que tinha uma cópia da chave, além do zelador. Mas Michel não costumava deixar a porta aberta.

Roberta entrou no apartamento e espiou o laboratório pela fresta da porta.

– Michel? Você está aí?

Não houve resposta, nenhum sinal dele. Ela entrou.

– Oh, Jesus!

Tudo havia sido revirado. Havia pastas espalhadas no chão, gavetas de cabeça para baixo, nada fora deixado no lugar. Mas não era para isso que olhava boquiaberta. O que a espantava era o homem grandalhão com um capuz preto na cabeça. E ele agora corria em sua direção.

A mão enluvada buscava seu pescoço. Sem pensar, ela bloqueou o ataque levantando as duas mãos e abrindo os braços. Surpreso, o atacante hesitou por meio segundo, o suficiente para que ela o acertasse no joelho com um chute. Se houvesse conseguido realizar o golpe com precisão e eficiência, a luta teria acabado ali. Mas ele pulou para trás, e o pé atingiu a perna do oponente apenas de raspão. O desconhecido recuou com um grunhido de dor, cambaleou e caiu pesado.

Ela se virou e correu. Mas ele esticou o braço longo e forte e a derrubou. Roberta bateu com a cabeça na parede e ficou atordoada. Quando se levantou, ele estava apenas a dois metros de distância e tinha uma faca na mão. E se aproximava, levantando a lâmina com a evidente intenção de atacá-la.

Roberta sabia um pouco sobre esse tipo de situação. Um lutador treinado para combater com facas mantém a arma perto do corpo e a empurra, usando a rotação dos músculos das costas para conferir força letal ao golpe. Pouco se pode fazer para bloquear o movimento ou desarmar o oponente. Mas quando o inimigo segura a faca com a mão voltada para baixo e ataca a partir de cima, a história é bem diferente. Teoricamente, ela sabia que podia bloquear esse golpe. *Teoricamente.* No clube de caratê eles praticavam com uma falsa lâmina de borracha, e nunca com velocidade total.

A lâmina, absolutamente real, brilhou dura e rápida. Roberta foi mais veloz. Segurou o pulso do agressor e o empurrou para o lado e para baixo, enquanto, com a outra mão, puxou o cotovelo em sentido contrário com toda a força que tinha. Ao mesmo tempo, ela saltou com o joelho flexionado, lançando-se contra ele e tentando atingi-lo entre as pernas.

O movimento funcionou. O estalo do braço se quebrando foi estridente. O grito do desconhecido foi ainda mais alto. O rosto dele se contorceu em agonia por trás do capuz. A faca caiu, e o corpo desabou em cima dela, contorcendo-se. Ainda gritando, o invasor se encolheu de barriga para baixo, retorcendo o corpo numa expressão de dor desesperada.

Roberta ficou onde estava, olhando horrorizada enquanto o homem rolava no chão. A faca estava cravada em seu plexo solar. Ele havia caído sobre a lâmina, e o peso de seu corpo a enterrara no peito. Desesperado, o homem agarrava o cabo da faca e tentava puxá-la. Depois de alguns segundos, seus movimentos foram se tornando mais lentos, as convulsões perderam força, e finalmente ele ficou imóvel. O sangue se espalhava lentamente pelo chão.

Roberta fechou os olhos com força, sentindo os joelhos tremerem. Talvez, quando voltasse a abri-los, não haveria um homem morto no chão, no meio de uma poça de sangue. Mas, não, lá estava ele, os olhos vidrados e a boca entreaberta como a de um peixe no anzol.

Todos os nervos do corpo a induziam a correr, mas ela combateu o impulso. Devagar, com o coração na boca, abaixou-se ao lado do corpo e introduziu a mão trêmula na abertura frontal do paletó preto do desconhecido. Dentro dele havia uma pequena agenda já meio encharcada de sangue. Ela virou as páginas molhadas, tremendo de repulsa ao ver o sangue em seus dedos, procurando um nome, um número, uma pista.

A agenda estava quase completamente vazia. Porém, na última página havia dois endereços anotados a lápis. Um era o dela. O outro era o da casa de Michel.

Eles o pegaram? Aflita, Roberta pegou o telefone, abriu a agenda de contatos e foi passando pelas entradas até encontrar o que procurava, "M.Z.", e então ela pressionou a tecla de discar.

– Vamos, vamos – murmurava enquanto esperava.

Nenhuma resposta, apenas a secretária eletrônica.

Devia chamar a polícia? Não havia tempo para isso agora, decidiu. Levaria uma eternidade para passar por todas as recepcionistas, e precisava ir à casa dele imediatamente. Roberta passou por cima do corpo e abriu a porta da frente, apenas uma pequena fresta.

Tudo vazio. Ela trancou a porta e desceu a escada correndo.

Com um ruído estridente dos pneus, Roberta parou o carro na frente do prédio de Michel, sem se dar o trabalho de estacionar devidamente. Ela correu para a porta, pressionou várias vezes seguidas o botão do interfone do apartamento dele enquanto batia com os pés no chão, tentando controlar a tensão crescente.

Depois de dois ou três minutos, um casal sorridente saiu do prédio, e ela aproveitou para entrar. O corredor de pedra era escuro e conduzia à escada, passando pela porta do zelador, e ao pátio central. O apartamento de Michel ficava no piso térreo. Roberta bateu à porta. Nenhuma resposta. Ela voltou correndo pelo saguão e para o pátio. A janela do banheiro de Michel estava entreaberta. Roberta tentou entrar pela abertura. Era um espaço pequeno, apertado, mas ela era magra o bastante para conseguir passar.

Uma vez no apartamento, moveu-se furtivamente de aposento em aposento. Não havia sinal de vida. Mas uma xícara de café quase vazia sobre a mesa, ao lado dos restos de uma refeição, ainda era morna ao toque, e o laptop vibrava sobre a mesa. Ele devia ter acabado de sair. Se fosse assim, isso só podia significar que Michel estava bem. O alívio que sentiu relaxou-lhe os músculos. Talvez ele não fosse demorar.

O telefone tocou, e Roberta sobressaltou-se. Depois do segundo toque, a secretária eletrônica atendeu à ligação. A gravação com a voz familiar de Michel soou na sala seguida por um bipe, e em seguida a pessoa do outro lado da linha deixou seu recado.

Ela ouviu uma voz profunda e grave.

– Aqui é Saul. Seu relatório foi recebido. O plano foi executado. Vamos cuidar de BH hoje à noite.

O que estava acontecendo? Que relatório? O que Michel havia enviado, e para quem? Esse homem, esse amigo e assistente, alguém em quem ela confiava, também estava envolvido nisso? *O plano foi executado.* Ela estremeceu. Isso significava o que acreditava que significava?

Roberta se aproximou da mesa e abriu o laptop de Michel. A máquina, que estava em hibernação, voltou a operar imediatamente. Ela clicou duas vezes sobre o ícone de e-mail na área de trabalho. Sentiu a cabeça girando quando rolou para baixo a lista de "enviados". Não foi necessário muito tempo para descobrir a coluna de mensagens enviadas com o assunto "relatório". Eram numeradas em ordem consecutiva e datavam de alguns meses até o presente. Examinando a lista, ela viu que as mensagens eram enviadas em intervalos regulares de aproximadamente duas semanas.

Roberta clicou sobre uma mais recente, a número 14. Ao ler a mensagem aberta na tela, ela sentiu que o coração falhava por um segundo, antes de voltar a bater acelerado. Depois de se sentar diante da mesa de Michel, Roberta releu a mensagem mais devagar, sem acreditar no que via.

Era um relatório de suas últimas descobertas científicas, a constatação de que as moscas do grupo A viviam mais do que as outras. Estava tudo ali, nos mínimos detalhes. Seu coração batia mais depressa do que o normal.

Ela abriu o último e-mail enviado. Data e horário comprovavam que a mensagem fora mandada há uma hora mais ou menos. E havia um anexo. Ela leu antes o corpo do e-mail: *Hoje, 20 de setembro, reunião com o jornalista Ben Hope*. Perplexa, balançando a cabeça com espanto, abriu o arquivo anexo clicando no ícone do clipe no canto da mensagem. Era uma série de arquivos, fotos digitais. E ela foi clicando em cada uma delas, a ruga em sua testa se aprofundando a cada clique.

Eram fotos mostrando ela e Ben Hope em seu laboratório. Haviam sido tiradas naquela manhã, e só uma pessoa podia ter feito isso. Michel. Ele usara a câmera do celular quando entrara fingindo procurar um arquivo.

Vamos cuidar de BH hoje à noite, dissera a voz pelo telefone. E agora ela sabia quem era BH.

Tensa, Roberta ergueu os olhos do monitor. Ouvira alguma coisa. Alguém se aproximava da porta da frente. Ela reconheceu uma melodia que Michel estava sempre assobiando baixinho no laboratório. Chave girando na fechadura, a porta se abrindo. Passos no corredor de entrada. Roberta se jogou atrás de um sofá e ficou lá encolhida, quase sem respirar.

Michel entrou na sala. Ele carregava uma sacola de compras e continuou assobiando enquanto a esvaziava sobre a mesa. Com a outra mão, pressionou uma tecla do aparelho de telefone. Roberta espiava por cima do encosto do sofá e observava seu rosto enquanto ele ouvia o recado deixado por Saul. Não havia emoção. Apenas reconhecimento, um leve movimento afirmativo com a cabeça.

Esse era o mesmo Michel que conhecia? Era o que pensava, atordoada. Devia desmascará-lo, esclarecer tudo isso imediatamente. Mas já estava claro que não o conhecia tão bem quanto imaginava. E se ele estivesse armado? Um confronto podia não ser uma boa ideia.

Ele apagou a mensagem telefônica.

– Cristo, está quente aqui – resmungou para si mesmo, indo abrir a janela do outro lado da sala. Munido de uma barra de chocolate e uma garrafa de cerveja que tirou da sacola de compras, ele se jogou em uma poltrona e ligou a televisão com o controle remoto. Michel ficou ali sentado, rindo de um desenho animado e bebendo sua cerveja.

Essa era sua chance. Ela se abaixou novamente e foi saindo rastejando de trás do sofá, sem se levantar. Rastejaria até o outro lado da sala e sairia pela janela aberta enquanto ele se distraía com a televisão.

Roberta havia saído quase completamente do esconderijo, quando o ouviu gritar:

– Ei! O que *você* está fazendo aí?

Ele se levantou da cadeira.

Roberta não se atrevia a levantar os olhos.

"Merda, me pegou".

– Desça daí agora – Michel falava em tom mais suave. Ela olhou para cima confusa e assustada.

Seu assistente estava do outro lado da sala, ao lado da mesa.

– Venha, meu bebê, não pode fazer isso. – Um gato branco e gordo havia pulado sobre a mesa e lambia o prato que ele deixara ali com os restos de sua última refeição. Michel pegou o gato nos braços, afagando o pelo macio. O animal miou em sinal de protesto e se contorceu, pulou para o chão e correu para fora da sala. Michel o seguiu, examinando um dedo arranhado. – Lutin! Volte! – Ele desapareceu, e Roberta o ouviu gritar para o gato: – Lutin, saia daí, pestinha!

Era a sua chance. Ela se levantou e correu para a porta da frente, por onde saiu em silêncio.

12

Quando, alguns meses antes, Michel Zardi foi procurado pelo homem que conhecia apenas como "Saul", não imaginava quem o abordava, nem o que realmente queriam. Só sabia que devia observar o trabalho de Roberta Ryder e enviar relatórios sobre o progresso da pesquisa que ela fazia.

Michel não era idiota. Acompanhava o projeto de Roberta Ryder desde o início e tinha uma boa ideia de seu potencial e valor, caso ela conseguisse convencer alguém a levá-lo a sério. Agora parecia que alguém se interessava, embora não fosse o tipo de atenção que Roberta queria atrair. Michel era astuto o bastante para não fazer muitas perguntas. O que eles queriam que fizesse era bem simples, e o dinheiro era bom.

Bom o bastante para fazê-lo começar a pensar que talvez não *quisesse* passar o resto da vida marcando passo como um técnico de laboratório mal remunerado, especialmente agora que Roberta havia sido forçada a transferir sua operação para o próprio apartamento. O projeto não iria a lugar algum, os dois sabiam disso. E também a conhecia bem o bastante para saber que ela nunca aceitaria a realidade. Seu orgulho obstinado era o que a fazia continuar, mas também era o que os faria cair.

Por muito tempo, Michel havia pensado em procurar um trabalho melhor. Quando já se preparava para dizer a Roberta que estava desistindo, Saul apareceu do nada. De repente, tudo parecera diferente. A promessa de um futuro mais estável e interessante a serviço de Saul e sua gente, quem quer que fossem, significava que tinha perspectivas. E isso ajudara a endurecer sua atitude com relação à cientista americana que um dia ele considerara sua amiga. Mandava um relatório a cada duas semanas, mais ou menos, e no fim do mês um envelope cheio de dinheiro aparecia em sua caixa de correspondência. A vida estava sendo boa.

Era uma pirâmide de poder, larga na base, estreita no topo. A base era composta por muitos homens ignorantes e insignificantes como Michel Zardi – homenzinhos cuja lealdade podia ser comprada por pouco. O topo da pirâmide era ocupado por um único homem e um grupo seleto de associados próximos. Eles eram os únicos que conheciam a verdadeira natureza, o real propósito e a identidade da organização que tão cuidadosamente escondia suas atividades de olhares curiosos.

Os dois homens do topo dessa pirâmide estavam agora sentados em uma sala, conversando. Era uma sala um tanto incomum, localizada em uma torre abobadada no centro de uma elegante casa de campo em estilo renascentista na periferia de Roma.

O homem grande e autoritário em pé ao lado da janela se chamava Massimiliano Usberti. Fabrizio Severini, seu secretário particular, era o único em quem Usberti confiava completamente e com quem falava abertamente.

– Em cinco anos teremos evoluído para uma força muito mais poderosa do que somos agora, meu amigo – Usberti dizia.

Severini bebia vinho em uma taça de cristal.

– Já somos poderosos – ele falou com uma nota de cautela na voz. – Como espera esconder nossas atividades dos que nos cercam, se temos que crescer ainda mais em tamanho e poder?

– Quando meus planos estiverem no devido lugar, – disse Usberti – não teremos mais que nos preocupar com sigilo. Essa nossa posição, a necessidade de preservar o segredo, é só uma fase temporária do nosso desenvolvimento.

Fabrizio Severini era o homem vivo mais próximo de Massimiliano Usberti. Ambos com quase 60 anos agora, se conheciam havia muitas décadas. Quando se conheceram ainda jovens, Massimiliano era apenas um sacerdote, apesar da excepcional determinação e do respaldo que tinha da considerável riqueza da nobre família para realizar suas ambições. Mas nem mesmo Severini sabia exatamente quais eram os objetivos finais de Usberti, a meta desses planos a que ele se referia com tanta frequência. Não perguntava abertamente nem o pressionava. O relacionamento de amizade entre eles evoluíra ao longo dos anos, enquanto Usberti ia acumulando mais e mais poder, autoconfiança e – não gostava de usar essa palavra, mas era a única adequada – fanatismo. Severini sabia que seu amigo, na verdade, seu mestre, como lentamente se tornara, era um homem implacável que não se deixava deter por nada. Sentia medo dele, e sabia que Usberti se deliciava em segredo com seu temor.

Usberti afastou-se da janela e voltou para perto do secretário sob a grande abóbada. Sobre a mesa de madeira dourada do século 17, um laptop exibia uma sequência de slides. As fotos mostravam uma mulher e um homem conversando. O rosto de um deles lhe era familiar. Dra. Roberta Ryder. Em breve a *finada* dra. Roberta Ryder.

O homem nas fotos era alguém que Usberti esperava não ver. Já havia recebido de um de seus informantes todos os dados sobre o inglês que, disseram, era um investigador profissional que farejava seus assuntos. O informante o prevenira sobre Benedict Hope ser um especialista em pesquisar o passado e homem de muitos talentos. Essa informação se confirmara quando o assassino contratado para ir atrás dele sumira sem mandar mais notícias. Ninguém sabia dele, e mais tarde uma de suas fontes em Paris havia telefonado para contar que um homem se atirara do parapeito da Catedral de Notre-Dame. Seu homem.

Usberti não esperava que Hope chegasse tão longe. Mas isso não o preocupava. Ele não iria muito mais longe.

– Arcebispo... – Severini começou, torcendo as mãos com nervosismo.

– Sim, meu amigo?

– Deus nos perdoará pelo que estamos fazendo?

Usberti o encarou com olhar profundo.

– É claro que Ele nos perdoará. Agimos assim para proteger Sua casa.

Quando Severini se retirou, o arcebispo aproximou-se da mesa onde estava sua antiga Bíblia de capa dourada.

> *Então, olhei e eis que vi os céus abertos, e diante de mim um cavalo branco, cujo cavaleiro se chama Fiel e Verdadeiro. Ele é responsável por julgar e guerrear com justiça.*
>
> *Estava vestido com um manto embebido de sangue, e seu nome é Palavra de Deus. Os exércitos dos céus o seguiam.*
>
> *Uma espada afiada saía-lhe da boca para ferir com ela as nações. Ele as regerá com cetro de ferro; e Ele mesmo é O que pisa o lagar do vinho da justa ira de Deus Todo-Poderoso.*

Usberti fechou o livro. Ficou com o olhar perdido por um momento, e uma expressão sombria e determinada surgiu em seu rosto. Depois, assentindo de forma solene para si mesmo, pegou o telefone.

13

Paris

Roberta conseguiu voltar ao carro, sempre olhando por cima de um ombro, com a nítida impressão de que Michel Zardi apareceria na porta do prédio e viria correndo atrás dela. As mãos tremiam tanto que ela quase não conseguiu introduzir a chave na ignição.

Enquanto dirigia de volta ao apartamento, discou o número da emergência e foi atendida pela central da polícia.

– Quero registrar uma tentativa de homicídio. Tem um corpo no meu apartamento. – Ela relatou os detalhes com voz ofegante, rápida, alternando as mãos entre volante e celular.

Uma ambulância e duas viaturas de polícia já estavam na porta do prédio quando ela parou o carro, dez minutos mais tarde. Os agentes uniformizados eram chefiados por um inspetor à paisana de trinta e poucos anos. O homem tinha cabelos pretos e grossos, que penteava para trás, e seus olhos eram muito verdes e vivos.

– Sou o inspetor Luc Simon – apresentou-se, olhando intensamente para Roberta. – Foi você quem registrou a ocorrência?

– Sim.

– Então você é... Roberta Ryder? Cidadã americana. Tem documentos?

– Agora? Sim. – Ela abriu a bolsa e pegou o passaporte e o visto de trabalho. Simon examinou os documentos e os devolveu.

– Usa o título de *doutora*. É médica?

– Bióloga.

– Entendo. Leve-nos à cena do crime.

Eles subiram a escada até o apartamento de Roberta. O barulho dos rádios ecoava nos corredores. Simon ia na frente e andava depressa, com o queixo erguido. Ela andava atrás do inspetor, seguida por meia dúzia de policiais uniformizados e uma equipe de paramédicos chefiada por um policial médico carregando uma maleta.

Roberta explicou a situação a Simon, sempre fitando seus intensos olhos verdes.

– E então ele caiu em cima da faca – disse gesticulando. – Ele era um homem grande, pesado, deve ter sido um impacto e tanto.

– Vamos tomar seu depoimento. Quem está no apartamento agora?

– Ninguém. Só ele.

– *Ele?*

– O morto – a dra. Ryder explicou com impaciência. – O corpo.

– Deixou o corpo sozinho? – o inspetor perguntou levantando as sobrancelhas. – Onde estava?

– Fui visitar um amigo – ela respondeu, odiando a forma como aquela declaração estava soando.

– Ah, sim... Bem, falaremos sobre isso mais tarde – Simon decidiu impaciente. – Antes, vamos ver o corpo.

Roberta abriu a porta do apartamento.

– Posso esperar aqui fora? – perguntou.

– Onde está o corpo?

– Logo depois da porta, no *hall* de entrada.

Oficiais e médicos entraram, com Simon à frente do grupo. Um policial ficou do lado de fora com Roberta. Ela se apoiou à parede do corredor e fechou os olhos.

Depois de alguns segundos, Simon voltou ao corredor com uma expressão severa, mas desconfiada.

– Tem certeza de que este é o seu apartamento? – ele perguntou.

– Sim. Por quê?

– Faz uso de algum tipo de medicamento? Sofre de perda de

memória, epilepsia ou qualquer outra desordem mental? Usa drogas, álcool...?

– Do que está falando? É claro que não.

– Então, explique isto aqui. – Simon a pegou pelo braço e levou-a até a porta, apontando alguma coisa enquanto a encarava com evidente expectativa. Roberta estava boquiaberta. O detetive apontava para o chão do *hall* de entrada.

Vazio. Limpo. O corpo havia desaparecido.

– Você tem uma explicação para isso?

– Talvez ele tenha rastejado – Roberta murmurou. "O quê? E limpou o rastro de sangue enquanto se arrastava?" Ela esfregou os olhos, sentindo a cabeça girar.

Simon a encarou.

– Desperdiçar o tempo da polícia é infração grave. Eu poderia prendê-la agora, sabia?

– Mas havia um corpo! Eu não imaginei, ele estava aqui!

– Hum. – Simon virou-se para um de seus homens. – Providencie um café – ordenou. E olhou novamente para Roberta com expressão sarcástica. – Então, para onde ele foi? Ao banheiro? Talvez o encontremos sentado no vaso sanitário lendo o *Le Monde*?

– Adoraria saber – ela respondeu impotente. – Mas estava aqui... eu não imaginei.

– Revistem o local – Simon ordenou aos oficiais. – Falem com os vizinhos, vejam se alguém ouviu alguma coisa.

Os homens se separaram para vasculhar o apartamento, e um ou dois deles lançaram olhares irritados na direção da bióloga. Simon se voltou para ela mais uma vez.

– Disse que o homem era grande e forte? E que a atacou com uma faca?

– Sim.

– Mas você não sofreu nenhum ferimento?

– Não – ela respondeu irritada.

– Como espera que eu acredite que uma mulher desarmada do seu tamanho, com 1,65 metro, talvez, conseguiu matar um homem grande, forte e armado sem sofrer nenhum ferimento?

– Espere aí, eu não disse que o matei. Ele *caiu* sobre a própria faca.

– O que ele fazia aqui?

– O que um criminoso costuma fazer dentro do apartamento de outra pessoa? Estava roubando. Virou meu laboratório de pernas para o ar.

– Seu laboratório?

– Sim, tudo foi revirado. Pode ir ver com seus próprios olhos.

Ela apontou a porta do laboratório, e o inspetor a abriu. Roberta espiou por cima do ombro dele e, chocada, constatou que o lugar havia sido arrumado. Tudo estava em seu devido lugar, pastas empilhadas, gavetas fechadas, nada no chão. Estaria ficando maluca?

– Ladrão organizado – Simon comentou. – Podiam ser todos assim.

Um dos agentes apareceu na porta.

– Senhor, os vizinhos do outro lado do corredor passaram a tarde toda em casa. Eles disseram que não ouviram nada.

– Hum – Simon resmungou. Olhando em volta, ele pegou um pedaço de papel de cima da mesa. – O que é isto? *A ciência biológica da alquimia*? – Os olhos verdes mergulharam nos dela.

– Já disse, eu... eu sou uma cientista – Roberta gaguejou.

– Alquimia agora é ciência? Consegue transformar chumbo em ouro?

– Dá um tempo.

– Talvez tenha inventado um jeito de fazer as coisas... desaparecerem? – O inspetou abriu os braços. Depois jogou o papel sobre a mesa e atravessou o laboratório com passos determinados. – O que tem aqui?

Antes que ela pudesse detê-lo, o policial já estava abrindo as portas do armário onde estavam os tanques com as moscas.

– *Putain!* Isso é nojento.

– É parte da minha pesquisa.

– Isto é uma séria questão de segurança e saúde, senhora. Essas coisas transmitem doenças. – O médico da polícia estava parado na porta atrás de Roberta, assentindo e revirando os olhos. Os outros oficiais também retornavam da busca, todos balançando a cabeça. Ela sentia olhares hostis vindos de todas as direções.

– Seu café, senhor.

– Ah, obrigado. – Simon pegou o copo descartável e bebeu um gole generoso. Café era a única coisa que o livrava das dores de cabeça de estresse que havia tendo. Precisava descansar mais. Não tinha dormido nada na noite passada.

– Sei que isso parece estranho – Roberta protestou. Ela gesticulava muito, adotando uma atitude defensiva. E não gostava de como a sua voz se tornava aguda. – Mas estou dizendo...

– É casada? Tem um namorado? – Simon perguntou em tom seco.

– Não. Eu tinha um namorado... mas não tenho mais... E o que isso tem a ver com a história toda?

– Está emocionalmente abalada com o rompimento – sugeriu o inspetor. – Pode ser o estresse... – "Que ironia", pensou, lembrando sua performance com Hélène na noite anterior.

– Ah, acredita que estou sofrendo um colapso nervoso? A mulherzinha que não vive sem homem?

Ele deu de ombros.

– Que tipo de perguntas são essas? Quem é seu superior?

– Devia tomar cuidado, madame. Lembre-se de que cometeu uma infração grave.

– Por favor, escute. Acho que estão planejando matar outra pessoa. Um homem inglês.

– Ah, sim? Quem está planejando?

– Não sei *quem*. A mesma pessoa que tentou me matar.

– Nesse caso, sugiro que nosso amigo inglês relaxe, porque ele não corre nenhum perigo grave. – Simon a encarava com desprezo evidente. – E quem é esse inglês? Talvez o amigo com quem foi tomar chá enquanto o cadáver imaginário ficava sozinho em seu apartamento?

– Meu Deus – ela exclamou impotente, quase rindo de frustração. – Diga-me que não é realmente esse idiota que parece ser.

– Dra. Ryder, se não calar a boca imediatamente, vou ter que levá-la para a delegacia. E vou mantê-la presa enquanto isolo seu apartamento com fita amarela e solicito à perícia um exame completo e minucioso do local. – Ele jogou o copo vazio e se aproximou dela. Seu rosto estava vermelho. Roberta recuou. – Será examinada por um médico da polícia. Completamente examinada, cada centímetro. E terá que passar por uma avaliação psicológica com um psiquiatra. A Interpol vai vasculhar sua conta bancária. Vou desmontar sua porcaria de vida pedaço por pedaço... é isso que quer?

Roberta estava com as costas coladas à parede. O nariz do inspetor quase tocava o dela, seus olhos verdes brilhavam.

– Porque é isso que vai acontecer!

Todos os agentes olhavam para Simon. O médico se aproximou dele e tocou-lhe o ombro, rompendo a tensão. Simon recuou.

– Faça isso! – ela gritou de volta. – Pode me prender! Tenho indícios. Sei quem está envolvido nisso.

Ele a encarou ameaçador.

– E quer ser a estrela do seu próprio filme? É isso, não é? Mas não vou lhe dar essa satisfação. Já vi o suficiente aqui. Corpos desaparecendo, tanques cheios de moscas, alquimia, tramas de assassinato. Lamento, *doutora* Ryder, mas a polícia não tem tempo a perder com malucos em busca de atenção. E considere-se avisada – ele falou apontando um dedo para ela. – Não faça isso de novo. Entendeu?

O inspetor fez um gesto para os homens da equipe, e todos saíram. Roberta ficou sozinha no apartamento.

Choque e surpresa a paralisaram por um momento, enquanto olhava para a porta e ouvia os passos se afastando pela escada. Não conseguia acreditar. E agora, o que ia fazer?

Vamos cuidar de BH hoje à noite. Ben Hope. Não sabia como ele estava envolvido nisso, mas precisava preveni-lo imediatamente. Mal conhecia o sujeito, mas se a polícia se negava a tratar a situação com seriedade, cabia a ela alertá-lo para o que quer que estivesse acontecendo.

Havia jogado no lixo o cartão que ele lhe dera com o número

de seu telefone, porque não tinha nenhuma intenção de procurá-lo. Felizmente, não usara o triturador de papel. Ela virou a lata de lixo, espalhando papéis amassados, cascas de laranja e uma lata amassada de refrigerante pelo chão do laboratório. O cartão estava ali, manchado de respingos de Coca. Ela pegou o telefone e apertou as teclas, levando-o ao ouvido e esperando ouvir os toques do outro lado.

Uma voz atendeu.

– Alô? Ben? – ela começou com urgência. Mas logo percebeu que era inútil.

Bem-vindo ao serviço de mensagens Orange. Lamento, mas a pessoa para quem você telefonou não está disponível...

14

Quarteirão da Ópera, centro de Paris

O ponto de encontro que Ben havia escolhido para a reunião da noite era a igreja Madeleine, na fronteira do quarteirão da Ópera. Tinha o hábito de nunca fazer contato ou deixar que fossem buscá-lo perto de um local onde estava hospedado. Não gostara de como o pessoal de Fairfax o encontrara na Irlanda e o mandara buscar em casa.

Ele saiu do apartamento às 20h20 e andou com passos rápidos para a estação de metrô Richelieu Drouot. Eram apenas duas estações até seu destino, uma viagem breve no trem barulhento e sacolejante. Ele caminhou em meio ao movimento intenso nos túneis subterrâneos e voltou à rua na Place de la Madeleine. Diante da imponente igreja, acendeu um cigarro e se apoiou em uma das colunas coríntias, observando o trânsito.

Ben não precisou esperar muito tempo. Na hora marcada, uma grande limusine Mercedes saiu do meio do tráfego e parou junto da calçada. O motorista uniformizado desceu do carro.

– *Monsieur*?

Ben assentiu. O *chauffeur* abriu a porta de trás e esperou que ele entrasse. Paris desfilava pela janela da limusine. Escurecia quando eles passaram pelos limites da cidade e seguiram por estradas rurais cada vez mais estreitas e escuras. Arbustos e árvores, um ou outro prédio sem iluminação e um pequeno bar de beira de estrada apareceram e sumiram à luz dos faróis.

O motorista não conversava, e Ben mergulhou nos próprios

pensamentos. Loriot era, sem dúvida, um editor de grande sucesso, considerando o meio de transporte que fora enviado para buscá-lo. Não acreditava que o sucesso de seus negócios dependesse muito, se de alguma forma, da publicação de títulos sobre temas esotéricos ou alquímicos - uma busca rápida no site da *Editions Loriot* revelara apenas um punhado deles, e nada relacionado com o que ele procurava. De qualquer maneira, esse não era um setor muito comercial do mercado literário. Mas Rose havia dito que Loriot era um verdadeiro entusiasta. Devia ser só um hobby, talvez um interesse pessoal que ele havia levado aos negócios como um apêndice para atender ao público que também se interessava por alquimia. Talvez ele pudesse orientá-lo, apontar a direção certa. Um colecionador rico podia ter livros raros, papéis ou manuscritos que pudessem interessar. Talvez até... não, isso era esperar demais. Teria que esperar para ver como transcorreria o encontro daquela noite. Ele verificou o mostrador luminoso do relógio. Logo estariam chegando. Os pensamentos seguiam sinuosos.

Ele sentiu a Mercedes reduzir a velocidade. Haviam chegado? Ben olhou para a estrada escura além do motorista. Não estavam em um vilarejo, nem havia casa alguma por perto. Os faróis iluminaram uma grande placa de sinalização.

PERIGO
TRAVESSIA DE NÍVEL

As barreiras de madeira estavam erguidas, permitindo a passagem do automóvel. A limusine subiu lentamente nos trilhos e parou. O motorista pressionou o botão no painel ao lado dele e houve um estalo quando a trava central foi acionada. Um som metálico, e uma divisória de vidro espesso se levantou, separando-o do motorista.

- Ei - ele disse batendo no vidro. Sua voz soou oca no compartimento à prova de som. - O que é isso? - O motorista o ignorou. Ele tentou abrir a porta, mesmo sabendo que estava trancada. - Por que paramos? Ei, estou falando com você!

Sem olhar em sua direção, ou dizer uma palavra que fosse, o motorista desligou o motor e os faróis se apagaram. O homem abriu a porta e a luz interna se acendeu. Ben notou que a divisória era reforçada por uma fina grade de aço e ferro.

O motorista desembarcou tranquilamente. Quando ele fechou a porta, o interior do automóvel ficou escuro. Um raio de luz surgiu quando o homem acendeu uma lanterna lá fora, afastando-se pela estrada deserta. O facho de luz da lanterna ia de um lado para o outro, como se procurasse alguma coisa. O círculo de luz mostrou um Audi preto parado no acostamento, cerca de 50 metros além da travessia de nível. As luzes do carro se acenderam e uma porta se abriu quando o motorista da limusine se aproximou. Ele entrou no Audi.

Ben esmurrou a divisória interna de vidro, depois a janela escurecida. As lanternas traseiras do Audi eram tudo o que ele conseguia ver na escuridão. Depois de um minuto, mais ou menos, o carro arrancou e desapareceu na estrada.

Ele se virou no banco de trás da Mercedes procurando uma saída. Experimentou novamente as portas, mesmo sabendo que era inútil, combatendo uma onda de ansiedade. Tinha que haver uma saída. Sempre existe uma saída para tudo. Estivera em situações piores que essa.

Ele ouviu um som do lado de fora, o soar de um apito. Em seguida, vários ruídos mecânicos, e as barreiras de madeira desceram. Apesar da total escuridão, conseguia visualizar a cena com total nitidez. A Mercedes estava parada sobre os trilhos, atravessada entre as barreiras, e agora um trem se aproximava.

– Cuidou de tudo, Godard? – perguntou Berger, o homem gordo atrás do volante, olhando por cima do ombro enquanto o motorista da limusine se acomodava no banco de trás do Audi.

Godard tirou o quepe de motorista.

– Sem nenhum problema – disse. E sorriu.

Berger ligou o motor do carro.

– Vamos tomar aquela cerveja agora.

– Não deveríamos esperar um pouco? – perguntou o terceiro homem, olhando para o relógio com nervosismo. Ele espiou com desconforto a sombra da Mercedes a 50 metros atrás deles.

– Não. Para quê? – Berger riu enquanto engatava a marcha e partia, acelerando fundo na estrada. – O trem vai chegar em alguns minutos. O filho da mãe britânico não vai a *lugar nenhum*.

Os olhos de Ben se ajustaram à escuridão. Pela janela lateral da Mercedes, o horizonte era um profundo V escuro de céu estrelado flanqueado por margens ainda mais negras que se erguiam dos dois lados dos trilhos. Ele viu um brilho pálido ganhar força e luminosidade entre as margens. O brilho tornou-se duas luzes distintas ainda bem distantes, mas crescendo assustadoramente com a aproximação do trem. Em meio ao rugido dentro de sua cabeça, ele identificava ao longe o som das rodas de aço nos trilhos.

Ben bateu com mais força na janela. "Mantenha a calma." Ele tirou a Browning do coldre e a usou como marreta, batendo com o cabo várias vezes contra a janela. O vidro não quebrava. Ele girou a arma, protegeu o rosto com um braço e disparou contra o vidro. O rugido crescente do trem desapareceu por um instante, abafado pelo estrondo do tiro que provocou um zumbido agudo em seus ouvidos. O painel se distorceu em uma teia de aranha de finas rachaduras, mas não se partiu. Vidro à prova de bala. Ele abaixou a arma. Era inútil tentar arrebentar a trava. Ia precisar de muito mais que doze rajadas de uma simples 9 mm para destroçar o aço sólido.

Ele hesitou, depois voltou a bater. As luzes distantes se tornavam maiores e mais brilhantes, inundando o vale entre as margens com uma luz amarelada e difusa.

Houve um estrondo e ele se encolheu, afastando-se da janela. Outro impacto ruidoso, e o vidro trincado envergou-se para o interior do automóvel.

Uma voz soou do lado de fora, abafada, mas familiar.

– Você está aí? Ben? – Era uma voz feminina. Americana. A voz de Roberta Ryder!

Ela bateu novamente contra a janela com a chave de roda do kit de ferramentas de seu Citroën. O vidro reforçado estava rachado, mas não se desprendia. O trem se aproximava depressa.

Ela gritou pela janela trincada.

– Ben, segure-se firme. Vai haver um impacto!

O uivo do trem ficava mais alto. Ele mal ouviu a porta do Citroën bater e o som do motor acanhado. O carro arrancou, arrebentou as barreiras e se lançou com seu modesto peso contra o metal reforçado da Mercedes, atingindo-o na traseira. O para-brisa do automóvel de Roberta tinha sido estilhaçado pelas barreiras. As partes amassadas do veículo raspavam-se umas nas outras. Ela segurou a alavanca do câmbio e engatou bruscamente a ré, recuando para avançar novamente.

A limusine havia sido lançada um metro para a frente, e as rodas travadas deixaram sulcos na terra. Ela bateu contra a traseira do carro pela segunda vez, e conseguiu empurrar a frente do veículo para baixo da segunda barreira. Mas não era o suficiente.

Ben estava abaixado na parte de trás da limusine. Outro impacto o jogou deitado no piso. A Mercedes foi empurrada por cima do segundo trilho, e a barreira restante caiu sobre o teto.

O trem quase os alcançava, estava a 250 metros e se aproximava depressa.

Roberta pisou fundo no acelerador mais uma vez. Última chance. O carro bateu em cheio na traseira da Mercedes, e ela gritou aliviada quando o carro foi jogado para fora dos trilhos do trem.

O maquinista vira os carros nos trilhos. No meio do barulho ensurdecedor que invadia toda a área em torno dela, Roberta identificou o rangido dos freios. Mas nada poderia parar o trem a tempo. Por um momento terrível, o Citroën ficou enganchado na traseira da Mercedes, ocupando o lugar dela sobre os trilhos, as rodas rodando no vazio.

Então a lataria amassada se desprendeu e o carro recuou com um solavanco, saindo dos trilhos e voltando à segurança um segundo antes de o trem passar uivando, provocando um forte deslocamento de ar. A fila de vagões continuou passando durante dez segundos, depois desapareceu noite adentro. As luzes vermelhas do último vagão foram se afastando até se apagar no nada.

Eles ficaram em silêncio por um momento, cada um em um automóvel, esperando o coração e a respiração voltarem ao normal. Ben guardou a Browning no coldre.

Roberta desceu do Citroën, analisou o veículo e deixou escapar um gemido. Os faróis estavam completamente destruídos, pendurados pelos fios entre a lataria amassada do capô e dos para-lamas dianteiros. Ela cruzou os trilhos e caminhou para a limusine com as pernas trêmulas.

– Ben? Fale comigo!

– Pode me tirar daqui? – perguntou uma voz abafada lá de dentro.

Roberta tentou abrir a porta da Mercedes.

– Dããã... Grande ideia, Ryder – resmungou para si mesma. – Estava aberta o tempo todo.

Pelo menos a chave não estava na ignição. Isso teria sido *realmente* idiota. Ela entrou e bateu na divisória de vidro que a separava de Ben. Podia ver o rosto dele do outro lado. Devia haver um botão no painel para abrir a divisória. Se conseguisse baixá-la, ele passaria pela abertura. Ela encontrou um botão no meio dos comandos do carro e o pressionou. "Merda." Encontrou outro e pressionou, e dessa vez o mecanismo da trava central abriu todas as portas com um estalo metálico.

Ben saiu do carro gemendo e cambaleando, massageando o corpo dolorido. Ele fechou o paletó, mantendo o coldre e a arma cuidadosamente escondidos.

– Jesus, essa foi por pouco – disse Roberta. – Tudo bem?

– Vou sobreviver. – Ele apontou o Citroën arruinado. – Acha que seu carro ainda anda?

– *Obrigado, Roberta* – ela falou com tom sarcástico e teatral. – *Que sorte você ter aparecido. Obrigado por salvar meu traseiro.*

Nenhuma resposta. Ela o encarou por um instante, depois olhou para o que sobrava de seu automóvel.

– Eu gostava muito daquele carro. Não fabricam mais esse modelo, sabia?

– Vou lhe dar outro – Ben prometeu, mancando na direção do veículo.

– Ah, mas vai mesmo – ela o seguiu. – E acho que me deve uma explicação também.

Depois de algumas tentativas, o motor pegou, apesar do barulho quase terminal. Roberta manobrou o carro, ouvindo as rodas rangendo contra os para-lamas amassados, e voltou à estrada. Com o aumento da velocidade, o ranger das rodas contra o metal tornou-se um uivo atormentado, e o vento, que atravessava o para-brisa quebrado, contribuía para a sinfonia apitando dentro do automóvel. O motor aquecia e uma fumaça escura começou a brotar do capô amassado.

– Não vamos muito longe – Roberta gritou em meio ao uivo do vento, olhando para a escuridão pelo vidro quebrado.

– Continue até onde puder – ele disse. – Acho que vi um bar quando vínhamos para cá.

15

O Citroën os levou até o tranquilo bar de beira de estrada antes de finalmente morrer, consequência do radiador perfurado. Roberta lançou um último e triste olhar para o carro quando o deixou em um canto mais escuro do estacionamento e entrou no bar, passando por duas motos e alguns automóveis e por baixo do reluzente brilho vermelho do neon luminoso suspenso sobre a porta.

O salão estava praticamente vazio. Dois motoqueiros de cabelos compridos jogavam bilhar e riam ruidosamente no fundo da sala, bebendo cerveja direto da garrafa.

Eles pouco falaram enquanto escolhiam uma mesa afastada do rock estridente da *jukebox*. Ben caminhou até o balcão e voltou um minuto depois com uma garrafa de vinho tinto e dois copos. Ele serviu a bebida e empurrou um copo na direção dela, deslizando-o na toalha de mesa manchada. Roberta bebeu um gole generoso e fechou os olhos.

– Cara, que dia. Então, qual é a *sua* história?

Ele deu de ombros.

– Eu só estava esperando um trem.

– E quase que ele o encontra.

– Percebi. Obrigado por ter me tirado de lá.

– Não me agradeça. Apenas me conte o que está acontecendo e por que nos tornamos repentinamente tão populares.

– Nós?

– Sim, *nós* – ela confirmou irritada, batendo com um dedo sobre a mesa. – Desde que tive o prazer de conhecê-lo hoje, alguém invadiu meu apartamento e tentou me matar, amigos se tornaram inimigos, homens mortos desapareceram do meu apartamento e policiais cretinos me trataram como se eu fosse uma maluca.

Ele ouvia com atenção e apreensão crescente o relato de Roberta Ryder sobre o que havia acontecido nas últimas horas.

– E para completar – ela acrescentou –, quase fui atropelada por um trem enquanto salvava seu traseiro. – Roberta fez uma pausa. – Deduzo que não recebeu meu recado – concluiu indignada.

– Que recado?

– Acho que deveria manter seu celular ligado.

Ele riu ao lembrar que havia desligado o telefone durante a entrevista com ela. Ben tirou o celular do bolso e o ligou.

– Mensagem – gemeu, vendo o pequeno ícone de envelope surgir na tela.

– Grande dedução, Sherlock – a doutora disparou. – De qualquer maneira, foi melhor não ter ligado de volta, porque decidi vir avisá-lo pessoalmente. Agora já começo a me perguntar por que me incomodei com isso.

Ele franziu o cenho.

– Como sabia onde me encontrar?

– Caso tenha esquecido, eu estava lá quando você recebeu o telefonema de...

– Loriot.

– Tanto faz. Amigos encantadores os seus. Enfim, lembrei que você mencionou alguma coisa sobre ir a Brignancourt hoje à noite, e imaginei que poderia encontrá-lo lá, se não fosse tarde demais. – Ela o encarou com firmeza. – Então, vai me contar o que está acontecendo, Ben? Jornalistas do *Sunday Times* sempre têm essa vida tão... agitada?

– Parece que você teve um dia mais agitado que o meu.

– Pode parar com a palhaçada. Você tem alguma coisa a ver com tudo isso, não tem?

Silêncio.

– Então? Tem ou não tem? Vamos lá. Devo pensar que é só uma

coincidência você ter aparecido fazendo perguntas sobre meu trabalho, e termos sido fotografados, e alguém ter tentando nos matar no mesmo dia? Não acredito nessa história de jornalista. Quem é você de verdade?

Ele encheu novamente os dois copos. O cigarro chegara ao fim. Ele jogou a guimba pela janela, pegou o Zippo e acendeu outro.

Roberta tossiu quando a fumaça invadiu-lhe as narinas.

– *Precisa* mesmo disso?

– Sim.

– Fumar é um hábito proibido.

– Como se eu me importasse.

– Então... vai me contar a verdade, ou devo simplesmente chamar a polícia?

– Acha que desta vez vão acreditar em você?

O coração do maquinista do trem ainda batia descompassadamente, embora ele seguisse viagem. Quando as luzes iluminaram os dois carros sobre os trilhos, era tarde demais para fazer alguma coisa. Ele respirou fundo. "Jesus." Nunca antes encontrara mais que um cervo na frente de sua composição. Não gostava de pensar no que poderia ter acontecido se os carros não saíssem da via em tempo.

Que tipo de idiota passava pela barreira da travessia de nível com um trem se aproximando? Adolescentes, provavelmente, criando confusão em carros roubados. O maquinista suspirou demoradamente quando seu coração voltou a bater no ritmo normal, depois pegou o transmissor de rádio.

– Ah, merda.

– Eu disse que a gente deveria ter esperado.

Os três homens no interior do Audi olhavam para a ferrovia onde um deles havia deixado a Mercedes. Naudon olhou para os colegas com ar de reprovação e se recostou no assento. Enquanto Berger e Godard riam e bebiam no bar, ele ficara ouvindo o rádio. Se tivesse acontecido algum acidente envolvendo um trem, a ocorrência já teria sido noticiada. Nada. Ele havia insistido com os outros até que, para fazê-lo calar a boca, eles cederam.

E Naudon estava certo. Nenhum acidente, nenhum trem descarrilhado, nenhum inglês morto. A Mercedes vazia estava parada alguns metros longe dos trilhos, e não parecia ter sido atingida por um trem em alta velocidade.

Pior, o automóvel não estava sozinho. Havia duas viaturas de polícia com as luzes acesas, uma de cada lado da Mercedes abandonada.

– Isso é muito ruim – Berger murmurou, agarrando o volante com força.

– Você disse que os policiais nunca vinham para estes lados – Godard comentou. – Por isso escolhemos este lugar, não?

– Eu avisei – Naudon repetiu no banco de trás.

– Mas como...

– Bem, rapazes, o chefe não vai ficar feliz com isso.

– É melhor ligar para ele.

– Eu não. Ligue você.

Os policiais examinavam a área, movendo as lanternas de um lado para o outro enquanto rádios estalavam e chiavam ao fundo.

– Ei, Jean-Paul – disse um oficial, segurando um logotipo da Citroën que encontrara, completamente amassado, no chão. – Também há muitos cacos de vidro por aqui, provavelmente de lâmpadas de faróis – ele relatou.

– O maquinista do trem mencionou um Citroën 2CV – respondeu outro.

– E para onde ele foi?

– Não pode ter ido muito longe, isso é certo. O fluido do radiador escorreu todo aqui.

Mais dois policiais examinavam com lanternas o interior da limusine. Um deles encontrou um pequeno objeto brilhante no assoalho da parte de trás. Ele tirou do bolso uma caneta esferográfica e a usou para recolher o cartucho disparado.

– Ei, vejam isto! Um cartucho de nove. – O oficial aproximou o metal das narinas, sentindo um cheiro de cordite. – Disparado recentemente.

– Embale.

Outro oficial encontrara alguma coisa, um cartão caído no banco. Ele leu o nome à luz da lanterna.

– É um nome estrangeiro.

– O que acham que aconteceu aqui?

– Quem sabe?

Vinte minutos mais tarde, o guincho da polícia chegou. Luzes azuis e alaranjadas giravam enquanto a Mercedes era atrelada ao caminhão para ser rebocada. O guincho saiu escoltado por duas viaturas de polícia, uma na frente e outra atrás. Os trilhos foram novamente cercados pela escuridão e pelo silêncio.

16

Roma

Os dois homens que haviam ido buscar Giuseppe Ferraro em sua casa naquela noite e o levaram para fora da cidade agora o escoltavam pela escada larga e imponente da casa de campo em estilo renascentista. Mal falaram durante o trajeto. E não havia sido necessário, Ferraro sabia o que significava tudo aquilo, e por que o arcebispo mandara buscá-lo. Seus joelhos tremiam um pouco quando foi conduzido à cúpula da casa de campo e as portas foram fechadas. A sala enorme estava escura, exceto pelo luar e pela luz das estrelas, luminosidade que penetrava pelas diversas janelas espalhadas pela circunferência.

Massimiliano Usberti, em pé ao lado de uma escrivaninha no fundo da sala, virou-se lentamente para encarar Ferraro.

– Arcebispo, eu posso explicar. – Ferraro estivera trabalhando nessa explicação desde que recebera a ligação de Paris no início da noite. Esperava que Usberti o convocasse para ir à casa de campo, mas não contava com um chamado tão imediato. Ele começou a recitar suas desculpas. Contratara idiotas que o haviam desapontado. Não tinha culpa se o inglês havia escapado. Lamentava, lamentava muito, e garantia que isso não voltaria a acontecer.

Usberti se aproximou dele e levantou a mão, um gesto que interrompeu a enxurrada de desculpas e justificativas.

– Giuseppe, Giuseppe... Não precisa explicar – ele disse sorrindo, passando um braço sobre os ombros do homem mais jovem. – Somos todos humanos. E todos nós cometemos erros. Deus perdoa.

Ferraro estava perplexo. Não era essa a recepção que esperava. O arcebispo o levou para perto de uma janela iluminada pelo luar.

– Que noite gloriosa – ele murmurou. – Não acha, meu amigo?

– Sim, arcebispo... é linda.

– Não é o bastante para se sentir feliz por estar vivo?

– Sim, arcebispo.

– É um privilégio viver na terra de Deus.

Eles ficaram olhando pela janela para o céu escuro da noite. Havia milhões de estrelas, a lua era cristalina e a Via Láctea formava um arco cintilante e perolado sobre as colinas romanas.

Após alguns minutos, Ferraro perguntou:

– Arcebispo, tenho sua permissão para partir agora?

Usberti bateu de leve em seu ombro.

– É claro. Mas, antes de ir, gostaria de apresentá-lo a um bom amigo.

– Será uma honra, arcebispo.

– Eu o chamei aqui para conhecê-lo. Seu nome é Franco Bozza.

Ferraro quase perdeu os sentidos com o choque que aquele nome provocou nele.

– Bozza! O Inquisidor? – De repente, sentiu o coração bater-lhe na garganta e a boca seca, estava enjoado.

– Ah, vejo que já ouviu falar do meu amigo – disse Usberti. – Ele vai cuidar de você agora.

– O quê? Mas arcebispo, eu... – Ferraro caiu de joelhos. – Eu imploro...

– Ele o espera lá embaixo – Usberti respondeu, pressionando o botão de um interfone sobre a mesa. Enquanto Ferraro era arrastado aos berros pelos dois homens que o haviam levado até ali, o arcebispo se benzeu e murmurou uma prece em latim pela alma do homem.

– *In nomine patris et filii et spiritus sancti, ego te absolvo...*

17

– Então, para onde agora? – Roberta perguntou quando o táxi chegou para pegá-los no bar.

– Bem, você vai para casa – respondeu ele.

– Está brincando? Não vou voltar para lá.

– Qual é o endereço do seu assistente?

– Para que quer saber? – ela perguntou, já entrando no carro.

– Quero fazer umas perguntas a ele.

– E acha que não vou com você? Também tenho perguntas a fazer para aquele filho da mãe.

– Devia ficar fora disso – ele aconselhou enquanto tirava a carteira do bolso.

– O que está fazendo? – Roberta quis saber ao vê-lo contar algumas notas.

Ben ofereceu o dinheiro a ela.

– Aqui tem o suficiente para se hospedar em um hotel decente esta noite e embarcar em um voo de volta para os Estados Unidos amanhã cedo. Pegue.

Ela olhou para as notas e balançou a cabeça, empurrando-as.

– Escute, parceiro, estou tão envolvida nisso quanto você. Quero descobrir o que está acontecendo. E nem pense em tentar me despistar.

Antes que ele pudesse responder, a dra. Ryder se inclinou para a frente e deu ao motorista do táxi um endereço no décimo *arrondissement* de Paris. O motorista resmungou alguma coisa e partiu.

Quando chegaram à casa de Michel, eles encontraram a rua iluminada pelas luzes azuis de carros da polícia. Uma ambulância e várias viaturas ocupavam o espaço na frente do prédio, e uma pequena multidão se aglomerava na entrada. Antes de desembarcar, Ben disse ao motorista do táxi para esperar. Roberta e ele atravessaram a barreira formada por curiosos.

Pessoas saíam dos bares próximos e se reuniam em grupos na calçada, observando, apontando, cobrindo a boca em choque. Uma equipe de paramédicos empurrava uma maca para fora do prédio onde Michel morava. Eles não tinham pressa. O corpo transportado estava completamente coberto por um lençol branco. Na altura do rosto, uma grande mancha de sangue se alastrava pelo tecido. A maca foi posta na parte de trás da ambulância, cujas portas foram fechadas.

– O que aconteceu aqui? – Ben perguntou a um gendarme.

– Suicídio – o policial respondeu em tom seco. – Um vizinho ouviu o tiro.

– Foi um rapaz chamado Michel Zardi? – Roberta indagou. De algum jeito, já sabia.

– Você o conhecia? – o policial perguntou sem demonstrar emoção. – Pode entrar, *mademoiselle*. O chefe vai querer falar com você.

Roberta dirigiu-se à entrada do prédio. Ben a segurou pelo pulso.

– Vamos sair daqui – ele disse. – Você não pode fazer nada.

Ela se soltou.

– Quero saber – respondeu, e seguiu em frente, passando por baixo da fita de isolamento que a polícia pusera na porta.

Ben a seguiu resmungando. Vários policiais impediam a passagem.

– Que coisa feia – disse um dos oficiais a outro. – Nem a própria mãe o reconheceria. Não sobrou nada do rosto.

Entre os policiais uniformizados havia um pequeno e gordo tenente à paisana distribuindo ordens. Ele olhou para Roberta ao vê-la se aproximar.

– É da imprensa? Vá embora, não há nada para ver aqui.

– Está no comando da operação? – ela quis saber. – Sou a dra.

Roberta Ryder. Michel é meu... – Ela parou. – *Era* meu funcionário. Foi o corpo dele que acabaram de levar, não foi?

– Estávamos passando por aqui – Ben a interrompeu.

Em inglês, cochichou no ouvido dela:

– Vamos conduzir tudo bem rápido e da forma mais simples, está bem?

– Seu nome, *monsieur*? – perguntou o policial à paisana, virando uma expressão azeda na direção dele.

Ben hesitou. Se desse um nome falso, a reação de Roberta o delataria.

– O nome dele é Ben Hope – Ele estremeceu quando a bióloga tomou a iniciativa. – Escute – Roberta continuou em tom firme, olhando nos olhos do tenente –, Michel não se matou. Ele foi assassinado.

– Madame vê assassinos em todos os lugares – uma voz comentou atrás deles, e os dois se viraram. O coração de Roberta ficou apertado quando ela reconheceu o homem que se aproximava. Era o jovem inspetor de polícia que tinha conhecido naquele dia.

– Inspetor Luc Simon – ele se apresentou, cravando em Roberta seus luminosos olhos verdes. – Já a preveni sobre essa sua atitude. Pare de nos fazer perder tempo. Isso é um caso simples de suicídio. Encontramos um bilhete... Aliás, o que está fazendo aqui?

– Que bilhete? – ela perguntou desconfiada.

Simon exibiu uma pequena embalagem de plástico. Dentro dela havia uma folha de caderneta com algumas linhas manuscritas. Simon olhou para o saquinho.

– Ele diz que não valia mais a pena. Estresse, depressão, dívidas, os problemas de sempre. Vemos o tempo todo.

– *Eh, oui* – concordou o tenente, balançando a cabeça com um ar filosófico. – *La vie, c'est de la merde.*

– Cale a boca, Rigault – Simon rosnou para ele. – Madame, eu lhe fiz uma pergunta. O que faz aqui? É a segunda vez no mesmo dia em que sou chamado por uma falsa comunicação de homicídio, e *você* aparece.

– Quero ver a porcaria do bilhete – Roberta se irritou. – Ele não escreveu isso.

– Lamento muito – Ben disse a Simon, puxando o braço de Roberta para interrompê-la, antes que ela falasse demais. – Minha noiva está perturbada. Já estamos indo embora. – Ele a puxou de lado, deixando o inspetor sem ação, parado, olhando para eles enquanto era cercado por assistentes.

– *Sua noiva?* – Roberta cochichou por entre os dentes. – O que significa isso? E solte o meu braço, está me machucando.

– Fique quieta. Não quer passar as próximas dez horas sendo interrogada pela polícia, nem eu.

– Não foi suicídio – ela insistiu.

– Eu sei. Agora escute. Só temos alguns segundos. Notou alguma coisa aqui que esteja diferente, que tenha sido modificada de algum jeito?

– Alguém esteve aqui. – Ela olhou para a mesa de seu assistente, tentando não dar muita atenção para a mancha vertical de sangue na parede e no teto. A mesa estava vazia. O computador de Michel havia desaparecido.

– Rigault, tire essa gente daqui! Vamos, vamos andando! – Simon gritava do outro lado da sala, apontando para eles.

– Já vimos o suficiente – Ben decidiu. – É hora de ir.

Ele a conduziu para a porta, mas Simon os interceptou.

– Espero que não tenha planos de deixar a cidade, dra. Ryder. Posso querer falar com você.

Quando saíram do apartamento, Simon os observava com a testa franzida. Rigault o fitou por um instante e bateu com o indicador na cabeça.

– Americanos malucos. Assistem a muitos filmes de Hollywood.

Simon assentiu pensativo.

– Talvez.

18

Montpellier, sul da França

– Marc, me passe a chave de fenda. Marc... Marc? Onde você se meteu, seu porcaria? – O eletricista desceu da escada, deixando fios soltos pendurados enquanto olhava em volta carrancudo. – O cretino nunca aprende nada. – Para onde ele podia ter ido agora?

O garoto era um estorvo. Lamentava tê-lo contratado. Natalia, sua cunhada, adorava o filho, não conseguia perceber que ele era apenas um fracassado, como o pai.

– Tio Richard, veja isso! – A voz agitada do aprendiz soou no estreito corredor de concreto.

O eletricista deixou as ferramentas no chão, limpou as mãos no macacão e seguiu o som. No fim do corredor sombrio havia uma alcova escura. Uma porta de aço estava aberta. Degraus de pedra desciam para o fundo escuro. Richard olhava para baixo.

– Que diabos está fazendo aqui?

– Você tem que ver isso – o garoto insistiu, já além da porta. – É esquisito.

Richard suspirou e desceu a escada, chegando a uma adega grande e vazia. Colunas de pedra sustentavam o teto.

– É uma adega. Venha, você não devia estar aqui. Pare de perder tempo.

– Sim, mas olhe – Marc insistiu, direcionando a luz da lanterna para as barras de ferro que brilhavam na escuridão. Gaiolas. Argolas presas à parede. Mesas de metal.

– Vamos sair daqui.

– O que é isso?

– Não sei. Um canil... O que temos a ver com isso?

– Ninguém mantém cachorros em uma adega... – Marc sentia o nariz coçando com o cheiro forte de desinfetante. Ele girou a lanterna em volta e viu de onde vinha o aroma, uma vala de concreto aberta no chão, uma canaleta ligada a um ralo largo.

– Vamos, garoto – Richard resmungou. – Vou me atrasar para o próximo serviço. Está me atrapalhando.

– Espere um minuto – disse Marc. Ele se aproximou do objeto brilhante que vira no escuro e o pegou do chão. Cabia na palma da mão, e ele o analisou, tentando determinar o que era.

Richard se aproximou do menino e o segurou pelo braço, puxando-o na direção da escada.

– Escute – preveniu-o –, trabalho nisso desde antes de você nascer. Uma coisa que aprendi é que, para continuar no ramo, é preciso cuidar da própria vida e manter a boca fechada. Entendeu?

– Tudo bem. Mas...

– Nada de *mas*. Agora venha me ajudar com aquela maldita luz.

19

Paris

Nos últimos quatro anos, Ben havia trabalhado sozinho. Gostava da liberdade proporcionada pela situação, da possibilidade de dormir onde queria, mover-se rapidamente, ir longe e sem empecilhos, entrar e sair dos lugares sem chamar atenção. E, o mais importante, trabalhar sozinho significava que era responsável apenas por si mesmo e por mais ninguém.

Mas agora estava ligado a essa mulher, e isso implicava desrespeitar as próprias regras.

Ele seguiu por um caminho mais complicado ao voltar para o apartamento. Roberta mantinha uma expressão confusa enquanto ele a conduzia por alamedas de pedras, pelo estacionamento subterrâneo e escada acima até a porta de segurança do prédio.

– Você mora aqui?

– Lar doce lar – Ben trancou a porta atrás deles e digitou a senha no painel do sistema de segurança. Em seguida acendeu as luzes e ela olhou em volta.

– O que é isso? Minimalismo neoespartano?

– Quer café? Um lanche, talvez?

– Café seria ótimo.

Ben foi até a cozinha e acendeu a chama sob a pequena cafeteira. Depois de alguns minutos a água ferveu, e ele serviu o café com leite quente, que despejou de uma leiteira. Então, ele abriu uma lata de cassoulet, aqueceu e dividiu a mistura quente de linguiça e presunto em dois pratos. Ainda tinha meia dúzia de garrafas de vinho tinto. Ele pegou uma delas e abriu-a.

– Devia comer alguma coisa – disse, notando que ela ignorava o prato.

– Não estou com fome.

– Tudo bem.

Depois de comer sua porção, ele devorou também a dela, acompanhadas de goles de vinho. Enquanto comia, Ben percebeu que ela tremia e segurava a cabeça entre as mãos. Levantou-se então e foi buscar um cobertor, que ajeitou sobre os ombros de Roberta. Ela continuou sentada em silêncio por alguns instantes.

– Não consigo parar de pensar em Michel – a bióloga comentou finalmente com um fio de voz.

– Ele não era seu amigo – Ben recordou.

– Sim, eu sei, mas ainda assim... – Roberta soluçou, enxugou os olhos e sorriu um sorriso pálido. – Bem idiota.

– Não, não é idiota. Você tem compaixão.

– E você fala como se isso fosse uma raridade.

– É uma raridade.

– Você tem compaixão?

– Não. – Ele serviu o restante do vinho em seu copo. – Não tenho. – E olhou para o relógio. – É tarde. Amanhã cedo eu trabalho. – Ben esvaziou o copo e levantou-se rápido da cadeira. Pegou alguns cobertores e a almofada de uma poltrona e os jogou no chão.

– O que está fazendo?

– Improvisando uma cama para você.

– Chama isso de cama?

– Bem, você podia ter ido ao Ritz, se quisesse. Eu ofereci, lembra? – Observou a expressão de Roberta. – O apartamento só tem um quarto – explicou.

– E por isso você faz um hóspede dormir no chão?

– Você é o primeiro hóspede que recebo, se isso serve de consolo. Agora, pode me dar sua bolsa, por favor?

– O quê?

– Sua bolsa – ele repetiu. E a arrancou da mão dela, vasculhando o conteúdo sem pedir licença.

– Que diabos está fazendo? – Ela tentou pegar a bolsa de volta, mas Ben a afastou.

– Eu fico com isto – disse, guardando seu celular. – Você pode ficar com o resto.

– Por que pegou meu telefone?

– Por que será? Não quero que faça ligações quando ficar sozinha.

– Caramba, você tem um problema com confiança!

Naquela noite, Roberta não conseguiu dormir bem, era-lhe impossível parar de pensar em tudo o que tinha acontecido durante o dia. O que havia começado como qualquer outro dia terminara com seu mundo virado de pernas para o ar. Talvez fosse doida por estar ali parada, quando podia ter aceitado o dinheiro e embarcado no próximo voo de volta para casa.

E esse Ben Hope? Lá estava ela, trancada em um apartamento escondido com um homem que vira pela primeira vez naquele dia, a quem mal conhecia. Quem era ele? Um homem atraente com um sorriso vitorioso. Mas era possível notar também a frieza, a maneira como ele a fitava com aqueles olhos azul-claros, e nesses momentos ela não conseguia saber em que ele estava pensando.

Havia outro pensamento que não desaparecia: alguém estava interessado em sua pesquisa. E era um interesse bem grande. Grande o bastante para matar por ela. Isso significava muitas coisas. Significava que alguém se sentia ameaçado pelo que ela descobria. O que a levava a deduzir que essas descobertas tinham valor real. Estava no caminho certo e, mesmo que agora se encontrasse em uma posição perigosa, não podia deixar de sentir entusiasmo. Precisava saber mais.

Ela interrompeu o fluxo de pensamentos e levantou a cabeça da almofada, tensa e atenta. Uma voz. Com esforço, tentou se localizar na sala escura e desconhecida. Depois de alguns segundos, percebeu que o som vinha do quarto. Era a voz de Ben. Não conseguia entender o que ele dizia. A voz tornou-se mais alta, protestando contra alguma coisa. Ele falava ao telefone? Roberta levantou-se da cama improvisada e se aproximou da porta guiando-se pela luz do luar. Sem fazer barulho, colou a orelha à porta e ouviu.

Ele não estava falando, estava *gemendo*... e a voz soava sofrida, torturada. Ben resmungou alguma coisa incompreensível, depois falou mais alto. Roberta se preparava para abrir a porta, quando percebeu que ele estava sonhando. Não, não era um sonho. Era um pesadelo.

– Ruth, não vá! Não! Não! Não me deixe! – Os gritos diminuíram, tornaram-se um gemido, e depois, parada ali na escuridão, ela o ouviu soluçar como uma criança.

20

Desde a infância pobre na área rural da Sardenha, Franco Bozza sempre gostou de provocar dor. As primeiras vítimas foram insetos e minhocas, e ainda menino ele dedicara muitas horas ao desenvolvimento de maneiras cada vez mais elaboradas de dissecá-los lentamente, enquanto os via se retorcer e morrer. Antes de completar 8 anos, Franco havia progredido para a prática com pequenas aves e mamíferos. As primeiras vítimas dessa fase foram filhotes que ele encontrou em um ninho. Mais tarde, cachorros do bairro começaram a desaparecer. Na adolescência, Franco tornou-se um mestre torturador e perito em causar agonia. E adorava tudo aquilo. Era o que o fazia se sentir mais vivo.

Quando deixou a escola, aos 13 anos, ele se tornara quase igualmente obcecado pelo catolicismo. Ficava fascinado com as imagens mais cruéis da tradição cristã – a coroa de espinhos, o estigma sangrento do Cristo, os pregos nas mãos e nos pés de Jesus. Franco refinou seus conhecimentos básicos de literatura adquiridos na escola só para poder ler sobre a história deliciosamente mórbida da Igreja. Um dia encontrou um antigo livro que descrevia a perseguição dos hereges pela Inquisição medieval. Leu como, depois da conquista da fortaleza de Cathar, em 1210, o comandante das forças da Igreja havia ordenado que uma centena de hereges locais tivessem nariz, orelhas e lábios amputados, olhos arrancados e fossem exibidos diante da entrada de outros castelos hereges como exemplo. O menino se sentira profundamente inspirado por aquele gênio macabro e ficava acordado à noite desejando que pudesse, de alguma forma, ter participado daquilo.

Franco apaixonou-se pela arte religiosa, caminhava quilômetros até a cidade mais próxima para visitar a biblioteca e apreciar encantado gravuras históricas exibindo imagens sinistras de opressão religiosa. Sua pintura favorita era *O Vagão do Feno* de Hieronymus Bosch, de 1480, mostrando torturas terríveis executadas pelas mãos de demônios, corpos perfurados por lanças e lâminas e – o mais excitante de tudo – uma mulher nua. Não era a nudez propriamente dita que lhe provocava sentimentos tão sufocantes de luxúria. Os braços dela estavam amarrados atrás das costas, e tudo que lhe cobria a nudez era um sapo preto preso aos genitais. Ela era uma bruxa. Seria queimada. E era isso que provocava tão intensa, quase frenética, excitação nele.

Franco se informou sobre o cenário histórico em torno da pintura de Bosch, a furiosa misoginia da Igreja Católica durante o século 15, quando o Papa Inocêncio VIII publicou sua Bula contra os Bruxos, o documento que conferiu o selo de aprovação do Vaticano para torturar e queimar mulheres suspeitas, mesmo que só vagamente, de associação com o Demônio. Pesquisou e descobriu o livro conhecido como *Malleus Maleficarum*, o "Martelo das Bruxas", o manual oficial da Inquisição para tortura e sadismo direcionado àqueles que serviam a Deus se encharcando de sangue herege. Esse livro provocou em Franco o mesmo horror violento contra a sexualidade feminina que permeava a fé cristã medieval. Uma mulher que praticava o sexo, que sentia prazer com ele, que não se submetia, apenas, *tinha* que ser a noiva do Demônio. O que significava que tinha que morrer. De um jeito horrível. Essa era a parte de que ele mais gostava.

Franco tornou-se especialista no sangrento passado da Inquisição católica e na Igreja que a havia gerado. Enquanto outros admiravam a beleza de obras de artistas como Botticelli e Michelangelo na Capela Sistina do Vaticano, Franco se deliciava pensando que, enquanto aquelas obras eram encomendadas pela Igreja, 250 mil mulheres na Europa eram sacrificadas com a bênção do Papa. Quanto mais ele aprendia, mais apreciava a confirmação de que converter-se à fé católica e a seu legado era, tacitamente ou não, apoiar séculos de sistemático e irrestrito assassinato em massa, guerra, opressão, tortura e corrupção. Havia encontrado sua vocação espiritual, e se alegrava nela.

Depois de um tempo, em 1977, chegou a hora de Franco se casar com sua pretendida, a filha do ferreiro local. Relutante, ele concordou em casar-se com Maria para agradar os pais.

Na noite de núpcias, ele descobriu que era completamente impotente. Na época, isso não o preocupou. Jamais se incomodara por ainda ser virgem, mas já sabia que a única coisa que o excitava era empunhar uma faca para causar dor. Era o que o inspirava e o fazia sentir-se poderoso. O corpo feminino não o atraía.

Mas, com as semanas se transformando em meses sem que ele demonstrasse nenhum interesse sexual pela esposa, Maria começou a atormentá-lo. Certa noite, ela foi longe demais.

– Vou sair e encontrar um homem de verdade, um que tenha bolas – gritou. – E depois todo mundo vai saber que meu marido é um *castrato* inútil.

Aos 20 anos, Franco era forte e musculoso. Furioso, ele a agarrou pelos cabelos e a arrastou até o quarto, onde a jogou brutalmente sobre a cama, espancou-a até deixá-la quase inconsciente e usou a faca para cortar sua carne.

Nessa noite Franco fez uma descoberta que mudou sua vida: um corpo de mulher podia excitá-lo, afinal. Ele não a tocou – apenas o aço da faca cortou sua pele. Franco deixou Maria amarrada à cama, mutilada e permanentemente desfigurada. Fugiu do vilarejo no meio da noite. O pai e os irmãos de Maria foram atrás dele, jurando vingança.

Nunca antes Franco se afastara mais que alguns quilômetros do vilarejo, e logo se perdeu, sem dinheiro e faminto pela verdejante área rural da Sardenha. Uma noite, na frente de um bar perto de Cagliari, o irmão mais velho de Maria, Salvatore, o encontrou mendigando comida. Salvatore o surpreendeu e cortou-lhe a garganta com uma faca.

Um homem mais fraco teria caído e morrido, se deixado esquartejar. Franco estava morrendo de fome e encharcado com o sangue que jorrava do corte em seu pescoço. Mas a dor e o cheiro de sangue deram-lhe força renovada, uma energia primitiva. Mantendo-se em pé como um animal ferido, ao invés de fugir, atacou. Se Salvatore estivesse armado naquela noite, tudo teria sido diferente. Mas Franco tomou-lhe a faca da mão, dominou-o e arrancou-lhe o fígado. Lentamente.

Foi a primeira vez que Franco matou um homem, mas não a última. Roubou todo o dinheiro que Salvatore levava nos bolsos e fugiu para o litoral, onde pegou a balsa para o continente italiano. O corte que sofreu no pescoço cicatrizou, mas, pelo resto da vida, sua voz seria um sussurro estrangulado.

Com a promessa de vingança contra ele, Franco Bozza se viu exilado da Sardenha. Viajou pelo sul da Itália pulando de emprego em emprego. Mas sua obsessão por causar dor nunca diminuía, e antes dos 24 anos ele vendia seu talento para mafiosos, que o empregavam para arrancar informações dos inimigos capturados. Franco Bozza era excelente no que fazia, e logo sua reputação se espalhou pelo submundo do crime, onde ele se tornou conhecido como um torturador excepcionalmente frio e insensível. Quando o assunto era prolongar a vida e maximizar a agonia, ele era um mestre sem concorrentes.

Quando Bozza – ou o Inquisidor, como agora se rotulava – não estava executando sua arte em algum infeliz criminoso, vagava à noite pelas ruas procurando prostitutas, atraindo-as para a morte com sua voz sussurrante. Restos desfigurados de mulheres começaram a aparecer em quartos de hotéis baratos espalhados por todo o sul da Itália. Começaram a surgir boatos sobre um "monstro", um maníaco que se alimentava de dor e morte como um vampiro se banqueteia com sangue. Mas o Inquisidor sempre encobria seus rastros. Seu registro policial era tão virgem quanto sua sexualidade.

Um dia, em 1997, Franco Bozza recebeu um telefonema inesperado. Alguém que não fazia parte do sórdido submundo ou da máfia, era um bispo do Vaticano.

Massimiliano Usberti ouvira falar do Inquisidor nas sombras do submundo. O famoso interesse religioso do homem, sua absoluta devoção a Deus e sua vontade inabalável de punir os impuros eram exatamente as qualidades que Usberti queria para sua nova organização. Quando Bozza soube qual seria sua função, agarrou a oportunidade imediatamente. Era perfeita para ele.

O nome da organização era *Gladius Domini*. A Espada de Deus.

Franco Bozza acabara de se tornar sua lâmina.

21

Paris

– Alô? Posso falar com *monsieur* Loriot, por favor?

– Ele viajou para tratar de negócios, senhor – respondeu a secretária. – Só voltará em dezembro.

– Mas recebi um telefonema dele ontem.

– Receio que seja impossível – a secretária respondeu mal-humorada. – Ele está na América e ficará lá por um mês.

– Desculpe pelo incômodo – disse Ben. – Evidentemente, estou mal informado. Pode me dizer se *monsieur* Loriot ainda mora na Villa Margaux em Brignancourt?

– Brignancourt? Não, *monsieur* Loriot mora em Paris. Creio que deve ter ligado para o número errado. Bom dia. – Ela desligou.

Agora estava claro. Loriot não havia telefonado para ele, o atentado envolvendo o trem havia sido ideia de outra pessoa, como havia imaginado. Era tudo muito improvável.

Ele se sentou e fumou um cigarro, pensando no assunto. A evidência apontava uma nova direção. Havia ligado para o escritório de Loriot quando estava na casa de Roberta. Michel Zardi estava presente, ouvira a conversa e anotara o seu número de telefone, que tinha dito ao deixar o recado para Loriot. E saíra imediatamente depois do telefonema – para comprar peixe para o gato. *Sim, e também para passar o número para os comparsas.* Então, eles ligaram para ele fingindo ser Loriot. Havia sido um risco. E se o verdadeiro Loriot também telefonasse? Talvez tivessem verificado antes e constatado que ele estava fora da cidade.

Não era um plano perfeito, mas havia sido suficientemente bom. Ben se deixara apanhar como a maçã em uma árvore, e só a oportuna intervenção de Roberta o salvara de ter sido esmagado, arrastado por centenas de metros em uma ferrovia. Sem ela, ainda estaria sendo retirado dos dormentes dos trilhos a colheradas.

Estaria vacilando? Isso não podia se repetir.

O atentado também significava que as pessoas que estavam atrás de Roberta Ryder também o perseguiam. Não estavam brincando, e isso, gostasse ele ou não, o unia a Roberta.

Estava acordado desde o amanhecer e passara a manhã toda pensando no que fazer com ela. No dia anterior, havia decidido que tinha que tirá-la dali, pagar por seu afastamento, obrigá-la a voltar aos Estados Unidos. Mas talvez estivesse errado. Ela podia ajudá-lo. Roberta queria descobrir o que estava acontecendo, e ele também queria. Sentia que, por ora, ela queria ficar a seu lado, em parte por medo, em parte por curiosidade. Mas essa situação não se manteria por muito tempo se insistisse em mantê-la no escuro, se a deixasse de fora, se não confiasse nela.

Ele continuou sentado na cama, pensando nisso até ouvir Roberta movimentando-se na sala. Levantou-se e abriu a porta. Ela se espreguiçava e bocejava, com as roupas de cama amontoadas a seus pés. Os cabelos despenteados.

– Vou fazer café, depois vou sair – ele avisou. – A porta está aberta. Pode ir, se quiser.

Ela o olhou sem dizer nada.

– Chegou a hora da decisão – Ben continuou. – Vai ficar, ou vai embora?

– Se eu ficar, terá que ser com você.

Ele assentiu.

– Temos muito em que pensar, muitas coisas para esclarecer. E temos que entender toda essa situação do meu jeito.

– Vamos confiar um no outro, então?

– Acho que sim – ele concordou.

– Eu fico.

Ele percorreu o corredor ao longo da fileira de carros usados, olhando um por um. Alguma coisa rápida e prática. Nada muito luxuoso, nada que chamasse atenção.

– Que tal esse? – ele perguntou, apontando um dos veículos.

O mecânico limpou as mãos no macacão, deixando duas faixas paralelas de graxa no tecido azul.

– Tem um ano, está em perfeito estado. Qual é a forma de pagamento?

Ben bateu no bolso.

– Pode ser em dinheiro?

Dez minutos mais tarde, ele dirigia o Peugeot 206 Sport prateado pela Avenue de Gravelle na direção da principal via de Paris.

– Para um jornalista, você sabe muito bem como gastar dinheiro – Roberta comentou, sentada a seu lado.

– Tudo bem, hora da verdade. Não sou jornalista – ele confessou, reduzindo a velocidade para se adequar ao tráfego pesado no entorno da Périphérique.

– Ah. Sabia. – Ela aplaudiu. – Posso saber o que realmente faz, sr. Benedict Hope? Aliás, esse é seu verdadeiro nome?

– Sim, é meu nome.

– Belo nome.

– Bom demais para um cara como eu?

Ela sorriu.

– Eu não disse isso.

– Quanto ao que faço, digamos que sou alguém que procura. – Ele se infiltrou no tráfego, esperou uma brecha, e a aceleração do carro esportivo os empurrou para o encosto do banco, enquanto o motor ganhava uma nota mais forçada, mas não menos agradável.

– E você procura o quê? Encrenca?

– Bem, sim, às vezes. Procuro problemas – ele confirmou com um sorriso seco. – Mas, desta vez, não esperava um problema tão grande.

– O que está procurando? E por que quis falar comigo?

– Você quer mesmo saber?

– Sim, eu quero.

– Estou procurando o alquimista Fulcanelli.

Ela levantou uma sobrancelha.

– *Ceeeerto*... Aham. Continue.

– Bem, o que estou procurando de verdade é um manuscrito que ele supostamente tinha, ou escreveu... Não sei muito sobre isso.

– O manuscrito Fulcanelli. O velho mito.

– Já ouviu falar nisso?

– Sim, é claro que ouvi falar. Mas a gente ouve muitas coisas nessa área.

– Acha que o manuscrito não existe.

Ela deu de ombros.

– Quem vai saber? É como o santo graal da alquimia. Alguns dizem que existe, outros dizem que não, ninguém sabe o que é ou o que tem nele, ou se realmente existe. Por que quer encontrá-lo, afinal? Você não me dá a impressão de que se interessa por essas coisas.

– Que coisas?

Ela bufou.

– Sabe qual é um dos maiores problemas da alquimia? As pessoas que se interessam por ela. Nunca encontrei uma que não fosse meio maluca.

– Esse é o primeiro elogio que ouço de você.

– Não leve muito a sério. Enfim, você ainda não respondeu.

Ele fez uma pausa.

– Não é para mim. Estou trabalhando para um cliente.

– E esse cliente acredita que o manuscrito pode ajudar a curar algum tipo de doença, certo? Por isso estava tão interessado na minha pesquisa. Está procurando algum tipo de cura medicinal para alguém. O cliente está doente?

– Vamos dizer apenas que ele está desesperado pelo manuscrito.

– Ah, deve estar mesmo.

– Estive pensando se o seu elixir não pode ter alguma utilidade para ele.

– Já disse que ainda não está pronto. E eu nem pensaria em testá-lo em um ser humano. Seria totalmente antiético. Sem mencionar que a prática da medicina sem uma licença é ilegal. Parece que já estou suficientemente encrencada no momento.

Ele deu de ombros.

– Então, Ben, vai me dizer aonde vamos neste seu novo e caro brinquedo?

– O nome Jacques Clément significa alguma coisa para você? – ele perguntou.

Roberta assentiu.

– Ele foi aprendiz de Fulcanelli na década de 1920. – Um olhar curioso. – Por quê?

– Diz a história que Fulcanelli deixou um documento com Clément antes de desaparecer – ele contou. Sabia que Roberta esperava mais informações, por isso continuou: – Isso aconteceu em 1926. Clément está morto, morreu há muito tempo. Mas quero saber mais sobre o que Fulcanelli deixou com ele.

– E como vai descobrir?

– Uma das primeiras coisas que fiz ao chegar a Paris, há três dias, foi procurar familiares vivos. Achei que poderiam ajudar.

– E...?

– Rastreei o filho dele, André. Banqueiro aposentado, rico. Ele não falou muito. Na verdade, quando mencionei Fulcanelli, ele e a esposa praticamente me mandaram sumir.

– Isso é o que acontece quando você fala de alquimia com alguém – ela respondeu. – Bem-vindo ao clube.

– Enfim, duvidei de que teria notícias deles novamente – Ben continuou. – Mas hoje de manhã, enquanto você dormia, recebi um telefonema.

– Deles?

– Do filho deles, Pierre. Tivemos uma conversa interessante. Ele me contou que havia dois irmãos, André e Gaston. André era o bem-sucedido, e Gaston, a ovelha negra da família. Gaston quis continuar o trabalho do pai, que André detestava e considerava bruxaria.

– Faz sentido.

– E eles praticamente deserdaram Gaston. Constrangimento familiar. Não há mais nenhuma relação entre eles.

– Gaston ainda está vivo?

– Parece que sim. Mora a alguns quilômetros da cidade, em uma velha fazenda.

Ela se recostou no assento.

– E é para lá que estamos indo?

– Não fique muito animada. Ele deve ser um maluco... como você mesma disse.

– Todos são.

– Vou me lembrar disso.

– Então, acha que Gaston Clément ainda pode ter esses papéis, ou seja lá o que Fulcanelli deixou com o pai dele?

– Não custa tentar.

– De qualquer maneira, tenho certeza de que tudo isso é muito interessante – ela declarou. – Mas pensei que íamos tentar descobrir o que está acontecendo e por que alguém quer nos matar.

Ele a fitou por um instante.

– Ainda não terminei. Pierre Clément me disse mais uma coisa hoje de manhã. Eu não fui a última pessoa a procurar o pai dele para fazer perguntas sobre Fulcanelli. Ele relatou que três homens apareceram por lá há dois dias fazendo as mesmas perguntas, e também perguntaram por mim. Tudo isso está conectado de alguma forma, você, eu, Michel, as pessoas que estão atrás de nós, o manuscrito.

– Mas como? – Ela balançou a cabeça confusa.

– Não sei como.

A questão era, ele pensou: se os três homens sabiam sobre a existência de Gaston Clément, ele podia estar se encaminhando para outra armadilha.

Aproximadamente uma hora mais tarde, eles chegaram à velha e dilapidada fazenda onde Pierre Clément havia dito que o tio morava. Em um trecho com muitas árvores, Ben parou o carro no acostamento, a algumas centenas de metros da entrada.

– É aqui – disse, verificando o mapa improvisado que havia feito para encontrar o local.

Nuvens cinzentas prometiam chuva enquanto eles caminhavam para a fazenda. Sem deixar Roberta perceber o que fazia, Ben abriu a trava de segurança do coldre preso ao ombro e manteve a mão próxima do peito quando chegaram ao pátio da entrada. Havia galpões desertos e em ruínas dos dois lados da área. Um celeiro de madeira alto e negligenciado resistia em pé atrás do curral. Janelas quebradas eram protegidas por tábuas pregadas. Uma coluna de fumaça se erguia lentamente de uma chaminé de metal escurecido.

Ben olhou em volta com cuidado, pronto para reagir a qualquer tipo de problema. Mas não havia ninguém ali.

O celeiro parecia estar vazio. Lá dentro, o ar era denso e enfumaçado, emitindo um cheiro desagradável de poeira e substâncias estranhas em ebulição. O interior do galpão era amplo, iluminado por raios claros de sol que penetravam pelas frestas entre as tábuas e pelas poucas vidraças sujas. Pássaros entravam e saíam por um grande buraco no topo da construção. De um lado, um mezanino erguido sobre estacas de madeira sustentava uma poltrona, uma mesa com um velho aparelho de televisão e uma cama com cobertores sujos. Na outra extremidade havia um grande fogão enegrecido de fuligem. Pela porta de ferro preto entreaberta escapava uma fumaça escura exalando forte odor. O fogão era cercado de mesas improvisadas cobertas de livros, papéis, recipientes de metal e vidro ligados a tubos de borracha ou plástico duro e transparente. Líquidos estranhos ferviam sobre bicos de Bunsen alimentados por botijões de gás, e deles se desprendiam vapores malcheirosos. Em todos os cantos escuros havia lixo, caixas velhas, recipientes quebrados, inúmeras garrafas vazias.

– Que lugar nojento – Roberta se queixou.

– Pelo menos não está cheio de moscas.

– Haha – ela reagiu irônica. – Idiota – acrescentou em voz baixa.

Ben aproximou-se de uma das mesas, onde alguma coisa chamou sua atenção. Era um velho manuscrito meio apagado, preso à mesa por pedaços de cristal de quartzo sobre os cantos. Ele o pegou, e o manuscrito, sem o apoio das pedras, enrolou-se imediatamente, espalhando uma nuvem de partículas de poeira que podiam ser vistas pairando no raio de luz que penetrava pela janela mais próxima. Ben se aproximou do raio de sol, desenrolando o manuscrito para ler a caligrafia rebuscada.

Se a erva ch-shen pode prolongar a vida
Certamente vale a pena introduzir esse elixir no corpo de alguém?
Ouro, por sua natureza, não pode se decompor ou perecer
E é, de todas as coisas, a mais preciosa.
Se o alquimista criar esse elixir
A duração de sua vida se tornará infinda
Cabelos agora brancos voltarão a ser negros
Dentes que caíram renascerão
O velho decrépito é novamente um jovem cheio de luxúria
A velha volta a ser donzela
Aquele cuja forma mudou escapa dos perigos da vida.

– Encontrou alguma coisa? – ela perguntou, espiando por cima do ombro de Ben.

– Não sei. Mas pode ser interessante.

– Posso ver? – Ela passou os olhos pelo pergaminho.

Ben foi verificar se havia mais alguma coisa sobre a mesa, mas, entre os inúmeros pergaminhos enrolados e as pilhas de papel sujo e amarrotado, ele só encontrou diagramas complexos, gráficos e listas de símbolos. Suspirou.

– Você entende alguma coisa disto aqui?

– Hum... Ben?

Ele soprou a poeira de um velho livro.

– O que é? – resmungou sem interesse.

Ela o cutucou.

– Temos companhia.

22

Ben levou a mão à arma. Porém, quando se virou e viu o homem se aproximando deles, abaixou o braço.

Os olhos do velho brilhavam transtornados por trás dos cabelos grisalhos e desgrenhados que se misturavam à barba espessa e comprida. Ele se aproximava depressa com um pedaço de pau, as botas arrastando no chão de concreto.

– Deixe isso aí! – o homem gritou ríspido, apontando um dedo magro para Roberta. – Não toque nisso!

Ela devolveu o pergaminho à mesa, e a peça se enrolou imediatamente, como se fosse impulsionada por molas. O velho agarrou o escrito e apertou-o fortemente contra o peito. Ele usava um casaco longo, muito velho e esfarrapado. Tinha a respiração ofegante e ruidosa.

– Quem são vocês? – perguntou o homem. – O que fazem em minha casa?

Roberta o encarava. Ele parecia ter vivido os últimos trinta anos morando sob as pontes de Paris. "Jesus! Esses são os homens a quem eu quero convencer a humanidade a levar a sério?", pensou.

– Procuramos *monsieur* Gaston Clément – disse Ben. – Desculpe, a porta estava aberta.

– Quem são vocês? – repetiu o velho. – Polícia? Deixem-me em paz. Saiam daqui. – Ele recuou para as sombras, levando consigo o pergaminho e brandindo o pedaço de pau numa ameaça direta.

– Não somos da polícia. Só queremos fazer algumas perguntas.

– Eu sou Gaston Clément. O que querem de mim? – o velho arfou.

De repente, os joelhos cederam sob o peso de seu corpo e ele cambaleou, derrubando o pergaminho e o pedaço de pau, uma bengala, na verdade. Ben o amparou e ajudou-o a sentar-se em uma cadeira. Depois, ajoelhou-se ao lado do velho alquimista, que tossia e quase sufocava cobrindo a boca com um lenço.

– Meu nome é Benedict Hope, estou procurando uma coisa, um manuscrito deixado por Fulcanelli... Escute, quer que eu chame um médico? Você não parece bem.

Clément parou de tossir e ficou sentado por um minuto, ofegante, limpando a boca. Tinha mãos magras e artríticas, as veias azuis e salientes na pele clara, translúcida.

– Estou bem – ele falou com a voz entrecortada. Devagar, a cabeça grisalha se virou na direção de Ben. – Você falou em Fulcanelli?

– Ele foi professor de seu pai, não foi?

– Sim, ele deu a meu pai grande sabedoria – Clément murmurou. E ficou parado como se estivesse pensando. Por um minuto ele resmungou algumas coisas sem sentido, aparentemente confuso e distante.

Ben pegou a bengala caída e a apoiou contra a cadeira onde estava sentado o velho. Ele desenrolou o pergaminho que havia caído no chão.

– Acho que não...

Clément voltou à vida quando viu o pergaminho nas mãos de Ben. Um braço magro se adiantou e o pegou de volta.

– Dê-me isto aqui.

– O que é isso?

– Por que se interessa? Isto é *O segredo da vida eterna*. Chinês, século 2º. Não tem preço. – Os olhos decrépitos de Clément se fixaram em Ben com mais nitidez. Ele se levantou cambaleando, apontando o trêmulo dedo indicador. – O que quer de mim? Mais forasteiros malditos querendo me roubar! – Ele pegou a bengala.

– Não, *monsieur*, não somos ladrões – Ben assegurou. – Só queremos algumas informações.

Clément cuspiu.

– Informações? *Informações*! Foi exatamente isso que o canalha Klaus Rheinfeld me disse. – Ele bateu com a bengala na mesa, fazendo voar várias folhas de papel. – Aquele ladrãozinho imundo do Kraut! – E olhou para eles. – Saiam daqui agora – gritou, os cantos da boca cobertos por uma espuma raivosa.

Ele levantou a mão para uma prateleira cheia de equipamentos e pegou um tubo de ensaio contendo um líquido verde e borbulhante, sacudia agora o tubo na direção deles com ar ameaçador.

Os joelhos do velho fraquejaram novamente e ele caiu. O tubo de ensaio se espatifou no chão, e o líquido verde respingou em vários lugares.

Ben e Roberta levantaram o velho Clément e o ajudaram a subir os degraus até o mezanino onde ficavam suas acomodações. O homem se sentou na beirada da cama, nesse momento parecia frágil e enfermo. Roberta foi buscar um pouco de água para ele. Depois de certo tempo, já mais calmo, parecia um pouco mais disposto a conversar.

– Pode confiar em mim – Ben falou com sinceridade. – Não quero roubar nada seu. Posso pagar por sua ajuda, se quiser nos ajudar. Melhor assim?

Clément assentiu e bebeu um pouco da água.

– Ótimo. Agora, ouça com atenção. Fulcanelli deu a seu pai, Jacques Clément, alguns documentos, antes de desaparecer em 1926. Preciso saber se seu pai guardou algum tipo de manuscrito alquímico deixado com ele pelo professor.

O velho balançou a cabeça.

– Meu pai tinha muitos papéis. E destruiu vários deles antes de morrer. – Seu rosto se retorceu furioso. – Dos que ele deixou, muitos foram roubados de mim.

– Pelo homem que mencionou, o tal Rheinfeld? – perguntou Ben. – Quem era ele?

O rosto enrugado de Clément ficou vermelho.

– Klaus Rheinfeld – ele falou com tom carregado de ódio. – Meu assistente. Ele veio para aprender os segredos da alquimia. Um dia, aquele verme miserável chegou aqui sem nada, apenas com a roupa fedorenta do corpo. Eu o ajudei, ensinei, alimentei! – A fúria o deixava ofegante. – Confiei nele. Mas o infeliz me traiu. Não o vejo há dez anos.

– Está dizendo que Klaus Rheinfeld roubou documentos importantes de seu pai?

– E a cruz de ouro também.

– Uma cruz de ouro?

– Sim, muito antiga e linda. Foi descoberta por Fulcanelli há muitos anos. – Clément parou para tossir. – Ela era a chave para um grande conhecimento. Fulcanelli deixou a cruz com meu pai pouco antes de desaparecer.

– Por que Fulcanelli desapareceu? – Ben perguntou.

Clément olhou para ele com ar sombrio.

– Como eu, ele foi traído.

– Quem o traiu?

– Alguém em quem ele confiava. – Os lábios murchos de Clément se retorceram num sorriso misterioso. Ele se inclinou, enfiou a mão embaixo da cama e, com cuidado reverente, pegou um livro muito velho. As capas de couro azul davam a impressão de que ratos o roíam havia décadas. – Está tudo aqui.

– O que é isso? – Ben perguntou, olhando para o livro.

– O professor de meu pai conta sua história nestas páginas – respondeu Clément. – Este era seu diário particular, a única coisa que Rheinfeld não roubou de mim.

Ben e Roberta se entreolharam.

– Posso ver? – Ben perguntou a Clément.

O alquimista abriu a capa com grande cuidado, segurando o livro perto do peito. Ben viu a caligrafia antiquada.

– Tem certeza de que o próprio Fulcanelli escreveu o que está aí?

– É claro que sim – o velho resmungou, e mostrou a assinatura na parte interna da capa.

– *Monsieur*, gostaria de comprar esse livro.

Clément bufou.

– Não está à venda.

Ben pensou por um momento.

– E quanto a Klaus Rheinfeld? Sabe onde ele está agora?

O homem cerrou o punho.

– Queimando no inferno, onde é o lugar dele, espero.

– Quer dizer que ele está morto?

Mas Clément já resmungava sozinho novamente.

– Ele morreu? – Ben insistiu.

O alquimista tinha um olhar distante. Ben balançou a mão diante de seu rosto.

– Acho que não vai tirar mais nada dele, Ben – disse Roberta.

Ben assentiu. Ele tocou o ombro do velho e, com gentileza, o sacudiu para trazê-lo de volta.

– *Monsieur* Clément, ouça com atenção e lembre-se disso. Precisa sair daqui por um tempo.

O homem piscou, seus olhos recuperaram o foco.

– Por quê? – ele perguntou com voz rouca.

– Porque alguns homens podem vir aqui. Não são homens bons, não vai querer conhecê-los, entende? Eles estiveram na casa de seu irmão fazendo perguntas, e talvez saibam onde encontrá-lo. Receio que queiram machucá-lo. Pegue, quero que fique com isto. – Ben tirou do bolso um maço de dinheiro.

Clément arregalou os olhos quando viu que era muito dinheiro.

– Para que isso? – estranhou.

– Para poder sair daqui por um tempo – Ben explicou. – Compre roupas novas, vá ao médico, se precisar. Pegue um trem para bem longe, o mais longe possível, e alugue um lugar para morar por um ou dois meses. – Ele levou a mão ao bolso e pegou mais um maço de notas. – E vou lhe dar isto também, se vender o livro para mim.

23

– Leitura interessante?

– Muito interessante – ele respondeu distraído, erguendo os olhos da mesa.

Roberta estava sentada olhando pela janela, bebendo café e parecendo entediada. Ele voltou ao diário, folheando com grande cuidado as páginas amareladas pelo tempo e passando os olhos pelos registros anotados com a caligrafia suave e elegante do alquimista.

– Vale 30 mil?

Ben não respondeu. Talvez valesse a quantia paga a Clément, talvez não. Muitas páginas haviam desaparecido, outras estavam danificadas, ilegíveis. Esperava que o diário contivesse alguma indicação sobre o fantástico elixir, talvez até uma receita de algum tipo. Enquanto virava as páginas, ele percebia que a expectativa era ingênua. Tudo ali sugeria que tinha em mãos um diário como outro qualquer, um relato da vida cotidiana do autor. Um registro mais longo chamou sua atenção, e ele começou a ler.

9 de fevereiro de 1924

A subida da montanha foi longa e perigosa. Estou ficando velho demais para esse tipo de coisa. Várias vezes quase despenquei para a morte enquanto vencia milímetro a milímetro o paredão quase vertical, e a neve ganhava força até se tornar uma nevasca. Finalmente, cheguei ao topo da montanha e descansei meu corpo exausto por alguns momentos, ofegando, os músculos tremendo pelo esforço. Limpei a neve dos olhos e olhei para cima, para o castelo em ruínas diante de mim.

O tempo não havia sido generoso com o que um dia fora a orgulhosa fortaleza de Amauri de Lévis. Guerras e pragas vieram e foram, dinastias de guerreiros prosperaram e morreram, a terra foi passada de um governante a outro. Há mais de cinco séculos que o castelo, então já velho e dilapidado, foi sitiado, bombardeado e, finalmente, destruído durante uma disputa entre clãs há muito esquecida. Suas torres redondas e fortes são agora apenas escombros, as paredes estão cobertas por marcas de batalhas, musgo e líquen. O fogo deve ter devastado o interior do castelo e derrubado o teto. Tempo, vento, chuva e sol terminaram o trabalho.

A maior parte das ruínas é dominada agora por mato e arbustos espinhosos, e tive que cortar caminho pela arcada gótica da entrada principal. Os portões de madeira apodreceram, e restavam apenas as dobradiças de ferro enegrecido presas por rebites enferrujados ao arco de pedra em ruínas. Quando passei pela entrada, o silêncio de morte de um cemitério pairava sobre a área vazia e cinzenta. Perdi a esperança de encontrar ali o que procurava.

Vaguei pelo interior do pátio coberto de neve e olhei em volta, para as ruínas das paredes e rampas. No fundo de uma escada sinuosa encontrei a entrada de um velho depósito, onde me abriguei do vento e acendi uma pequena fogueira para me aquecer.

A nevasca me obrigou a permanecer nas ruínas do castelo por dois dias. As minguadas rações de pão e queijo que eu havia levado foram suficientes para me sustentar, e eu tinha um cobertor e uma panela pequena para derreter a neve e beber. Passei o tempo explorando as ruínas, esperando ardentemente comprovar o que as pesquisas me haviam revelado.

Eu sabia que meu troféu, se existisse, não seria encontrado acima da superfície do que restava das rampas e das torres, mas em algum lugar no subsolo, na rede de túneis e câmaras cavadas na rocha sob o castelo. Muitos túneis haviam desmoronado com o tempo, mas outros permaneciam intactos. Nos níveis mais baixos descobri masmorras úmidas, os ossos dos miseráveis habitantes reduzidos a pó há muito tempo. Vagando pelos corredores escuros e por escadas sinuosas, guiado apenas pela luz de minha lamparina a óleo, eu procurava e rezava.

Após muitas horas de cruel desapontamento, atravessei rastejando um túnel parcialmente desmoronado bem no fundo da terra e saí em uma câmara quadrada. Levantei a lamparina, reconhecendo o teto abobadado e o brasão quase apagado que vira no velho corte de madeira que encontrara em Paris. Naquele momento eu soube que minha busca chegava ao fim, e meu coração se encheu de alegria.

Contornei o espaço até chegar ao local. Removi grossas teias de aranha e soprei nuvens de poeira, e as marcas já quase apagadas pelo tempo surgiram diante de mim no bloco de pedra. Conforme eu esperava, as marcas me guiaram para uma pedra do piso. Cavei a terra úmida que cercava essa pedra até conseguir encaixar os dedos embaixo dela, depois, com grande esforço, levantei-a. Quando vi o vão que a pedra escondia e percebi o que encontrara, depois de uma vida inteira procurando, caí de joelhos e chorei em silêncio, tomado pelo alívio e pela alegria.

Meu coração batia apavorado quando tirei o pesado objeto do buraco e removi a terra e os restos decompostos da embalagem de pele de carneiro. A caixa de aço estava bem preservada. Houve um assobio como de um som escapando quando abri a caixa com minha faca. Introduzi nela os dedos trêmulos, e à luz trêmula da lamparina eu vi minha incrível descoberta.

Ninguém punha os olhos naquela preciosidade havia mais de setecentos anos. Que alegria!

Creio que os artefatos são frutos do trabalho de meus ancestrais, os cátaros. São resultado de grande maestria e estiveram muito bem escondidos por eras e gerações. Juntos, podem ser a chave para o Segredo dos Segredos e o objetivo de todo o nosso trabalho. É um milagre tão grande que temo contemplar seu poder...

Ben virou mais algumas páginas, ansioso para encontrar mais informações.

3 de novembro de 1924

É como eu suspeitava. O velho pergaminho é muito mais difícil de decifrar do que antecipei a princípio. Trabalhei muitos meses na tradução de suas linguagens arcaicas, suas mensagens diabolicamente cifradas, suas numerosas mentiras deliberadas. Mas hoje Clément e eu finalmente fomos recompensados pelo longo trabalho.

As substâncias foram derretidas em recipiente refratário sobre o fogo depois de terem sido reduzidas a seus sais e passado por preparações especiais e destilações. Houve um apito assustador, e nuvens de vapor invadiram o laboratório. Clément e eu fomos surpreendidos pelo cheiro de terra fresca e de flores perfumadas. A água adquiriu uma tonalidade dourada. A isso acrescentamos uma quantidade de mercúrio e deixamos a solução esfriar. Quando abrimos o refratário...

O restante das páginas havia sido corroído pela umidade e comido por ratos.

– Merda – Ben resmungou.

Talvez não houvesse nada útil nessa coisa, afinal. Ele continuou lendo, analisando com atenção a caligrafia apagada. Em alguns trechos era quase impossível identificar as letras em meio às manchas de umidade.

> ***8 de dezembro de 1924***
>
> *Como é possível testar o Elixir da Vida? Temos preparado a mistura de acordo com as detalhadas instruções de meus ancestrais. Clément, aquela criatura adorável, tem medo de beber o elixir. Eu já consumi aproximadamente trinta dracmas do líquido de sabor adocicado. Não percebo nenhum efeito adverso. Só o tempo vai dizer se existem mesmo os poderes que preservam a vida...*

"O tempo vai dizer, certo", Ben pensou. Frustrado, ele pulou algumas páginas e se deparou com um registro intacto datado de maio de 1926.

> *Esta manhã voltei à Rue Lepic para minha caminhada diária e fui recebido pelo mais horrível cheiro de podridão emanando do meu laboratório. Ainda estava descendo a escada para o porão quando deduzi o que havia acontecido e, como já esperava, quando abri a porta do laboratório, encontrei meu jovem aprendiz Nicholas Daquin cercado por nuvens de fumaça e pelos escombros de uma experiência tola.*
>
> *Apaguei as chamas e, tossindo por causa da fumaça, olhei para ele.*
>
> *– Já o preveni sobre esse tipo de coisa, Nicholas – falei.*
>
> *Nicholas pediu desculpas com aquele ar desafiante dele.*
>
> *– Mas, mestre, quase consegui – ele acrescentou.*
>
> *– Experimentos podem ser perigosos, Nicholas. Você perdeu o controle sobre os elementos. Equilibrar os elementos requer um toque muito refinado.*
>
> *Ele me encarou.*
>
> *– Mas você me disse que eu tinha jeito para isso, mestre.*

– E tem – respondi. – Mas só intuição não é suficiente. Seu talento é bruto, meu amigo. Precisa aprender a controlar sua impulsividade juvenil.

– Tudo isso exige muito tempo de aprendizado. Quero saber mais. Quero saber tudo.

Meu noviço de 20 anos de idade é voluntarioso e arrogante às vezes, mas não posso negar que ele tem um grande talento. Nunca antes conheci um jovem estudante tão ávido.

– Não pode esperar que eu resuma em algumas lições três mil anos de filosofia e os esforços de toda a minha vida – expliquei a Nicholas com paciência. – Os mais sagrados segredos da natureza são coisas que você precisa aprender devagar, passo a passo. É assim com a alquimia.

– Mas, mestre, eu tenho muitas perguntas – Nicholas protestou, cravando em mim seus olhos escuros e intensos. – Você sabe demais. Odeio a sensação de ser tão ignorante.

Eu assenti.

– Você vai aprender. Mas tem que aprender a controlar sua natureza obstinada, jovem Nicholas. Não é inteligente tentar correr sem ter aprendido a andar. Você devia se limitar aos estudos teóricos, por enquanto.

O jovem se deixou cair sobre uma cadeira, parecia agitado.

– Estou cansado de ler livros, mestre. Aprender a teoria do nosso trabalho é muito bom, mas preciso de algo prático, alguma coisa que eu possa ver e tocar. Preciso crer que há um propósito no que estamos fazendo.

Disse a ele que o entendia. Enquanto o observava, pensei receoso que o aprendizado teórico em excesso poderia, no final, desestimular esse aluno extremamente talentoso. Tenho plena consciência de quanto uma vida inteira dedicada ao estudo pode parecer árida e infrutífera sem a recompensa de uma verdadeira descoberta, uma recompensa tangível.

Pensei na minha recompensa. Talvez, se eu pudesse

compartilhar parte desse incrível conhecimento com Nicholas, sua ardente curiosidade seria saciada.

– Muito bem – eu disse depois de uma longa pausa. – Vou deixar você ver mais, algo que não está nos seus livros.

O jovem se levantou de um salto, os olhos brilhando animados.

– Quando, mestre? Agora?

– Não, agora não – respondi. – Não seja tão impaciente, meu jovem aprendiz. Logo. Muito em breve. – Levantei o dedo indicador. – Mas, lembre-se, Nicholas. Nenhum estudante da sua idade jamais chegou tão longe e tão depressa à conquista do conhecimento alquímico. É uma grande responsabilidade para você, e deve estar preparado para aceitá-la. Quando eu compartilhar com você os maiores segredos, não poderá divulgá-los a ninguém. Ninguém, entendeu? Vai ter que fazer esse juramento.

Ele ergueu o queixo com aquela atitude arrogante e característica.

– Faço o juramento agora mesmo – ele declarou.

– Reflita, Nicholas. Não tenha pressa. Essa é uma porta que, uma vez aberta, não poderá ser fechada.

Enquanto conversávamos, Jacques Clément entrou e, silencioso, começou a limpar a confusão causada pela explosão. Quando Nicholas se foi, Clément se aproximou de mim com ar apreensivo.

– Perdoe-me, mestre – ele disse hesitante. – Como sabe, nunca questionei suas decisões...

– O que está pensando, Jacques?

Clément falou com cautela.

– Sei que tem grande estima pelo jovem Nicholas. Ele é brilhante e sagaz, não tenho dúvida disso. Mas essa natureza impetuosa do jovem... ele anseia por conhecimento como um homem ganancioso anseia por riqueza. Há muito fogo nele.

– Ele é jovem, só isso – respondi. – Nós também já fomos jovens um dia. O que está tentando dizer, Jacques? Fale com franqueza e liberdade, meu velho amigo.

Ele hesitou.

– Tem certeza, mestre, de que o jovem Nicholas está pronto para adquirir esse conhecimento? É um grande passo para ele. Acha que o rapaz está preparado para recebê-lo?

– Acredito que sim – respondi. – Confio nele.

Ben fechou o diário e refletiu por um momento. Era claro que, qualquer que fosse esse grande conhecimento, Fulcanelli o havia adquirido a partir dos artefatos que encontrara no castelo, e que estavam agora, aparentemente, em poder de Klaus Rheinfeld. Finalmente, tinha uma pista de verdade.

Ao lado dele, sobre a mesa, o laptop vibrava baixinho. Ben acionou algumas teclas. Soou o ruído característico da conexão com a internet, e a página inicial do Google apareceu na tela. Ele digitou o nome Klaus Rheinfeld na caixa de busca e pressionou a tecla ENTER.

– O que está procurando? – perguntou Roberta, puxando uma cadeira para sentar-se ao lado dele.

Os resultados da pesquisa foram aparecendo, um total surpreendente de 271 ocorrências para "Klaus Rheinfeld".

– Cristo – ele murmurou. E começou a ler a longa lista. – Bem, isso parece promissor.

Klaus Rheinfeld dirige *Outcast*, estrelando Brad Pitt e Reese Witherspoon...

– *Um cativante thriller de suspense... Rheinfeld é o novo Quentin Tarantino* – ela leu em voz alta.

Ben resmungou alguma coisa e continuou rolando a tela. Quase tudo na lista se referia ao novo filme *Outcast*, críticas ou entrevistas com o diretor, um californiano de 32 anos. Depois vinham as menções a Klaus Rheinfeld Exports, uma empresa que comercializava vinhos.

– E aqui está Klaus Rheinfeld, o cavalo que sussurra – ela apontou.

Várias páginas depois, eles encontraram um item do noticiário regional. Era uma história publicada por um pequeno jornal em Limoux, uma cidade na região de Languedoc, no sul da França. A manchete anunciava:

LE FOU DE SAINT-JEAN

– O louco de Saint-Jean – ele traduziu. – Publicado em outubro de 2001... Muito bem, escute...

Um homem ferido foi encontrado vagando seminu na floresta além do vilarejo de Saint-Jean, Languedoc. De acordo com o padre Pascal Cambriel, o sacerdote do vilarejo local que encontrou o homem, ele resmungava em um idioma estranho e parecia sofrer de grave demência. O homem, cujos documentos o identificavam como Klaus Rheinfeld, antigo morador de Paris, era suspeito de ter causado em si mesmo graves ferimentos à faca. Um membro da equipe de emergência a bordo da ambulância que o socorreu disse ao nosso repórter: "Nunca vi nada parecido. Havia marcas estranhas, triângulos e cruzes, coisas assim, espalhadas por todo o seu corpo. Era repugnante. Como alguém pode fazer aquilo com o próprio corpo?" Boatos sugeriram que esses ferimentos bizarros têm relação com rituais satânicos, embora isso seja rigorosamente negado pelas autoridades locais. Rheinfeld foi atendido no Hospital de Sainte Vierge...

– Não diz para onde ele foi levado depois disso. Droga. Ele pode estar em qualquer lugar.

– Mas está vivo – Roberta acrescentou.

– Ou estava vivo seis anos atrás. Se for o mesmo Klaus Rheinfeld.

– Aposto qualquer coisa como é o mesmo homem – ela disse. – Sinais satânicos? Sinais alquímicos, eles queriam dizer.

– Por que ele estava todo cortado? – Ben especulou.

Roberta deu de ombros.

– Talvez fosse doido, apenas.

– Tudo bem... então temos um alemão maluco coberto de ferimentos de faca, alguém que pode ou não conhecer importantes segredos ligados a Fulcanelli e que pode estar em qualquer lugar do mundo. Isso reduz bastante as possibilidades. – Ele suspirou, voltou à tela inicial e começou uma nova pesquisa.

– Já que estamos on-line, vamos aproveitar para verificar outra coisa. – Ele digitou o servidor de e-mail de Michel Zardi, esperou o site carregar e digitou o nome da conta. Só precisava da senha para ter acesso às mensagens, e sabia que muitas pessoas usam palavras ligadas à sua vida privada. – O que sabe sobre a vida pessoal de Michel? Namorada, alguma coisa assim?

– Não sei muito. Nenhuma namorada fixa, não que eu tenha conhecimento.

– O nome da mãe?

– Hum... espere... Acho que o nome dela é Claire.

Ele digitou o nome na caixa para a senha.

claire

senha incorreta

– Time de futebol para qual ele torce?

– Nem imagino. Não creio que ele seja do tipo esportivo.

– Marca de carro ou da bicicleta?

– Ele usava o metrô.

– Animais de estimação?

– Um gato.

– Sim, isso mesmo. O peixe – ele lembrou.

– Aquele cretino com o peixe... como pude esquecer? Enfim, o nome do gato era Lutin. L-U-T-I-N.

lutin

– Bingo. – As mensagens de Michel surgiram na tela. A maioria era spam, mensagens de empresas vendendo pílulas de Viagra e extensões para o pênis. Nada de nenhum de seus contatos misteriosos. Roberta inclinou-se para a frente e clicou em "enviadas". Todas as mensagens contendo os relatórios de Michel para Saul apareceram em uma longa coluna ordenada por data de envio.

– Olhe todas elas – disse a bióloga, movendo o cursor pela lista. – Aqui está a última, aquela com o anexo de que falei. – Ela clicou no logotipo do clipe e mostrou os arquivos em formato JPEG.

Ben olhou as fotos antes de fechar a caixa e clicar em "nova mensagem". Uma janela em branco surgiu.

– O que está fazendo?

– Ressuscitando nosso amigo Michel Zardi. – Ele endereçou o e-mail a Saul, como os anteriores.

Roberta arregalou os olhos numa reação alarmada enquanto ele digitava.

Adivinha quem é? Isso mesmo, vocês pegaram o cara errado. Bastardos, vocês mataram meu amigo. Agora querem a mulher, a tal Ryder. Ela está comigo. Sigam minhas instruções e vocês a terão.

– Não é nenhum Shakespeare, mas vai surtir o efeito que eu quero.

– Que diabos está escrevendo? – Ela levantou assustada e o encarou horrorizada.

Ben a segurou pelo pulso. Ela tentou se soltar. Ele reduziu a pressão dos dedos e conduziu-a gentilmente para que se sentasse novamente.

– Quer descobrir quem são essas pessoas, não quer?

Roberta sentou-se, mas a desconfiança era evidente em seus olhos. Ele suspirou e jogou um molho de chaves sobre a mesa.

– Aí está. Como já disse, você é livre para sair quando quiser. Mas concordou com meu modo de operação, lembra?

Ela não disse nada.

– Confie em mim – Ben acrescentou em voz baixa.

Roberta suspirou.

– Tudo bem, eu confio.

Ele voltou a olhar para o monitor e terminou de redigir a mensagem.

– Lançar bomba – disse, clicando em "enviar".

24

Gaston Clément demorou muito para seguir o conselho de Ben. Contando a fortuna recém-adquirida, ele se serviu de um copo de vinho barato e bebeu para brindar ao estranho visitante estrangeiro.

Quando os três outros visitantes o encontraram, ele cochilava em sua poltrona rasgada, com a garrafa quase vazia a seu lado. Godard, Berger e Naudon arrastaram o suplicante Clément de cima do mezanino e o jogaram com força no chão de concreto. Ele foi agarrado e empurrado sobre uma cadeira. Um punho pesado acertou seu rosto e fraturou-lhe o nariz. O sangue jorrou das narinas, ensopando a barba grisalha.

– Quem lhe deu esse dinheiro? – uma voz rugiu perto de sua orelha. – Fale! – O aço frio de uma pistola pressionou sua têmpora. – Quem esteve aqui? Qual era o nome dessa pessoa?

Clément tentou, mas não conseguiu se lembrar, e eles o espancaram com mais força. Bateram muitas vezes, até os olhos do velho incharem a ponto de ficarem quase fechados, até sangue e vômito cobrirem o chão em torno dele, até barba e cabelos se tingirem de vermelho.

– *Il est anglais!* – o homem gritou desesperado e quase sufocando, lembrando-se de repente.

– O que ele disse?

– O inglês esteve aqui.

O rosto de Clément foi empurrado com força contra o chão frio, enquanto uma bota pressionava sua nuca e ameaçava quebrar-lhe o pescoço. Ele gemeu uma última vez antes de desmaiar.

– Calma, pessoal – disse Berger, olhando para a forma inerte e inconsciente no chão. – Temos que entregá-lo vivo.

Quando o Audi partiu em alta velocidade da fazenda dilapidada levando Clément no porta-malas, as chamas já podiam ser vistas pelas janelas do celeiro, e a fumaça negra subia para o céu.

Monique Banel caminhava pelo Parc Monceau com Sophie, sua filha de 5 anos. Monceau era um parque agradável, pequeno, de atmosfera tranquila, aves cantando nos galhos das árvores e cisnes deslizando no lago em miniatura. Monique gostava de ir ali relaxar por alguns minutos depois de sair do emprego de meio período como secretária e pegar Sophie no jardim da infância.

– *Bonjour, monsieur* – Monique disse com cortesia e animação ao cavalheiro elegante que estava frequentemente sentado no mesmo banco naquele horário, sempre lendo seu jornal.

A menininha, como sempre, estava atenta a todas as imagens e aos sons do parque, seus olhos brilhantes transbordando alegria. Quando elas percorriam uma das alamedas que recortavam o gramado, Sophie exclamou encantada:

– *Maman!* Veja! Um cachorrinho vindo para cá!

A mão dela sorriu.

– Sim, ele não é bonitinho?

O cachorro, um pequeno e limpo spaniel branco com manchas marrons, tinha uma coleira vermelha no pescoço. Monique olhou em volta. O dono do animal devia estar por perto. Muitos parisienses levavam seus animais de estimação para passear à tarde no parque.

– Posso brincar com ele, *maman*? – Sophie estava encantada com o filhote que se aproximava dela. – Oi, cachorrinho – a criança o chamou. – Qual é seu nome? *Maman*, o que ele tem na boca?

O cachorrinho se aproximou delas e deixou no chão alguma coisa que veio carregando, depositando-a aos pés de Sophie. Depois, ele olhou para a menina com evidente expectativa, abanando o rabo. Antes que a mãe pudesse impedir, a criança se abaixou para pegar o que o cão tinha largado ali, e examinava aquilo com curiosidade. Ela olhou para Monique com a testa franzida, mostrando a ela o que estava segurando.

Monique Banel gritou. Sua filha segurava parte de uma mão humana amputada e mutilada.

25

Montpellier, França

O aprendiz de eletricista não conseguia esquecer a adega. Pensava o tempo todo nas coisas estranhas que vira. O que acontecia lá? Não era um depósito. *Definitivamente*, não era um canil. Havia grades, como as barras de ferro de uma jaula, e argolas nas paredes. Ele pensou no que estivera lendo em seu livro sobre os castelos dos velhos tempos. Os modernos edifícios com suas fachadas de vidro não eram castelos – mas aquela adega havia parecido, para ele, uma espécie de masmorra sinistra.

Ele havia concluído o trabalho às seis e meia da tarde, e agora estava livre até segunda-feira. Graças ao Cristo. Tio Richard era um cara legal – na maior parte do tempo, pelo menos – mas o serviço era *chato*. Tio Richard era *chato*. Marc queria uma vida mais agitada. Sua mãe estava sempre dizendo que ele tinha uma imaginação superativa. Não havia nenhum problema em querer ser um escritor, mas imaginação nunca encheria seus bolsos de dinheiro. Um bom ofício – como o de eletricista – era a escolha certa. Ele não queria acabar como o pai, queria? Sempre falido, um jogador, um miserável fracassado que estava sempre entrando e saindo de prisões, que havia abandonado a família por não ser capaz de assumir nenhuma responsabilidade? Ser como tio Richard: acomodado, respeitável, com um carro novo a cada dois anos, um financiamento imobiliário, associado a todos os clubes de golfe, uma esposa dedicada e dois filhos, era a vida que a mãe tinha em mente para ele, e nada menos a contentaria.

Mas Marc não tinha tanta certeza de que desejava acabar como um dos irmãos. Tinha ideias próprias. Se não pudesse ser um escritor, talvez pudesse ser detetive. Era fascinado por mistérios, e tinha certeza de que encontrara um.

Ele abria várias vezes a gaveta do criado-mudo, onde escondera o que havia encontrado na adega. Não contara a ninguém sobre isso. Parecia que podia ser ouro. Isso fazia dele um ladrão, como seu pai? Não, ele tinha encontrado aquela coisa, agora era o legítimo dono. Mas o que isso significava? O que era aquele lugar?

Ele terminou de jantar, levou o prato e os talheres para a lava-louças e se dirigiu à porta, pegando o capacete e as chaves sobre o console no corredor. Depois de jogar uma lanterna na mochila, a pendurou no ombro e, então, como uma medida de última hora, colocou nela uma barra de chocolate Poulain.

– Marc, aonde você vai? – a mãe perguntou da sala.

– Sair.

– Para onde?

– Apenas sair.

– Não volte tarde.

A distância era pequena, cerca de 15 quilômetros de moto. Depois de errar o caminho algumas vezes, Marc encontrou a entrada do edifício. A noite já começava a cair. Os altos portões de ferro preto estavam fechados. Espiando pela fresta entre as barras forjadas, ele viu o edifício iluminado ao longe, cercado por árvores escuras que sussurravam ao vento. Ele desligou o motor da moto e encontrou um lugar do outro lado da rua onde poderia escondê-la entre alguns arbustos.

O perímetro delimitado pelo muro de pedra começava na calçada. Marc escalou uma encosta de terra e seguiu o desenho do muro, tropeçando na grama alta, seguindo em frente até encontrar um velho carvalho cujos galhos se debruçavam sobre o muro. Ele pendurou a mochila no ombro, escolheu um galho mais grosso e se pendurou nele, erguendo o corpo até conseguir apoiar um pé sobre o muro, depois o outro. Sentou-se no muro com as pernas para a parte de dentro do terreno e se soltou suavemente sobre os arbustos.

Ficou ali parado por um tempo sob as árvores, comendo a barra de chocolate e observando o prédio. As janelas do piso térreo estavam iluminadas. Ele terminou o chocolate, limpou a boca e foi andando de mansinho pelos gramados, mantendo-se nas regiões mais escuras. Finalmente chegou ao prédio. As janelas do piso térreo eram altas demais para poder espiar lá dentro. Um lance de escada levava ao que parecia ser a porta da frente, no primeiro andar. Se subisse até a metade dos degraus, conseguiria enxergar por aquelas janelas iluminadas.

Quando começou a subir a escada, luzes surgiram na entrada de carros. Os portões automáticos se abriram e dois grandes carros pretos entraram e se aproximaram do edifício. Os veículos passaram por ele e fizeram uma curva contornando o prédio. Marc foi atrás deles, mantendo-se nas sombras. Ele viu os carros descerem uma rampa, o barulho do motor repentinamente amplificado no espaço subterrâneo. O rapaz seguiu em frente, sempre atento aos carros. Ouvia portas se abrindo e fechando, vozes ecoando. Na ponta dos pés, desceu furtivamente pela rampa até que, abaixado no chão, conseguiu ver os homens saindo dos automóveis e caminhando para um elevador.

Mas havia algo errado. Um dos homens parecia não querer ir com os outros. Na verdade, ele resistia muito. Estava sendo arrastado pelos braços, gritando e esperneando de medo. Para horror de Marc, um dos homens sacou uma arma. Ele achou que o homem armado iria atirar no que se debatia, mas, em vez disso, o acertou na cabeça com a coronha. Marc viu o sangue respingar no concreto. O homem estava agora meio inconsciente, e não protestou mais quando os outros o levaram, sem forças, os pés arrastando pelo chão.

Marc já tinha visto o bastante. Ele se virou e correu.

Diretamente para as mãos fortes de um homem alto vestido de preto.

26

Centro de Paris

O bar de Flann O'Brien, um oásis de música irlandesa e Guinness, fica logo depois da primeira esquina após o museu do Louvre, não muito longe do Sena. Às 11h27 daquela noite, seguindo as instruções específicas que recebera por e-mail de um inesperadamente vivo e ativo Michel Zardi, quatro homens entraram no bar. Olhando em volta, eles se aproximaram do balcão, onde havia muita gente. O lugar era dominado por risadas, tilintar de copos, gaitas e banjos.

O líder do grupo de quatro homens vestia jaqueta de couro preta, era alto, musculoso e careca. Ele se debruçou sobre o balcão e falou com o garçom grande e barbudo. O barman assentiu, levou a mão à prateleira embaixo do balcão, pegou um telefone celular e o entregou ao homem careca, que fez um sinal para os amigos e os levou de volta à rua.

Às 11h30, exatamente, o telefone tocou. O homem careca atendeu.

– *Não fale* – orientou a voz do outro lado. – *Escute o que vou dizer e siga minhas instruções ao pé da letra. Estou observando você.*

O homem careca olhou para os dois lados da rua.

– *Não me procure* – disse a voz ao telefone. – *Apenas escute. Um movimento em falso e nosso acordo será cancelado. Você perde a americana e será punido.*

– Tudo bem, estou ouvindo – respondeu o homem careca.

– *Use esse telefone para chamar um táxi* – Ben falou do outro lado da linha, sentado ao volante do Peugeot 206, a quase um quilômetro do outro lado de Paris. – *Vá sozinho, repito, vá sozinho, ou a mulher escapa. Quando estiver no táxi, disque "Zardi" e eu direi aonde deve ir.*

O homem careca entrou no táxi, uma Mercedes, e o motorista africano o levou ao longo da área do cais do rio Sena. Longe dos barcos requintados e iluminados e das festas frequentadas por turistas e ébrios, o táxi se afastou da avenida e seguiu por uma rua estreita a escura que conduzia à sombria margem do rio. O homem careca desceu, ainda segurando o telefone celular. O táxi seguiu em frente.

Os passos do homem careca ecoavam sob a ponte escura. Ele se aproximava do local onde fora marcado o encontro. Parou e olhou em volta.

– Ben, estou com um mau pressentimento – ela sussurrou na escuridão. – Tem certeza de que foi uma boa ideia?

O rio Sena, iluminado pelo luar, gorgolejava e ondulava ao lado deles. Abaixo do nível da rua, os sons da cidade eram abafados e distantes. Ao longe, a Catedral de Notre-Dame se erguia, reluzente e dourada, sobre a superfície da água. Ele consultou o relógio.

– Relaxe.

Uma porta bateu na rua acima deles, um carro se afastando, passos. Ela se virou e viu alguém se aproximando.

– Ben, lá está...

– Agora escute – ele falou baixinho. – Confie em mim. Vai dar tudo certo. – Então, pegou o braço dela e a levou para fora do abrigo das sombras da ponte quando o homem careca se aproximava.

Havia em seu rosto um sorriso distorcido.

– Zardi? – o homem perguntou, e sua voz ecoou sob o arco de pedra.

– *C'est moi* – respondeu Ben. – *Vouz avez l'argent?*

– O dinheiro está aqui – o homem careca respondeu em francês, levantando uma pasta executiva.

– Deixe-a no chão – Ben ordenou.

O homem careca depôs a pasta com gentileza. Ele desviou os olhos de Ben por um segundo. Ben soltou o braço de Roberta e se moveu rapidamente na direção dele. Ágil, agarrou o sujeito pelo pulso e o torceu, girando-o para pressionar o aço frio do silenciador da Browning contra a nuca enrugada do homem.

– De joelhos.

Roberta olhava horrorizada para a pistola na mão de Ben. Queria correr, mas as pernas não se moviam e ficou ali paralisada, incapaz de desviar os olhos de Ben e da arma que ele pressionava contra a base do crânio do homem, enquanto começava a revistá-lo. Ben olhou por um instante para a expressão no rosto dela e soube em que Roberta estava pensando. Lançou na direção dela um olhar de quem diz: *deixe que eu cuido disso.*

O homem careca estava preparado. Havia uma Glock 19 escondida na jaqueta de couro. Ben jogou-a no chão e chutou-a para longe. A arma escorregou pela borda do rio e com um tibum suave mergulhou na água.

– Vai morrer por causa disso, Zardi – resmungou o careca.

– Você é Saul? – perguntou Ben.

O careca não estava pensando. Ben bateu com a guarda do gatilho e a coronha da pistola contra sua cabeça.

– Você é Saul? – repetiu. O homem gemeu e um fio de sangue escorreu pela careca brilhante.

Roberta desviou os olhos.

– Não – ele disse. – Não sou Saul.

– Então, quem é Saul, e onde posso encontrá-lo?

Houve um silêncio prolongado, e Ben o agrediu novamente. O homem caiu e rolou no chão, olhando para cima. Estava de certa forma amedrontado, mas o medo para um homem como ele era algo ínfimo. Ben podia notar que o sujeito estava habituado a ser castigado.

– Bem, você não tem utilidade para mim. – Ben destravou a arma e a apontou para o rosto do homem careca.

Talvez tenha sido o olhar de Ben que o convenceu de que aquilo não era um blefe.

– Não sei quem ele é! – protestou o careca, revelando a sinceridade de um homem que sabe que está perdido. – Apenas recebo as ordens por telefone!

Ben baixou a arma e tirou o dedo do gatilho. Depois travou o mecanismo da pistola.

– Quem faz essas ligações? Você telefona para ele? Qual é o número?

O homem careca sabia o número de cor. E o recitou.

Enquanto pensava no que deveria fazer, Ben o observava. Podia ver a camisa aberta sob a jaqueta de couro, e uma corrente dourada pendendo-lhe sobre o peito cabeludo. Ben viu mais uma coisa que o intrigou. Mantendo a arma apontada para seu rosto, abaixou-se e abriu--lhe completamente a camisa com um movimento brusco. A luz pálida da lua e o brilho da lâmpada da rua lá em cima refletiam na superfície mansa do rio, e foi essa luminosidade que lhe permitiu ver a tatuagem.

Era uma espada medieval com lâmina plana e guarda-mão reto em formato de cruz, criada para parecer um crucifixo. Enrolada na lâmina havia uma flâmula com a inscrição GLADIUS DOMINI.

– O que é isso? – Ben perguntou, apontando com a arma.

O homem careca olhou para o próprio peito.

– Nada.

– *Gladius Domini*. Espada de Deus – Ben murmurou para si mesmo. Ele pisou nos testículos do homem, que gritou desesperado.

– Pelo amor de Deus... – Roberta pediu.

– Acho que você quer me contar – Ben disse em voz baixa ao careca, ignorando a súplica de Roberta e mantendo a pressão.

– Tudo bem, tudo bem, tire o pé – o homem ofegou, o rosto contorcido e molhado de suor.

Ben afastou o pé, mas manteve a arma apontada para o centro de sua testa. O careca suspirou aliviado e relaxou no chão de concreto.

– Sou um soldado da *Gladius Domini* – ele murmurou.

– O que é *Gladius Domini*?

– Uma organização. Trabalho para eles... Não sei... – Sua voz falhou. Os olhos se esvaziaram. Havia uma vagueza na expressão, um vazio no olhar que fez Ben pensar no suicida da catedral. Alguém entrava na cabeça desses homens.

– Você é um soldado de Deus, é isso? – Ben perguntou. – E quando mata pessoas inocentes, mata em nome Dele? – Erguendo a pistola, ele recuou um passo, já introduzindo o dedo na guarda do gatilho. – Agora vai conhecê-Lo pessoalmente.

Roberta saiu das sombras e correu na direção deles.

– O que está fazendo! Não mate esse homem! Deixe-o ir, por favor, você tem que deixá-lo ir!

Ben viu a aflição suplicante nos olhos dela. Ele tirou o dedo do gatilho e baixou a arma. A atitude contrariava todos os seus instintos.

– Vá – ele ordenou ao homem careca. O homem se levantou devagar, segurando os testículos em agonia. Tinha a camisa ensopada de sangue, e o suor deixava seu rosto brilhante ao luar. Ele cambaleava.

Roberta olhou para Ben. Seu rosto era tenso, e ela o empurrou furiosa. Ele não reagiu.

– Quem é você?

Ben viu o ponto vermelho passar pela testa dela uma fração de segundo antes de agarrá-la pela gola e puxá-la violentamente para o lado.

O rifle de mira a laser disparou do outro lado do rio e arrancou pedaços de argamassa da parede. Três tiros, disparos totalmente automáticos. Uma das balas perfurou a cabeça do careca. O sangue do crânio que se abriu jorrou sobre Roberta. O corpo caiu em cima dela e a derrubou. Dominada pelo pânico, gritava e esperneava embaixo do cadáver.

Ben vira o reflexo das lentes do atirador a 50 metros de distância e respondia ao fogo. A Browning brilhava disparando em sua mão. O atirador gritou, caiu de seu posto e desapareceu no rio. A AR-18 com que ele havia atirado caiu no chão.

Outros dois homens corriam pela margem do rio na direção deles, ambos armados com pistolas. Uma bala passou bem perto da orelha de Ben, e outra ficou cravada na parede a seu lado.

Ben levantou a pistola. "Calma. Mire o centro do alvo. O gatilho é acionado sem o pensamento consciente." Dois estalos numa sucessão rápida, e os dois homens caíram em pouco mais de um segundo. Os corpos estavam no chão, inertes, sombras negras iluminadas pelo luar.

Ben tirou o corpo sem vida de cima de Roberta e o chutou para o lado. A metade superior da cabeça careca havia desaparecido. As roupas e os cabelos de Roberta estavam encharcados de sangue.

– Está machucada? – ele perguntou sôfrego.

Roberta se levantou cambaleando. O rosto estava pálido, e sua reação imediata foi vomitar junto da parede. Ben ouviu várias sirenes da polícia ao longe, uivos agudos e fora de sincronia se propagando, aproximando-se depressa.

– Vamos.

Ela não respondia. Não havia tempo para argumentar. Ben passou um braço em torno de sua cintura e praticamente a carregou pela margem e para a escada que conduzia até a rua.

No topo da escada, Roberta começou a recuperar os sentidos. Debatendo-se, conseguiu se soltar do braço que a amparava. Ben gritou o nome dela em vão, pois ela corria desesperada em sentido oposto, em direção ao som das sirenes. A qualquer momento a polícia os alcançaria.

– Saia de perto de mim! – ela gritou. Ben a perseguia e tentava segurá-la pelo braço, disposto a argumentar. – Não toque em mim! – E escapou cambaleando.

Luzes azuis e intermitentes já apareciam no fim da rua em meio ao tráfego. Ben não tinha escolha. Tinha que deixá-la ir. Pelo menos ela estaria segura nas mãos da polícia, e em uma hora ele estaria fora da cidade e longe dali. Lançou um último olhar a Roberta antes de se virar e correr em direção ao Peugeot.

Roberta cambaleava atordoada pelo meio da estrada. Alguns carros buzinaram, desviando para evitar atingi-la. Ben a observava de longe quando o carro de polícia parou ao lado dela. Três policiais desceram, olharam para ela, perceberam seu estado de choque e o quanto estava ensanguentada e a relacionaram imediatamente ao tiroteio relatado. Mais sirenes soavam ao longe, e mais três, talvez quatro, viaturas a caminho da cena do crime.

Os policiais a colocavam no banco de trás de uma viatura quando um Mitsubishi preto parou ao lado deles.

Ben estava cem metros distante quando viu as portas do Mitsubishi se abrirem e dois homens com metralhadoras automáticas descerem do carro. Eles atiraram contra os policiais antes de qualquer um deles ter tempo de sacar um revólver. Roberta rastejava para a parte de trás do carro oficial enquanto eles contornavam a viatura, prontos para disparar mais uma rajada de tiros.

O Peugeot acertou o homem mais próximo e o jogou para cima, arremessando-o longe. Pela janela aberta, Ben disparou um tiro contra o segundo atacante, que teve tempo de se proteger abaixando-se atrás da viatura, para depois sair dali correndo. Ben abriu a porta, puxou Roberta para dentro do carro e arrancou em alta velocidade para a ponte. Do outro lado, entrou na rua mais próxima bem a tempo de escapar da frota de viaturas que, com suas sirenes estridentes, chegava à cena do crime.

27

Duas horas antes

Durante a ocupação nazista em Paris, a ampla colmeia de aposentos austeros e corredores escuros havia sido usada como prisão da Gestapo e centro de interrogatório. Atualmente, o enorme porão sob a sede da polícia abrigava, entre outras coisas, o necrotério e o laboratório da perícia criminal. Era como se o lugar não pudesse se libertar de sua herança macabra.

Luc Simon estava com o patologista da perícia, o alto, magro e grisalho Georges Rudel. Os dois estavam em uma sala de exames com iluminação fluorescente. Sobre a mesa diante deles, jazia um cadáver coberto por um lençol branco. Apenas os pés eram visíveis para fora do lençol, pálidos e frios. Uma etiqueta havia sido pendurada em um dedão. Simon não era um homem impressionável, mas teve que resistir ao impulso de desviar o olhar quando Rudel casualmente removeu o tecido, apenas o suficiente para descobrir a cabeça, o pescoço e o peito do cadáver.

Michel foi limpo depois da última vez que Simon o vira, mas a imagem ainda não era bonita. A bala entrara embaixo do queixo, cavando um túnel por trás do rosto e levando consigo a maior parte dele ao sair pelo topo da cabeça. Restava apenas um olho, o globo encaixado na órbita como um ovo cozido e duro, a pupila dando a impressão de olhar através deles.

– O que tem para mim? – Simon perguntou a Rudel.

O patologista apontou para o que restava do rosto de Michel.

– O dano aqui é coerente com a bala encontrada no teto – ele respondeu, falando de um jeito mecânico como se ditasse um relatório. – Ferida de entrada aqui. A arma foi apoiada na parte superior do peito, com a mira em contato superficial com a parte inferior da mandíbula. O contorno do ferimento tem queimaduras provocadas por gases liberados pela combustão e áreas escurecidas por fuligem. A arma era um revólver Smith e Wesson, uma Remington Magnum com cano de três polegadas e calibre 44. O calibre poderoso é responsável pela extensão do dano causado em ossos e tecidos.

Simon batia o pé impaciente. Esperava que isso o levasse a algum lugar.

– Normalmente, esse calibre utiliza pólvora de combustão muito mais lenta do que aquela utilizada em armas semiautomáticas como uma nove milímetros – Rudel continuava explicando em tom neutro. – Isso significa que há muito resíduo não queimado, especialmente quando a arma tem cano curto. A combustão não é tão limpa – ele acrescentou. – Você pode ver tudo que eu disse aqui, gravado na pele. E também aqui no pescoço.

Simon assentiu.

– Tudo bem, o que está tentando me dizer?

Rudel o encarou com os olhos vermelhos.

– As digitais da vítima estão no gatilho e no cabo da arma. Por isso sabemos que ele disparou sem luvas.

– Ele foi encontrado com a arma na mão. Sem luvas. Sabemos disso. Vai terminar de falar antes de um de nós morrer?

Rudel ignorou o sarcasmo.

– Bem, isso é o que me deixa mais perplexo. Com toda essa quantidade de pólvora não queimada, era de se esperar que houvesse uma boa porção dela na mão que disparou o tiro, além da normal descarga química que retorna quando a arma é disparada. Mas as mãos desse homem estão limpas.

– Tem certeza disso?

– Certeza absoluta. O teste para identificação de resíduo é simples, a coleta é feita com um cotonete. – Rudel levantou um braço sem vida e o removeu de baixo do lençol. – Veja você mesmo.

– Está dizendo que ele não atirou.

Rudel deu de ombros e deixou a mão do morto cair ao lado do corpo.

– O que encontramos nas mãos deste homem, além de suor e gordura, o que é normal, foram traços de um peixe gorduroso. Sardinha, para ser preciso.

Simon riu da informação, que considerava absurda.

– Fez um teste para identificar resíduos de sardinha?

Rudel o encarou com ar frio.

– Não, havia uma lata de sardinha parcialmente aberta sobre a mesa da cozinha, ao lado de uma vasilha de comida para gato. O que estou dizendo é que... Bem, quem estoura os miolos enquanto está alimentando o gato?

O garoto recuperou parcialmente a consciência quando foi arrastado para fora do beliche duro. Ele ouviu vozes à sua volta, portas de metal se abrindo e o tilintar de chaves. Sons ecoavam no espaço vazio. Luzes o ofuscavam e brilhavam em meio à sua confusão. Encolheu-se ao sentir uma dor repentina e lancinante no braço.

Pode ter sido minutos mais tarde – pode ter sido horas depois – tudo era confuso, irreal. Tinha vaga consciência de não conseguir se mexer, de ter os braços imobilizados atrás das costas. A luz branca penetrava em sua cabeça como um foco de luz, e ele piscou e virou o rosto para o outro lado na cadeira onde estava amarrado.

Não estava sozinho. Havia dois homens com ele na adega, vigiando-o.

– Devo dar fim nele? – perguntou uma voz.

– Não, mantenha o garoto vivo por enquanto. Ele pode ser útil para nós.

28

Sentia a água morna cair-lhe sobre a cabeça, escorrendo pela lateral da banheira sobre a qual estava debruçada. A espuma que descia pelo ralo estava tingida de vermelho. Cuidadoso, ele lavava o sangue de seus cabelos.

– Ai.

– Desculpe. Tem alguns coágulos secos presos nos fios.

– Não quero saber, Ben.

Ele pendurou o chuveirinho no gancho preso à parede e despejou mais xampu na palma da mão, espalhando-o sobre os cabelos de Roberta.

Ela estava mais calma – a náusea passara e as mãos não lhe tremiam mais. Relaxava sob o toque daquelas mãos, surpresa com a ternura e a gentileza do contato. Sentia o calor daquele corpo masculino pressionando suas costas enquanto ele lhe removia a espuma da cabeça e do pescoço.

– Acho que agora saiu tudo.

– Obrigada – ela murmurou, envolvendo a cabeça com uma toalha.

Ben deu a ela uma camisa para vestir, depois a deixou sozinha para terminar de se lavar. Enquanto ela tomava banho, ele desmontou, limpou e montou rapidamente sua Browning. Enquanto executava os movimentos automáticos e fluidos, tão arraigados nele quanto amarrar os sapatos ou escovar os dentes, a mente estava distante.

Ela saiu do banheiro vestindo a camisa enorme amarrada na cintura, os logos cabelos avermelhados e escuros ainda úmidos e brilhantes. Ben serviu-lhe uma taça de vinho.

– Tudo bem?

– Sim, estou bem.

– Roberta... não tenho sido completamente honesto com você. Há coisas que você precisa saber.

– Vai falar sobre a arma?

Ele assentiu.

– E sobre outras coisas.

Ela se sentou no chão e bebeu um pouco do vinho, enquanto ele contava tudo. Ben falou sobre Fairfax, sobre seus trabalhos de resgate, sobre a garotinha doente, quase morrendo.

– E é basicamente isso. Agora você sabe de tudo. – Observava-a, esperando uma reação.

Roberta ficou em silêncio por um tempo, a expressão quieta e pensativa.

– Então é isso que você faz, Ben? Salva crianças? – A voz soou fraca.

Ben olhou para o relógio de pulso.

– É tarde. Você precisa dormir um pouco.

Naquela noite ele a deixou ficar com a cama e foi dormir no chão do outro aposento. Roberta acordou ao amanhecer com os ruídos que ele fazia. Sonolenta, saiu do quarto e o viu colocando algumas coisas na bolsa de lona verde.

– O que está acontecendo?

– Vou sair de Paris.

– Vai embora?

– Depois do que aconteceu ontem à noite, ainda quer vir comigo?

– Sim, eu quero. Para onde vamos?

– Para o sul – ele disse, guardando com todo cuidado o diário de Fulcanelli na bolsa e desejando ter mais tempo para lê-lo. Em seguida, abriu uma gaveta da escrivaninha e pegou o passaporte que guardava ali. Mandara fazer o documento em Londres, e a falsificação era perfeita, impossível de ser diferenciada de um passaporte verdadeiro.

A fotografia era a dele, mas o nome era Paul Harris. Ben o guardou no bolso interno do paletó.

– Mas, Ben, tem mais uma coisa – ela lembrou. – Tenho antes que voltar à minha casa.

Ele balançou a cabeça.

– Desculpe, não vai ser possível.

– É necessário.

– Para quê? Se precisa de roupas e outras coisas, podemos comprar tudo o que quiser.

– Não, não é isso. Essas pessoas que estão atrás de nós... Se entrarem no meu apartamento outra vez, elas podem encontrar minha agenda de endereços. Lá estão os contatos de todos os meus familiares e amigos nos Estados Unidos. E se fizerem alguma coisa contra minha família para tentar me atingir?

Quando Luc Simon voltou ao escritório, a estação de polícia estava mergulhada na mais absoluta confusão com as notícias sobre o tiroteio na margem do rio. Crimes violentos eram comuns em Paris, parte da vida. Mas, quando havia um banho de sangue dessa magnitude, com dois policiais mortos e mais cinco corpos no chão à beira do Sena, com armas e cartuchos disparados por todos os lados, a força policial respondia *em masse.*

Simon encontrou um envelope marrom em cima de sua mesa. O relatório contido nele era da análise de caligrafia. A letra no bilhete suicida de Zardi não correspondia a outras amostras de caligrafia encontradas no apartamento dele, coisas como listas de compras, bilhetes e uma carta não concluída para a mãe. Era bem parecida, mas, definitivamente, uma falsificação. E bilhetes falsos de suicídio apontavam uma direção, apenas. Especialmente quando já se sabe que a vítima não disparou a arma do crime.

Se esse fosse um caso de assassinato, havia errado feio. Não dera a devida atenção à mulher chamada Ryder. Talvez estivesse pensando em muitas coisas, e ainda havia os problemas do relacionamento com

Hélène para somar a todos os outros. Tentar salvar um casamento naufragado e impedir que todos os habitantes de Paris matassem uns aos outros... Bem, as duas coisas não eram compatíveis.

Mas não tinha desculpa. A verdade era que cometera um erro grave. Roberta Ryder não era apenas uma maluca. Ela *estava* envolvida em alguma coisa. O quê, e como ela estava ligada, era algo que teria que descobrir.

Mas tudo que tinha eram perguntas, nenhuma resposta. Quem era o homem que estava com ela na noite da morte de Zardi? Havia alguma coisa estranha em como eles se comportavam. Havia sido como se o homem tentasse impedi-la de falar demais. Ele não dissera ser noivo dela? Mas não pareciam tão íntimos. E Roberta Ryder não declarara horas antes que não tinha namorado?

Aquele sujeito era importante de alguma forma. Qual era o nome dele? Se a memória de Simon não o enganava, ele havia resistido a se identificar e não reagira com muita satisfação quando Ryder revelara seu nome. Simon abriu uma pasta sobre a mesa. Ben Hope, era isso. Britânico, apesar do francês quase perfeito. Tinha que investigá-lo. Depois iria revistar o apartamento da tal Ryder. Conseguir um mandado agora seria fácil.

Simon encontrou o colega detetive Bonnard, e eles percorreram juntos o movimentado corredor. Bonnard parecia sério, taciturno e irritado.

– Acabei de receber as últimas informações sobre as mortes dos civis e dos policiais – ele contou.

– Quais são?

– Temos uma testemunha. Um motorista relatou ter visto duas pessoas correndo, aparentemente fugindo do local da ocorrência, mais ou menos na mesma hora em que as mortes aconteceram. Homem e mulher caucasianos. Mulher jovem, *supostos* cabelos avermelhados, trinta anos, aproximadamente. Homem um pouco mais velho, mais alto, cabelos claros. Aparentemente, a mulher se debatia, tentava escapar dele. A testemunha declarou que ela estava coberta de sangue.

– Um homem louro e uma mulher de cabelos avermelhados? – Simon repetiu. – A mulher estava ferida?

– Parece que não. Acreditamos que ela é a mesma mulher que nossos oficiais prenderam pouco antes de serem mortos. Havia rastros de sangue no banco traseiro da viatura, mas era de um dos corpos encontrados sob a ponte, o do homem com a cabeça estourada por uma bala de rifle. As fotos na parede são lindas.

– E para onde ela foi?

Bonnard fez um gesto que sugeria impotência.

– Não faço ideia. Parece que simplesmente desapareceu. Ou fugiu sozinha, ou alguém a levou dali muito depressa antes da nossa equipe chegar ao local.

– Ótimo. O que mais temos?

Bonnard balançou a cabeça.

– É uma confusão. Recuperamos o rifle. Arma militar, não rastreável e totalmente limpa de digitais. O mesmo vale para as pistolas que encontramos. Algumas vítimas foram identificadas: condenados por assalto à mão armada e coisas do tipo. Suspeitos comuns, ninguém vai sentir falta deles. Mas não temos a menor ideia de que diabo isso pode significar. Talvez tenha alguma relação com drogas.

– Acho que não – disse Simon.

– Uma coisa que sabemos é que falta pelo menos um atirador. Cápsulas de 9 mm foram encontradas em três dos corpos. Parece que todas saíram da mesma arma, que, segundo a perícia, é uma pistola do tipo Browning. E essa é a única arma que não recuperamos.

– Certo – Simon falou movendo a cabeça em sentido afirmativo, pensando compenetrado.

– Tem mais uma coisa – Bonnard continuou. – Com base no que pudemos deduzir, o misterioso atirador da 9 mm não é um típico criminoso barato. Seja quem for, ele é capaz de acertar, no escuro, alvos em movimento rápido a uma distância de 25 metros. Você é capaz disso? Eu sei que não sou... Estamos lidando com um profissional.

29

– Tem certeza de que está no criado-mudo? – Ben perguntou enquanto estacionava o Peugeot amassado a uma distância discreta do prédio onde Roberta morava.

Ela usava o boné que ele havia comprado em um mercado no início daquela manhã, e escondia os cabelos dentro dele. Com o boné e os óculos escuros, Roberta estava irreconhecível.

– Criado-mudo, livrinho vermelho – ela repetiu.

– Espere aqui – Ben avisou. – A chave está na ignição. Qualquer sinal de problema, saia daqui. Dirija devagar, não corra. Telefone para mim na primeira oportunidade que tiver, e encontrarei você.

Ela assentiu. Ben saiu do carro e pôs os óculos escuros. Apreensiva, ela o viu caminhar em direção à porta do prédio.

Luc Simon estava cansado de esperar. Passara a última meia hora nas imediações do apartamento de Roberta, aguardando com os dois agentes da perícia pela chegada da equipe. A raiva impaciente provocou-lhe mais uma daquelas dores de cabeça mortais. Como sempre, a equipe de perícia o fazia esperar. Bando de bastardos indisciplinados, acabaria com eles quando chegassem.

Ele pensou em mandar um dos oficiais uniformizados buscar café. "Dane-se." Ele mesmo iria. Não queria nem pensar em que tipo de porcaria eles poderiam comprar. Havia um bar do outro lado da rua, *Le Chien Bleu*; o nome era estúpido, mas o café podia ser um pouco melhor.

Simon desceu a escada com passos apressados, atravessou o corredor frio e saiu para a rua ensolarada, distraído com os próprios pensamentos. Estava preocupado demais para notar o homem alto e loiro de óculos escuros e paletó preto que vinha em sentido contrário. O homem não alterou a velocidade dos passos, mas reconheceu imediatamente o inspetor de polícia, e soube que havia outros policiais lá em cima.

Os dois oficiais pensaram que o inspetor havia sido bem rápido quando ouviram a campainha do apartamento de Ryder. Eles abriram a porta esperando ver Simon. Se tivessem sorte, ele entraria com café e lanches para todos, apesar de que isso, provavelmente, era esperar demais, considerando que o chefe estava de mau humor, pior ainda do que o habitual.

Mas o homem do outro lado da porta era um desconhecido alto e louro. Não parecia surpreso por encontrar dois policiais no apartamento. Ele se apoiou no batente de um jeito casual, sorrindo para eles.

– Oi – disse, tirando os óculos. – Talvez possam me ajudar...

Simon voltou ao apartamento de Ryder bebendo o espresso escaldante no copo descartável. Graças a Deus, a cafeína já amansava a dor de cabeça. Ele correu escada acima até o terceiro andar, bateu na porta e esperou. Três minutos depois, Simon bateu com mais força e gritou. Que diabos eles faziam lá dentro? Mais um minuto, e ele teve certeza de que algo estava errado.

– Polícia – Simon disse ao vizinho enquanto exibia sua credencial.

O velhinho inclinou a cabeça sobre o pescoço enrugado, murcho como o de uma tartaruga, e olhou perplexo para a credencial, depois para Simon, depois para o copo de café na mão dele.

– Polícia – Simon repetiu em voz mais alta. – Preciso usar seu apartamento.

O velhinho puxou a porta, abrindo-a completamente e se afastando para o lado. Simon passou por ele.

– Segure isto aqui, por favor – disse, entregando ao homem o copo vazio. – Onde fica a varanda?

– Por aqui. – O velhinho caminhou com passos lentos na frente dele, percorrendo um corredor de paredes enfeitadas por aquarelas e entrando em uma sala ampla muito arrumada, onde havia um piano e poltronas imitando peças antigas. O volume da televisão estava no máximo. Simon encontrou o que procurava, as janelas altas que davam passagem para uma varanda estreita.

Havia um vão de apenas um metro e meio entre a varanda do apartamento do velhinho e a de Ryder. Mantendo os olhos bem longe do espaço de três andares que o separava do pátio lá embaixo, ele subiu na grade de ferro e pulou de uma varanda para a outra.

As janelas da varanda de Ryder não estavam trancadas. Com a arma engatilhada na mão, ele percorreu em silêncio as dependências do apartamento. Ouvia batidas abafadas vindas de algum lugar. Tinha a impressão de que o ruído vinha do laboratório improvisado de Ryder. Apontando o 38 para a frente, ele caminhou determinado na direção do som.

No interior do laboratório, voltou a ouvi-lo. O barulho vinha de trás das portas do armário onde Ryder mantinha suas moscas nojentas. Tum, tum.

Simon abriu a porta, e a primeira coisa que viu foi a nuvem de insetos pretos e peludos contida nos aquários, seu zumbido perturbado soando abafado por trás do vidro grosso dos tanques. Alguma coisa se moveu perto de sua perna. Ele olhou para baixo.

Encolhidos no espaço apertado sob os tanques estavam os dois oficiais, ambos amarrados e amordaçados com fita adesiva, debatendo-se. Suas armas estavam em cima da mesa, uma ao lado da outra, ambas descarregadas e desmontadas. Os canos haviam desaparecido.

O esquadrão da polícia os encontrou mais tarde, um em cada tanque de moscas.

Ben jogou o livrinho vermelho no colo dela.

– Na primeira oportunidade que tiver – ele disse ao entrar no carro –, destrua essa agenda. Certo?

Ela assentiu.

– S... sim, claro.

Enquanto o Peugeot arrancava em alta velocidade e desaparecia na rua, um homem encolhido em uma soleira se virou para acompanhá-lo com os olhos. O homem não era um policial, mas vigiava o prédio de Ryder desde a noite anterior. Ele assentiu com a cabeça e pegou o telefone celular. Quando alguém atendeu à chamada, depois do segundo toque, o homem informou:

– Um 206 prateado com a frente amassada acabou de sair daqui pela Rue de Rome em direção ao sul. Um homem e uma mulher. Pode interceptá-los no Boulevard des Batignolles, mas é melhor se apressar.

30

Seis meses antes, perto de Montségur, sul da França

Anna Manzini estava infeliz por ter se colocado naquela situação. Quem poderia imaginar que a autora de dois aclamados livros de história medieval e respeitada palestrante na Universidade de Florença poderia se comportar de maneira tão impulsiva e estupidamente romântica? Demitir-se de um emprego bem remunerado e alugar uma casa de campo – um imóvel muito caro, aliás – no sul da França para começar uma nova carreira escrevendo ficção não era o tipo de atitude comedida e lógica pela qual Anna era conhecida entre os ex-colegas e alunos.

Pior, havia escolhido deliberadamente uma casa isolada, no meio das montanhas escarpadas e dos vales de Languedoc, na esperança de que a solidão lhe estimulasse a imaginação.

Nada acontecera. Estava ali havia dois meses e não escrevera mais que uma frase. No início passava o tempo todo sozinha, não via ninguém. Mas recentemente começara a aceitar as atenções de intelectuais e acadêmicos da região que descobriram que a autora dos livros *A cruzada que a história esqueceu* e *Hereges de Deus*: *descobrindo os verdadeiros cátaros* morava agora a poucos quilômetros de distância, na área rural. Após meses de tédio e solidão, ela se sentira aliviada com a oportunidade de fazer amizade com a animada Angélique Montel, uma artista local. Angélique a apresentara a um novo e interessante círculo de pessoas, e depois de um tempo Anna decidira organizar um jantar em casa.

Enquanto esperava pelos convidados, ela lembrou o que Angélique dissera ao telefone dois dias antes.

– Sabe o que eu acho, Anna? Você está com bloqueio e não consegue escrever porque precisa de um homem. Portanto, trarei um bom amigo ao seu jantar. É o dr. Edouard Legrand. Ele é brilhante, rico e solteiro.

– Se é tão maravilhoso – Anna dissera sorrindo –, por que quer apresentá-lo a mim?

– Ah, menina danada, ele é meu *primo* – Angélique rira. – Está divorciado há pouco tempo e se sente perdido sem uma mulher. Ele é seis anos mais velho que você, tem 48, mas tem o físico de um atleta. É alto, tem cabelos pretos, é sexy, sofisticado...

– Traga seu primo – ela havia dito a Angélique. – Estou ansiosa para conhecê-lo. – "Mas a última coisa de que preciso na minha vida agora é um homem", pensou.

Eram oito pessoas para o jantar. Angélique conseguira garantir estrategicamente que o dr. Legrand se sentasse ao lado de Anna na ponta da mesa. Ela não mentira, ele era muito encantador e bonito no terno bem cortado, com alguns fios brancos surgindo nas têmporas.

A conversa girou por um tempo em torno de uma exposição de arte moderna que muitos convidados haviam visitado em Nice. Agora, todos queriam saber mais sobre o novo projeto literário de Anna.

– Por favor, não quero falar sobre isso – disse Anna. – É muito deprimente. Estou sofrendo um bloqueio, simplesmente não consigo escrever. Talvez porque esteja escrevendo um livro de ficção pela primeira vez, um romance.

Todos reagiram com surpresa e curiosidade.

– Um romance? Sobre o quê?

Anna suspirou.

– Na verdade, é uma história de mistério sobre os cátaros. O problema é que estou tendo grande dificuldade para imaginar meus personagens.

– Ah, mas tenho aqui o homem certo para ajudá-la – disse Angélique, reconhecendo a oportunidade. – O dr. Legrand é um famoso psiquiatra e pode ajudar qualquer pessoa com qualquer tipo de problema mental.

Legrand riu.

– Anna não tem nenhum problema mental. Muitas pessoas de grande talento sofrem eventualmente de perda temporária da inspiração. Até Rachmaninov, o grande compositor, teve um bloqueio de criatividade e precisou submeter-se à hipnose para criar suas maiores obras.

– Obrigada, dr. Legrand – Anna respondeu sorrindo. – Mas sua analogia me superestima. Não me comparo a Rachmaninov.

– Por favor, me chame de Edouard. Mas tenho certeza de que é muito talentosa. – Uma pausa. – Porém, se está procurando personagens interessantes que apreciam o misterioso e o gótico, talvez eu possa ajudá-la.

– Dr. Legrand é diretor do Instituto Legrand – contou Madame Chabrol, uma professora de música de Cannes.

– Instituto Legrand? – Anna repetiu.

– Um hospital psiquiátrico – Angélique explicou.

– É um estabelecimento pequeno – disse Legrand. – Não muito longe daqui, na periferia de Limoux.

– Edouard, refere-se àquele homem estranho de quem me falou uma vez? – perguntou Angélique.

Ele assentiu.

– Um de nossos mais curiosos e fascinantes pacientes. Está conosco há cerca de cinco anos. Seu nome é Rheinfeld, Klaus Rheinfeld.

– O nome dele soa como Rhenfield, da história de Drácula – Anna comentou.

– Sim, é verdade, embora eu ainda não o tenha visto comer moscas – Legrand respondeu, e todos riram. – Mas o caso dele é interessante, com certeza. Ele é um maníaco religioso. Foi encontrado não muito longe daqui, em um vilarejo, por um sacerdote. Ele se mutila, tem o corpo coberto de cicatrizes. Tem delírios com demônios e anjos, convencido de que está no Inferno ou, às vezes, no Céu. Está sempre recitando frases em latim e é obcecado por séries de números e letras sem significado. Ele as rabisca nas paredes de sua ce... de seu quarto.

– Por que permite que ele tenha uma caneta, dr. Legrand? – quis saber Madame Chabrol. – Isso não pode ser perigoso?

– Não permitimos mais – ele respondeu. – Agora ele escreve com o próprio sangue, urina e fezes.

Todos em torno da mesa pareciam chocados e enojados, exceto Anna.

– Ele deve ser extremamente infeliz – comentou a escritora.

Legrand assentiu.

– Sim, acredito que é, provavelmente – concordou.

– Mas por que alguém iria querer se... *mutilar*, Edouard? – quis saber Angélique, torcendo o nariz. – Que coisa horrível!

– Rheinfeld exibe comportamento estereotipado – Legrand respondeu. – Quero dizer, ele apresenta um quadro que chamamos de desordem obsessivo-compulsiva. O estado pode ser desencadeado por estresse e frustração crônicos. Nesse caso específico, acreditamos que a desordem mental foi causada por anos de busca infrutífera por alguma coisa.

– Que coisa? – Anna perguntou.

Legrand deu de ombros.

– Não sabemos ao certo. Ele parece acreditar que está envolvido em alguma forma de cruzada, como uma busca por um tesouro enterrado, segredos perdidos, esse tipo de coisa. É um traço comum entre os doentes mentais. – O médico sorriu. – Já tivemos outros intrépidos caçadores de tesouro no nosso hospital. Também tivemos nossa cota de Jesus Cristo, Napoleão Bonaparte e Adolf Hitler. Suponho que eles não sejam muito criativos na escolha de suas alucinações.

– Um tesouro perdido – Anna repetiu como se falasse sozinha. – E você disse que ele foi encontrado perto daqui... – A voz dela silenciou em um momento de reflexão.

– Nada pode ser feito para ajudá-lo, Edouard? – perguntou Angélique.

Legrand balançou a cabeça.

– Nós tentamos. Quando ele chegou, foi submetido à psicoterapia e terapia ocupacional. Nos primeiros meses, pareceu responder ao tratamento. Demos a ele um bloco de anotações para que registrasse seus sonhos. Depois descobrimos que ele enchia as páginas do bloco com discursos insanos. Durante um tempo, seu estado mental se deteriorou e ele voltou a praticar automutilação. Tivemos que tirar dele o material para escrever e reforçar a medicação. Desde então, receio que ele tenha mergulhado mais e mais em um quadro que só posso chamar de loucura.

– Que pena – Anna murmurou.

Legrand olhou para ela com um sorriso encantador.

– De qualquer maneira, você será muito bem recebida se quiser ir visitar nosso pequeno estabelecimento, Anna. E se isso servir para ajudá-la a recuperar a inspiração para o seu livro, posso providenciar para que conheça Rheinfeld pessoalmente, desde que seja com supervisão, é claro. Ninguém nunca vai visitá-lo. Quem sabe? Uma visita pode até fazer bem a ele.

31

Paris

As peças do quebra-cabeça praticamente se encaixavam para Luc Simon. A descrição que os dois oficiais gravemente constrangidos haviam fornecido do homem que os trancara no armário combinava com a de Ben Hope.

Depois ele recebera o relatório sobre a limusine Mercedes envolvida no recente acidente na ferrovia. O carro propriamente dito era uma farsa. Nenhum proprietário registrado. Placas frias. Números raspados no motor e no chassi. O sistema de trava interna havia sido alterado, adequado para um veículo que seria usado em sequestros. E parecia ter sido usado com esse propósito, já que alguém havia tentado abrir a porta do carro usando uma pistola 9 mm.

Quem quer que fosse essa pessoa que tentara escapar, considerando o relatório da análise feita nos cartuchos deflagrados encontrados no banco de trás do carro, era com certeza o atirador misterioso do massacre à margem do rio. E quem era ele? Parecia impossível descobrir. Mas os policiais que haviam comparecido ao local do incidente na ferrovia encontraram um cartão comercial dentro do Mercedes. O nome inscrito no cartão era Benedict Hope.

Havia mais. No estacionamento de um bar e restaurante nas proximidades eles encontraram o Citroën 2CV envolvido no incidente na ferrovia. A grade frontal desaparecida, os traços de tinta do Mercedes, até a terra nas rodas, tudo combinava com a cena da estrada de ferro. O 2CV estava registrado em nome da dra. Roberta Ryder.

E a história ficava ainda melhor. A equipe de perícia revistara o apartamento de Ryder e encontrara algo. Exatamente no local onde ela havia declarado que o invasor e agressor havia caído morto, fora encontrada uma gota de sangue que tinha passado despercebida por quem limpara o local. Simon pressionara a perícia para que realizassem o teste de DNA mais rápido do que jamais haviam feito, comparando-o com fios de cabelo coletados da escova de Ryder e de outros objetos pessoais. O sangue não era o dela. Mas a amostra combinava com outra colhida em uma descoberta feita no Parc Monceau. A mão que tinha sido amputada.

O dono daquela mão era Gustave LePou, criminoso com longo histórico policial de acusações por delitos sexuais, estupro com agravante, ataque com arma mortal, assalto e duas suspeitas de assassinato. Tudo indicava que Ryder dissera a verdade, afinal. Mas por que LePou estivera no apartamento dela? Teria sido um simples assalto? De jeito nenhum. Alguma coisa mais grave estava acontecendo. Alguém devia ter contratado LePou para matá-la, ou para roubar alguma coisa dela – ou os dois. Simon sentia vontade de se chutar por não ter ouvido o que a dra. Ryder dissera na ocasião.

Mais perguntas. Quem encobrira os rastros da morte de LePou, removera o cadáver do apartamento de Ryder, retalhara o corpo e tentara, sem sucesso, se livrar dele? Qual era a conexão com Zardi, o assistente de laboratório? Teria ele sido morto pelas mesmas pessoas? Onde Ben Hope entrava na história? Era ele o inglês que Roberta Ryder havia dito que corria perigo? Se o incidente na estrada de ferro havia sido planejado com a intenção de matar Hope, Simon o encontrara bem calmo mais tarde, naquela mesma noite, para alguém que escapara por pouco de uma morte horrenda. Onde estavam Hope e Ryder agora? Hope era predador ou presa? Tudo era um completo enigma.

Simon estava sentado em seu minúsculo escritório, tomando café com Rigault, quando chegou o fax que ele esperava da Inglaterra. Simon foi pegá-lo na máquina.

– Benedict Hope – murmurou enquanto lia. – Trinta e sete anos de idade. Educado em Oxford. Pais falecidos. Nenhum registro criminal, nem mesmo uma multa de estacionamento proibido. Completamente limpo, o bastardo. – Ele engoliu o que restava do café.

Simon entregou a folha a Rigault e esperou o fim da impressão da segunda página de fax. A máquina cuspiu o papel em sua mão e ele o leu, passando rapidamente os olhos pelas linhas. No alto da página havia o cabeçalho do Ministério da Defesa da Inglaterra. O texto era longo. Carimbos oficiais e avisos sobre conteúdo confidencial gritavam escandalosos em várias partes da folha. A segunda página era apenas mais do mesmo. E a terceira também. Ele assobiou.

– O que é isso? – Rigault perguntou, levantando os olhos da folha que analisava.

Simon mostrou o papel.

– O histórico militar de Hope.

Rigault leu as informações e ergueu as sobrancelhas.

– Caramba – ele murmurou. – Isto aqui é coisa séria. – E olhou para Simon.

– Ele é o nosso atirador misterioso, não há dúvidas disso.

– O que ele está fazendo? O que está acontecendo?

– Não sei – Simon respondeu –, mas vou trazê-lo para cá e descobrir. Vou emitir um alerta para a captura desse homem imediatamente. – E pegou o telefone.

Rigault balançou a cabeça e bateu com o indicador na folha impressa.

– Você vai precisar de metade da força policial da França para pegar esse cara.

32

A viagem rumo ao sul pela estrada que partia de Paris era longa e quente. Em Nevers a pista estava interditada temporariamente, eles seguiram então pela estrada Nationale até Clermont-Ferrand, depois voltaram pela Autoroute 75 na direção de Le Puy. O destino ainda era distante, a região de Languedoc, onde Ben poderia encontrar a pista de Klaus Rheinfeld e, esperava, fazer algum progresso em sua pesquisa.

Tendo apenas o diário meio lido de Fulcanelli como orientação, ele ainda não sabia direito o que estava procurando. Tudo que podia fazer era seguir as pequenas pistas da melhor maneira possível e esperar que as coisas se tornassem um pouco mais promissoras ao longo do caminho.

Roberta dormia no banco do passageiro, a cabeça caída sobre um ombro. Ela dormia havia uma hora mais ou menos, desde que Ben percebera que estavam sendo seguidos. O BMW azul que ele vez ou outra espiava pelo retrovisor, sempre acompanhando seu ritmo em meio ao trânsito, estava atrás deles desde um pouco depois de terem saído de Paris.

O carro que os perseguia chamara sua atenção pela primeira vez em um posto de combustível, quando o Peugeot estivera à frente na fila. Os quatro homens no BMW se comportavam de um jeito nervoso, agitado. Havia percebido que eles não queriam perdê-lo de vista.

Quando voltaram à estrada, Ben os pôs à prova. Sempre que ultrapassava um veículo mais lento, o BMW o seguia. Quando ele reduziu a velocidade para um ritmo que irritaria outros motoristas, o

BMW o acompanhou, ignorando as buzinas estridentes dos motoristas indignados até Ben acelerar, e então ele acelerava também. Não havia dúvida de que estavam sendo seguidos.

– Por que está dirigindo desse jeito tão... irregular? – Roberta se queixou sonolenta ao lado dele.

– Deve ser só minha personalidade irregular – Ben respondeu. – Na verdade, odeio ter que dizer, mas temos um amigo. O BMW azul – ele acrescentou quando Roberta se virou no banco, repentinamente acordada.

– Acha que são eles outra vez?

Ben assentiu.

– Ou são eles ou é alguém querendo pedir informação.

– Acha que conseguimos despistá-los?

Ele deu de ombros.

– Depende de quão persistentes são. Se não pudermos despistá-los, eles vão nos seguir até chegarmos a uma estrada de pouco movimento e então vão tentar alguma coisa.

– Tentar o quê? Não, não responda. Veja se consegue despistá-los.

– Tudo bem, segure-se firme. – Ben reduziu duas marchas e acelerou com força.

O Peugeot arrancou, derrapando quando ele virou a direção bruscamente para ultrapassar um caminhão. Uma buzina soou atrás dele. O ronco do motor preencheu o interior do carro. Ben olhou pelo retrovisor e viu o BMW em seu encalço, mudando de uma faixa para outra.

– Se é assim que você quer – murmurou, pisando ainda mais fundo no acelerador.

Um caminhão mudava de faixa adiante. O Peugeot ocupou o espaço deixado por ele e o ultrapassou pelo lado errado. O caminhão balançou violentamente enquanto ficava para trás no retrovisor, a buzina soando furiosa.

– Você é suicida? – Roberta gritou em meio ao ronco do motor.

– Só quando estou sóbrio.

– E você está? – Ela fez uma careta. – Não responda a essa também.

Uma faixa livre à frente. Ben pisou no acelerador até o fundo, empurrando o ponteiro do velocímetro além da marca dos 160 km/h. Roberta agarrava-se às laterais do banco. O BMW emergiu da confusão de carros que eles haviam deixado para trás, mantendo a perseguição.

Ben dirigia o 206 em alta velocidade, costurando como um louco em meio ao trânsito e às buzinas. O carro era muito mais ágil que o pesado BMW, e quando eles chegaram à rampa de saída, os perseguidores estavam pelo menos cem metros para trás. O Peugeot seguiu por uma sinuosa estrada na área rural. Ben fez duas curvas aleatórias mudando de estrada, primeiro à esquerda, depois à direita. Mas o que o BMW não tinha de agilidade, tinha de velocidade, e era guiado por um motorista obviamente determinado e difícil de despistar.

Ben viu a placa anunciando um vilarejo e fez a curva na rampa de acesso. Estavam em uma reta bem longa. O carro maior se aproximava deles. Uma olhada para o velocímetro e constatou que a velocidade era alta, a maior que se atrevia a atingir. Atrás deles, um dos passageiros da BMW pôs um braço para fora da janela e atirou várias vezes com uma pistola. O vidro de trás do Peugeot foi estilhaçado.

Eles entraram no vilarejo e passaram em alta velocidade pela praça principal, derrapando para desviar de uma fonte e causando pânico entre alguns clientes de um bistrô que bebiam e conversavam nas mesas do lado de fora. A reação deles foi brandir os punhos cerrados e xingar, antes de terem que correr para fugir do BMW, que passou por ali espalhando mesas e cadeiras pela calçada.

Um cruzamento se aproximava, e Ben virou à esquerda cantando pneus. Um caminhão desviou e os evitou por pouco, mas bateu em um Fiat que estava estacionado. O Fiat foi jogado no meio da rua, no caminho da BMW que os perseguia. O impacto foi violento. O BMW atingiu a lateral do Fiat e o jogou contra uma parede. Com um para--lama amassado e o capô torto, o BMW se recuperou rapidamente e retomou a perseguição, ganhando velocidade.

Os dois automóveis saíram do vilarejo e seguiram por uma estrada cheia de curvas, com árvores dos dois lados. Uma brecha entre as árvores surgiu à direita. Ben virou o volante e o Peugeot saiu da estrada, as rodas girando em falso em alguns trechos irregulares da trilha precária. Ele dominou o carro, evitou novas derrapagens, mas uma depressão profunda atingiu em cheio a suspensão, e os dois sentiram que o estômago subia-lhes à boca.

O BMW continuava obstinadamente atrás deles, levantando pó da terra seca da estrada. Roberta virou-se e viu a parte da frente do BMW desaparecer em uma nuvem de poeira quando o carro mergulhou em uma vala.

O Peugeot fez uma curva acentuada em alta velocidade. Um trator apareceu repentinamente diante deles na trilha. Derrapando loucamente no terreno sem aderência, ele conseguiu conduzir o carro para o portão de uma fazenda. A madeira se partiu como cortiça, e o Peugeot passou pela abertura com grande estrondo. Ele seguiu em frente aos solavancos, atravessando um trecho acidentado do terreno e se aproximando de uma encosta acentuada. A frente do carro mergulhou no vazio. Um estrondo ecoou quando o carro caiu sobre a margem do outro lado da profunda trincheira. O Peugeot quicou uma vez e parou.

Eles saíram do automóvel quando o BMW se aproximava descendo a encosta atrás deles. Ao ver a fumaça que se erguia do Peugeot destruído, o motorista freou com força excessiva, derrapando. O automóvel girou, bateu contra outro barranco e parou com as rodas para cima em meio a uma grande nuvem de poeira.

Os quatro ocupantes saíram do carro atordoados. Um homem gordo com sangue escorrendo-lhe pela têmpora disparou tiros de pistola contra o Peugeot. A janela do passageiro estilhaçou e cobriu Roberta de cacos de vidro enquanto ela se arrastava, tentando se proteger.

– Roberta! – Ben empunhou a Browning e respondeu aos tiros, controlando o coice da arma e cravando uma bala na lateral do BMW, milímetros distante da cabeça do homem gordo. Ela se encolheu a seu lado.

Três perseguidores se jogaram atrás do BMW. O quarto se escondeu atrás de uma pedra, empunhando uma pistola de cano curto. Ele atirou.

O disparo abriu um buraco no teto do Peugeot, e Roberta gritou. Ben levantou a Browning novamente e disparou quatro vezes. O outro atirador, deitado no chão, foi coberto pela terra levantada pelas balas. O quarto disparo de Ben o atingiu na parte superior do braço. Ele rolou para longe do esconderijo, soltando a arma. Ben atirou novamente, e continuou apertando o gatilho até ele cair e a Browning descarregar. Então, ejetou o pente vazio e levou a mão ao bolso para pegar outro.

Mas não encontrou nada. Lembrou-se de que todos os carregadores e a munição estavam na bolsa dentro do carro.

Outro homem saiu de trás do BMW capotado. A arma que segurava era preta e comprida, com um robusto silenciador e um carregador de longa empunhadura. Ele disparou uma sequência devastadora com a submetralhadora Ingram e esburacou uma das laterais do Peugeot, obrigando Ben a se proteger enquanto tentava entrar no carro. Os outros dois atiradores também saíam de trás do BMW empunhando suas pistolas, avançando com cautela. O homem com a Ingram disparou outra rajada, provocando uma chuva de terra e pedras à esquerda de Ben. "Isso não é bom", pensou.

A Ingram estava descarregada, e o homem tentava recarregá-la depressa. Ben percebeu sua chance. Ele se jogou dentro do Peugeot e pegou a bolsa, onde encontrou o que procurava. O homem com a Ingram se aproximava quando ele terminou de introduzir o novo carregador na arma. Levantando a mão que a empunhava sobre o teto do carro, Ben atirou duas vezes contra o peito do desconhecido e o viu cair de costas, as pernas chutando o ar. O atirador mais próximo do BMW correu para se esconder, atirando às cegas por cima do ombro. Percebendo que ele estava muito longe do carro, seu colega se apoiou sobre um joelho e descarregou a 9 mm contra Ben.

Ben se abaixou e as balas passaram zunindo. Porém, uma o atingiu. Girou o corpo com o impacto do lado direito. Ele se equilibrou e respondeu aos tiros. O homem caiu com os braços abertos, e a pistola ficou no chão.

Ben cambaleou. Havia sangue por todo lado. Tinha a visão turva e, de repente, ele olhava para cima, para um círculo de copas de árvores e um céu cinzento.

Roberta, vendo-o cair, gritou:

– NÃO!

Pegou a pistola que Ben havia soltado. Nunca havia disparado antes, mas o manejo da Browning era simples, fácil – só precisava apontar e apertar o gatilho. O último pistoleiro saiu novamente de trás do BMW e disparou na direção dela. Roberta sentiu o deslocamento de ar provocado pela passagem do projétil. Segurando a Browning com as duas mãos, ela atirou e o obrigou a voltar para o esconderijo sob uma chuva de cacos de vidro. Rápida, pegou a bolsa a tiracolo pela janela quebrada do Peugeot.

– Consegue correr? – perguntou gritando.

Ben gemeu, rolou para o lado e se levantou cambaleando. Os joelhos estavam fracos. Outro tiro ecoou. Sua resposta desesperada acertou a coxa do atirador, que caiu atrás do carro com um grito e um jato de sangue. A Browning estava descarregada outra vez e não disparava mais. Rastejando, o homem ferido saiu do esconderijo com uma pistola de cano duplo. Ele atirou e o espelho lateral do Peugeot explodiu.

– Vamos! – Ela segurou o braço de Ben e os dois correram pela encosta. Lá embaixo, o terreno inclinado terminava em uma estrada pavimentada, mas sinuosa. Um caminhão transportando uma carga de feno passava por ali sem pressa. Com quatro passadas rápidas, um salto os colocaria três metros acima do caminhão, Roberta se lançou então no ar, puxando Ben com ela. O voo demorou um aterrorizante segundo. A carroceria do caminhão os acolheu em seu leito de feno, onde eles caíram em uma confusão de braços e pernas.

O homem com o revólver corria pela encosta, passando pelos três companheiros mortos. Ele gritou e xingou furioso quando viu o caminhão que levava Ben e Roberta na carroceria desaparecer rumo ao crepúsculo.

33

Paris

Depois da longa e quente jornada desde Roma, Franco Bozza não estava com disposição para amenidades. Ele dirigia o Porsche 911 Turbo preto pelo trânsito da periferia da cidade e seguia para o subúrbio de Créteil. Nos limites da cidade, logo encontrou o que procurava em uma zona industrial dilapidada. A fábrica de embalagens estava inativa, e o prédio era recuado da rua, protegido por portões enferrujados fechados por uma corrente. O mato dominava o pátio na frente do edifício. Bozza deixou o motor do Porsche ligado e caminhou até os portões. O cadeado era novo e brilhante. Ele tirou a chave do bolso e o destrancou. Depois de olhar para a direita e para a esquerda e se certificar de que não havia ninguém ali, ele empurrou o lado direito do portão, que se abriu com um rangido estridente das dobradiças enferrujadas. Ele voltou ao Porsche e dirigiu o carro pela entrada, depois desceu e trancou os portões. A rua estava vazia. Bozza estacionou atrás do edifício abandonado, longe de olhares curiosos, e entrou pela porta dos fundos que, sabia, estaria aberta para ele.

A aparição da criatura alta, larga e silenciosa usando o longo manto negro provocou arrepios gelados nos três homens que protegiam o inconsciente Gaston Clément. Naudon, Godard e Berger conheciam a reputação do Inquisidor e se mantinham tão longe dele quanto possível, evitando até mesmo olhar em sua direção quando o homem abriu a bolsa preta que carregava e tirou dela a brilhante coleção de ferramentas que dispôs sobre um carrinho. Alguns instrumentos eram obviamente cirúrgicos, como os bisturis e a serra. Eles bem podiam imaginar que finalidade teriam os alicates cortantes, o martelo e o maçarico.

No centro do amplo espaço vazio, o velho alquimista estava pendurado pelos pés, nu e inerte, preso a uma corrente suspensa em uma viga. O último objeto que Bozza tirou da bolsa foi um pesado avental de plástico. Ele o vestiu pela cabeça e o ajeitou sobre o corpo. Depois deslizou o dedo enluvado pela fileira de instrumentos, decidindo por onde começar. Seu rosto era inexpressivo, impassível. Ele pegou uma longa e afiada sonda e a girou entre os dedos protegidos pela luva. E assentiu para si mesmo.

Então começaram as perguntas feitas em voz baixa, quase um sussurro, e os gritos.

Pouco mais de uma hora depois, os gritos do velho haviam se tornado um constante e incoerente gemido. Havia uma piscina de sangue embaixo dele, e o avental e as ferramentas de Bozza estavam tingidos de vermelho.

Mas tudo havia sido uma perda de tempo. O velho era doente e frágil, e Bozza podia ver pelos hematomas e cortes no rosto que os homens que o capturaram o haviam espancado muito antes de sua chegada, o que o tornara inútil para fins de interrogatório. Agora seu corpo castigado entrara em choque, e o torturador sabia que era inútil prolongar a agonia. Não havia nada para saber dele. Bozza se aproximou do carrinho e abriu uma pequena bolsa. A seringa dentro dela continha uma dose cavalar de uma substância usada pelos veterinários para a prática da eutanásia em cães. Ele voltou ao corpo pendurado e introduziu a agulha na nuca de Clément.

Quando tudo acabou, Bozza se virou e olhou com frieza para os três homens. A ansiedade causada por sua presença diminuíra, e eles estavam em pé em um canto mais afastado da fábrica, conversando, fumando, rindo e fazendo piadas sobre alguma coisa.

Ele sorriu. Os homens não ririam por muito tempo. O que eles não sabiam sobre essa visita era que arrancar informações de Clément não era o único motivo para Usberti tê-lo enviado. Suas ordens para "limpar a sujeira" iam além do que podia parecer. Esses três amadores haviam demonstrado incompetência diversas vezes. Os dias em que a *Gladius Domini* contratava bandidos baratos para fazer seu trabalho sujo estavam chegando ao fim.

Ele os chamou com um aceno. Godard, Naudon e Berger apagaram os cigarros, trocaram olhares sérios e se aproximaram. O bom humor sumira de repente, voltara-lhes novamente o nervosismo. Naudon exibia um sorriso pálido e se preparava para dizer alguma coisa.

Estavam a dez metros de distância quando Bozza sacou casualmente uma Beretta 380 com silenciador e os derrubou numa sucessão rápida sem dizer nada. Os corpos desabaram silenciosamente. Um cartucho deflagrado tilintou ao rolar pelo piso de concreto. Com expressão impassível, ele olhou para os homens mortos no chão enquanto removia o silenciador e devolvia a pequena pistola ao coldre.

Quatro corpos para desovar. Desta vez não haveria rastros.

34

A van se afastou deixando uma esteira de poeira e fumaça de óleo diesel. O motorista estava mais que satisfeito com o volume em seu bolso, um total de mil euros, quantia generosamente oferecida pelos caronistas: uma mulher americana de temperamento explosivo e seu quieto e pálido amigo de aparência enferma. Havia sido uma recompensa pelos quilômetros que se afastara de seu caminho para ir até o pequeno povoado de Saint-Jean. Havia se perguntado o que podia ser tudo aquilo... mas, por outro lado, por que se importaria? Esta noite os drinques seriam por sua conta.

Roberta ainda tirava do cabelo fragmentos de feno da desconfortável noite que haviam passado no celeiro. O fazendeiro em cujo caminhão eles haviam pulado não notara os passageiros. Depois da viagem acidentada pelas esburacadas estradas do campo, ele havia guardado o caminhão no celeiro e desaparecera. Roberta descera e vasculhara tudo até encontrar um cobertor velho e áspero com o qual cobrira Ben. Ele tremia e sentia muita dor.

Ela passara a maior parte da noite sentada, vigiando preocupada o sono dele, pensando que devia tê-lo levado para um hospital. Dois gatos da fazenda os encontraram e se aninharam ao lado dela na profunda cama de feno. Ela havia adormecido algum tempo depois das três da manhã, e havia sido como se apenas alguns minutos se passassem até um galo começar a cantar, anunciando o amanhecer, e acordá-los. Eles saíram antes de o fazendeiro aparecer.

Levaram horas para chegar a Saint-Jean, e o sol da tarde começava sua curva descendente. O vilarejo parecia deserto.

– Este lugar não deve ter mudado muito nos últimos séculos – disse Roberta, olhando em volta.

Ben estava apoiado a uma parede de pedra, de cabeça baixa. Ele parecia estar muito mal, Roberta pensou ansiosa.

– Espere aqui. Vou ver se encontro alguém que possa nos ajudar.

Ben assentiu sem forças. Ela tocou sua testa. Estava muito quente, mas as mãos estavam frias. A dor dificultava a respiração. Ela afagou seu rosto.

– Talvez tenha um médico no vilarejo – disse.

– Não quero um médico – ele murmurou. – Vá buscar o sacerdote. Padre Pascal Cambriel.

Pela primeira vez na vida, Roberta se descobriu rezando enquanto caminhava pela rua vazia. Era uma via de terra, o solo rachado pela falta de chuva. As casas antigas, sujas de um jeito que teria parecido esquálido em qualquer lugar que não fosse o sul da França, pareciam se apoiar umas às outras para não caírem.

– Senhor, se está mesmo em algum lugar aí em cima – ela resmungava –, por favor, me ajude a encontrar o padre Pascal. – Sentiu-se gelar ao pensar que poderia receber a notícia de que ele estaria morto, ou que não vivia mais ali. E apressou os passos.

A igreja ficava do outro lado do vilarejo. Ao lado dela havia um pequeno cemitério e, além dele, um chalé de pedras. Roberta ouvia o som de galinhas cacarejando em um galpão externo. Um velho e empoeirado Renault 14 estava estacionado do lado de fora.

Um homem apareceu entre as duas construções. Ele tinha a aparência de um trabalhador braçal, o rosto enrugado e endurecido como couro por anos de trabalho sob o sol forte. Ele hesitou ao vê-la.

– *Monsieur*, desculpe-me – ela falou em voz alta. O homem a olhou curioso, acelerou os passos e desapareceu dentro de uma das casas, batendo a porta. Roberta ficou chocada, mas no instante seguinte pensou que uma mulher desconhecida, com uma camisa suja de sangue e calça jeans rasgada não devia ser uma visão comum por ali. Ela se apressou, pensando em Ben.

– *Madame? Je peux vous aider?* – perguntou uma voz. Roberta virou-se e viu uma mulher idosa inteiramente vestida de preto, com um xale cobrindo-lhe os ombros. Um crucifixo pendia de uma corrente em seu pescoço enrugado.

– Por favor, sim, espero que possa me ajudar – Roberta respondeu em francês. – Procuro o sacerdote do vilarejo.

A mulher levantou as sobrancelhas.

– Sim? Ele está aqui.

– O padre Pascal Cambriel ainda é o sacerdote deste vilarejo?

– Sim, ele ainda está aqui – a mulher respondeu, sorrindo e exibindo várias falhas nos dentes. – Sou Marie-Claire. Eu cuido da casa dele.

– Pode me levar ao padre, por favor? É importante. Precisamos de ajuda.

Marie-Claire a conduziu ao chalé e elas entraram.

– Padre – a mulher chamou. – Temos visita.

O chalé era humilde, mobiliado com modéstia, mas havia nele uma sensação de segurança e calor. O fogo que iluminaria a noite havia sido preparado para ser aceso, com lenha empilhada sobre gravetos. Perto de uma mesa simples de pinho havia duas cadeiras de madeira, e do outro lado do cômodo via-se um velho sofá protegido por um cobertor. Um grande crucifixo de ébano pendia de uma parede caiada, e havia uma foto do papa ao lado de uma cena da Crucificação.

Os degraus da escada estalaram, e o padre apareceu. Com 70 anos, Pascal Cambriel tinha um pouco de dificuldade para andar e se apoiava a uma bengala.

– O que posso fazer por você, minha criança? – ele perguntou, olhando curioso para a aparência incomum de Roberta. – Está machucada? Aconteceu algum acidente?

– Não estou machucada, mas tenho um amigo que não está bem – ela respondeu. – É o padre Pascal Cambriel, não é?

– Sim, sou eu.

Ela fechou os olhos. "Obrigada, Senhor."

– Padre, vínhamos para cá com a intenção de encontrá-lo quando meu amigo foi ferido. Ele não está nada bem.

– Isso é sério – Pascal franziu o cenho.

– Sei o que vai dizer. Devíamos procurar um médico. Não posso explicar agora, mas ele não quer um médico. Vai ajudá-lo?

– Mesmo que ele quisesse, não há mais nenhum médico por aqui – Pascal informou quando já percorriam a rua esburacada em seu Renault. – O dr. Bachelard morreu há dois anos, e ninguém ocupou seu lugar. Nenhum jovem quer vir para Saint-Jean. Lamento dizer, mas o lugar está morrendo.

Ben estava semiconsciente quando o carro do sacerdote parou no limite do vilarejo.

– Meu Senhor, ele está muito enfermo. – Mancando, Pascal se aproximou do corpo inerte de Ben e segurou-lhe o braço. – Consegue me ouvir, meu filho? *Mademoiselle*, vai ter que me ajudar a levá-lo para o carro.

Roberta, Pascal e a idosa Marie-Claire levaram Ben para a escada do chalé e para o quarto vago na residência do padre. Eles o deitaram na cama e Pascal desabotoou-lhe a camisa ensanguentada. O religioso encolheu-se ao ver o ferimento na região das costelas de Ben. Ele não disse nada, mas notou que era um ferimento por arma de fogo. Já vira outros antes, havia muitos anos. Ele apalpou a área. A bala havia passado pelo músculo e saído pelo outro lado.

– Marie-Claire, pode ir buscar água quente, bandagens e desinfetante, por favor? Ainda temos aquele preparado de ervas para limpar ferimentos?

Marie-Claire se retirou em silêncio para atender ao pedido do padre. Pascal sentiu a pulsação de Ben.

– Acelerado.

– Ele vai ficar bem? – Roberta estava pálida, com os punhos cerrados.

– Precisamos de um pouco do remédio de Arabelle.

– Arabelle? Ela é uma curadora do vilarejo?

– Arabelle é a nossa cabra. Temos alguns antibióticos que sobraram de quando ela teve uma infecção no casco há algum tempo. Receio que esse seja o limite da minha habilidade médica. – Pascal sorriu. – Mas Marie-Claire sabe bastante sobre medicamentos feitos com ervas. Muitas vezes ela me ajudou e socorreu pessoas de nossa pequena comunidade. Acredito que nosso jovem amigo aqui está em boas mãos.

– Padre, sou muito grata por ter nos ajudado.

– É meu dever, mas também é um prazer levar meu serviço aos necessitados – respondeu Pascal. – Já faz um tempo que este quarto foi usado para abrigar um homem enfermo. Creio que cinco, seis anos desde que a última alma ferida procurou ajuda em nosso vilarejo.

– Foi Klaus Rheinfeld, não foi?

Pascal parou de repente o que estava fazendo e virou-se para cravar em Roberta um olhar penetrante.

– Ele dorme – Pascal murmurou ao descer a escada. – Vamos deixá-lo descansar.

Roberta acabara de sair do banho e vestia as roupas que Marie-Claire havia providenciado para ela.

– Obrigada mais uma vez por sua ajuda – disse. – Não sei o que teríamos feito...

Pascal sorriu.

– Não precisa me agradecer. Deve estar com fome, Roberta. Vamos comer.

Marie-Claire serviu uma refeição simples – sopa, pão e um copo do vinho de Pascal, produto de seu próprio vinhedo. Eles comeram em silêncio, ouvindo apenas o som dos grilos do lado de fora e os latidos de um cachorro ao longe. De vez em quando o sacerdote estendia o braço, pegava uma tora de madeira de um cesto de vime e a jogava no fogo.

Depois da refeição, Marie-Claire tirou os pratos da mesa e se despediu antes de voltar para o próprio chalé do outro lado da rua. Pascal acendeu um cachimbo e foi se sentar na cadeira de balanço ao lado do fogo. Ele apagou a luz da sala, deixando apenas a luminosidade alaranjada do fogo, e a convidou a sentar-se diante dele em uma poltrona.

– Creio que temos coisas a discutir, você e eu.

– É uma longa e estranha história, padre, e nem sei tudo que há para saber. Mas farei o possível para explicar. – Ela contou o que sabia sobre a missão de Ben, o perigo que o cercava por isso, as coisas que aconteceram com ela, seus receios. O relato era desconexo e hesitante. Estava terrivelmente cansada, com dores no corpo.

– Agora entendo sua relutância em procurar um médico – respondeu Pascal. – Tinham medo de ser delatados e falsamente acusados desses crimes. – Ele olhou para o relógio na parede. – Minha criança, é tarde. Você está exausta, precisa descansar. Vai ter que dormir no sofá. Garanto que é muito confortável, e já trouxe lençóis e cobertores.

– Obrigada, padre. Estou realmente exausta, mas acho que, se não se importar, prefiro passar a noite sentada ao lado de Ben.

Ele tocou seu ombro.

– Você é uma companheira leal. Cuida dele com grande dedicação.

Roberta ficou em silêncio. Aquelas palavras a afetaram profundamente.

– Mas eu vou me sentar com ele enquanto você descansa – Pascal continuou. – Fiz muito pouco hoje, além de cuidar das galinhas, ordenar Arabelle, que Deus abençoe a querida criatura, e ouvir duas confissões muito rotineiras. – Ele sorriu.

Pascal ficou sentado até tarde, lendo a Bíblia à luz de uma vela, enquanto Ben dormia um sono agitado e se mexia muito. Uma vez, por volta das quatro da manhã, ele acordou e perguntou:

– Onde estou?

– Com amigos, Benedict – o religioso respondeu, tocando a testa pegajosa de Ben e o induzindo ao sono. – Descanse. Você está seguro. Vou rezar por você.

35

Ben tentou mover as pernas pela cama. Estava deitado ali havia muito tempo.

Mas era difícil, um centímetro de cada vez. A dor nos músculos feridos era uma agonia. Ele rangeu os dentes enquanto baixava com suavidade os pés até o chão e se levantava devagar. Sua camisa havia sido lavada e estava pendurada na cadeira diante dele. Ben levou muito tempo para conseguir vesti-la.

Pela janela, ele via os telhados dos vilarejos e as colinas e montanhas além dele, erguendo-se como se tocassem o céu azul e limpo. Censurava--se mentalmente por ter deixado tudo isso acontecer. Subestimara os perigos desde o início daquela missão. E lá estava ele, preso naquele fim de mundo, quase incapaz de se mover ou fazer algo útil, enquanto uma criança à beira da morte precisava de sua ajuda. Ele pegou a garrafinha e bebeu um gole generoso. "Pelo menos isso eu posso fazer." Lamentava não ter uma garrafa inteira, talvez duas.

Lembrou-se do diário de Fulcanelli. Com dificuldade, abaixou-se para pegá-lo dentro da bolsa. Depois foi se deitar na cama e retomou a leitura.

3 de setembro de 1926

Finalmente aconteceu; o aluno desafiou o mestre. Enquanto escrevo, ouço o eco das palavras de Daquin em meus ouvidos, o que ele disse quando me enfrentou hoje no laboratório. Os olhos dele queimavam, os punhos estavam cerrados.

– Mas, mestre – protestou o aprendiz. – Isso não é egoísmo? Como pode dizer que é correto manter em segredo um conhecimento tão importante, quando ele pode beneficiar tanta gente? Não vê o bem que isso pode operar? Pense em como tudo vai mudar!

– Não, Nicholas – insisti. – Não é egoísmo. É cautela. Esses segredos são importantes, sim. Mas são muito perigosos para serem revelados. Apenas os iniciados, os adeptos, devem ter acesso a esse conhecimento.

Nicholas me olhava furioso.

– Então não vejo utilidade nisso – ele gritou. – Está velho, mestre. Passou a maior parte da vida pesquisando, mas tudo terá sido inútil, se não usar o que descobriu. Utilize esse conhecimento para ajudar o mundo.

– Você é jovem, Nicholas – respondi. – Jovem demais para entender o mundo que tanto quer ajudar. Nem todos são tão puros de coração quanto você. Existem pessoas que usariam esse conhecimento para atender à própria ganância e seus propósitos. Não para fazer o bem, mas para fazer o mal.

Sobre a mesa ao nosso lado estava o antigo pergaminho em seu tubo de couro. Eu o peguei e sacudi diante dele.

– Sou descendente direto dos autores deste conhecimento – falei. – Meus ancestrais cátaros conheciam a importância de preservar seus segredos a todo custo. Eles sabiam quem os estava procurando, e sabiam o que teria acontecido se esse conhecimento caísse em mãos erradas. Deram a vida tentando preservar esse conhecimento.

– Eu sei, mestre, mas...

Eu o interrompi.

– Esse conhecimento com o qual fomos privilegiados é poder, e poder é algo perigoso. Corrompe os homens, atrai o mal. Por isso o preveni sobre a responsabilidade que atribuía a você. E não esqueça, você fez um juramento, jurou silêncio.

– Abaixei a cabeça com tristeza. – Receio ter revelado demais a você – acrescentei.

– Isso significa que não vai me dizer mais nada? E o restante? O segundo grande segredo?

Balancei a cabeça.

– Lamento, Nicholas. É muito conhecimento para alguém tão jovem e impetuoso. Não posso desfazer o que já foi feito, mas não o levarei mais longe até provar que tem sabedoria e maturidade.

Ao ouvir essa declaração ele saiu do laboratório. Notei que o rapaz estava à beira das lágrimas. Eu também senti uma faca no coração depois do que aconteceu entre nós.

Ben ouviu batidas suaves na porta do quarto. Ele levantou os olhos do diário quando a porta se abriu e o rosto de Roberta apareceu.

– Como se sente? – ela perguntou. Parecia preocupada quando entrou carregando a bandeja.

Ben fechou o diário.

– Estou bem.

– Preparei isto aqui para você. – Ela deixou sobre a mesa a vasilha de canja fumegante. – Coma enquanto está quente.

– Por quanto tempo fiquei inconsciente?

– Dois dias.

– Dois dias! – Ele bebeu mais um gole de uísque, encolhendo-se ao sentir a dor provocada pelo movimento.

– Não deveria evitar a bebida, Ben? Está tomando antibiótico. – Ela suspirou. – Coma alguma coisa, pelo menos. Precisa recuperar as forças.

– Eu vou comer. Pode chutar minha bolsa para cá? Os cigarros estão lá dentro.

– Fumar não vai ser bom para você agora.

– Nunca é.

– Tudo bem. Faça como quiser. Vou pegar os cigarros para você.

– Não, só... – Ele se moveu muito repentinamente e a dor foi imediata. Ele se reclinou contra o travesseiro e fechou os olhos.

Roberta se abaixou. Quando procurava os cigarros na bolsa, um objeto pequeno caiu no chão. Ela o pegou. Era uma fotografia em uma moldura prateada. Ela a estudou, perguntando-se o que aquele retrato estava fazendo ali. Era uma fotografia antiga e desbotada, com marcas de dobras e gasta nos cantos, como se houvesse passado anos dentro de uma carteira. Era o retrato de uma criança, uma menina linda de 8 ou 9 anos de idade e cabelos louros. Tinha olhos azuis, brilhantes e inteligentes, e o rosto salpicado por sardas. Ela sorria para a câmera com uma expressão de felicidade franca.

– Quem é ela, Ben? Que linda! – Ao olhar para ele, o sorriso dela desapareceu.

Ele a encarava com uma expressão de fúria gelada que jamais exibira antes.

– Deixe isso aí e saia daqui – disse Ben.

Padre Pascal viu a mágoa e a raiva no rosto de Roberta quando ela desceu a escada. Ele tocou seu braço.

– Quando um homem sente dor, às vezes perde o controle e diz e faz coisas que não correspondem ao que ele realmente sente – falou.

– Estar ferido não é desculpa para se comportar como um bas... – Ela parou. – Só estava tentando ajudá-lo.

– Não era sobre isso que eu estava falando – Pascal respondeu. – A verdadeira dor está no coração desse homem, em seu espírito, não nos ferimentos. – Um sorriso caloroso. – Vou conversar com ele.

O religioso subiu ao quarto de Ben e sentou-se ao lado dele na beirada da cama. Ben estava deitado com o olhar perdido, segurando sua garrafinha. O uísque amenizava um pouco a dor. Ele havia conseguido pegar os cigarros, mas o maço estava quase vazio.

– Importa-se se eu ficar aqui um pouco? – perguntou Pascal.

Ben balançou a cabeça.

Pascal ficou quieto por alguns momentos, depois falou em voz baixa e com ternura:

– Benedict, Roberta me contou um pouco sobre sua ocupação. Tem vocação para ajudar os necessitados, algo nobre e admirável. Também tenho uma vocação que realizo da melhor maneira possível. Devo dizer que é menos dramática, menos heroica que a sua. Mas o propósito que o Senhor tem para mim ainda é um dever importante a ser cumprido. Ajudo os homens a se livrarem do sofrimento. Encontrar Deus. Para alguns, isso é simplesmente encontrar paz interior, seja na forma que for.

– Essa é minha paz, padre – Ben murmurou, levantando a garrafinha.

– Você sabe que não é o suficiente, que isso nunca será o bastante. A bebida não pode ajudá-lo, só o prejudica. Faz a dor penetrar mais fundo em seu coração. A dor é como um espinho envenenado. Se não for removido, vai infeccionar como uma horrível ferida. E não se pode curar esse ferimento aplicando penicilina receitada para uma cabra.

Ben riu com amargura.

– Sim, deve estar certo.

– Pelo que entendi, você ajudou muita gente – continuou Pascal. – Mas prossegue em seu caminho de autodestruição, buscando alívio na bebida, essa falsa amiga. Quando a alegria de ajudar ao próximo se esgota, a dor não volta pior que antes?

Ben não respondeu.

– Creio que você conhece a resposta.

– Escute – disse Ben –, agradeço por tudo que fez por mim, mas não estou interessado em sermão. Não mais. Essa parte de mim morreu há muito tempo. Então, com todo respeito, padre, se veio aqui para pregar, está perdendo seu tempo.

Eles ficaram em silêncio por um instante.

– Quem é Ruth? – Pascal perguntou de repente.

Ben o encarou.

– Roberta não disse? A garotinha que está morrendo, a neta de meu cliente. Aquela que estou tentando salvar. Se não for tarde demais.

– Não, Benedict, não é dela que estou falando. Quem é a outra Ruth, a Ruth de seus sonhos?

Ben sentiu o sangue gelar nas veias e o coração bater mais depressa. Com a garganta apertada, ele disse:

– Não sei do que está falando. Não tem nenhuma Ruth nos meus sonhos.

– Quando um homem passa duas noites velando o sono de um paciente delirante – Pascal respondeu –, pode descobrir coisas sobre ele que não seriam discutidas abertamente. Você tem um segredo, Ben. Quem é Ruth... Quem *era* Ruth?

Ben deixou escapar um longo suspiro. Depois levantou a garrafa novamente.

– Por que não me deixa ajudá-lo? – Pascal insistiu em tom suave. – Vamos, divida comigo seu fardo.

Após uma longa pausa, Ben começou a falar em voz baixa, de um jeito quase mecânico. Seus olhos vagavam pelo espaço enquanto ele revia dolorosas e familiares imagens mentais pela milionésima vez.

– Eu tinha 16 anos. Ela era minha irmã. Tinha apenas 9. Éramos muito próximos... almas gêmeas. Ela foi a única pessoa que amei com todo o coração. – Ben fez uma pausa e sorriu com amargura. – Ela era como a luz do sol, padre. Devia tê-la visto. Para mim, ela era a razão para acreditar em um Criador. Talvez se surpreenda, mas houve um tempo em que eu pretendia ser clérigo.

Pascal ouvia com atenção.

– Continue, meu filho.

– Meus pais nos levaram ao norte da África em férias. Fomos visitar o Marrocos. Ficamos hospedados em um grande hotel. Um dia meus pais decidiram ir visitar um museu e nos deixaram no hotel. Eles me mandaram cuidar de Ruth e disseram que não devíamos sair de jeito nenhum. – Ben parou para acender um cigarro. – Uma família suíça estava hospedada no mesmo hotel. Eles tinham uma filha um ano mais velha que eu. O nome dela era Martina. – Era a primeira vez em anos que tocava nesse assunto, mas se lembrava de tudo perfeitamente.

Via o rosto de Martina em sua mente. – Ela era linda. Gostei muito dela, e Martina me convidou para sair. Queria ir visitar um mercado sem os pais. Eu recusei o convite, disse que tinha que ficar no hotel e cuidar de minha irmã. Mas Martina voltaria à Suíça no dia seguinte. E disse que, se eu a acompanhasse ao mercado, quando voltássemos nós poderíamos... Enfim, cedi à tentação. Decidi que não haveria nenhum problema em levar Ruth conosco. Pensei que meus pais jamais saberiam.

– Continue – pediu Pascal.

– Saímos do hotel. Vagamos pelo mercado. Era um lugar cheio, com muitas barracas, encantadores de serpentes, coisas estranhas para ver, músicas e cheiros.

Pascal assentiu.

– Estive na Argélia no período da guerra, há muitos anos. Um mundo atípico para nós, europeus.

– Foi muito divertido – disse Ben. – Gostei de passar um tempo com Martina, e ela segurava minha mão enquanto olhávamos as barracas. Mas eu permanecia atento a Ruth. Ela estava sempre do meu lado. Martina viu uma caixinha de prata de que gostou, um porta-joias. Ela não tinha o dinheiro todo, por isso me ofereci para comprar a caixinha para ela. Virei de costas para Ruth enquanto contava o dinheiro. Foi só por um momento. Comprei o presente para Martina, e ela me abraçou. – Mais uma pausa. Sentia a garganta seca. Ele levou a garrafinha aos lábios para beber mais um gole.

Pascal segurou seu braço de um modo gentil, mas firme.

– Vamos deixar os falsos amigos fora disso por enquanto.

Ben assentiu e engoliu em seco.

– Não sei como pôde ter acontecido tão depressa. Só desviei os olhos dela por alguns segundos. Mas minha irmã... desapareceu. – Ele deu de ombros. – Simplesmente sumiu.

Seu coração era como uma enorme bolha pronta para explodir. Ele apoiou a cabeça nas mãos, balançando-a lentamente de um lado para o outro.

– Ela não estava mais lá. Não ouvi Ruth chorar. Não vi nada. Tudo à minha volta era normal. Era como se eu houvesse sonhado tudo aquilo. Como se ela nunca houvesse existido.

– Sua irmã não se afastou, não saiu dali sozinha.

Ben levantou a cabeça das mãos e sentou-se com as costas eretas.

– Não – ele disse. – Esse é um comércio lucrativo, e as pessoas que a levaram eram profissionais experientes. Fizemos tudo o que podia ser feito. Polícia, consulado, meses de busca. Nunca encontramos nenhuma pista.

A bolha explodiu. Ele a havia contido por muito tempo. Alguma coisa foi perfurada dentro dele, provocando uma espécie de vazamento. Não havia chorado desde aquele tempo, exceto em sonhos.

– E foi tudo culpa minha, porque dei as costas para ela. Eu a perdi.

– E você nunca mais amou ninguém desde então – concluiu Pascal. Não era uma pergunta.

– Não sei como amar – disse Ben, recuperando o controle. – Não lembro a última vez que fui realmente feliz. Não sei como é esse sentimento.

– Deus ama você, Benedict.

– Deus não é mais amigo que o uísque.

– Perdeu a fé.

– Tentei preservá-la. No início eu rezava todos os dias pedindo para ela ser encontrada. Rezava pedindo perdão. Sabia que Deus não me ouvia, mas continuava acreditando e orando.

– E quanto à sua família?

– Minha mãe nunca me perdoou. Não suportava nem me ver. E eu não podia culpá-la por isso. Ela entrou em depressão. Um dia, minha mãe se trancou no quarto. Meu pai e eu gritamos, batemos e chamamos, mas ela não ouvia. Havia ingerido uma dose cavalar de pílulas para dormir. Eu tinha 18 anos, começava a estudar teologia.

Pascal assentiu com tristeza.

– E seu pai?

– Declinou rapidamente depois que perdemos Ruth, e a morte de minha mãe o deixou ainda pior. Meu único consolo foi que ele havia me perdoado. – Ben suspirou. – Eu estava em casa de férias. Entrei no estúdio dele. Não consigo nem lembrar por quê. Acho que precisava de papel. Ele não estava lá. Encontrei seu diário.

– E leu as anotações?

– Sim, e descobri o que ele realmente pensava. Na verdade, meu pai me odiava. Ele me culpava por tudo, achava que eu não merecia viver depois do que havia causado à família. Depois disso, não consegui voltar à universidade. Perdi o interesse por tudo. Meu pai morreu logo depois.

– E o que você fez, meu filho?

– Não me lembro muito do primeiro ano. Vaguei pela Europa, tentei me desprender. Depois de um tempo voltei e vendi a casa. Fui morar na Irlanda com Winnie, nossa governanta. Depois me alistei no exército. Não conseguia pensar em mais nada para fazer. Eu me odiava. Estava cheio de rancor e direcionei essa emoção toda para o treinamento. Era o recruta mais disciplinado e motivado que eles jamais viram. Ninguém nem imaginava o que estava por trás daquilo. Depois, com o tempo, eu me tornei um soldado muito bom. Tinha atitude, dureza, era selvagem, e eles usavam tudo isso. Acabei fazendo muitas coisas das quais não gosto de falar.

Ele hesitou antes de continuar, e sua mente se encheu de lembranças, imagens, sons, cheiros. Ben balançou a cabeça para livrar-se delas.

Depois, continuou:

– No final, percebi que o exército não era o que eu queria. Odiava tudo o que a instituição defendia. Voltei para casa, tentei reconstruir minha vida. Depois de um tempo, fui procurado por alguém que queria que eu localizasse um adolescente desaparecido. Eu estava no sul da Itália. Quando a missão acabou e o garoto foi resgatado são e salvo, percebi que eu havia encontrado o que queria fazer. – Ele olhou para Pascal. – Isso aconteceu há quatro anos.

– Descobriu que encontrar pessoas desaparecidas e devolvê-las aos entes queridos era um jeito de curar a ferida aberta pelo desaparecimento de Ruth.

Ben assentiu.

– Cada vez que eu levava alguém de volta para casa, isso me induzia para o próximo trabalho. Era como um vício. Ainda é.

Pascal sorriu.

– Você sofreu muito. Fico feliz por ter confiado em mim o suficiente para falar disso, Benedict. A confiança é uma grande curadora. Confiança e tempo.

– O tempo não me curou – respondeu Ben. – A dor fica menos aguda, mas é mais profunda.

– Acredita que encontrar a cura para essa garotinha chamada Ruth vai ajudá-lo a exorcizar o demônio da culpa.

– Sim, ou não teria aceitado essa missão.

– Espero que tenha sucesso, Ben, pelo bem dessa criança e seu. Mas acredito que a verdadeira redenção, a verdadeira paz deve vir de dentro de você. Precisa aprender a confiar, abrir seu coração, encontrar o amor em você mesmo. Só então suas feridas vão cicatrizar.

– Fala como se fosse fácil – disse Ben.

Pascal sorriu.

– Você já percorreu parte do caminho quando me contou seu segredo. Não há salvação em sentimentos enterrados. Pode ser doloroso extrair o veneno da ferida; nesses momentos, nos vemos frente a frente com o demônio. Mas, uma vez trazido à superfície e removido esse veneno, é possível encontrar a liberdade.

A cera da vela pingou na mão de Ben quando ele entrou sorrateiro na igreja de Saint-Jean. A porta nunca era trancada, nem mesmo às duas da manhã. Suas pernas ainda estavam fracas e trêmulas quando ele percorreu o corredor central. Sombras dançavam à sua volta no edifício vazio, silencioso. Ele caiu de joelhos diante do altar, e a vela iluminou a estátua branca do Cristo acima dele.

Ben abaixou a cabeça e rezou.

O rastro levava Luc Simon para o sul. A pista era fácil de seguir, uma trilha de balas e homens mortos.

Um fazendeiro em Le Puy, na área central da França, havia relatado ter ouvido tiros e dois carros envolvidos em uma perseguição nas estradas rurais. Quando a polícia encontrou o local onde o combate havia acontecido, descobriu três homens mortos, dois carros destruídos, armas e cartuchos deflagrados espalhados por todos os lados. Nenhum dos dois carros era registrado, e o BMW havia sido roubado em Lyon dois dias antes.

Mais interessante, dentro do outro carro, um Peugeot prateado com placas de Paris, eles encontraram as digitais de Roberta Ryder. Em meio aos inúmeros cartuchos vazios encontrados na grama havia dezoito de uma arma 9 mm, a mesma pistola do tipo Browning da qual foram disparadas as balas encontradas na limusine Mercedes e na cena das mortes à margem do rio.

Era como se Ben Hope houvesse deixado sua assinatura entalhada no tronco de uma árvore.

36

Instituto Legrand, perto de Limoux, sul da França
Três meses antes

– Ah, merda... Veja, Jules, ele fez isso *de novo*!

A cela revestida de Klaus Rheinfeld estava coberta de sangue. Quando os dois enfermeiros da psiquiatria entraram no pequeno quarto em forma de cubo, o ocupante levantou os olhos de sua obra como uma criança flagrada no meio de uma brincadeira proibida. Seu rosto enrugado se distendeu num sorriso, e eles perceberam que o homem havia arrancado mais dois dentes. Ele abrira a camisa do pijama e usou os dentes arrancados para reabrir estranhos desenhos no peito.

– Parece que é hora de aumentar a dose novamente – disse o enfermeiro encarregado quando Rheinfeld foi levado para fora da cela. – É melhor chamar os zeladores – ele orientou o assistente. – Leve-o à clínica, aplique uma injeção de diazepam e o vista com roupas limpas. Ele vai receber uma visita em duas horas.

– Aquela mulher italiana novamente?

Rheinfeld prestou atenção à conversa depois de ouvir o comentário sobre uma visita.

– Anna! – ele cantou. – Anna... Gosto de Anna. Anna é minha amiga. – E cuspiu nos enfermeiros. – Odeio vocês.

Duas horas mais tarde, já muito mais contido, Klaus Rheinfeld se sentou na segura sala de visitas do Instituto Legrand. Era a sala que eles usavam para os pacientes com riscos limítrofes, aqueles que tinham autorização para receber visitantes de tempos em tempos, mas não podiam ficar sozinhos com eles. Uma mesa simples, duas cadeiras presas ao chão, um enfermeiro de cada lado dele e um terceiro a postos com uma seringa cheia, só por precaução. Através de um espelho na parede, o dr. Legrand, diretor do instituto, observava tudo.

Rheinfeld vestia pijama limpo no lugar do que tinha ensanguentado. A nova falha nos dentes havia sido limpa. O humor estava melhor, graças às drogas psicotrópicas que haviam sido injetadas em doses elevadas, mas também por causa do estranho efeito calmante que sua nova amiga e visitante regular Anna Manzini exercia sobre ele. Nas mãos dele estava seu bem mais precioso: o bloco de anotações.

Anna Manzini foi levada à sala por um enfermeiro, e a atmosfera estéril e austera foi inundada por seu perfume e sua presença leve. O rosto de Rheinfeld iluminou-se quando ele a viu.

– Olá, Klaus. – Ela sorriu e se sentou na frente dele à mesa. – Como vai você?

Os enfermeiros sempre se surpreendiam com a forma como o paciente, normalmente difícil e agitado, ficava tranquilo na companhia da carinhosa e atraente mulher italiana. Ela tinha um jeito diferente, delicada e calma, e nunca o pressionava nem estressava com exigências. O paciente passava longos períodos sem dizer uma única palavra, apenas sentado ali, balançando suavemente em sua cadeira com os olhos semicerrados, a mão apoiada sobre um braço da italiana, o corpo relaxando. No início os enfermeiros não ficavam confortáveis com o contato físico, mas Anna havia pedido que o permitissem, e eles o aceitaram ao perceberem que não era prejudicial.

Quando falava, na maior parte do tempo Rheinfeld murmurava as mesmas coisas muitas e muitas vezes: frases em latim e sequências de letras e números, contando obsessivamente nos dedos com movimentos truncados, sobressaltados.

Às vezes, com um pequeno e delicado incentivo, Anna conseguia induzi-lo a falar com mais coerência sobre seus interesses. Em voz baixa, ele falava sobre coisas que os enfermeiros não conseguiam entender.

Depois de um tempo, a conversa sempre se reduzia a um murmúrio ininteligível até morrer completamente. Anna apenas sorria e o deixava ficar ali sentado e quieto. Esses eram seus momentos mais tranquilos, e os enfermeiros os consideravam como uma parte útil do programa de tratamento.

Essa quinta visita não estava sendo diferente das outras. Rheinfeld estava sentado, segurando serenamente a mão de Anna e seu bloco de anotações, repetindo a mesma sequência de letras e números com aquela voz baixa e áspera, falando sua própria e estranha linguagem.

– N-6; E-4; I-26; A-11; E-15.

– O que está tentando nos dizer, Klaus? – Anna perguntou pacientemente.

O dr. Legrand observava a cena através do espelho da sala, a testa franzida. Ele olhou para o relógio de pulso e entrou na sala por uma porta de conexão.

– Anna, é muito bom vê-la – disse com alegria. E se virou para os enfermeiros. – Acho que é o suficiente por hoje. Não devemos cansar o paciente.

Ao ver Legrand, Rheinfeld gritou e cobriu a cabeça com os braços magros. Caiu da cadeira e, quando Anna se levantava para partir, arrastou o corpo magro e ferido pelo chão e agarrou os tornozelos dela, protestando em voz alta. Os enfermeiros o arrastaram para longe dela, e Anna viu com tristeza quando eles o levaram por uma porta de volta ao quarto.

– Por que ele tem tanto medo de você, Edouard? – ela perguntou a Legrand quando voltaram juntos ao corredor.

– Não sei, Anna – Legrand respondeu sorrindo. – Não temos nenhuma ideia do passado de Klaus. A reação dele a mim pode ser resíduo de algum evento traumático. É possível que eu desperte em seu inconsciente a lembrança de alguém que o machucou, como um pai abusivo, talvez, ou algum outro parente. É um fenômeno bastante comum.

Anna balançou a cabeça com tristeza.

– Entendo. Isso explicaria.

– Eu estava pensando... Se não tiver nenhum compromisso para esta noite, o que acha de jantarmos juntos? Conheço um restaurante de frutos do mar na orla. O robalo é simplesmente incrível. Posso ir buscá-la às sete? – Ele acariciou seu braço.

Anna se retraiu, evitando o contato.

– Por favor, Edouard. Eu disse que não estava preparada... Vamos deixar o jantar para outra ocasião.

– Desculpe. – Legrand removeu a mão. – Entendo. Por favor, me perdoe.

Pela janela, ele a viu sair do prédio e entrar no Alfa Romeo. Essa era a terceira vez que ela o rejeitava. Qual seria o problema? Outras mulheres não reagiam da mesma maneira. Era como se ela não quisesse que a tocasse. E o tratava com indiferença, embora permitisse que aquele Rheinfeld segurasse sua mão por horas seguidas.

Ele se afastou da janela e pegou o telefone.

– Paulette, pode verificar se o dr. Delavigne tem avaliação de tratamento marcada para hoje com um paciente?... Klaus Rheinfeld... Ah, sim? Tudo bem, ligue para ele e avise que vou substituí-lo... Exatamente... Obrigado, Paulette.

Rheinfeld estava novamente em sua cela revestida, cantarolando para si mesmo com alegria e pensando em Anna, quando ouviu o ruído de chaves do lado de fora do corredor e viu a porta ser aberta.

– Deixe-me sozinho com ele – disse uma voz conhecida. Rheinfeld se encolheu, arregalou os olhos apavorado e viu o dr. Legrand entrar e fechar a porta em silêncio.

Legrand aproximou-se, e Rheinfeld recuou o quanto podia no canto da cela. O psiquiatra o encurralou e sorriu.

– Olá, Klaus – disse com voz suave.

Depois levou um pé para trás e o chutou no estômago. Rheinfeld dobrou-se ao meio com a dor, ofegante e sem ar.

Legrand o chutou de novo, e outra vez. Com os golpes se sucedendo, Klaus Rheinfeld não podia fazer nada além de choramingar e desejar a morte.

37

No terceiro dia Ben se sentiu forte o bastante para descer e sentar--se ao sol outonal do meio-dia. Ele viu Roberta ao longe, alimentando as galinhas e fazendo questão de evitá-lo. Sentia-se mal por saber que a havia magoado. Sentado, bebeu o chá de ervas que Marie-Claire havia preparado e leu mais um trecho do diário de Fulcanelli.

19 de setembro de 1926

Começo a lamentar realmente ter confiado em Nicholas Daquin. É com o coração pesado que escrevo estas palavras, sabendo agora como fui tolo. Meu único consolo é não ter revelado a ele todo o conhecimento adquirido com os artefatos cátaros.

Meus piores temores se confirmaram ontem. Contra todos os meus princípios e para minha eterna vergonha, contratei um investigador, um homem discreto e confiável chamado Corot, para seguir Nicholas e relatar-me todos os seus passos. Parece que meu jovem aprendiz é, já há algum tempo, membro de uma sociedade parisiense chamada Os Vigias. Naturalmente, eu sabia da existência desse pequeno círculo de intelectuais, filósofos e iniciados no conhecimento esotérico. Também sabia o que havia atraído Nicholas para a associação. O propósito do grupo era romper com as restrições da secreta tradição alquímica. Em suas reuniões mensais em uma sala sobre a livraria de Chacornac, eles discutiam como os frutos do conhecimento alquímico poderiam ser levados para a ciência moderna e usados de forma a beneficiar a humanidade. Para um jovem como Nicholas, eles deviam representar o futuro, a base de uma nova era, e eu entendo bem como ele deve se sentir dividido entre sua visão progressista de uma nova alquimia e o que percebe como a antiquada, guardada e desconfiada abordagem que eu represento.

Esse espírito jovem e esse candor não devem ser desprezados. Mas o que Corot relatou causou-me grande preocupação. Por intermédio da associação com o grupo chamado Os Vigias, Nicholas fez um novo amigo. Pouco sei sobre esse homem, exceto que seu nome é Rudolf, que é estudante do oculto e que eles o chamam de "O Alexandrino", por causa do local onde nasceu, no Egito.

Corot observou Nicholas com esse Rudolf em várias ocasiões, vigiando-os quando mantinham longas conversas sentados em cafés. Ontem ele os seguiu até um restaurante caro e conseguiu ouvir uma conversa da dupla que se sentou na varanda.

Rudolf amoleceu meu aprendiz com taças e mais taças de champanhe, e era evidente que sua intenção era fazê-lo soltar a língua.

– Mas é verdade, você sabe – Rudolf dizia enquanto Corot fazia anotações discretas sentado em uma mesa próxima. – Se Fulcanelli realmente acreditasse no poder desse conhecimento, não tentaria apagar uma de suas estrelas mais brilhantes. – Ele encheu a taça de Nicholas novamente.

– Não estou habituado a esse padrão de vida tão elevado – Corot ouviu Nicholas comentar.

– Um dia, você vai ter o padrão de vida tão elevado quanto desejar – respondeu Rudolf.

Nicholas franziu o cenho.

– Não estou interessado em fama e glória. Só quero usar

meu conhecimento para ajudar as pessoas, mais nada. É isso que não consigo entender no mestre, por que ele acha que essa é uma coisa tão ruim.

– Seu altruísmo é louvável, Nicholas – disse Rudolf. – Talvez eu possa ajudá-lo. Tenho alguns contatos influentes.

– Sério? Mas isso seria romper meu juramento de sigilo. Sabe que penso frequentemente nessa possibilidade, mas ainda não consigo tomar uma decisão.

– Devia confiar nos seus sentimentos – sugeriu Rudolf. – Que direito tem seu professor de impedi-lo de cumprir seu destino?

– Meu destino... – Nicholas repetiu.

Rudolf sorriu.

– Homens de destino são uma categoria rara e admirável – ele disse. – Se eu estiver certo a seu respeito, isso significa que tive o privilégio de conhecer dois homens dessa categoria em minha vida. – Ele serviu o restante da garrafa de champanhe. – Há um homem que conheço, um visionário que compartilha dos seus ideais. Conversei com ele sobre você e, como eu, ele acredita que você pode desempenhar um papel muito importante na criação de um futuro maravilhoso para a humanidade. Um dia você vai conhecê-lo.

Nicholas bebeu todo o conteúdo de sua taça e a deixou sobre a mesa. Depois respirou fundo.

– Tudo bem – disse. – Já tomei minha decisão. Vou compartilhar com você o que sei. Quero ser alguém que faça a diferença.

– Sinto-me honrado – respondeu Rudolf com uma sutil inclinação de cabeça.

Nicholas inclinou-se para a frente em sua cadeira.

– Se soubesse quanto desejei falar sobre isso com alguém! Há dois segredos importantes, ambos revelados em um antigo documento codificado. Meu mestre o encontrou no sul, nas ruínas de um velho castelo.

– Ele mostrou esses segredos a você, então? – Rudolf perguntou ansioso.

– Ele me mostrou um deles. Testemunhei seu poder. É realmente incrível. Tenho o conhecimento. Sei como usá-lo e posso mostrá-lo a você.

– E quanto ao segundo segredo?

– Seu potencial é ainda mais incrível – disse Nicholas. – Mas tem um problema. Fulcanelli agora se recusa a me mostrar esse segredo.

Rudolf pôs a mão no ombro do jovem.

– Tenho certeza de que, com o tempo, você vai tomar conhecimento dele – disse com um sorriso. – Mas, enquanto isso, por que não me conta mais sobre seu incrível aprendizado? Talvez devamos continuar nossa discussão no meu apartamento.

Ben baixou o diário. Quem era esse "alexandrino"? O que Daquin dissera a ele? Quem era o "homem de visão" a quem Rudolf prometera apresentá-lo?

Provavelmente, era mais um maluco como Gaston Clément, ele pensou. Depois de virar mais algumas páginas, descobriu que todo o trecho final do diário havia sido seriamente danificado. Era difícil dizer quantas páginas haviam se decomposto ou caído. Ben se esforçou para ler a última entrada no diário, escrita pouco antes do misterioso desaparecimento de Fulcanelli.

23 de dezembro de 1926

Tudo está perdido. Minha amada esposa Christina foi assassinada. A traição de Daquin pôs nosso precioso conhecimento nas mãos do alexandrino. Que Deus me perdoe por ter permitido que isso acontecesse. Temo por muito mais que minha vida. O mal que esses homens podem causar é inimaginável.

Meus planos estão em andamento. Deixarei Paris imediatamente com Yvette, minha querida filha, que é tudo que tenho agora, e deixo tudo nas mãos de meu fiel Jacques Clément. Preveni Jacques sobre a necessidade de também ele tomar todas as precauções. De minha parte, não voltarei.

Então, era isso. De alguma forma, ao trair a confiança de Fulcanelli, Daquin provocara um desastre. Tudo parecia girar em torno desse misterioso Rudolf, o "alexandrino". Ele havia assassinado a esposa de Fulcanelli? Mais importante, para onde havia ido o alquimista depois disso? A pressa em deixar Paris havia sido tão grande, que ele abandonara o diário.

– Que belo dia – disse uma voz familiar, interrompendo a reflexão de Ben. – Posso me juntar a você?

– Olá, padre. – Ben fechou o diário.

Pascal sentou-se ao lado dele e encheu um copo com água de uma jarra de cerâmica.

– Parece estar melhor hoje, meu amigo.

– Obrigado, eu me sinto melhor.

– Que bom – Pascal sorriu. – Ontem você me deixou muito honrado com sua confiança e por ter me contado seu segredo que, naturalmente, não passarei adiante. – Ele fez uma pausa. – Agora é minha vez, porque também tenho um pequeno segredo.

– Tenho certeza de que não posso oferecer o mesmo apoio bondoso que me deu – Ben avisou.

– Mesmo assim, acho que meu segredo o interessa, de certa forma.

– Como?

– Você veio me procurar, mas, na verdade, seu objetivo era encontrar pistas de Klaus Rheinfeld. Roberta me contou.

– Sabe onde ele está?

Pascal assentiu.

– Vou começar do início. Se sabia que devia me procurar, já deve saber como encontrei o pobre infeliz.

– Li a notícia em um artigo de jornal.

– Ele parecia ter perdido completamente a razão – Pascal relatou em tom triste. – Quando vi os cortes terríveis que ele havia feito no corpo, pensei que fosse obra do Diabo. – Automaticamente, ele fez o sinal da cruz tocando a testa, o peito e cada um dos ombros. – E você provavelmente sabe que cuidei daquele homem enfermo, e que ele foi levado para uma instituição.

– Para onde o levaram?

– Paciência, Benedict, é uma grande virtude. Vou chegar a essa parte. Deixe-me continuar... O que você não sabe, o que ninguém além de mim e daquele pobre lunático *nunca* soube, é a natureza do instrumento que Rheinfeld usou para abrir aqueles horríveis cortes nele mesmo... e agora vem o segredo. – Os olhos do padre tornaram-se distantes enquanto ele trazia de volta a lembrança. – Rheinfeld chegou aqui em uma noite terrível. Havia uma tempestade violenta. Quando o segui em direção à floresta, daquele lado – ele apontou –, vi que ele tinha uma faca, uma adaga muito peculiar. De início pensei que ele ia me matar. Em vez disso, vi horrorizado quando o pobre homem virou a lâmina para si mesmo. Ainda não consigo imaginar seu estado mental. De qualquer maneira, logo ele caiu desfalecido, e eu o levei para casa. Fizemos o que foi possível por ele naquela noite, mesmo estando o pobre homem fora de seu juízo. Só depois de as autoridades terem vindo buscá-lo, na manhã seguinte, eu me lembrei da adaga que havia ficado na floresta, caída no chão. Voltei lá e a encontrei entre as folhas.

Ele fez uma pausa. Depois, continuou:

– Creio que a adaga é de origem medieval, apesar de seu estado perfeitamente preservado. É um crucifixo de construção inteligente, com a lâmina escondida dentro dele. Tem muitas marcas e símbolos estranhos, e há também uma inscrição na lâmina. Fiquei fascinado e chocado por saber que aqueles símbolos eram os mesmos que Rheinfeld cortara em seu corpo.

Ben percebeu que o padre devia estar falando da cruz de ouro que Clément havia mencionado. A cruz de Fulcanelli.

– O que aconteceu com ele? – perguntou. – Entregou a lâmina para a polícia?

– Sinto vergonha de dizer que não – respondeu Pascal. – Não houve investigação. Ninguém questionou o fato de Rheinfeld ter aberto cortes em si mesmo. A polícia limitou-se a anotar alguns detalhes. Portanto, guardei a adaga comigo. Tenho uma fraqueza por velhos artefatos religiosos, e esse é um dos tesouros da minha coleção.

– Posso vê-lo?

– Sim, é claro. – Pascal sorriu. – Mas deixe-me continuar. Cerca de cinco meses mais tarde, recebi um visitante ilustre e incomum. Um bispo do Vaticano, um homem chamado Usberti, veio me procurar. Ele fez muitas perguntas sobre Rheinfeld, sobre sua loucura, sobre as coisas que ele podia ter me contado, sobre as marcas em seu corpo. Mas o que ele mais queria saber era se Rheinfeld carregava alguma coisa quando o encontrei. Embora não tenha feito nenhuma referência direta a ela, creio que estava interessado na adaga, a julgar pela maneira como falava. Que o Senhor me perdoe, mas não revelei nada. Ela era linda, e como uma criança gananciosa e estúpida, quis mantê-la comigo. Mas também senti algo que me assustou. Alguma coisa naquele bispo me deixou nervoso. Ele escondia bem, mas senti que ele procurava alguma coisa com desespero. Ele também tinha grande curiosidade em saber se o louco tinha com ele algum papel, documentos. E mencionou várias vezes um manuscrito. *Manuscrito*, ele me perguntou várias vezes.

Ben sobressaltou-se.

– Ele falou mais alguma coisa sobre isso?

– O bispo não foi nada claro. De fato, tive a impressão de que foi deliberadamente evasivo quando perguntei que tipo de manuscrito ele procurava. Ele não revelava qual era seu interesse no documento. Sua atitude me pareceu estranha.

– E Rheinfeld *tinha* um manuscrito? – Ben perguntou, fazendo um grande esforço para disfarçar a crescente impaciência.

– Sim – Pascal respondeu devagar. – Tinha. Mas... lamento dizer...

Ben ficou ainda mais tenso enquanto esperava. Dois segundos pareciam uma eternidade.

Pascal prosseguiu.

– Depois que aquele pobre homem foi levado e voltei ao local onde a adaga havia caído, encontrei os restos encharcados do que pareciam ser as folhas de um velho pergaminho. Devem ter caído das roupas rasgadas. Estavam meio enterradas na lama onde ele havia caído. A chuva praticamente destruíra o pergaminho. A maior parte da tinta havia sido lavada. Ainda consegui ver que havia algumas inscrições e trabalho artístico intactos, e pensando que o manuscrito era precioso e que eu poderia devolvê-lo ao dono, tentei pegá-lo. Mas ele se desmanchou em minhas mãos. Recolhi os pedaços e os trouxe para cá. Mas foi impossível salvá-los, então joguei tudo fora.

Ben foi tomado pelo desânimo. Se os papéis de Rheinfeld eram o manuscrito de Fulcanelli, estava tudo acabado.

– Mas não contei nada disso ao bispo – Pascal continuou. – Tive medo, apesar de não entender a razão desse sentimento. Alguma coisa me dizia que seria errado contar a ele. – O padre balançou a cabeça. – Desde então eu sei que aquela não foi a última vez que ouvi a história de Rheinfeld. Sempre senti que outras pessoas viriam me procurar, e me encontrariam.

– Onde está Rheinfeld agora? – perguntou Ben. – Ainda quero falar com ele.

Pascal suspirou.

– Receio que seja difícil.

– Por quê?

– Porque ele está morto. Que sua alma descanse em paz.

– Morto?

– Sim, ele morreu recentemente, há cerca de dois meses.

– Como sabe?

– Enquanto você estava doente, telefonei para o Instituto Legrand, a instituição psiquiátrica perto de Limoux onde Rheinfeld passou os últimos anos. Mas era tarde demais. Eles me disseram que o pobre infeliz pôs fim à própria vida de maneira macabra.

– Então é isso – Ben murmurou.

– Benedict, já dei as más notícias – disse Pascal tocando seu ombro. – Mas também tenho algumas boas notícias para você. Eu me apresentei para as pessoas que me atenderam no instituto, e perguntei se poderia falar com alguém de lá que havia conhecido Rheinfeld. Talvez alguém que o tenha conhecido bem durante o tempo que esteve lá. Fui informado de que ninguém no Instituto Legrand havia conseguido penetrar a carapaça do homem louco. Ele nunca permitiu que ninguém se aproximasse ou formasse laços com ele. Seu comportamento era perturbador e até violento. Mas havia uma mulher, uma estrangeira que costumava ir visitá-lo de vez em quando em seus últimos meses. Por alguma razão, a presença dela acalmava Rheinfeld, e essa mulher conseguia conversar normalmente com ele. A equipe do hospital disse que eles costumavam falar sobre coisas que nenhum dos enfermeiros psiquiátricos conseguia entender. Fico me perguntando, Benedict, se essa mulher não pode ter descoberto alguma informação útil para você.

– Onde posso encontrá-la? Conseguiu descobrir o nome dela?

– Deixei meu número e pedi para dizerem a essa mulher que padre Cambriel gostaria de falar com ela.

– Aposto que ela não vai telefonar – Ben comentou em tom sombrio.

– Confiança é outra virtude que discutimos ontem, Benedict, uma característica que você precisa aprender a cultivar. Na verdade, Anna Manzini, é esse o nome dela, telefonou para cá hoje de manhã, enquanto você e Roberta ainda dormiam. Ela é escritora, historiadora, se entendi corretamente, e está em uma casa de campo a alguns quilômetros daqui. Ela espera notícias suas, e estará livre amanhã à tarde, se quiser ir visitá-la. Pode usar meu carro.

Então, ainda havia uma chance. Ben recuperou o ânimo.

– Padre, você é um santo.

Pascal sorriu.

– De jeito nenhum – disse. – Um santo não teria roubado um crucifixo de ouro e mentido para seu bispo.

– Até os santos foram tentados pelo Diabo.

– Sim, mas a ideia é resistir à tentação – Pascal respondeu rindo.

– Sou um velho tolo. Agora... Vou lhe mostrar a adaga. Acha que Roberta também gostaria de vê-la? – Ele franziu o cenho. – Não vai dizer a ela que a roubei, vai?

Ben riu.

– Não se preocupe, padre. Seu segredo está seguro comigo.

– É linda – Roberta murmurou.

Estava mais alegre, agora que Ben se desculpara pelas palavras ríspidas. Sabia que alguma coisa naquela fotografia o fazia sofrer, que havia tocado em um ponto sensível. Mas, de algum jeito, ele parecia diferente depois da conversa com Pascal.

Ben virou a adaga cruciforme nas mãos. Então, esse era um dos preciosos artefatos que Fulcanelli tanto valorizava. Mas o significado do objeto estava além de sua compreensão. Nada no diário fornecia pistas.

A cruz tinha aproximadamente 45 centímetros de comprimento. Quando a lâmina estava guardada na bainha, o artefato parecia apenas um crucifixo dourado e delicadamente ornamentado. Enrolada em torno da bainha, como o antigo símbolo dos caduceus, havia uma serpente dourada com pequenos rubis como olhos. Sua cabeça, posicionada no topo da bainha e no ponto onde ela encontrava a cruz, era um fecho de mola. Quando a parte superior da cruz era segurada como o cabo de uma espada curta e o fecho era pressionado para baixo com o polegar, a brilhante lâmina de trinta centímetros podia ser puxada para fora. Ela era estreita e afiada, e símbolos estranhos haviam sido gravados formando linhas finas no aço.

Ele segurou a arma tentando avaliar seu peso. Ninguém estaria esperando que um homem de Deus sacasse de repente uma adaga escondida. Era uma ideia diabolicamente cínica – ou talvez fosse apenas prática. A adaga parecia resumir muito bem a religião medieval. No lado vencedor estavam os clérigos que eram capazes de esfaquear alguém pelas costas. Do outro lado havia os que estavam sempre *cuidando* das próprias costas. Pelo que Ben já sabia sobre a história do relacionamento entre Igreja e alquimia, quem carregava aquela cruz poderia estar ligado à segunda.

Pascal apontou a lâmina.

– Essa é a marca que Rheinfeld fez no centro de seu peito. Parecia ter sido cortada muitas e muitas vezes, formando um queloide saliente sobre a pele. – Ele estremeceu.

O símbolo para o qual ele apontava era um padrão preciso de dois círculos intersectados, um sobre o outro. Dentro do círculo superior havia uma estrela de seis pontas, cada ponta tocando a circunferência. Dentro do círculo inferior havia uma estrela de cinco pontas ou pentagrama. Os círculos faziam interseção de forma a unir as duas estrelas. Delicadas linhas cruzadas determinavam o centro exato da estranha forma geométrica.

Ben olhou para o desenho. Significava alguma coisa? Era evidente que havia tido um significado para Klaus Rheinfeld.

– Alguma ideia, Roberta?

Ela estudou o desenho cuidadosamente.

– Quem pode dizer? O simbolismo alquímico às vezes é tão cifrado que fica praticamente impossível decifrá-lo. É como se o estivessem desafiando, provocando com uma informação insuficiente até você saber aonde ir para procurar mais pistas. Tudo se resumia em proteger os segredos da alquimia. Eles eram fanáticos por segurança.

Ben sufocou um grunhido. "Só nos resta esperar que esses 'segredos' sejam dignos do esforço para encontrá-los", pensou.

– Talvez essa Anna Manzini possa lançar mais luz sobre isso – disse. – Quem sabe, talvez, Rheinfeld tenha dito a ela qual é o significado dos símbolos.

– Se é que ele sabia.

– Tem alguma ideia melhor?

Ele teve que subir a encosta sobre Saint-Jean até conseguir algum sinal no celular para telefonar para Fairfax e informá-lo sobre seu progresso. Sentia fisgadas em um dos lados do abdômen quando contemplou o vale arborizado abaixo dele.

No céu azul, duas águias voavam e giravam uma em torno da outra em um balé aéreo majestoso e elegante. Ele as viu flutuar na corrente de vento, planando e descrevendo amplas curvas como se chamassem uma à outra, e imaginou por um instante como deveria ser a sensação de desfrutar daquele tipo de liberdade. Depois digitou o número do telefone de Fairfax e protegeu o aparelho do rugido do vento.

38

Era final de tarde quando Ben e Roberta entraram no carro do padre Pascal e partiram para Montségur, aproximadamente uma hora longe dali. O motor do velho Renault roncava e o carro sacudia-se pelas sinuosas estradas rurais, passando por paisagens que alternavam de corredores entre montanhas rochosas de tirar o fôlego a exuberantes vales de videiras verdejantes.

Pouco antes da antiga cidade de Montségur, eles saíram da estrada principal. No final de uma longa pista, no alto de uma colina e cercada de árvores, ficava a casa de campo onde estava Anna Manzini. Era uma casa de pedras ocre de boa aparência, com venezianas nas janelas, plantas trepadeiras nas paredes e uma varanda que contornava toda a fachada. O lugar era como um oásis no meio de uma paisagem árida. Flores transbordavam dos vasos de cerâmica. Árvores ornamentais formavam fileiras perfeitas acompanhando os muros, e a água borbulhava cintilante em uma pequena fonte.

Anna saiu da casa para recebê-los. Ela usava um vestido de seda e um colar coral que realçava o tom mel de sua pele. Para Roberta, aquela mulher era um exemplo da clássica beleza italiana, fina e delicada como porcelana. Em meio ao suor e à poeira dos campos de Languedoc, era como se ela surgisse de outro mundo.

Eles desceram do carro e Anna os recebeu de maneira calorosa, falando em inglês com um suave e aveludado sotaque italiano.

– Sou Anna. É um prazer conhecer vocês. Sr. Hope, essa é sua esposa?

– Não! – Ben e Roberta responderam em uníssono e se entreolharam.

– Esta é Roberta Ryder. Ela está trabalhando comigo – disse Ben.

Anna depositou um inesperado beijo no rosto de Roberta, que pôde sentir a delicada fragrância de Chanel nº 5. Roberta então se deu conta de que, assim de perto, devia exalar um aroma parecido com o de Arabelle, a cabra que ordenhara naquela manhã com Marie-Claire. Porém, se notou alguma coisa desagradável, Anna era educada demais para torcer o nariz. Exibindo um sorriso perfeito, ela os convidou a entrar.

Os aposentos brancos e frescos da casa de campo tinham o aroma de flores frescas.

– Seu inglês é excelente – Ben comentou enquanto ela servia um refinado xerez gelado em cálices. Ele bebeu sua dose de um só gole e notou o olhar crítico que Roberta lançava em sua direção.

– Não engula a bebida desse jeito – ela sussurrou furiosa.

– Desculpe – Ben respondeu. – *Mea "gulpa"*.

– Obrigada – disse Anna. – Sempre adorei seu idioma. Trabalhei em Londres por três anos no início da minha carreira de professora. – Ela riu com aquele som musical. – Isso foi há muito tempo.

Anna os levou a uma sala de estar muito arejada, com portas-balcão que se abriam para uma varanda de pedra com vista para o jardim e as colinas além dela. Dois canários cantavam em uma grande gaiola ornamental perto da porta.

Roberta notou alguns livros que Anna mantinha em uma estante.

– *Hereges de Deus: descobrindo os verdadeiros cátaros*, professora Anna Manzini. Não tinha ideia de que encontraríamos uma especialista.

– Ah, não sou uma especialista de verdade – ela respondeu. – Apenas me interesso por alguns assuntos pouco pesquisados.

– Como alquimia? – Ben indagou.

– Sim – Anna confirmou. – História medieval, catarismo, o esotérico, alquimia. Foi assim que conheci o pobre Klaus Rheinfeld.

– Espero que não se incomode se fizermos algumas perguntas – disse Ben. – Estamos interessados no caso de Rheinfeld.

– Posso saber qual é seu interesse?

– Somos jornalistas – ele respondeu sem hesitar. – Estamos pesquisando o assunto para um artigo sobre os mistérios da alquimia.

Anna preparou café italiano que serviu em pequenas xícaras de porcelana, depois contou a eles sobre suas visitas ao Instituto Legrand.

– Fiquei muito aborrecida quando soube sobre o suicídio de Klaus. Porém, devo dizer que não me surpreendi. Ele estava muito perturbado.

– O que surpreende é que eles tenham permitido que o visitasse – disse Ben.

– Normalmente, eles não teriam permitido – respondeu Anna. – Mas o diretor autorizou aquelas visitas para me ajudar com a pesquisa para o meu livro. Eu tinha muita proteção, mesmo com o pobre Klaus permanecendo sempre calmo quando estava comigo. – Ela balançou a cabeça. – Pobre homem, estava muito doente. Sabe sobre as marcas que ele fez na própria pele?

– Você as viu?

– Uma vez, quando ele estava muito agitado e rasgou a camisa. Havia um símbolo em particular pelo qual ele era obcecado. O dr. Legrand me disse que ele o havia desenhado por todo o quarto com sangue e... outras coisas.

– Que símbolo era esse? – Ben perguntou.

– Dois círculos em intersecção – disse Anna. – Cada círculo continha uma estrela, uma delas um hexagrama, outra um pentagrama, as pontas se tocando.

– Parecido com isto? – Ben tirou da bolsa um objeto embrulhado em tecido. Ele o pôs sobre a mesa e afastou as extremidades do tecido para revelar a forma cintilante da adaga cruciforme. Ele extraiu a lâmina e mostrou a Anna a inscrição que havia nela. Os dois círculos como ela acabara de descrever.

Anna assentiu e arregalou os olhos.

– Sim, exatamente isso. Posso ver?

Ele entregou o objeto nas mãos dela. Com cuidado, Anna devolveu a lâmina à bainha e examinou o crucifixo de todos os ângulos.

– É um objeto magnífico. E extremamente incomum. Vê os sinais alquímicos na bainha? – Ela ergueu os olhos. – O que sabe sobre sua história?

– Muito pouco – respondeu Ben. – Só que pode ter pertencido ao alquimista Fulcanelli, e acreditamos que pode datar dos tempos medievais. Aparentemente, Rheinfeld a roubou do dono em Paris e a levou para o sul.

Anna assentiu.

– Não sou antiquária, mas essas marcas confirmam sua hipótese sobre a idade da peça. Século 10º ou 11, talvez. E pode ser verificado com facilidade. – Ela fez uma pausa. – Fico me perguntando por que Klaus estava tão interessado nela. Não era só pelo valor. Ele era miserável, podia ter vendido a lâmina por muito dinheiro. Mas a manteve em seu poder. – Ela levantou uma sobrancelha. – Como a encontrou?

Ben estava preparado para isso. Havia prometido a Pascal que não revelaria seu segredo.

– Rheinfeld a deixou cair – disse. – Quando foi encontrado vagando e levado para a instituição. – Ele observou a reação da italiana. Ela parecia aceitar a explicação. – E quanto ao símbolo de círculos idênticos na lâmina? – perguntou, mudando de assunto. – Por que Rheinfeld tinha tanto interesse nele?

Anna segurou a haste da cruz e extraiu novamente a lâmina com um ruído metálico e abafado.

– Não sei – disse. – Mas deve haver uma razão. Ele era mentalmente perturbado, mas não era burro. Seu conhecimento em algumas áreas era muito profundo. – Ela estudou pensativa a lâmina. – Posso fazer uma cópia do símbolo? – Ela pôs a faca na mesa e pegou papel e lápis em uma gaveta. Ajeitando o papel sobre a lâmina, riscou a superfície extraindo nele as marcas em relevo. Roberta notou a manicure perfeita das mãos dela. E escondeu as suas sob a mesa.

Anna estudou o desenho, aparentemente satisfeita.

– Pronto. – Franziu então o cenho e o estudou com mais atenção. – Não é o mesmo desenho que vi no bloco de anotações. Tem uma pequena diferença. Acho que...

Ben a encarou surpreso.

– Bloco de anotações?

– Ah, desculpe, devia ter mencionado... Os médicos deram a Klaus um bloco de anotações na esperança de que ele mantivesse um registro de seus sonhos. Eles acreditavam que ajudaria no tratamento, e talvez pudesse lançar uma luz sobre a causa de sua enfermidade mental. Em vez disso, ele enchia as páginas com desenhos e símbolos, poesia estranha e números. Os médicos não conseguiam entender nada daquilo, mas permitiram que ele mantivesse o bloco, porque parecia confortá-lo.

– O que aconteceu com ele? – Ben perguntou.

– Quando Klaus morreu, o diretor do instituto, Edouard Legrand, me ofereceu o bloco. Ele achou que eu poderia me interessar. Klaus não tinha família, e o bloco não seria uma grande herança, mesmo que houvesse alguém. Eu o mantenho aqui comigo.

– Podemos vê-lo?

Anna sorriu.

– É claro. – Ela foi buscá-lo no estúdio. Um minuto depois retornou, inundando novamente a sala com seu perfume fresco, segurando uma bolsinha de material emborrachado. – Eu o mantenho aqui porque o recebi imundo e fedido – disse, deixando cuidadosamente a bolsa sobre a mesa.

Ben tirou o bloco da bolsa. Estava amassado e meio rasgado, e parecia ter sido encharcado com sangue e urina uma centena de vezes. Um forte cheiro de umidade se desprendia dele. Ben o folheou. A maioria das páginas estava em branco, exceto pelas primeiras trinta, mais ou menos, todas sujas com marcas de dedos e manchas de uma coloração marrom avermelhada de sangue seco, o que dificultava a leitura em alguns trechos.

Os fragmentos que conseguia deduzir eram as coisas mais estranhas que ele já vira. As páginas eram cheias de trechos de versos bizarros. Arranjos obscuros e aparentemente sem significado de letras e números. Rabiscos em latim, inglês e francês. Rheinfeld havia sido um homem educado, evidentemente, além de artista competente. Aqui e ali havia desenhos, alguns deles simples esboços, outros com detalhes minuciosos. Ben tinha a impressão de que eram imagens alquímicas como as que vira nos textos antigos.

Uma das mais sujas e manuseadas páginas do bloco continha um desenho familiar. Era o diagrama da lâmina da adaga, os círculos gêmeos fazendo interseção que continham as estrelas, uma evidente obsessão para Rheinfeld.

Ele pegou a adaga e comparou os desenhos.

– Você tem razão – disse. – São ligeiramente diferentes um do outro.

A versão de Rheinfeld era idêntica, exceto por um pequeno detalhe, uma adição. Era difícil identificar, mas parecia um pequeno emblema heráldico de uma ave com as asas abertas e bico longo. Estava posicionado no centro do desenho de círculos gêmeos.

– É um corvo – disse Ben. – E acho que já o vi antes. – Era o símbolo que vira entalhado na varanda central da Catedral de Notre-Dame em Paris.

"Mas por que Rheinfeld havia alterado o desenho da lâmina?"

– Isso tem algum significado para você? – ele perguntou a Anna.

Ela deu de ombros.

– Não realmente. Quem sabe o que se passava na cabeça dele?

– Posso dar uma olhada? – Roberta perguntou.

Ben passou o bloco de anotações para ela.

– Deus, é nojento – ela comentou, virando as páginas com repugnância.

Ben desanimava outra vez.

– Aprendeu alguma coisa com Rheinfeld? – ele perguntou a Anna, esperando poder salvar alguma coisa de valor de tudo aquilo.

– Gostaria de poder dizer que sim – ela respondeu. – Quando o dr. Legrand mencionou pela primeira vez esse indivíduo estranho e intrigante, pensei que ele poderia me ajudar a encontrar inspiração para o meu novo livro. Eu sofria um bloqueio. Ainda sofro – ela acrescentou infeliz. – Mas, quando o conheci, senti pena dele. Minhas visitas eram mais para confortá-lo do que para me inspirar. Não posso dizer que aprendi alguma coisa com ele. Tudo que tenho é esse bloco de anotações. Ah, e tem mais uma coisa...

– O quê? – Ben perguntou.

Anna corou.

– Fiz algo um pouco... qual é a palavra... uma *travessura*. Em minha última visita ao instituto, levei comigo o pequeno equipamento que uso para ditar as ideias para os meus livros. E gravei minha conversa com Klaus.

– Posso ouvir essa gravação?

– Não acredito que tenha alguma utilidade – disse Anna. – Mas pode ouvir. – Ela pegou um pequeno gravador digital de uma prateleira. Depois de colocá-lo sobre a mesa, pressionou a tecla "play". Pelo pequeno alto-falante eles ouviram a voz baixa de Rheinfeld, seus resmungos.

Roberta sentiu um arrepio gelado.

– Ele sempre falou em alemão? – Ben perguntou.

– Só quando repetia esses números – disse Anna.

Ben ouvia com atenção. O tom de Rheinfeld começava baixo, monótono como um mantra.

– *N-sechs; E-vier, I-sechs-und-zwanzig...* – À medida que continuava, sua voz ia se tornando mais forte, até soar quase frenética. – *A-elf; E-funfzehn... N-sechs; E-vier...* – A sequência se repetia, e Ben ia anotando tudo em seu bloquinho.

Ao fundo, a voz de Anna pediu suave:

– Klaus, acalme-se.

Rheinfeld parou por um momento, depois a voz dele retornou:

– *Igne natura renovatur integra. Igne natura renovatur integra. Igne natura renovatur integra...* – Ele entoou a frase muitas vezes, cada vez mais alto e rápido, até a voz se tornar um grito distorcido. A gravação terminou com a adição de outras vozes.

Anna desligou o gravador com ar triste, balançando a cabeça.

– Tiveram que sedá-lo nesse momento. Naquele dia ele estava estranhamente agitado. Nada parecia acalmá-lo. Foi pouco antes de Klaus se matar.

– Sinistro – comentou Roberta. – O que significa a frase em latim?

Ben já a havia encontrado no bloco. Estava olhando para o desenho de um caldeirão no qual fervia um líquido misterioso. Um alquimista barbudo com uma capa observava o caldeirão. A lateral do caldeirão tinha gravadas as palavras em latim IGNE NATURA RENOVATUR INTEGRA.

– Meu latim está enferrujado – ele disse. – Alguma coisa sobre fogo... natureza...

– *Pelo fogo a natureza é renovada inteira* – Anna traduziu. – Um velho lema alquímico relacionado ao processo que os alquimistas utilizavam para transformar a matéria-prima. Ele era obcecado por essa frase, e costumava contar nos dedos enquanto a repetia, assim. – Ela imitou os gestos ansiosos e espasmódicos de Rheinfeld. – Não faço ideia do motivo disso.

Roberta se inclinou para ver o desenho no bloco de anotações. Seus cabelos roçaram a mão de Ben quando ela se aproximou. Roberta apontou a imagem. Sob o caldeirão havia um fogo intenso. Embaixo das chamas havia a palavra ANBO em letras maiúsculas e claras.

– *Anbo* – que idioma é esse? – ela perguntou.

– Nenhum que eu conheça – respondeu Anna.

– Então, o bloco de anotações e a gravação são tudo o que você tem? – Ben quis saber.

– Sim – ela suspirou. – É só isso.

“Então foi perda de tempo vir aqui”, ele pensou com amargura. “Essa era minha última chance.”

Anna olhava pensativa para o desenho extraído da lâmina da adaga. Uma ideia se formava em sua mente. Não podia ter certeza, mas...

O telefone tocou.

– Com licença – ela pediu, e foi atender.

– Então, o que você acha, Ben? – Roberta perguntou em voz baixa.

– Acho que isso não vai nos levar a lugar nenhum.

Anna falava ao telefone na sala contígua, conversando em voz baixa. Ela soava um pouco agitada.

– Edouard, já pedi para não me ligar mais... Não, não pode vir aqui esta noite. Tenho visitas... não, amanhã à noite também não.

– Também acho – falou Roberta. – Merda. – Ela suspirou e se levantou da cadeira, andando pela sala. Foi quando alguma coisa atraiu sua atenção.

Anna encerrou o telefonema e voltou para juntar-se a eles.

– Lamento muito – ela disse.

– Problemas? – perguntou Ben.

Anna balançou a cabeça e sorriu.

– Nada importante.

– Anna, o que é isso? – Roberta indagou. Ela examinava um magnífico texto medieval em uma moldura de vidro pendurada na parede, perto da lareira. No papel marrom e rachado havia um mapa do Languedoc, pontilhado por velhas cidades e castelos. Em torno das extremidades do mapa, blocos de texto em latim antigo e francês medieval haviam sido coloridos e enfeitados por um talentoso calígrafo. – Se isso é um pergaminho original – disse –, deve valer uma fortuna.

Anna riu.

– O americano que me deu essa peça também achava que ela era muito valiosa. Até descobrir que o texto cátaro do século 13 pelo qual pagou 20 mil dólares era falso.

– Falso?

– Não é mais antigo que esta casa – Anna explicou rindo. – Deve ser da década de 1890. Ele ficou muito *furioso*! É essa a palavra? Ficou tão bravo que me deu a obra. Ele deveria saber. Como você mesma disse, um item genuíno nessas condições teria valido uma pequena fortuna.

Roberta sorriu.

– Nós americanos adoramos qualquer coisa que tenha mais de trezentos anos. – Ela se afastou do pergaminho emoldurado e olhou para a estante larga e alta, passando os olhos pelas centenas de livros da coleção de Anna. Havia muita coisa ali, história, arquitetura, artes, ciências. – Algumas dessas coisas são muito interessantes – murmurou. – Um dia, quando eu tiver tempo... – Ela lembrou que tinha um bloquinho de post-it na bolsa, que estava no carro. – Podem me dar licença um momento? Quero anotar alguns desses títulos. – E saiu apressada da sala.

Anna aproximou-se de Ben.

– Venha, quero lhe mostrar uma coisa – disse.

Ele se levantou, e ela lhe segurou o braço. A mão era quente na pele de Ben.

– O que quer me mostrar?

Ela sorriu.

– Por aqui.

Os dois passaram pela porta-balcão e desceram pelo jardim. No final da descida, um caminho de pedra seguia para o espaço aberto do campo, e depois de subirem uma pequena encosta, Ben se viu diante de um magnífico panorama, um perfeito pôr do sol. Era capaz de enxergar quilômetros das montanhas de Languedoc, e acima delas o céu era uma tela de brilhantes pinceladas douradas, vermelhas e azuis.

Anna apontou para o outro lado do vale, mostrando dois castelos em ruínas ao longe, silhuetas negras e irregulares separadas por quilômetros de distância erguendo-se para o céu sobre o pico das montanhas.

– Fortalezas dos cátaros – ela disse, protegendo os olhos da luz do sol. – Destruídas pela cruzada albigense no século 13. Os cátaros e seus ancestrais construíram castelos, igrejas e monastérios por todo o Languedoc. E foram todos esmagados pelo exército do Papa. – Ela fez uma pausa. – Vou lhe dizer uma coisa, Ben. Alguns historiadores especializados acreditavam que esses lugares têm um profundo significado.

Ele balançou a cabeça.

– Que tipo de profundo significado?

Anna sorriu.

– Ninguém sabe ao certo. O que se dizia era que em algum lugar de

Languedoc existe um antigo segredo. E as posições relativas dos lugares cátaros dão uma indicação para que esse segredo seja encontrado. Quem resolver o enigma pode descobrir grande sabedoria e conquistar poder. – Seus cabelos escuros dançavam ao vento suave da noite. Ela era linda. – Ben – Anna continuou hesitante –, você não me disse toda a verdade. Acho que está procurando alguma coisa. Estou certa? Algum segredo.

Ele hesitou.

– Sim.

Os olhos amendoados cintilaram.

– Eu sabia. E tem alguma coisa a ver com alquimia, com a lenda de Fulcanelli?

Ele assentiu, e não conseguiu conter um sorriso diante de uma percepção tão aguçada e precisa.

– Eu estava procurando um manuscrito – Ben admitiu. – Acredito que Klaus Rheinfeld sabia sobre esse documento, e tinha esperança de que ele pudesse me ajudar. Mas parece que eu estava errado.

– Talvez *eu* possa ajudá-lo – ela sugeriu em tom suave. – Temos que nos encontrar outra vez. Acho que podemos trabalhar juntos nisso.

Ben não disse nada por um momento.

– Eu gostaria – respondeu finalmente.

Roberta voltou e encontrou a casa vazia. Ao ouvir as vozes trazidas pelo vento, olhou pela porta aberta. Viu Ben e Anna subindo a encosta de volta ao jardim. De onde estava, ouvia o riso sonoro de Anna. Sua figura esguia era recortada contra o sol. Ben estendeu a mão para ela. Seria sua imaginação? Eles pareciam se entender muito bem.

"O que você esperava? Anna é linda. Qualquer homem teria dificuldade de resistir a ela."

– Que pensamentos são esses, Ryder? – falou para si mesma. – Por que se importa?

Mas sabia que era inútil, que se importava. Algo terrível acontecia com ela. Estava se apaixonando por Ben Hope.

39

No dia seguinte, Ben estava com uma disposição sombria enquanto perambulava sem rumo pelas ruas empoeiradas de Saint-Jean. A busca terminara em um beco sem saída.

Quando ligara para Fairfax havia dois dias, não mencionou que o manuscrito podia ter sido destruído. Esperava que Anna Manzini pudesse ainda dizer algo de positivo. Essa havia sido uma tola falsa impressão para dar ao velho. Agora tudo parecia sombrio, o tempo se arrastava e ele não tinha ideia de para onde ir.

Em uma praça, próximo de uma velha estátua memorial da Primeira Guerra Mundial, ficava o bar do vilarejo, um salão provido de uma pequena varanda onde velhos enrugados se sentavam como répteis ao sol, ou jogavam *pétanque* na praça vazia. Ben entrou, e a clientela, três homens jogando cartas em um canto afastado, virou-se para observar o desconhecido alto e louro. Ele os cumprimentou com um movimento de cabeça e recebeu alguns grunhidos como resposta. No balcão, o proprietário estava sentado lendo o jornal. O lugar cheirava a cerveja azeda e fumaça.

Ben notou um cartaz na parede, um anúncio de pessoa desaparecida.

VOCÊ VIU ESSE MENINO? MARC DUBOIS, 15 ANOS

Ele suspirou. Mais um. "Era isso que eu deveria estar fazendo, ajudando crianças como ele, mas estou aqui, perdendo tempo."

Apoiando-se no balcão, ele acendeu um cigarro e pediu para

encher sua garrafinha. Só havia um tipo de uísque no lugar, um líquido fluido com cor de urina de cavalo. Não tinha importância. Ele pediu mais uma dose dupla do mesmo uísque e sentou-se em um dos bancos do balcão, olhando para o espaço e bebendo o líquido ardente.

"Talvez seja hora de desistir desse fiasco", ele pensava. Esse trabalho nunca havia sido adequado a ele, estava errado desde o início. Devia ter preservado a objetividade. Sua primeira impressão fora correta. Fairfax, como todas as pessoas desesperadas que querem salvar alguém que amam, havia sido vítima da própria vontade, de um sonho impossível. Então, havia uma grande chance de o manuscrito Fulcanelli ter desaparecido, e daí? Era tudo bobagem, provavelmente. Não havia nenhum grande segredo. "É claro que não." Era tudo uma fantasia, mitos, enigmas e charadas para sonhadores ingênuos.

Mas podia afirmar que Anna Manzini era uma sonhadora ingênua?

"Quem sabe? Talvez ela seja."

Ele empurrou o copo vazio por cima do balcão, jogou algumas moedas sobre a superfície de madeira riscada e pediu outra dose dupla. Já havia terminado aquela e começado outra quando os três homens que jogavam cartas olharam em volta, intrigados com o som de passos apressados.

Roberta entrou no bar como um furacão, aparentemente agitada e tensa.

– Sabia que o encontraria aqui – ela disse. Estava ofegante, como se houvesse corrido do chalé de Pascal até ali. – Escute, Ben. Tive uma ideia.

Não estava com disposição para o entusiasmo dela.

– Você me conta outra hora – ele murmurou. – Estou pensando.

Estava mesmo. Pensando em pegar o telefone e dizer a Fairfax que havia acabado. Mandaria o dinheiro de volta, desistiria e voltaria para sua casa na praia.

– Ei, isso é importante – Roberta insistiu. – Venha, vamos lá fora. Não, não beba mais nada. Você parece já ter bebido demais. Preciso de você lúcido.

– Vá embora, Roberta. Estou ocupado.

– Sim, ocupado bebendo esse tripa estragada até cair.

– Tripa estragada é o que acontece quando você bebe essa coisa – ele a corrigiu. E apontou para o copo. – *Isso é estraga-tripa* – disse com tom enfático.

– Tanto faz – ela resmungou impaciente. – Olhe para você. Acha que essa atitude é profissional?

Ele a encarou com uma expressão feroz, bateu com o copo no balcão e desceu do banco.

– Acho bom isso ser muito, muito interessante – a avisou, e a seguiu para fora do bar.

– Eu acho que é – ela falou, virando-se para encará-lo com um olhar franco enquanto organizava os pensamentos. – Tudo bem, escute: e se o manuscrito que Klaus Rheinfeld roubou não foi destruído?

Ele balançou a cabeça confuso.

– Do que está falando? Pascal o viu em pedaços. Foi arruinado pela tempestade.

– Certo. Agora, você se lembra do bloco de anotações, o bloco de Rheinfeld?

– O que tem ele? Foi para isso que me arrastou até aqui?

– Bem, talvez o bloco seja mais importante do que pensávamos.

Ele franziu o cenho.

– Do que está falando?

– Apenas escute, está bem? Vou dizer o que estou pensando. E se o bloco era a mesma coisa que o manuscrito?

– Ficou maluca? Como isso é possível? Eles deram o bloco a Rheinfeld no hospital.

– Não estou falando sobre o bloco propriamente dito, idiota. Estou falando sobre o que foi escrito nele. Talvez Rheinfeld tenha copiado os segredos nele.

– Ah, é claro. Dentro de um hospital secreto, *depois* de ter perdido o original? Vou voltar lá para dentro. – Ele se virou impaciente para retornar ao bar.

– Cale a boca e me escute pelo menos uma vez! – Roberta gritou, segurando-o pelo braço. – Estou tentando dizer alguma coisa, seu bastardo cabeça-dura! Acho que Rheinfeld pode ter se lembrado de tudo e anotado mais tarde no bloco.

Ele a encarou.

– Roberta, eram mais de trinta páginas de enigmas e desenhos, formas geométricas, números confusos e fragmentos em latim e francês, enfim, todo tipo de coisas. Não é possível lembrar tudo isso em detalhes.

– Ele andou com aquele manuscrito durante anos – Roberta insistiu. – Provavelmente, viveu com dificuldade, sem dinheiro. Aquilo era tudo que ele tinha. Devia ser uma fixação.

– Mesmo assim, não acredito que alguém possa ter esse tipo de memória. Especialmente um alquimista maluco – Ben acrescentou.

– Ben, cursei um ano de neurobiologia em Yale. É incomum, sim, mas não é impossível. O nome é memória eidética, mais conhecida como memória fotográfica. Normalmente, desaparece até a adolescência, mas algumas pessoas conseguem preservá-la. Rheinfeld tinha TOC, pelo que pude notar...

– TOC?

– Transtorno Obsessivo-Compulsivo – ela explicou mais paciente. – Ele demonstrava todos os sintomas, repetia ações e palavras sem motivo aparente, ou sem uma razão que alguém que não fosse ele mesmo pudesse entender. Agora se sabe que os neuróticos compulsivos têm memória incrível. Conseguem guardar uma quantidade de detalhes que você e eu nunca poderíamos lembrar. Equações matemáticas difíceis, detalhes de imagens, trechos enormes de textos técnicos. Tudo isso está nos registros científicos do último século.

Ben sentou-se em um banco. A mente superava rapidamente o torpor causado pelo uísque.

– Pense nisso, Ben – ela continuou, sentando-se ao lado dele. – Rheinfeld recebeu um bloco para anotar seus sonhos, e esse é um procedimento padrão do processo de psicoterapia. Porém, em vez de anotar os sonhos, ele usou o bloco para preservar as memórias que guardava, manter um registro atualizado da informação que roubara e perdera. Os psiquiatras não podiam saber o que ele estava fazendo, de onde vinham todas aquelas coisas. Devem ter deduzido que eram bobagens de um maluco. Mas e se era mais que isso?

– Mas ele era maluco. Como podemos confiar na mente de um homem transtornado?

– Sim, ele certamente era louco. Mas, principalmente, era obsessivo, e o fundamental nos obsessivos é que são loucos por detalhes. E se os detalhes que ele anotou naquele bloco eram próximos do original, o importante não é sua loucura, mas a possibilidade de aquele bloco conter uma réplica perfeita, ou quase perfeita, dos documentos que Jacques Clément não queimou porque eles lhe foram entregues por Fulcanelli.

Ben ficou em silêncio por alguns momentos.

– Tem certeza disso?

– É claro que não. Mas ainda acho que devemos voltar e verificar. Vale a pena, não? – Ela o encarou interrogativamente. – Então? O que me diz?

40

Anna não conseguia se concentrar no trabalho. Incapaz de criar uma trama satisfatória para o romance histórico, limitava-se a produzir um rascunho muito básico da apresentação do autor. Devia ser fácil, porque conhecia bem o assunto. Mas as palavras não fluíam. E agora uma nova distração insistia em permanecer em sua cabeça, juntando-se ao bloqueio criativo que enfrentava havia tanto tempo. Cada vez que tentava focar a página diante dela, a mente divagava depois de alguns minutos e ela se descobria pensando em Ben Hope.

Alguma coisa a incomodava. Algo enterrado no fundo da memória. O que era? Alguma coisa distante, nebulosa, como uma palavra meio esquecida que dançava na ponta da língua, e que ela não conseguia cristalizar em pensamentos claros. Anna olhou para o bloco de anotações de Rheinfeld, sobre a mesa ao lado de seu cotovelo, com o desenho tirado da lâmina guardado entre as páginas. Talvez houvesse mais naquele bloco do que havia imaginado. Os sinais...

Ela se reclinou na cadeira giratória, olhando pela janela. As estrelas surgiam no céu, cintilando no azul-escuro sobre o contorno das montanhas. Seus olhos seguiram o Cinturão de Orion. Rigel era um sol distante, mais de novecentos anos-luz afastado da Terra. As estrelas davam vida à história. A luz que via agora começava sua jornada pelo espaço há quase mil anos. Olhar para ela era voltar no tempo, comungar com o passado vivo. Que sombrios, terríveis e belos segredos as estrelas testemunharam sobre Languedoc medieval?

Ela suspirou e tentou voltar ao trabalho.

Castelo no topo da montanha, Montségur, março de 1244. Oito mil homens da cruzada, pagos com ouro católico, cercaram um indefeso bando de trezentos hereges cátaros. Após oito meses de cerco e bombardeio, os cátaros estavam famintos. Apenas quatro daqueles homens não seriam queimados vivos pelos inquisidores depois da invasão final do castelo. Antes do massacre, quatro sacerdotes, levando uma carga desconhecida, fugiram do castelo sitiado e desapareceram. A história desses homens ainda é um mistério. Qual era sua missão? Eles levavam o famoso tesouro dos cátaros, tentavam esconder seu segredo dos perseguidores? O tesouro realmente existia? Se existia, o que era? Até hoje essas perguntas continuam sem resposta.

Ela deixou a caneta sobre a mesa. Passava um pouco das nove, mas Anna decidiu ir para a cama cedo. As melhores ideias sempre apareciam quando estava relaxada para dormir. Tomaria um banho quente, prepararia um drinque e se recolheria com seus pensamentos. Talvez tivesse pensamentos mais claros na manhã seguinte, e poderia então telefonar para Ben Hope e providenciar um reencontro.

Gostaria de saber que pistas ele seguia, que importância essa cruz de ouro e o manuscrito de Fulcanelli poderiam ter. Teriam alguma ligação com sua pesquisa sobre o tesouro cátaro? Sabia-se tão pouco sobre ele, que a maioria dos historiadores havia desistido da velha lenda.

Uma sensação curiosa, algo que não sentia há muito tempo... Ela sorriu. A excitação que experimentava ao pensar nessa possibilidade não era apenas curiosidade intelectual. Estava mesmo ansiosa pelo próximo encontro.

Anna fechou a porta pesada e sólida e percorreu o corredor até o quarto. Ela entrou no banheiro da suíte e abriu as torneiras da banheira, depois se despiu e vestiu um roupão, prendendo os cabelos. Olhava para o próprio rosto no espelho, mas a superfície já embaçava com o vapor da água quente.

Ela ficou tensa. Havia escutado um barulho lá embaixo? Anna

fechou as torneiras e inclinou a cabeça, aguçando os ouvidos. Talvez os canos. Ela abriu as torneiras de novo, estalando a língua, irritada com a própria covardia.

Porém, quando estava despindo o roupão para entrar na banheira, novamente ouviu algo.

Anna amarrou a faixa do roupão em torno da cintura enquanto voltava apreensiva ao quarto e saía para o corredor. Ficou ali ouvindo, a cabeça inclinada para um lado, a testa contraída e marcada por um vinco.

Nada. Mas ouvira alguma coisa, tinha certeza disso. Em silêncio, pegou de cima do pedestal no corredor a estatueta de bronze do deus egípcio Anúbis. Empunhando como um taco a pesada imagem do deus de cabeça de chacal, ela desceu a escada descalça. Tinha a respiração acelerada. Os dedos apertavam a estátua com força. Cada degrau era um desafio na completa escuridão. Se conseguisse chegar ao interruptor...

Lá estava, aquele ruído novamente.

– Quem está aí? – Queria que a voz soasse forte e confiante, mas ela saiu trêmula.

As batidas na porta a fizeram pular. Ela sufocou um grito, o coração disparou.

– Quem é?

– Anna? – perguntou uma voz do outro lado da porta. – Sou eu, Edouard.

Os ombros despencaram com o alívio e o braço caiu ao lado do corpo, a mão ainda segurando o Anúbis. Ela correu até a porta e a abriu, deixando-o entrar.

Edouard Legrand não esperava acolhida tão calorosa, depois de ter sido rejeitado tantas vezes, inclusive por telefone. Foi uma agradável surpresa quando ela o convidou a entrar.

– O que está fazendo com isso? – ele perguntou com um sorriso, apontando a estatueta na mão de Anna.

Ela olhou para o objeto de bronze, sentindo-se repentinamente tola. Em seguida, deixou o Anúbis sobre a mesa.

– Fiquei assustada – explicou, tocando o peito palpitante e fechando os olhos. – Ouvi barulhos.

Ele riu.

– Ah, essas casas antigas têm sempre muitos ruídos estranhos. A minha é igual. Deve ter sido um rato. É surpreendente quanto barulho um rato pode fazer.

– Não, foi você que eu ouvi – ela explicou. – Peço desculpas pela agitação.

– Não tive a intenção de assustá-la, Anna. Não estava dormindo, estava? – ele acrescentou, notando o roupão.

Ela sorriu e relaxou.

– Na verdade, eu me preparava para tomar um banho. Talvez possa se servir de uma bebida, e eu volto em cinco em minutos.

– Por favor, fique à vontade. Não se apresse.

"Droga", Anna pensava quando entrou no banheiro repleto de vapor. A maneira como o convidara a entrar podia ser entendida como um encorajamento. Podia ser mal interpretada por isso.

Não podia dizer que não gostava de Edouard Legrand. Ele não era completamente destituído de charme. Também não era feio. Mas nunca, nem em um milhão de anos, poderia corresponder aos sentimentos que ele obviamente nutria por ela. Havia algo nele, algo que não conseguia definir, alguma coisa que a deixava desconfortável quando estavam próximos. Teria que se livrar dele com toda a gentileza possível, mas rápido e com firmeza, antes que ele começasse a ter ideias erradas. Era impossível não sentir uma ponta de culpa. Pobre Edouard.

Lá embaixo, Edouard andava de um lado para o outro na sala de estar, ensaiando a fala que havia preparado. Depois lembrou que deixara o champanhe e as flores no carro, porque não queria se apresentar como um pretendente atrevido e cheio de expectativas. Mas quando ela o convidara a entrar e até se mostrara interessada em sua companhia, ele decidira que talvez fosse a hora de ir buscar os complementos. Onde ficava a cozinha? Talvez tivesse tempo para deixar a garrafa no refrigerador enquanto ela tomava banho. Poderiam ter uma noite perfeita juntos. Quem sabe aonde essa noite poderia levá-los? Tomado pela euforia, ele correu até o carro.

Anna saiu da banheira, enxugou-se e vestiu calça de corrida e uma blusa. A sinfonia de Mozart tocando no aparelho de som do quarto entrava em seu brilhante segundo movimento, e ela cantarolava acompanhando a melodia. Quando desceu, ainda não sabia como lidaria com o visitante inesperado. Talvez devesse deixá-lo ficar um pouco, agir com naturalidade.

A porta da frente estava aberta. Ela hesitou. Aonde ele fora? Dar uma volta no jardim, no escuro?

– Edouard? – ela chamou da porta.

Então o viu. Ele estava debruçado na janela aberta do carro, com a cabeça e os ombros dentro do automóvel, como se procurasse alguma coisa.

– O que está fazendo? – ela perguntou com um meio sorriso. Depois desceu a escada da varanda, enchendo os pulmões com o ar morno e perfumado pelas flores.

Os joelhos de Edouard estavam flexionados, e seu corpo parecia pender para dentro do automóvel. Ele não se movia.

– Edouard, está tudo bem? – Estaria bêbado, talvez?

Ela estendeu a mão e tocou seu ombro, sacudindo-o.

Os joelhos de Edouard cederam e ele caiu para trás, deitado sobre o cascalho do chão, os olhos abertos e vazios. O pescoço havia sido cortado de orelha a orelha, um corte profundo e fatal. O corpo estava encharcado de sangue.

Anna gritou. Depois se virou e correu de volta para casa. Ela entrou, bateu a porta e pegou o telefone do *hall* com a mão trêmula. Estava mudo.

Anna ouviu novamente o barulho que escutara antes. Desta vez era mais claro, mais alto. O ruído metálico de aço raspando aço. E soava dentro da casa. Na sala de estar. A lâmina de uma faca se arrastando lenta, deliberadamente, pelas grades de uma gaiola.

Ela correu para a escada. O pé pisou sobre algo macio, quente e molhado. Ela olhou para baixo. Era um de seus canários, e ele estava caído no degrau, ensanguentado. Anna cobriu a boca com as mãos.

Pela porta entreaberta da sala, ouviu uma gargalhada rouca, a risada de um homem que se divertia fazendo aquele jogo com ela.

A estatueta de Anúbis continuava onde a deixara, sobre a mesa ao pé da escada. Ela a pegou novamente com a mão trêmula. Ouvia passos se aproximando, por isso correu para a escada. O telefone celular estava no quarto. Se conseguisse chegar até lá e trancar-se no banheiro...

Sua cabeça foi puxada para trás e ela gritou de dor. O homem atrás dela era alto e musculoso, com cabelos muito curtos e um rosto que parecia ter sido esculpido em granito. Ele a puxou novamente, girou-a e a mão enluvada socou-lhe o rosto com força. Anna caiu esperneando. Ele se debruçou sobre seu corpo. Ela o atacou com o Anúbis e o acertou no rosto com um baque surdo.

Franco Bozza virou a cabeça com a força do golpe. Ele levou a mão enluvada ao rosto e estudou o sangue nos dedos com olhar impassível. Depois sorriu. Tudo bem, o jogo havia acabado. Agora era sério. Ele a segurou pelo pulso e torceu-lhe o braço com força. Anna gritou, a estatueta caiu de sua mão e rolou pela escada. Ela rastejou tentando escapar, enquanto o invasor a observava. Estava quase no topo da escada quando ele a agarrou novamente. Dessa vez, bateu a cabeça de Anna contra o corrimão, e a visão dela ficou turva. Caiu de costas, sentindo gosto de sangue.

Bozza se ajoelhou sem pressa sobre o corpo desfalecido. Seus olhos brilhavam quando ele levou a mão ao interior da jaqueta e tirou dela uma faca, removendo a lâmina da bainha com um ruído suave de aço deslizando sobre fibra sintética. Anna arregalou os olhos quando, brincando, ele deslizou a ponta da faca desde seu pescoço até o ventre. A respiração era rápida, ofegante. Ele a segurava pelos cabelos e mantinha-lhe a cabeça inclinada para trás.

– A informação que o inglês queria – o homem cochichou –, você vai dá-la para mim. E talvez eu a deixe viva. – A faca agora roçava seu rosto.

Anna conseguiu falar. A voz soava fraca.

– Que inglês?

Ela sentiu o frio do aço, e gritou em agonia quando ele pressionou--lhe a lâmina contra a carne. Sangue escorreu-lhe pelo rosto. Anna balançava a cabeça de um lado para o outro, tentando se libertar. Ele agora segurava a faca contra sua garganta.

– O que ele queria de você? – perguntou em tom rouco, abafado. – Fale, ou vou cortá-la em pedacinhos.

Ela pensou depressa.

– Não dei nada a ele – disse, sentindo o sangue penetrar entre os lábios.

Bozza sorriu.

– Fale a verdade.

– Estou falando – ela protestou. – Ele procurava um documento, um texto antigo.

Bozza assentiu. Havia sido isso que disseram.

– E onde está o documento? – ele sussurrou.

Anna fez uma pausa, pensando depressa. Ele apontou a faca para um de seus olhos e a encarou cheio de expectativa.

– Em cima da lareira – ela gemeu. – N... na moldura.

Os olhos gelados permaneceram fixos nos dela por um momento, como se avaliassem se a resposta era verdadeira. Com movimentos deliberados, ele limpou a lâmina no carpete e deixou a faca no chão ao lado da cabeça dela. Depois levou o braço para trás, fechou o punho e desferiu um soco violento contra o rosto de Anna. A cabeça dela caiu para o lado.

Bozza a deixou caída na escada, guardando a faca enquanto descia para ir à sala de estar. Ele removeu a moldura da parede, quebrou o vidro, batendo-o contra o console da lareira, e sacudiu os fragmentos. Depois retirou o pergaminho medieval de dentro do quadro e o enrolou forte e cuidadosamente, guardando-o no bolso mais fundo da jaqueta.

Então, Manzini não havia dado nada ao inglês. Usberti ficaria satisfeito com ele. Encontrara a mulher de forma rápida e eficiente e achara o que o chefe o mandara ir buscar.

Agora despertaria a mulher e se divertiria um pouco. Adorava ver a expressão das vítimas quando percebiam que ele não as deixaria viver. Aquele terror nos olhos, o momento delicioso quando ficavam completamente indefesos à sua mercê. Era ainda melhor que a tortura lenta e os gritos que vinham depois.

Ele voltou ao corredor e franziu o cenho. A mulher havia desaparecido.

Anna entrou cambaleando no estúdio. De onde estava, ouviu o som de vidro se quebrando lá embaixo quando a moldura foi destruída. O sangue pingava do corte em seu rosto, encharcando a frente da blusa. Sua cabeça girava, mas ela conseguiu manter a atenção na mesa. A mão estendida pingava sangue sobre suas anotações de pesquisa. Os dedos agarraram o bloco de Rheinfeld na embalagem plástica. Segurando-o com força, meio cega de dor e náusea, ela voltou ao corredor e cambaleou na direção do quarto.

Do pé da escada, Bozza viu a porta do quarto se fechar. Ele subiu os degraus com passos tranquilos, sem pressa. Quando se aproximou da porta do quarto, levava a mão à bolsinha de plástico presa ao cinto.

O quarto da mulher estava vazio. Do outro lado havia outra porta. Bozza tentou abri-la. Estava trancada por dentro.

Trancada no banheiro, Anna apertava as teclas do celular com movimentos frenéticos, em pânico, cobrindo o plástico com o sangue dos dedos. Desesperada, ela lembrou que estava sem créditos e soltou o aparelho, dominada pelo pavor. Sabia que esse homem não a deixaria viva. Morreria de um jeito terrível. Seria capaz de se matar antes de ele a pegar? A janela não era alta o bastante. Só ficaria machucada com a queda, e logo ele a alcançaria.

A porta se abriu com um estalo de madeira rachando. Bozza atravessou o banheiro e a jogou no chão com uma bofetada. Sua cabeça se chocou contra o piso de ladrilhos e ela desmaiou.

Ela segurava alguma coisa. Bozza abriu os dedos ensanguentados, pegou o objeto e o estudou.

– Estava tentando esconder isto aqui, não é? – ele sussurrou para o corpo inerte. – Garota corajosa. – E guardou o bloco envolto em plástico no bolso da jaqueta, antes de tirá-la e pendurá-la no respaldo de uma cadeira.

Embaixo da jaqueta ele mantinha duas armas em um coldre de ombro, uma semiautomática pequena com pentes extras sob o braço esquerdo, e a faca sob o direito. Pegou primeiro a faca e a deixou em cima do console da pia, depois tirou a bolsinha que levava presa ao cinto e removeu dela o avental dobrado. Bozza vestiu a peça de plástico pela cabeça e a alisou cuidadosamente.

Depois, pegou a faca em cima da pia e se aproximou lentamente de Anna Manzini. Ele cutucou o corpo com o pé. Anna gemeu, movendo-se dolorosamente. Os olhos se abriram um pouco, uma fresta, depois se arregalaram numa reação horrorizada quando o viu debruçado sobre ela.

Bozza sorriu. A faca brilhou, e os olhos dele também.

– Agora a dor vai começar – ele cochichou.

41

Ben virou o Renault para dentro da casa de campo de Anna. Os pneus gastos rangiam no cascalho e os faróis iluminavam a frente da casa.

– Veja, ela tem visita – Roberta comentou, notando o reluzente Lexus GS preto parado na frente da casa. – Eu disse que devíamos ter telefonado antes. É muito indelicado aparecer assim sem avisar.

Ben já saía do carro sem ouvir o que ela dizia. Havia notado alguma coisa no chão, à sombra do Lexus. Chocado, percebeu que era um braço. O braço de um homem morto, a mão crispada e ensanguentada.

Ele correu para o automóvel, a mente projetando cenários diversos. Ben abaixou-se ao lado do corpo e viu o corte aberto no pescoço do homem. Vira ferimentos suficientes na vida para reconhecer o trabalho de um profissional. Ele tocou a pele do morto. Ainda estava um pouco quente.

– O que é isso, Ben? – Roberta perguntou, parando atrás dele.

Ben levantou-se depressa e a segurou pelos ombros, virando-a.

– É melhor não olhar.

Mas ela já havia olhado, e pressionava as mãos contra a boca tentando conter a ânsia.

– Fique perto de mim – Ben sussurrou. E correu para a casa subindo os degraus de dois em dois. A porta da frente estava trancada. Ele correu para a lateral da casa com Roberta seguindo seus passos. A porta-balcão estava aberta. Ele entrou, já com a Browning em punho. Pálida, Roberta o seguia, e ele fez um gesto pedindo silêncio.

Ben passou por cima de um canário em seus últimos momentos de vida, as penas amarelas tingidas de vermelho. Uma estatueta estava caída no chão ao pé da escada. Havia luz e música no andar de cima. Seu rosto endureceu. Ele subiu a escada pulando os degraus enquanto soltava a trava de segurança da Browning.

O quarto de Anna estava vazio, mas a porta do banheiro estava encostada. Ele entrou e levantou a arma, sem saber o que encontraria lá dentro.

Franco Bozza se divertia. Passara os últimos cinco minutos cortando os botões da blusa de Anna, um de cada vez, empurrando-a de volta para a poça de sangue quando ela tentava resistir. Um cintilante fio carmesim escorria-lhe entre as protuberâncias dos seios. Ele deslizou a parte cega da lâmina por sua pele até o ventre, apoiou a parte afiada da faca contra o botão seguinte, e se preparava para cortá-lo quando o som de passos se aproximando o tirou repentinamente do transe.

Bozza virou-se com um fio de saliva escorrendo-lhe pelo queixo. Era um homem grande e pesado, mas de reações rápidas. Agarrando Anna pelos cabelos, Bozza se levantou de um salto, colocando-a em pé diante do corpo dele quando a porta se abriu com um estrondo ensurdecedor. Anna gritava de pavor.

O horror da cena com que Ben se deparou o retardou por uma fração de segundo. Os olhos de Anna, arregalados no rosto coberto de sangue, encontraram os dele. O homem forte e de cabelos grisalhos mantinha um braço em torno do pescoço dela, usando-a como escudo.

O dedo de Ben estava no gatilho. "Não posso atirar." A visão era turva, o alvo, incerto. Ele removeu a pressão do gatilho.

Bozza moveu o braço, e a lâmina voou pela sala como um raio sibilante. Ben abaixou-se. O aço passou um milímetro longe de seu rosto e cravou-se na porta atrás dele com um baque. A mão de Bozza buscou o peito sob o avental plástico e surgiu armada com a Beretta 380 que levava no coldre. Ben aproveitou a oportunidade e atirou uma vez, mas, por medo de atingir Anna, a bala passou longe. Quase ao mesmo tempo, a pistola de Bozza estalou, e Ben sentiu a bala atingir a garrafinha de metal em seu bolso. Ele recuou um passo, momentaneamente desequilibrado e surpreso, mas recuperou-se depressa e apontou a Browning novamente, tomado por uma fúria repentina que lhe clareou a visão e trouxe de volta o foco. A testa de Bozza. "Peguei você."

Mas, antes que Ben pudesse disparar, Bozza empurrou Anna na direção dele como se jogasse uma boneca de pano. Ben a amparou, impedindo que caísse de cara no piso de ladrilhos ensanguentado. E perdeu a pontaria.

O homem pulou pela janela, mergulhando no espaço. Houve um barulho do lado de fora quando ele se chocou contra a rede fina de treliça. Caiu no chão, ferido e atordoado. Um tiro ecoou e uma bala passou zunindo perto de sua orelha, abrindo um buraco no tronco da árvore a seu lado.

Ben debruçou-se na janela e atirou novamente, cego na escuridão. O invasor havia desaparecido. Por um segundo ele pensou em persegui--lo, mas mudou de ideia. Quando ele se virou para cuidar de Anna, Roberta havia entrado no banheiro e se debruçava sobre seu corpo inerte.

– Meu Deus.

Ele tomou a pulsação.

– Está viva.

– Graças ao Cristo. Quem foi... – O rosto dela empalideceu. – Isto não é uma coincidência, é? Tem alguma coisa a ver conosco. Jesus, nós causamos isso a ela?

Ele não respondeu. Ajoelhado no chão, examinou os ferimentos de Anna. Com exceção de um corte feio no rosto, do sangue já meio seco e escuro cobrindo a face, ela parecia não ter mais nenhuma ferida aberta.

Ben tirou o celular do bolso e o jogou para Roberta.

– Chame uma ambulância – disse. – Mas não acione a polícia, diga apenas que houve um acidente. Não toque em nada.

Roberta assentiu e correu para o quarto.

Ben pegou a toalha branca e felpuda pendurada no porta-toalhas cromado do banheiro. Com cuidado, levantou a cabeça de Anna e usou a toalha para apoiá-la como um travesseiro. Em seguida cobriu seu corpo com um roupão e mais uma toalha, tentando mantê-la aquecida, e fechou a janela. Ainda ajoelhado ao lado dela, acariciou-lhe delicadamente os cabelos. Estava duro, coberto de sangue.

– Você vai ficar bem, Anna – murmurou. – A ambulância não vai demorar.

Anna se moveu e abriu os olhos. Lentamente, o olhar ganhou foco, e ela murmurou alguma coisa.

– Shhh. Não tente falar. – Ele sorria, mas as mãos tremiam-lhe com a intensidade da fúria, e Ben jurou a si mesmo que ia matar o responsável por aquilo.

O agressor deixara cair a pistola ao se jogar pela janela. Ben a desengatilhou e guardou-a na cintura. Havia cartuchos vazios espalhados pelo chão. Ele os recolheu e guardou no bolso. Ouvia Roberta no quarto, falando ansiosamente pelo telefone.

E só nesse momento ele notou a jaqueta preta pendurada na cadeira.

42

O hotel era visível da estrada, entre as árvores, iluminado e convidativo na escuridão. Ben guiou o Renault pela alameda sinuosa da propriedade. Eles pararam na frente do prédio, ao lado de outros carros e de um veículo de turismo.

– Pegue a bolsa, vamos passar a noite aqui.

– Por que um hotel, Ben?

– Porque dois estrangeiros em um hotel é algo comum, mas dois estrangeiros hospedados na casa de um padre em um vilarejo incita comentários. Não podemos voltar à casa de Pascal depois do que houve hoje.

Lá dentro, Ben dirigiu-se ao balcão da recepção e tocou a campainha. Um momento depois, de uma sala interna surgiu a recepcionista.

– Tem algum quarto disponível? – Ben perguntou.

– Não, *monsieur*, estamos lotados.

– Nenhum quarto vago? Mas nem é alta temporada!

– Temos um grupo de turistas ingleses que estão aqui para o *Tour Chatare*. Está quase tudo ocupado.

– Quase?

– A única acomodação disponível é a nossa melhor suíte. Mas ela normalmente é... quero dizer, ela fica... reservada para...

– Ficamos com ela – Ben anunciou sem nenhuma hesitação. – Devo pagar agora? – E levou a mão ao bolso, de onde tirou a carteira e o passaporte falso em nome de Paul Harris. Ele deixou o passaporte sobre o balcão e mostrou-lhe a carteira abarrotada. O dinheiro contido nela era suficiente para alugar o hotel inteiro por um mês. A recepcionista arregalou os olhos.

– N... não precisa pagar agora – ela gaguejou. E tocou uma sineta sobre o balcão. – Joseph! – chamou com voz poderosa, e um velhinho em uniforme de carregador apareceu imediatamente ao lado dela. – Leve *madame* e *monsieur* Arris à suíte lua de mel.

O velho Joseph os conduziu escada acima, abriu uma porta e entrou na suíte levando a bagagem.

– Pode deixar tudo sobre a cama – Ben disse a ele, oferecendo uma gorjeta generosa, embora fosse a nota de menor valor que tinha na carteira.

Roberta olhava em volta estudando as acomodações. A antessala, com sofá, poltronas e mesinha de café, abria-se para um amplo espaço quadrado dominado por uma cama de dossel adornada por um gigantesco coração vermelho. Sobre a mesa de carvalho havia flores, chocolates embalados com fitas e miniaturas de casais de noivos, elas de vestido branco, eles de smoking.

Ben sentou-se na cama e tirou os sapatos, deixando-os onde caíram sobre o tapete de cupido. "Que quarto absurdo", pensou. Não fosse por Roberta, estaria dormindo no carro, escondido em alguma floresta isolada por aí. Ele tirou a jaqueta e o coldre e os jogou sobre a cama, depois se deitou de costas, alongando os músculos cansados. Como se lembrasse alguma coisa, enfiou a mão no bolso e tirou dele a garrafinha. Estava amassada no lugar onde a bala a tinha atingido de raspão. Se o tiro da 380 houvesse acertado a garrafinha em cheio, a teria atravessado.

Ele a examinou por alguns segundos. "Mais uma vida teria se perdido", pensou. Bebeu um gole antes de guardar a garrafinha.

– Anna vai ficar bem? – Roberta perguntou com voz fraca.

Ele mordeu o lábio.

– Sim, acho que sim. Pode precisar de alguns pontos e um tratamento para superar o choque. Vou telefonar amanhã cedo e descobrir em qual hospital ela está.

Pelo menos podia descansar tranquilo com a certeza de que Anna estava segura. No minuto em que a ambulância chegara, os policiais foram alertados e ela recebera proteção inclusive no hospital.

– Como eles a encontraram, Ben? E o que queriam com ela?

– Estava me perguntando a mesma coisa – ele resmungou.

– E o homem morto do lado de fora da casa? Quem era ele?

Ben deu de ombros.

– Não sei. Talvez um amigo dela, alguém que estava no lugar errado e na hora errada.

Ela suspirou alto.

– Não suporto pensar nisso. Vou tomar um banho.

Ben sentou-se para pensar em tudo enquanto ouvia ao longe o ruído da água do chuveiro. Sentia-se desgostoso com ele mesmo. Havia sido pura sorte ter encontrado Anna a tempo de salvá-la. Vira muitas mortes e muito sofrimento ao longo da vida, mas não queria nem imaginar como ela teria morrido se tivesse chegado cinco minutos mais tarde.

Havia muito tempo prometera a si mesmo que nunca mais deixaria seus erros prejudicarem inocentes. Mas estava acontecendo de novo, de alguma maneira. Essas pessoas se aproximavam novamente, e os riscos cresciam muito.

Ele tomou uma decisão. Na manhã seguinte levaria Roberta a uma cidade próximo de Montpellier e a colocaria em um avião para os Estados Unidos. Ficaria no aeroporto até ver o avião decolar, levando-a dali. Deveria ter feito isso dias atrás.

Ben enterrou a cabeça entre as mãos, tentando sufocar os terríveis sentimentos de culpa. Às vezes parecia que, por mais que tentasse fazer a coisa certa, tudo que fazia na vida, cada movimento, cada decisão, acabava voltando inexoravelmente para atormentá-lo. Quanto arrependimento e autorreprovação um homem podia sentir?

Batidas na porta interromperam sua reflexão. Enquanto atravessava a antessala para abri-la, ele tirou a Browning do cinto, segurando-a contra a parte inferior das costas. Tirou a camisa para fora da calça para escondê-la.

– Quem é? – perguntou desconfiado.

– A comida que pediu, *monsieur* Arris – disse a voz abafada de Joseph. – E seu champanhe.

– Não pedi champanhe nenhum. – Ben destrancou a porta, mantendo a mão perto da pistola, que sentia fria contra sua pele. Quando viu o homenzinho sozinho ao lado do carrinho, relaxou e abriu totalmente a porta.

– *Monsieur*, o champanhe é uma cortesia – Joseph explicou ao empurrar o carrinho para dentro da sala. – Está incluso na diária da suíte.

– Obrigado, pode deixar aí.

Com a generosa gorjeta que recebera pouco antes ainda intacta dentro do bolso, e a promessa de mais por vir, o velhinho parecia caminhar com mais ânimo enquanto empurrava o carrinho. Havia *charcuterie* e uma seleção de queijos, baguete fresca e champanhe no gelo. Ben deu a Joseph mais algum dinheiro, o conduziu até a porta e trancou-a quando ele saiu.

O champanhe os fez relaxarem um pouco. Comeram em silêncio. Ao fundo, o rádio tocava jazz suave. Quando a garrafa ficou vazia, já era quase meia-noite. Ben pegou da cama um travesseiro e o jogou sobre o sofá de couro perto da janela, do outro lado do quarto. Ele foi buscar alguns cobertores no armário e preparou uma cama improvisada para dormir.

O rádio tocava agora uma canção de Édith Piaf. Roberta aproximou-se.

– Ben, vamos dançar?

– Dançar? – Ele a encarou. – Você quer dançar?

– Por favor. Adoro essa música. – Ela segurou as mãos dele e sorriu insegura, sentindo que Ben ficara tenso.

– Não sei dançar – ele revelou.

– Ah, sim, é o que todos dizem.

– Não, de verdade, não sei dançar. Nunca dancei.

– Nunca?

– Nunca, nem uma vez em toda a minha vida.

Pelos movimentos desajeitados e rígidos, Roberta deduziu que Ben dizia a verdade. Ela levantou a cabeça para fitá-lo.

– Tudo bem, eu ensino. Segure minha mão e relaxe.

Ela se aproximou e tocou delicadamente seu ombro com uma das mãos, segurando a mão dele com a outra.

– Segure minha cintura – Roberta o instruiu.

A mão dele era rígida. Roberta começou a se mover, e ele tentava seguir seus movimentos arrastando desajeitadamente os pés.

– Está vendo? Sinta o ritmo.

– Tudo bem – ele concordou hesitante.

A música terminou e outra começou em seguida: *La Vie en Rose.*

– Ah, essa também é boa. Muito bem, vamos continuar... assim mesmo... está gostando?

– Não sei... talvez.

– Acho que pode ficar bom nisso se conseguir relaxar um pouco. Ai, meu pé.

– Desculpe. Eu avisei.

– Está pensando demais.

Uma dança apenas e já sentia um milhão de emoções conflitantes. Era uma sensação muito estranha, e não conseguia decidir se era agradável ou não. Um mundo caloroso e convidativo parecia chamá-lo. Queria mergulhar nesse calor, deixá-lo penetrar seu coração novamente depois de tantos anos de frio e solidão. Mas, no momento em que começava a se entregar, ficou tenso, e uma barreira surgiu do nada dentro dele.

– Por um momento pensei que estivesse gostando.

Ben se afastou. Era demais para ele. Era como uma invasão de seu espaço, uma intromissão em sua zona de conforto após anos de solidão. Ele olhou para o frigobar.

Roberta percebeu o olhar.

– Não, Ben, por favor – pediu, segurando a mão dele.

Ben olhou para o relógio.

– Ei – ele riu com nervosismo. – Está ficando tarde. Vamos ter que acordar cedo.

– Não pare. É tão agradável – ela murmurou. – Vamos, tivemos um dia horrível. Precisamos relaxar.

Eles dançaram um pouco mais. Ben sentia o corpo dela perto do seu. Subiu a mão pelo braço delicado até o ombro e o acariciou. Seu coração estava acelerado. A cabeça de ambos começou a se aproximar ao mesmo tempo, como se tivesse vontade própria.

A música chegou ao fim, e a voz do locutor de rádio estragou o momento. Eles se afastaram, repentinamente constrangidos.

Houve um silêncio prolongado, um intervalo de alguns minutos. Ambos sabiam o que quase havia acontecido ali, e os dois, cada um a sua maneira, sentia uma repentina tristeza.

Ben dirigiu-se à cama improvisada no sofá e, cansado demais para despir-se, deitou-se. Roberta deitou-se na ampla cama nupcial e ficou olhando para o dossel.

– Nunca dormi em uma dessas antes – ela comentou depois de um tempo.

Silêncio novamente. Os dois continuavam deitados em lados opostos do quarto.

– Como está o sofá? – Roberta perguntou.

– Bom.

– Confortável?

– Já dormi em lugares piores.

– Esta cama tem lugar para seis pessoas, pelo menos.

– E daí?

– Foi só uma ideia.

Ele ergueu a cabeça do travesseiro e, no escuro, olhou na direção em que ela estava deitada.

– Está me convidando para ir para a cama com você?

– Ah... Estou me oferecendo para dividir – ela respondeu envergonhada. – Não foi uma proposta, se é isso que está pensando. Estou meio nervosa. Seria bom ter companhia.

Ele hesitou por alguns instantes. Depois se levantou e pegou os cobertores do sofá. Tateando, aproximou-se da cama caminhando com cuidado no quarto desconhecido. Contornou a cama e se deitou ao lado dela, bem afastado. Cobriu-se com os cobertores que havia trazido do sofá.

Eles ficaram deitados na escuridão, separados por um espaço razoavelmente distante. Roberta virou a cabeça para olhar na direção dele, querendo se aproximar, sentindo algo estranho. Podia ouvi-lo respirando a seu lado.

– Ben? – sussurrou.

– Sim?

Ela hesitou antes de falar.

– Quem é a menina na foto?

Ele se apoiou sobre um cotovelo e a encarou. Seu rosto era uma sombra pálida ao luar.

Roberta queria muito tocá-lo, abraçá-lo com força.

– Vamos dormir – Ben sugeriu em voz baixa, deitando-se novamente.

Por volta das 2 horas, Ben acordou com o braço de Roberta sobre seu peito. Ela dormia. Ficou ali deitado por um tempo, olhando para cima, vendo as sombras que a luz da lua projetava no dossel, sentindo os movimentos suaves do corpo adormecido e quente a seu lado.

Era curiosa a sensação de ter aquele braço sobre seu corpo. Estranhamente eletrizante, tenso e também profundamente reconfortante. Ele se deixou relaxar, envolvido por aquelas impressões, fechou os olhos e cochilou com um leve sorriso nos lábios.

43

Ben dormiu menos de uma hora antes de acordar sobressaltado com um sonho. Culpado, empurrou as pernas para fora da cama. Removeu cuidadosamente o braço de Roberta de cima do peito e rolou para o lado. Fora da cama, pegou a Browning sobre a mesa e sua bolsa.

Guiando-se pela luz da lua, caminhou silenciosamente até a antessala. Depois de fechar a porta sem fazer barulho, acendeu um abajur.

As regras do jogo haviam mudado. De repente ficava mais claro que essas pessoas, fossem quem fossem, também estavam atrás do manuscrito. Precisava trabalhar.

A surrada jaqueta preta que havia pegado na casa de Anna ainda estava em sua bolsa. Tirou-a para examinar os bolsos novamente. Além do bloco de anotações de Rheinfeld e do falso pergaminho que ele arrancara da moldura, não havia mais nada. Não havia nenhuma pista sobre a identidade do dono. Quem era ele? Um matador de aluguel, talvez. Encontrara outros antes, mas nenhum como esse, jamais um maníaco doente que torturava mulheres.

Ele pensou no pergaminho falsificado. Por que o homem o tirara da parede da casa de Anna? Como o antigo proprietário que o dera a Anna, o homem devia ter sido enganado pelo estilo e pela aparência conferidos pela caprichosa falsificação. Isso só podia significar que quem estava atrás do manuscrito não tinha ideia de como ele era. Mas, com certeza, o documento era importante para essas pessoas. Importante o bastante para justificar assassinatos.

Ele pegou o bloco de Rheinfeld, tirou-o da embalagem plástica e sentou-se com ele no sofá, perto do abajur. Até agora, não tivera uma boa chance de estudá-lo com calma. Roberta estaria certa? Rheinfeld podia mesmo ter transcrito de memória os segredos que roubara de Gaston Clément? Esperava que sim. Não havia mais nenhuma pista a seguir.

Ele ia folheando lentamente as páginas imundas, examinando o texto e os desenhos. Muita coisa ali parecia ser bobagens sem sentido. Espalhadas de maneira aparentemente aleatória, rabiscadas nos cantos e nas margens de algumas páginas, havia combinações alternadas de letras e números. Algumas eram longas, outras, breves. Ele virava as páginas e ia contando. Eram nove inscrições desse tipo. Elas lembravam um pouco o que Klaus Rheinfeld havia ditado no gravador de Anna, quando parecia delirar.

N 18   N 26 O 12 I 17 R 15   22 R   20 R 15
U 11 R   9 E 11 E   22 V 18 A 22 V 18 A
13 A 18 E 23 A   22 R 15 O

O que inferir delas? Pareciam ser um código. Talvez um conjunto de fórmulas alquímicas. Nenhuma delas parecia se relacionar com nada mais na página onde apareciam. Se tinham algum significado, era impenetrável.

Ele as ignorou e seguiu em frente. Em outra página, encontrou um desenho feito com tinta, algo que parecia ser uma fonte. Na base havia símbolos estranhos como aqueles no crucifixo de ouro. Abaixo do desenho havia uma inscrição em latim.

Dum fluit e Christ benedicto Vulnere Sanguis,
Et dum Virgineum lac pai Virgo permit,
Lac fuit et Sanguis, Sanguis conjungitur et lac
Et sit Fons Vitae, Fons et Origo boni

Nos tempos de estudante, havia sido obrigado a enfrentar muitos textos religiosos antigos escritos em latim. Mas fazia muito tempo. Ele demorou bastante para estudar as palavras e produzir uma tradução. Sua versão era *Enquanto o sangue flui das feridas benditas de Cristo e a santa Virgem pressiona seu seio virginal, o leite e o sangue jorram e se misturam, tornam-se a fonte de vida e a origem do Bem-Estar.*

A fonte de vida... a origem do bem-estar. Tinha a impressão de que essas eram referências ao elixir da vida. Mas eram muito vagas. Continuou lendo. Em outra página havia apenas uma linha de texto, e embaixo dela um símbolo circular. O texto estava escrito em francês, as letras rebuscadas quase impossíveis de ler em meio às manchas de sangue e às marcas dos dedos de Rheinfeld.

Mais uma vez, ele traduziu:

Vamos considerar o símbolo do corvo, porque ele esconde um ponto importante de nossa ciência.

O símbolo sob a inscrição foi imediatamente reconhecido por Ben. Ele voltou algumas páginas. Sim, o mesmo emblema do corvo se repetindo. E parecia se repetir muitas vezes. E o texto dizia que ele escondia um ponto importante. O quê?

Uma mancha de sangue cobria alguma coisa escrita sob a imagem do corpo. Ben raspou cuidadosamente com a unha o sangue seco até conseguir ler a inscrição. A palavra escondida era DOMUS. "Casa" em latim. O que deduzir, então? *Casa do Corvo*?

A única referência que ele conseguiu encontrar ao corvo foram linhas igualmente intrigantes. Desta vez, as palavras eram em inglês.

As paredes desse templo não podem ser derrubadas
Os exércitos de Satã passam sem perceber
Os corvos ali guardam um segredo oculto
Conhecido apenas por aquele que procura com fé e justiça

Não ia nem tentar decifrar o sentido dos versos. Seguindo adiante, ele chegou às últimas três páginas do bloco. Eram idênticas, exceto pelos três diferentes arranjos de letras embaralhadas e, aparentemente, sem nenhum significado, um em cada página. Leu-os várias vezes. No alto de cada uma das três páginas havia as palavras: "Aquele Que Procura Acha". Para Ben, elas eram quase como uma provocação.

– Aquele que procura vai acabar completamente perdido, isso é o mais provável –resmungou.

Abaixo dessas três inscrições havia uma linha em latim: *Cum Lūce Salutem*. "Com a luz, vem a salvação."

Embaixo dessa linha, cada página tinha um arranjo ainda mais confuso de textos emaranhados. Na primeira das três páginas havia:

FIN
A TI
L L D S
M.L.R

Na segunda página:

FIN
'E U E
AC A
M.L.R

E, na terceira página, o arranjo do texto era:

FIN
L RO
E ' NG
M.L.R

As últimas três letras de cada arranjo, M.L.R, pareciam iniciais.

Seria R de Rheinfeld? Mas o primeiro nome dele era Klaus. E o ML? Não fazia sentido.

E os fragmentos de palavras inscritas acima de MLR? Ben reclinou-se no sofá. Sempre odiou enigmas. Ficou olhando para o nada durante certo tempo. Uma mosca passou diante de seu nariz e ele a viu se aproximar da lâmpada do abajur, sobre a mesa a seu lado. O inseto desviou para um lado, para o outro, mas acabou entrando na cúpula. Ele a viu subindo pelo outro lado, andando pelo tecido transparente contra a luz da lâmpada.

Então entendeu. "Com a luz, vem a salvação."

Ele segurou as três páginas juntas, dobrou as duas partes do bloco para trás, para longe delas, e as segurou contra a luz. A luminosidade passou pelo papel fino, e de repente as letras emaranhadas se uniram formando palavras reconhecíveis. Juntos, os três blocos de texto agora diziam:

FIN
L'EAU ROTIE
LE LAC D'SANG
M.L.R

FIM
A ÁGUA TOSTADA
O LAGO DE SANGUE
M.L.R

"Talvez agora possamos chegar a algum lugar", ele pensou. "Por outro lado, talvez não."

Muito bem, tinha que lidar com trechos pequenos. "FIM" – o que significava isso, era apenas um jeito de dizer que era o fim do livro? Não conseguia pensar em mais nada. Mas já era mais do que conseguia entender de água tostada e lago de sangue. Ele esfregou os olhos, mordeu o lábio. Por um momento, a frustração deu lugar à fúria, e teve que controlar o impulso de rasgar o bloco em pedaços. Ben engoliu em seco, tentou se acalmar, olhou carrancudo para as frases por mais um longo minuto. Como se as instigasse a revelarem algum significado.

FIN
L'EAU ROTIE
LE LAC D'SANG
M.L.R.

Mas, se não significassem nada, porque se dar o trabalho de arranjar as frases em três páginas diferentes?

Como muitos linguistas autodidatas, Ben fala francês com mais fluência do que domina a linguagem escrita. Até onde podia entender, porém, a linha "o lago de sangue" devia ter sido escrita em francês como "*LE LAC DE SANG*". Em vez disso, estava escrito "*LE LAC D'SANG*", faltando uma letra importante. Teria sido apenas um engano? Não parecia. Tinha a impressão de que a grafia era deliberada. Mas por quê?

Ele tentou pensar com clareza. Era quase como se... como se quem escrevera estivesse brincando com a forma, jogando com as letras... compensando a falta delas? E por que ele faria isso?

Um *anagrama*?

Ele pegou de cima da mesa um pedaço de papel com o timbre do hotel e começou a escrever. Foi eliminando uma letra de cada vez, marcando-as com um círculo, tentando criar novas palavras a partir de frases estranhas. Chegou em "*L'UILE ROTIE N'A MAL*"... "O óleo torrado não tem erro"..., quando percebeu que percorria um beco sem saída e perdeu a paciência.

Amassou o papel e o jogou do outro lado da sala numa explosão de fúria e recomeçou em uma nova folha.

Mais cinco tentativas e já começava a pensar que acabaria enterrado vivo sob uma pilha de bolas de papel amassado. Mas agora tudo começava a parecer um pouco mais coerente.

Mais quinze minutos e ele conseguiu. Ben olhou para a folha de papel. As novas palavras não eram do francês, mas pertenciam à língua natal do verdadeiro autor, o italiano.

IL GRANDE MAESTRO FULCANELLI
O grande mestre Fulcanelli

Era sua *assinatura.* Ben inspirou profundamente. Era como se sempre houvesse procurado por isso.

Havia apenas um pequeno problema. Mesmo que o que tinha ali fosse uma tradução palavra por palavra do furtivo manuscrito de Fulcanelli, ainda não tinha nada de valor para levar de volta a Fairfax. Se o velho acreditava que o manuscrito continha algum tipo de prescrição médica, ou mesmo uma simples receita caseira para o preparo de poções salvadoras com um simples passo a passo em diagramas, não podia estar mais enganado. Uma confusão cifrada de charadas enigmáticas e sinais sem sentido jamais ajudariam a pequena Ruth. A busca ainda não havia acabado. Estava apenas começando.

Passava das 6h30. Atordoado de cansaço, Ben se deitou no sofá e fechou os olhos ardentes.

44

A brisa da noite brincava com a copa das árvores acima dele. Estava sentado sobre os calcanhares, perfeitamente quieto e invisível entre os arbustos, esperando e observando, silencioso e paciente como as criaturas predadoras que viviam na floresta escura à sua volta. A mente se fechara para a dor dos cortes e dos hematomas, para o ardor no rosto e os ferimentos nas mãos provocados pela descida agarrado à treliça e às cordas. Quase não sentia mais nada. Mas a ira era como uma bolha de aço derretido em sua garganta.

Não havia nada que Franco Bozza odiasse mais do que o fracasso, do que ser atrapalhado, especialmente quando o sucesso já parecia certo. Os troféus haviam sido tirados de suas mãos, e não podia fazer nada sobre isso. Havia perdido.

Por enquanto.

Ele esperou mais um pouco, a respiração voltando ao normal com a fúria decrescendo para uma revolta persistente. Ele inclinou a cabeça quando ouviu uma sirene distante. O som agudo de uma ambulância intensificou-se na estrada deserta, passou em alta velocidade pelo esconderijo de Bozza, e suas luzes tingiram momentaneamente de azul árvores e arbustos.

Ele a viu se aproximar da entrada da casa de campo mais adiante, reduzindo a velocidade para entrar. Antes de a ambulância passar pelos portões, os faróis de um carro apareceram vindo em sentido oposto. Segundos depois um Renault muito castigado passou pela ambulância na pista estreita. Reduziu a velocidade quando a ambulância entrou na casa e então ganhou velocidade novamente, Bozza ouviu o ronco do motor se aproximando. Quando o automóvel passou, ele já se movia por entre as árvores na direção do Porsche escondido.

Alcançar o automóvel foi rápido e fácil. Dirigiu atrás do Renault esperando por uma bifurcação na estrada, e então apagou os faróis. Se o motorista do Renault estivesse prestando atenção, pensaria que o carro de trás seguira pelo outro caminho na bifurcação.

Agora ele dirigia mantendo toda a concentração na condução do invisível Porsche, mergulhado na escuridão, guiado apenas pelas lanternas traseiras do Renault na estrada sinuosa. Depois de alguns quilômetros, o carro da frente reduziu a velocidade e entrou em um pequeno hotel na área rural. Ele parou o Porsche no acostamento, desceu e entrou na propriedade a pé.

Quando entraram no hotel, Hope e a mulher americana não o viram, embora estivesse a apenas quinze metros de distância, cercado por sombras. Estava embaixo de algumas árvores, olhando para o prédio, quando viu luzes se acenderem. Janela do meio, primeiro andar.

O tempo passou. Por volta da meia-noite ele viu duas silhuetas na janela. Estavam dançando. *Dançando.* Pouco depois desapareceram, e a janela ficou escura.

Bozza esperou mais um pouco, calculando metodicamente o *layout* do hotel. Depois contornou o prédio até encontrar uma entrada de serviço, que não estava trancada. Ele entrou pela cozinha e percorreu os corredores silenciosos até encontrar a porta que queria. A faca extra presa ao cinto.

Bozza introduzia o arame na fechadura quando a faixa de luz amarela surgiu na fresta embaixo da porta da suíte lua de mel. Ele praguejou em pensamento, removeu o arame e recuou para a área escura do corredor. Hope era perigoso demais para ser confrontado sem o elemento surpresa. Teria que esperar mais um pouco por sua chance.

Mas ela apareceria, sim, ele teria sua chance.

45

Ben acordou assustado. Ouvia um som de passos e movimentos no quarto de cima. Vozes no corredor do lado de fora.

Olhou para o relógio e resmungou um palavrão. Eram quase 9 horas. Estava cercado por papéis com suas anotações e rabiscos da noite anterior. Lembrou-se então de sua descoberta, a assinatura cifrada de Fulcanelli. Queria dar a notícia a Roberta.

Foi até o quarto. A suntuosa cama de dossel estava vazia. Chamou por ela na porta do banheiro; ao não receber resposta, entrou. Ela também não estava lá. Para onde tinha ido?

Não gostava nada daquilo. Pegou a pistola e a escondeu na cintura. Depois deixou a suíte e desceu. No restaurante, o grupo de turistas britânicos tomava café, todos falando alto e ao mesmo tempo. Não havia nenhum sinal de Roberta. Ele foi ao saguão e o encontrou vazio. Por uma porta entreaberta, viu um grupo de funcionários reunido em círculo, sussurrando algo agitada e apressadamente.

Ele saiu. Talvez Roberta estivesse caminhando. Ela deveria tê-lo avisado. Por que não o acordara?

Ben passou pela porta e atravessou o estacionamento. O sol já era quente, e ele protegeu os olhos contra o reflexo no cascalho branco. Pessoas passavam por ali. Um carro cheio de novos hóspedes parou, e as pessoas começaram a tirar a bagagem do amplo porta-malas de um Renault Espace. Nenhum sinal de Roberta.

Quando se virou para voltar ao hotel, seus pensamentos foram interrompidos pelo barulho intenso e repentino de uma sirene. Ben virou-se. Duas viaturas de polícia atravessavam em alta velocidade a área na frente do hotel, levantando uma nuvem de poeira. As viaturas pararam uma de cada lado dele. Em cada uma havia, além do motorista, dois passageiros. As portas se abriram, dois policiais desceram de cada automóvel e vinham em sua direção. Olhando para ele.

Ben girou sobre os calcanhares e começou a se afastar.

– *Monsieur*? – Os quatro o seguiam. Um rádio chiou.

Ben andou ainda mais depressa, ignorando o chamado.

– *Monsieur*, um momento – o oficial chamou mais alto.

Ben parou, mas continuou de costas para ele, imóvel. Os policiais o alcançaram e o cercaram. Um deles tinha uma insígnia de sargento. Era sólido e encorpado, tinha ombros quadrados, peito largo, mais ou menos 55 anos. Parecia confiante, como alguém que sabe se defender. O mais jovem era um garoto de 20 e poucos anos. Tinha olhos nervosos e um brilho de suor na testa. Uma das mãos descansava sobre o cabo do revólver.

Ben sabia que, se fizessem um movimento contra ele, os quatro estariam desarmados e no chão antes que pudessem disparar o primeiro tiro. O sargento grandalhão seria o primeiro a quem atacaria. Depois o garoto nervoso, pois estava assustado o suficiente para atirar. O terceiro e o quarto policial não seriam problema. Mas os dois outros nas viaturas estavam fora de seu alcance, e teriam tempo para se armar. Esse era um grande problema. Ben não queria ser forçado a matar ninguém.

O sargento foi o primeiro a falar.

– Foi você que chamou a polícia? – ele perguntou.

– Oficial! Fui eu que chamei! – Um hóspede saía do hotel, um homenzinho gordo e de cabelos grisalhos.

– Desculpe, senhor – o sargento disse a Ben.

– O que está acontecendo? – Ben indagou.

O homem gordo uniu-se ao grupo. Estava agitado, ofegante.

– Eu liguei para a polícia – repetiu. – Vi uma mulher sendo raptada. – Ele revelou nervosamente todos os detalhes que sabia.

Ben ouvia o homem com pavor crescente.

– Foi bem ali – o gordinho estava contando. As palavras se sucediam num jorro aflito. – O homem era grande. Acho que estava armado... Ele a colocou em um carro... Um Porsche preto... Placa de fora, italiana, eu acho. A mulher resistia e se debatia. Era jovem, tinha cabelos avermelhados...

– Viu em que direção foi o carro? – perguntou o sargento.

– Virou à esquerda na estrada... Não, direita... Não, foi para a esquerda, tenho certeza.

– Há quanto tempo tudo isso aconteceu?

O gordinho suspirou e olhou para o relógio.

– Há vinte minutos, vinte e cinco, talvez.

O sargento falou pelo rádio. Três policiais ficaram no local para tomar o depoimento das testemunhas e conversar com os funcionários. O quarto oficial voltou à viatura, que retornou à estrada.

– Eu a vi chegar ontem à noite com o marido – dizia o gordinho. – Espere um minuto... Agora eu me lembro, era o homem que estava aqui agora há pouco.

– O louro?

– Sim, era ele... Tenho certeza disso.

– Para onde ele foi?

– Desapareceu há alguns instantes.

– Alguém viu para onde ele foi?

Um grito soou na frente do hotel.

– Sargento! – Era o policial mais jovem, que sacudia uma folha de papel.

O sargento a arrancou da mão do subordinado e arregalou os olhos. A fotografia devia ter uns dez anos, um homem de cabelos muito curtos e aparência militar. Mas foi a legenda da imagem que chamou sua atenção.

RECHERCHÉ
ARMÉ ET DANGEREUX

46

Dezesseis minutos depois, unidades de ação tática da polícia chegavam em massa ao Hotel Royal. Dividindo-se em grupos, oficiais em uniformes pretos das tropas paramilitares e armados com submetralhadores, pistolas de tiro curto e bombas de gás lacrimogêneo cercavam o edifício. Hóspedes apavorados e funcionários perplexos foram reunidos e levados para longe, a uma distância segura, embora ainda no terreno. A notícia se espalhou, e logo todos ficaram sabendo sobre o perigoso e armado criminoso que a polícia estava procurando. Seria um terrorista? Um psicopata? Todo mundo tinha a própria versão para a história.

Pegadas do homem logo foram encontradas na parte de trás do hotel. Nos fundos do estacionamento de funcionários havia um gramado que se estendia até as fazendas vizinhas. Um policial de olhar mais atento encontrou a trilha onde a grama alta estava amassada. Alguém correra por ali recentemente. Os cães da polícia farejaram imediatamente o rastro. Latindo furiosamente e puxando a coleira, eles conduziram os oficiais pelos campos, enquanto outros policiais armados os seguiam de perto. A trilha cortava o campo e penetrava em um bosque. O fugitivo não podia ter ido muito longe.

Mas os rastros não levavam a lugar nenhum. Na verdade, as pegadas terminavam na entrada da floresta. Os oficiais olharam para cima, para as árvores, mas não havia nem sinal dele. Era como se tivesse evaporado.

Foram necessários alguns minutos para os policiais perceberem que o homem que eles perseguiam os enganara. Caminhando sobre os próprios passos, ele deixara uma pista falsa.

Farejando o caminho, os pastores-alemães voltaram ao hotel. O cheiro os atraiu até uma porta de serviço, uma entrada da cozinha. Os policiais sacaram suas armas. Outros se juntaram a eles, também armados.

De repente os cachorros pararam desorientados, espirrando, batendo com a pata no focinho. Alguém espalhara pelo chão uma dose generosa de pimenta-do-reino.

A um sinal, o esquadrão tático, de uniforme preto, entrou no hotel e vasculhou todos os aposentos. Trocando gestos, dando cobertura uns aos outros, eles se moviam com agilidade do corredor para a escada, de um andar ao outro, revistando quarto por quarto, verificando todos os cantos possíveis em busca do fugitivo.

Encontraram um homem na suíte lua de mel, mas não era quem esperavam encontrar. Só de cueca, o francês de 52 anos de idade estava preso à cama com as próprias algemas. Tinha o rosto vermelho e os olhos quase saltaram das órbitas quando a polícia invadiu o quarto, apontando as armas para ele. Tinha enfiada na boca uma toalha do hotel. O homem era o sargento Emile Dupont.

O uniforme da polícia tática estava meio grande para Ben, e a calça ficava um pouco curta. Mas ninguém percebeu quando ele saiu do hotel caminhando confiante, gritando ordens firmes para alguns oficiais de patentes inferiores. Ninguém notou a bolsa verde que ele carregava.

E ninguém percebeu quando ele atravessou o mar de hóspedes barulhentos, que falavam todos ao mesmo tempo, entrou em uma viatura estacionada na frente do prédio e se afastou dirigindo sem fazer alarde.

A testemunha havia dito que o Porsche preto virara à esquerda na estrada, mas estava hesitante. Ben virou à direita. Uma vez longe do hotel, pisou fundo no acelerador e olhou pelo retrovisor, certificando-se de que ninguém o seguia. Mensagens chegavam pelo rádio. Não poderia ficar com a viatura da polícia por muito tempo.

Ela só havia descido para dar uma olhada na loja de roupas no saguão do hotel. Ben dormia cercado por papéis e anotações no sofá da antessala. Não queria incomodá-lo. Voltaria em alguns minutos, só precisava de roupas limpas para vestir.

A butique só abriria às 8h45. Ela examinou as opções na vitrine, escolheu uma calça jeans preta e uma blusa. Ainda tinha alguns minutos. O ar era fresco. Roberta foi dar uma volta pela frente do edifício, admirou algumas plantas, tentou não pensar no dia anterior.

Não havia percebido o homem atrás dela. A aproximação foi silenciosa e rápida. Quando se deu conta, a mão coberta por uma luva preta já apertava sua boca, e a ponta fria de uma faca pressionava-lhe a garganta.

– Comece a andar, vadia – disse uma voz rouca em seu ouvido. O sotaque era estrangeiro, forte.

Do outro lado do estacionamento, meio escondido atrás de um largo arbusto ornamental, estava o Porsche preto com as portas abertas. O homem era grande e poderoso. Ela não conseguia se livrar dele agarrando-a pelo braço e não podia gritar com aquela mão cobrindo sua boca. Ele a jogou dentro do carro e acertou seu rosto com um soco. Um soco forte. Roberta sentiu gosto de sangue antes de desmaiar.

Não havia como saber qual trecho da estrada tinham percorrido quando ela recobrou os sentidos. A mente recuperou o foco rapidamente, resultado da adrenalina que a inundava. Ao lado dela, no interior apertado do automóvel, o rosto do sequestrador era uma máscara de granito. Ele segurava a faca contra seu ventre, dirigindo com uma das mãos. O Porsche percorria em alta velocidade a estrada rural, o velocímetro marcava 150 km/h em um corredor formado por árvores.

Seria loucura fazer qualquer coisa. "Nós dois morreríamos. Ou ele enfiaria a faca em mim."

Mas ela agiu mesmo assim.

O automóvel percorria uma sequência de curvas acentuadas, e a velocidade caiu para 85 km/h. Quando Bozza se distraiu, ela o agrediu com um soco violento, aplicando toda força que tinha, e o acertou na orelha. A faca caiu no chão. Ele urrou. O Porsche derrapou. Roberta pulou no assento e agarrou o volante, puxando-o em sua direção. O automóvel virou para a direita, derrapou em um barranco de pedregulhos e bateu de lado contra uma árvore. Roberta foi arremessada contra a porta do lado do passageiro, e a força do impacto jogou o sequestrador em cima dela. O corpo pesado a deixou momentaneamente sem ar.

O Porsche estava imóvel em meio a uma nuvem de poeira. Lá dentro, o peso do corpo do homem quase a esmagava. Ele pegou a faca e apertou a lâmina contra seu pescoço. Podia imaginar como, com uma pequena pressão, o fio cuidadosamente afiado romperia camadas de pele e começaria sua lenta e deliberada jornada cortando a carne cada vez mais fundo, fazendo o sangue jorrar. Inicialmente escorreria devagar. Depois em jorros pulsantes enquanto ele segurasse o corpo se debatendo.

Mas, em meio ao vermelho da luxúria, Bozza se lembrou da conversa que tivera por telefone com o bispo na noite anterior.

"O inglês está com o manuscrito" havia dito a Usberti, sem revelar como o deixara escapar por entre os dedos.

"Eu quero que os mantenha vivos, Franco" a voz de Usberti havia ordenado. "Se não conseguir recuperar o manuscrito, teremos que pensar em um jeito de forçar Hope a entregá-lo."

Bozza amava o trabalho que fazia para a *Gladius Domini*, mas política e intrigas não despertavam seu interesse. Ele olhou furioso para Roberta, que ainda se debatia, e a empurrou contra o assento do carro. Ela cuspiu em seu rosto. Era frustrante não poder se entregar ao prazer de matá-la. Bozza soltou a faca, deu outro soco no rosto dela e voltou ao comando do carro.

A viatura roubada deixara um rastro de poeira na estrada que Ben percorria em alta velocidade. Começava a se perguntar se deveria ter ido para o outro lado, quando chegou à sequência de curvas acentuadas e viu as marcas de pneus no chão se estendendo para a direita da pista, até um barranco de pedregulhos. No alto do barranco, uma árvore havia sido danificada, pedaços da casca foram arrancados do tronco e um galho pendia solto como um braço quebrado.

Ele parou o carro e se abaixou no acostamento da estrada. No chão e na casca da árvore ele notou restos de tinta preta.

Alguma coisa escura e brilhante no acostamento chamou sua atenção. Ele tocou a substância com o dedo. Era uma gota de óleo de motor. E ainda estava morno. A julgar pela largura das marcas, os pneus eram largos e esportivos. Um carro preto de alto desempenho correndo para algum lugar. Só podia ser o Porsche.

Ele encontrou mais óleo alguns passos adiante, manchas regulares e pingos se afastando na direção que o carro havia tomado. O motorista devia ter batido em uma pedra e danificado o cárter. O que provocara a batida? Qual a extensão do dano? Havia uma chance de encontrar o automóvel quebrado mais adiante na estrada, se o vazamento de óleo persistisse. Porém, apesar da potência e da velocidade da viatura da polícia, ela chamava muita atenção, o que o transformava em alvo fácil.

Ben seguiu o rastro de óleo por mais alguns quilômetros, atento às mensagens transmitidas pelo rádio da polícia. Como esperava, não demorou muito para perceberem que o carro havia desaparecido e darem o alerta. Teria que trocar de veículo, e por isso perderia a chance de alcançar o Porsche danificado.

Na periferia de um pacato vilarejo rural havia um posto de combustível com uma única bomba e uma placa que balançava ao vento. Além dela, havia uma trilha de terra que entrava pelo campo. Ben seguiu por ali e, suspirando com grande frustração, continuou dirigindo por cerca de meio quilômetro até a via terminar em um campo cheio de pedras e arbustos espinhosos. Lá ele despiu o uniforme de policial e vestiu novamente as próprias roupas, limpou tudo que havia tocado dentro do carro e jogou as chaves em uma vala, correndo de volta ao posto de combustível.

O funcionário do posto levantou a cabeça quando o homem alto e louro passou pela abertura da proteção de metal e entrou na oficina.

Ele coçou o queixo com os dedos ásperos e sujos de graxa, afastou-se da van que estava consertando e acendeu um cigarro. Sim, vira o Porsche preto passar por ali. Havia sido menos de uma hora atrás. Belo carro, apesar do amassado. Aparentemente, o carro havia se envolvido em um acidente, porque o arco da roda traseira estava bem danificado. O barulho sugeria que a roda estava raspando em algum lugar.

– Sim, placa italiana? O bastardo maluco bateu no meu carro – Ben improvisou. – Jogou meu automóvel para fora da estrada há alguns quilômetros. Tive que andar até aqui.

– Precisa de um guincho? – O mecânico apontou o caminhão guincho enferrujado em um canto do pátio lá fora.

Ben balançou a cabeça.

– Meu seguro cobra uma taxa reduzida. Vou ligar para eles. Obrigado mesmo assim.

Enquanto conversavam, ele olhava em volta. Havia um pequeno showroom ao lado da oficina, e lá era possível comprar carros e caminhonetes usados. Ben viu algo que chamou sua atenção.

– Porém, você tem algo que me interessa. *Aquilo* está à venda?

Não subia em uma motocicleta havia mais de dez anos. A última que montara era uma velha moto do exército que vibrava como uma ferramenta pneumática e vazava óleo e gasolina. A brilhante Triumph Daytona 900 triple que pilotava agora era outro tipo de máquina, brutalmente poderosa e mais rápida que a maioria das coisas que se locomoviam sobre quatro rodas. Ele seguia pela estrada atento às marcas de óleo no chão. Se tivesse sorte, aqueles pequenos círculos escuros seriam como migalhas de pão que o levariam até o Porsche.

Alguns quilômetros adiante pela estrada, ele foi tomado pelo desânimo ao constatar que o rastro desaparecia repentinamente. Continuou em frente por mais um ou dois quilômetros, olhando cuidadosamente para o chão e reduzindo a velocidade da Triumph. Nada. Ele resmungou um palavrão. Ou o vazamento havia cessado de maneira mágica, ou o motorista fora rebocado para algum lugar.

Serviço de guincho com um refém dentro do automóvel? Era pouco provável. Ele devia ter acionado seu contato local e pedido ajuda. O cúmplice rebocara seu carro, e agora ele havia desaparecido.

Ben parou a moto e continuou montado, olhando para a estrada deserta.

Ele a perdera.

47

Entre as árvores nos limites de Saint-Jean ele apoiou a grande Triumph sobre o cavalete e pendurou o capacete sobre o guidão. As ruas do vilarejo eram quietas e desertas como sempre. Ele encontrou o padre Pascal em casa.

– Benedict, fiquei muito preocupado com você. – Pascal o segurou pelos ombros. – Mas... onde está Roberta?

Ben explicou a situação, e a expressão do padre foi ficando mais e mais desanimada. Ele caiu sentado sobre um banco. De repente aparentava cada um de seus 70 anos.

– Não posso me demorar muito aqui – Ben continuou. – A polícia não vai perder tempo, logo saberão que o Renault no hotel era seu. E virão aqui fazer perguntas sobre mim.

Pascal levantou-se. Havia um brilho determinado em seus olhos, uma luz que Ben não vira antes. O religioso segurou seu braço.

– Venha comigo. Há um lugar melhor onde podemos conversar.

Dentro da igreja, Ben ajoelhou-se no confessionário. O rosto de Pascal era parcialmente visível pela treliça que os separava.

– Não se preocupe com a polícia, Benedict – Pascal falou. – Não direi nada a eles. Mas o que vai fazer? Tenho muito medo por Roberta.

Ben parecia sombrio.

– Não sei o que é pior – ele disse. Não podia deixar uma criança doente esperando. Cada minuto de espera era tempo perdido para ela. Podia ir embora, terminar sua missão, mas isso seria assinar a sentença de morte de Roberta. Podia ir atrás dela, mas, se ela já estivesse morta ou se não conseguisse encontrá-la, arriscaria a vida da criança por nada. Um suspiro escapou de seu peito. – Não posso salvar as duas.

Pascal ficou sentado por um ou dois minutos, pensativo e em silêncio.

– A escolha que você vai ter que fazer é difícil, Ben. Mas é preciso escolher. E quando a decisão for tomada, você não deve se arrepender dela. Já existe muito arrependimento e pesar em sua vida. Mesmo que sua escolha cause sofrimento, não olhe para trás. Deus saberá que seu coração é puro.

– Padre, sabe o que é *Gladius Domini*? – Ben perguntou.

Pascal reagiu como se estivesse espantado.

– Em latim significa "espada de Deus". Uma expressão curiosa. Por que está me perguntando isso?

– Nunca ouviu falar em um grupo ou organização com esse nome?

– Nunca.

– Deve se lembrar de que me falou sobre um bispo...

– Shhh – Pascal o interrompeu com olhar aflito. – Tem alguém aqui – sussurrou.

O sacerdote percorreu o corredor central e foi receber na porta os dois policiais.

– Padre Pascal Cambriel?

– Sim.

– Sou o inspetor Luc Simon.

– Vamos conversar lá fora – Pascal sugeriu, levando-o para fora da igreja e fechando a porta ao sair.

Simon estava cansado. Acabara de voar desde Le Puy no helicóptero da polícia. A trilha havia esfriado, mas sabia que Ben Hope ressurgiria em algum lugar em breve. E acertara. Só não entendia por que o rastro de Ben Hope o levava àquele vilarejo pequenino e poeirento no meio do nada. Sua cabeça doía e ele sentia falta do café.

– Creio que perdeu um carro – ele disse a Pascal. – Um Renault 14?

– Perdi? – Pascal parecia surpreso. – Como assim, perdi? Não uso o carro há semanas, mas, até onde sei, ele ainda está...

– Seu carro foi encontrado no Hotel Royal perto de Montségur.

– O que ele estava fazendo lá? – Pascal perguntou incrédulo.

– Eu esperava que pudesse me dar essa resposta – Simon explicou em tom desconfiado. – Padre, seu carro está envolvido na caçada de um criminoso de alta periculosidade.

Pascal balançou a cabeça com expressão confusa.

– Isso tudo é muito chocante.

– Com quem estava falando lá dentro? – Simon perguntou, apontando para a igreja. Ele começou a abrir a pesada porta em arco.

Pascal o impediu de entrar. De repente o sacerdote parecia ter o dobro de seu tamanho normal. Seus olhos eram duros.

– Eu ouvia a confissão de um paroquiano – ele respondeu. – E uma confissão é sagrada. Meus paroquianos não são criminosos. Não vou permitir que profane a casa de Deus.

– Não me interessa *de quem* é a casa – Simon disparou.

– Então, vai ter que usar a força contra mim – Pascal avisou. – Não vou permitir sua entrada, a menos que volte com um mandado.

Simon o encarou por alguns segundos.

– Voltaremos a nos ver – ele prometeu. Depois se virou e foi embora.

Simon estava furioso quando voltou ao carro.

– Aquele velho bastardo sabe alguma coisa – ele disse ao motorista. – Vamos embora.

Estavam passando pela praça do vilarejo, quando ele ordenou ao motorista que parasse. Simon desceu do automóvel e caminhou determinado para o bar.

Lá ele pediu um café. No fundo do salão, os três homens que jogavam cartas se viraram para estudá-lo. Simon deixou sua credencial de oficial sobre o balcão. O garçom olhou para o documento sem demonstrar nenhuma emoção.

– Alguém aqui viu estranhos no vilarejo recentemente? – Simon perguntou a todos os presentes. – Estou procurando um homem e uma mulher, forasteiros.

A polícia voltou mais depressa do que Pascal esperava. Menos de cinco minutos depois, Simon caminhava pelo corredor central, seus passos rápidos ecoando na igreja vazia.

– Esqueceu alguma coisa, inspetor?

Simon sorriu com frieza.

– Você mente muito bem – ele respondeu –, para um padre. Agora, vai me dizer a verdade, ou prefere ser preso por obstrução da justiça? Estou investigando um assassinato.

– Eu...

– Não tente me enrolar. Sei que Ben Hope esteve aqui. Ele estava hospedado na sua casa. Por que o está protegendo?

Pascal suspirou. Ele se sentou em um banco, descansando a perna enferma.

– Se for comprovado que está acobertando um criminoso – Simon continuou –, vai se meter em uma encrenca tão grande que nunca mais conseguirá sair dela. Onde está Hope, e para onde ele levou a dra. Ryder? Sei que você sabe, por isso é melhor começar a falar. – Ele sacou o revólver e abriu a porta do confessionário.

– Ele não está aqui – Pascal falou, olhando furioso para a arma do policial. – Peço que guarde seu revólver, oficial. Lembre-se de onde está.

– Na presença de um mentiroso, provavelmente cúmplice de um crime – Simon respondeu. – Sei onde estou. – Ele bateu a porta do confessionário com um estrondo que ecoou pela igreja. – Sugiro que comece a falar.

Pascal o encarou determinado.

– Não vou dizer nada. O que Benedict Hope falou em confissão ficará entre mim, ele e Deus.

Simon bufou.

– Veremos o que o juiz decide sobre isso.

– Pode me prender, se quiser. Estive em prisões piores na guerra da Argélia. Não vou falar. Só direi uma coisa: o homem que está perseguindo é inocente. Ele não é um criminoso. Esse homem só pratica o bem. Poucos homens que conheci são tão heroicos e virtuosos.

Simon riu alto.

– Ah, francamente... É mesmo? Então, padre, talvez queira me contar mais sobre esse santo e suas obras de caridade.

48

A Daytona o levou rapidamente para longe de Saint-Jean, percorrendo velozmente a paisagem rústica. Ben ia abaixado sobre o tanque, sentindo o vento zunir em torno do capacete e a estrada passar sob seus pés. Seu rosto era duro, e ele pensava em seu próximo movimento. Sabia que só havia uma coisa a fazer: encontrar Roberta. Mas ela poderia estar em qualquer lugar. Poderia estar morta, inclusive.

Reduziu a velocidade ao se aproximar de uma curva perigosa. De um lado havia uma parede rochosa, do outro, um precipício que despencava até a floresta lá embaixo. A motocicleta se inclinou na curva, o joelho de Ben quase tocando a pista. No final da curva, ele flexionou o pulso para aumentar a aceleração, e o motor poderoso roncou entre seus joelhos.

Um raio de luz se refletiu sobre o metal ao longe. Ele praguejou dentro do capacete. Trezentos metros à frente, no final de uma longa reta, veículos estavam sendo parados em um bloqueio. Toda a polícia de Languedoc devia ter sido mobilizada. Assassinato na casa de campo Manzini, sequestro e fuga. Todos os policiais da região deviam ter fotos dele.

Ben reduziu a velocidade. Eram quatro viaturas de polícia. Os oficiais envolvidos na operação mantinham as armas no coldre, mas não hesitariam em sacá-las. Eles haviam parado um Volvo. O motorista estava fora do carro, e eles examinavam seus documentos. Ben não tinha documentos e, assim que o mandassem tirar o capacete, seria pego.

Ser pego nem era o maior problema. O que o preocupava era o tipo de confusão que causaria, se tivesse que resistir à prisão, e sabia que isso seria inevitável. Não queria machucá-los, e não podia se dar o luxo de ter todo o contingente policial da região revirando o sul da França para encontrá-lo, quando precisava de cada minuto para encontrar Roberta e concluir o que havia começado.

Ele freou, e a motocicleta parou na estrada cem metros antes do bloqueio. Ben ficou sentado sobre a moto, mantendo a aceleração por um momento. Se furasse o bloqueio, os policiais poderiam atirar. Era perigoso demais. Ele virou o guidão e fez uma curva em U com a Triumph. Depois acelerou o máximo possível e sentiu a roda de trás girar e tremer com o poder brutal do motor.

Em alta velocidade, com a estrada vindo em sua direção tão depressa quanto podia se atrever, considerando sua capacidade de ação e reação, ele olhou pelo espelho lateral e viu que estava sendo seguido. Luzes azuis, faróis e sirenes confirmaram a suspeita. Ben acelerou ainda mais, aumentando a velocidade da Triumph. A curva com o precipício de um lado e a montanha do outro se aproximava ameaçadora, e a paisagem árida passava como um raio. Ben começou uma descida vertiginosa para um vale dominado pela floresta. O carro da polícia, ainda no campo de visão do espelho, encolhia rapidamente, transformando-se em um ponto distante.

Agora estava subindo, ainda entre árvores frondosas e vegetação abundante. Quando ultrapassou a floresta e a estrada continuou subindo, e estendendo para o próximo trecho de vegetação fechada, a viatura da polícia havia desaparecido.

Ele saiu da estrada no entroncamento seguinte, sabendo que mais carros já o procuravam. Continuou percorrendo as trilhas sinuosas e subindo, subindo sempre, até que todo o vale do rio Aude se descortinou a seus pés como um modelo em miniatura. A estrada cheia de curvas agora era uma trilha de terra. Ele parou a motocicleta à beira de um precipício e a apoiou sobre o cavalete, depois tirou o capacete e deu alguns passos, caminhando com certa rigidez depois do tempo que passara montado na moto.

Aqui e ali, ao longe, era possível ver as ruínas de velhas fortalezas e antigos castelos, agrupamentos de pedras cinzentas contrastando com a floresta e o céu. Ben caminhava perto da beirada do precipício, e se aproximou tanto que os dedos dos pés ultrapassaram a linha entre o solo e o vazio. A distância até o fundo era vertiginosa, uma queda de milhares de metros.

O que iria fazer?

Ele ficou ali pelo que parecia uma eternidade, com o ar gelado da montanha assobiando à sua volta. A escuridão o cercava. Ele pegou a garrafinha. Ainda havia metade do conteúdo. Fechando os olhos, Ben a levou aos lábios.

E parou. Seu celular estava tocando.

– *Benedict Hope*? – disse a voz metálica em seu ouvido.

– Quem é?

– *Temos Ryder conosco.* – A voz esperou por uma resposta, mas não houve nenhuma. O homem continuou: – *Se quer vê-la novamente, e viva, ouça com atenção e siga minhas instruções.*

– O que você quer?

– *Queremos você, Ben Hope. Você e o manuscrito.*

– E por que acha que o tenho comigo?

– *Sabemos o que pegou na casa da tal Manzini* – a voz prosseguiu. – *Vai nos entregar o manuscrito pessoalmente. Encontre-nos hoje à noite no Place du Peyrou em Montpellier. Ao lado da estátua de Louis XIV, às 11 horas. E você deve ir sozinho. Estaremos observando. Se virmos um policial, vai receber Ryder aos pedaços, um de cada vez.*

– Quero uma prova de que ela está viva – Ben exigiu.

Atento, percebeu que o fone era passado para alguém. De repente a voz de Roberta soou em seu ouvido, ela estava assustada.

– *... você, Ben? Eu...*

A voz foi bruscamente interrompida. O telefone foi arrancado da mão dela.

Ben pensava depressa. Ela estava viva, e os sequestradores não a matariam enquanto não tivessem o que queriam. Isso significava que podia ganhar tempo.

– Preciso de 48 horas – disse.

Houve uma longa pausa.

– *Por quê?* – quis saber a voz.

– Porque não tenho mais o manuscrito – Ben mentiu. – Está escondido no hotel.

– *Volte lá para pegá-lo* – exigiu a voz. – *Você tem 24 horas, ou a mulher morre.*

Vinte e quatro horas. Ben refletiu por um momento. Mesmo que criasse um plano eficiente para tirá-la de lá, precisaria de mais tempo para colocá-lo em prática. Já tinha negociado com sequestradores muitas vezes, sabia como eles pensavam. Às vezes eram inflexíveis em suas exigências, e executavam a vítima num piscar de olhos. Mas isso acontecia, geralmente, quando eles sabiam que não tinham muito a ganhar, quando a negociação estava fracassando, ou quando tudo indicava que ninguém iria pagar o resgate. Se esses homens queriam mesmo o manuscrito e acreditavam que ele o entregaria, podia jogar essa cartada e obter com ela a maior vantagem possível. Já conseguira fazer o sujeito ceder mais tempo. Podia pressioná-lo um pouco mais.

– Espere aí – Ben disse em tom calmo. – Sejamos razoáveis. Temos um problema. Graças ao seu pessoal, o hotel está cheio de gente da polícia neste momento. Tenho certeza de que consigo recuperar o manuscrito, mas vou precisar de mais tempo.

Mais uma longa pausa, depois uma conversa abafada e rápida ao fundo. A voz do homem retornou.

– *Você tem 36 horas. Até as 23 horas de amanhã.*

– Estarei lá.

– *É melhor que esteja, sr. Hope.*

49

Sede da Polícia, Montpellier

A máquina engoliu as moedas de Luc Simon e devolveu um jato de líquido marrom e ralo despejado em um copo plástico. O copo era tão fino que era quase impossível segurá-lo sem deformar a borda, quase derramando o líquido quente. Luc bebeu um gole do café, enquanto caminhava pelo corredor de volta ao escritório de Cellier, e fez uma careta.

Na parede do corredor havia mais um daqueles cartazes de Pessoa Desaparecida que via em toda parte. Era o adolescente que estava desaparecido havia alguns dias. Tinha visto um cartaz como aquele até no bar do vilarejo onde morava o velho padre.

Ele olhou para o relógio. Cellier estava atrasado. Mais de dez minutos. Precisava discutir com ele as anotações que fizera sobre o caso Ben Hope, mostrar as novas informações que obtivera com a Interpol. Por que todo mundo era tão *lento*? Andando de um lado para o outro, ele continuava olhando para a fotografia do adolescente no cartaz.

Simon bebeu mais um gole de café e decidiu que aquilo era simplesmente intragável. Enfiou a cabeça na fresta da porta de vidro do escritório de Cellier. A secretária levantou o rosto, interrompendo o trabalho de digitação.

– Onde se pode conseguir uma xícara de café decente por aqui? – ele perguntou. – Alguém abasteceu a máquina do corredor com diarreia.

A secretária fez uma careta.

– Há um lugar bem razoável do outro lado da rua, senhor. Sempre vou lá.

– Obrigado. Quando seu chefe chegar, se é que vai aparecer, diga a ele que volto em alguns minutos, está bem? Ah, onde posso jogar fora esta merda?

– Pode me dar, senhor – ela sugeriu rindo, e ele se inclinou sobre a mesa para entregar o copo.

Havia um arquivo aberto em cima da mesa, uma pasta com uma foto de Marc Dubois, o garoto desaparecido. Sobre a pasta, uma embalagem de plástico transparente continha alguns itens.

– Tudo bem, volto daqui a pouco. O café... Fica para que lado? – ele perguntou, apontando para a direita e para a esquerda da janela que se abria para a rua.

– Para lá.

Simon já ia saindo quando parou de repente. Voltou para perto da mesa e olhou novamente para a pasta.

– De onde veio isso? – perguntou.

– O quê, senhor?

– Isto na embalagem plástica. – Ele apontou para o plástico e mostrou o objeto que chamara sua atenção. – Onde encontrou isto?

– São os objetos relacionados ao caso do desaparecimento – ela respondeu. – Só uma caderneta e mais duas ou três coisas que pertencem ao garoto.

– E aquilo ali? – ele apontou.

A mulher franziu o cenho.

– Acho que foi encontrado no quarto do menino. Mas creio que ninguém considera muito importante. Estou agora mesmo digitando as anotações sobre o caso. Por que o interesse?

Com pressa demais para percorrer a pé os três quarteirões até o café e voltar, ele entrou no carro alugado que providenciara e foi dirigindo até lá. Três minutos mais tarde, saiu do café com um brioche e um copo cujo conteúdo cheirava e parecia muito mais com café de verdade. Luc entrou no carro e ficou lá bebendo o café. Ah, sim, muito melhor. A cafeína o ajudava a organizar os pensamentos.

Estava tão perdido em suas reflexões que não notou um homem se aproximando, até que Ben Hope abriu a porta do carro, entrou, sentou-se a seu lado e apontou uma pistola para sua cabeça.

– Eu fico com o 38 – Ben avisou. – Cuidado.

Simon hesitou por um momento, mas suspirou e tirou lentamente a arma do coldre, mantendo os dedos longe do gatilho. Entregou a Ben o revólver, com o cano apontado para baixo.

– Você é ousado.

– Vamos dar uma volta.

Eles saíram da cidade em silêncio, seguindo para o noroeste, para Bois de Valène e pelas estradas que cortavam a floresta ao longo do rio Mosson. Depois de alguns poucos quilômetros, Ben apontou uma clareira entre as árvores e disse:

– Pare ali.

O policial seguiu pela trilha de terra até a clareira, onde parou o carro. Ben o tirou do carro sob a mira do revólver e o levou além das árvores, para a margem do rio, onde rochas eram banhadas pela água cristalina.

– Vai atirar em mim? – Simon perguntou. – *Major Hope*?

– Esteve investigando minha vida – Ben sorriu. – Então sabe que eu não faria isso. Você e eu vamos conversar neste lugar tão lindo.

Simon analisava se Ben se aproximaria o suficiente para ter uma chance de tentar desarmá-lo. Era pouco provável.

Eles caminharam ao longo do rio. Ben parou e apontou com a arma, indicando que ele devia se sentar sobre uma pedra plana. Depois, ele se sentou a dois metros do detetive.

– Sobre o que quer conversar? – Simon perguntou.

– Para começar, podemos falar sobre como vai chamar seus cães e tirá-los do meu calcanhar.

Simon riu.

– E por que eu deveria fazer tal coisa?

– Porque não sou o assassino que está procurando.

– Não? Parece que em todos os lugares por onde você passa acaba surgindo um cadáver – respondeu Simon. – E sequestrar um policial ameaçando-o com uma arma não é o comportamento de um homem inocente. Percebe que isso aponta ainda mais para sua culpa?

– Sim, eu sei. Mas tenho uma missão a cumprir, e não posso trabalhar se o seu pessoal estiver me seguindo.

– Isso é o que fazemos, Hope. Onde está Roberta Ryder?

– Você já sabe disso. Ela foi raptada.

– Já perdi as contas de quantas vezes ela foi raptada – respondeu Simon.

– Essa é a primeira vez. Ela e eu estamos trabalhando juntos.

– Em quê?

– Desculpe, não posso dizer.

– Imagino que tenha me trazido até aqui para dizer *alguma coisa*?

– Sim. A expressão *Gladius Domini* tem algum significado para você?

Simon fez uma pausa.

– Sim, na verdade, tem. Uma de suas vítimas tinha uma tatuagem com essas palavras.

– Ele não foi minha vítima. Esse homem foi morto por alguém que fazia parte de seu próprio grupo. Ele morreu com uma bala que devia ter atingido Roberta, ou a mim.

– Em que diabo está metido, Hope?

– Acho que essas pessoas são membros de um culto fundamentalista cristão. Talvez seja um pouco mais que um culto. Eles são bem organizados, contam com um bom financiamento e não estão brincando. E eles pegaram Roberta.

– Por quê? O que podem querer com ela?

– Estão tentando matá-la, e me matar, há uma semana. Não sei por quê. Mas posso resgatá-la.

– Esse é um assunto de polícia – Simon protestou.

– Não, esse é meu território. Sei o que acontece quando a polícia se envolve em casos de sequestro. Vi essa história várias vezes. A vítima normalmente acaba em um saco plástico. Você precisa se afastar e me deixar cuidar disso. Posso compensá-lo oferecendo algo em troca.

– Não está em condições de negociar comigo.

Ben sorriu.

– Sou eu quem segura a arma.

– O que o faz pensar que vai escapar de mim, major Hope?

– E o que o faz pensar que vai se livrar de mim, *inspetor* Simon? – Ben devolveu. – Eu poderia ter matado você. E posso encontrá-lo quando quiser.

– Ah. Assassinato. É para isso que você é treinado, não é?

– Não estou ameaçando ninguém. Quero apenas que você me ajude, e em troca eu também posso ajudá-lo.

Simon levantou as sobrancelhas.

– O que tem a me oferecer?

– Posso lhe dar o nome dos assassinos de seus policiais. As pessoas que mataram Michel Zardi e que também tentaram matar Roberta Ryder, enquanto você pensava que ela era apenas uma maluca.

Simon olhou para o chão, incomodado com a lembrança.

– Isso é só o começo – Ben continuou. – Acho que vai se surpreender com o que pode encontrar seguindo essas pistas.

– Tudo bem, o que você quer?

– Preciso que você faça uma coisa. – Ben jogou para ele um cartão com o número de telefone que havia conseguido com o careca embaixo da ponte do rio Sena.

– O que é isso? – Simon perguntou, lendo o cartão com expressão confusa.

– Apenas escute. Mande seus homens mais eficientes a Paris atrás desse homem. O nome dele é "Saul". Seu homem deve fingir que é Michel Zardi.

– Mas Zardi está morto.

Ben assentiu.

– Sim, mas Saul acredita que ele está vivo. E provavelmente pensa que ele está trabalhando comigo agora. Não se preocupe com os detalhes. Diga a Saul que Ben Hope voltou a Paris, e que você o atraiu para uma armadilha e o tem em seu poder. Diga que ele pode ter Hope por um preço. Peça um preço alto. Marque um encontro.

Simon mordeu o lábio, tentando encaixar as peças em sua cabeça.

– Diga a seus homens para capturarem Saul – Ben continuou. – E o pressione. Diga a ele que a polícia sabe de tudo sobre a *Gladius Domini*, que o homem careca o delatou antes de morrer, e que é melhor ele contar tudo.

– Não estou entendendo nada – Simon resmungou carrancudo.

– Vai entender se fizer o que estou dizendo. Mas você tem que ser rápido.

Simon ficou quieto por alguns minutos, pensando no que acabara de ouvir. Ben relaxou um pouco a mão que empunhava a arma, deixando-a repousar sobre as pernas. Depois pegou uma pedrinha e a jogou no rio.

– Então, conte mais sobre você e Roberta Ryder – pediu Simon. – Estão juntos?

– Ah... não – Ben respondeu depois de uma pausa.

– Homens como nós não são bons para as mulheres – Simon comentou pensativo, imitando Ben e jogando uma pedra no rio.

Eles a viram descrever um arco no ar e cair na água, criando ondas que se espalharam em círculos.

– Somos lobos solitários. Queremos amar as mulheres, mas só conseguimos magoá-las. E elas vão embora...

– Está falando isso por experiência própria?

Simon o encarou e sorriu com tristeza.

– Ela disse que viver comigo era como morrer. Disse que só consigo pensar e falar em morte. É o meu trabalho, a única coisa que conheço.

– E você é competente – Ben comentou.

– Sim, eu sou – Simon concordou. – Mas não o bastante. Como disse há pouco, é você quem segura a arma.

Ben jogou o 38 de volta para Simon.

– Prova de boa-fé.

Simon parecia surpreso, mas guardou a arma sem dizer nada. Ben ofereceu a ele um cigarro, e eles ficaram fumando em silêncio, olhando para o rio e ouvindo os pássaros. Simon olhou para Ben.

– Tudo bem. Acho que vou aceitar sua proposta. Mas tem mais uma coisa que quero que faça.

– O quê?

– Quero sua ajuda para encontrar um adolescente desaparecido. É isso que faz, não é?

– Você me investigou mesmo.

– Seu amigo padre me contou. No início não acreditei nele, por isso chequei as informações com a Interpol. Por acaso, sabe alguma coisa sobre o caso Julián Sanchez? A polícia espanhola ainda tenta entender o resgate misterioso e como o autor da façanha fez um trabalho tão... *rigoroso*.

Ben deu de ombros.

– Nada oficial, mas talvez eu saiba alguma coisa sobre a história. Porém, não vou poder ajudá-lo com isso. Não tenho tempo. Preciso encontrar Roberta.

– E se eu disser que acho que esse caso de pessoa desaparecida está relacionado com o resto?

Ben o encarou atento.

– O que quer dizer?

Simon sorriu.

– Um medalhão de ouro foi encontrado no quarto do garoto. Tenho certeza de que você reconheceria o símbolo gravado nele. Uma espada com uma flâmula e as palavras *Gladius Domini*?

50

Montpellier

– Mais perguntas? Por que não estão procurando meu filho, em vez de vir aqui tantas vezes, o tempo todo?

Natalie Dubois conduziu Ben ao interior da casa simples e modesta, levando-o à sala de estar. Ela era uma mulher pequenina e loura de 30 e poucos anos, pálida e de aparência tensa, com grandes círculos negros sob os olhos.

– Não vou demorar – ele prometeu. – Só preciso de alguns detalhes.

– Já contei tudo aos policiais – ela argumentou. – Ele sumiu há dias. O que mais precisa saber?

– Madame, sou um especialista. Por favor, se cooperar comigo, acredito que teremos chances muito maiores de encontrar Marc rapidamente. Posso me sentar? – Ele pegou o bloco de anotações e a caneta.

– Sei que algo terrível aconteceu com ele. Eu sinto. Acho que nunca mais o verei de novo. – O rosto de Madame Dubois estava tenso e contraído. Ela soluçou baixinho em um lenço.

– Então, na última vez que o viu, ele saía com a moto. Não disse para onde ia?

– É claro que não, eu teria mencionado – ela respondeu impaciente.

– Talvez possa me passar o número do registro da moto. Ele nunca fez nada parecido antes? Desaparecer por alguns dias, ir para algum lugar?

– Nunca. Chegou tarde algumas vezes, mas nada parecido com isso.

– E quanto aos amigos? Tem alguém que ele possa ter ido encontrar ou visitar? Um *show*, talvez, uma festa em algum lugar?

Ela balançou a cabeça choramingando.

– Marc não é esse tipo de garoto. Ele é tímido, introvertido. Gosta de ler e de escrever histórias. Tem amigos, mas não sai com eles.

– Ele ainda está estudando?

– Não, saiu da escola no ano passado. Ele trabalha com meu cunhado, Richard, como aprendiz de eletricista.

– O pai de Marc mora com vocês? – Havia notado a aliança no dedo dela.

– O pai de Marc nos deixou há quatro anos – ela respondeu em tom frio. – Nunca mais o vimos.

Ben anotou no bloco: *Pai envolvido no desaparecimento?*

Ela riu amargurada.

– Se está pensando que o pai dele o levou, esqueça. Aquele homem não se interessa por ninguém além dele mesmo.

– Lamento muito – Ben respondeu. – Marc é religioso? Ele alguma vez falou sobre integrar uma organização cristã, ou coisa parecida?

– Não. Está perguntando por causa daquela coisa que encontraram no quarto dele?

– O medalhão.

– Não sei de onde veio aquilo, nunca o vi antes. Os policiais, quero dizer, os outros oficiais, acreditam que ele o roubou. Mas meu Marc não é ladrão – Madame Dubois anunciou em tom firme e atitude defensiva.

– Não, eu também não acredito que ele seja um ladrão. Escute, acha que eu poderia conversar com o tio de Marc, Richard?

– Ele mora perto daqui, mas não vai poder lhe dizer nada que eu já não tenha dito.

– Mesmo assim, gostaria de ir visitá-lo. Acha que ele está em casa agora?

Quando Ben se levantava para ir embora, a mulher o segurou pelo pulso e o fitou diretamente, bem dentro dos olhos.

– *Monsieur*, vai encontrar meu menino?

Ele deu tapinhas na mão que o segurava.

– Vou tentar.

– O garoto não foi *sequestrado*, pelo amor de Deus. Fugiu para algum lugar, provavelmente arrumou uma namorada. Ou um namorado. Quem sabe, nos dias de hoje? – Richard ofereceu uma cerveja a Ben. – Você é o primeiro policial que conheço que aceita uma bebida em serviço. – Ele riu quando Ben abriu a lata, puxando uma cadeira da mesa da cozinha.

– Sou o que se pode chamar de consultor externo – Ben explicou. – Por que tem tanta certeza de que o garoto fugiu?

– Escute, aqui entre nós, ele é parecido com o pai, meu irmão Thierry. Nada mais do que um perdedor. O cara não parava em emprego nenhum e foi preso várias vezes por todo tipo de crime barato. O garoto vai pelo mesmo caminho, imagino, e a mãe dele não percebe. Ela acha que o mundo gira em torno do umbigo do garoto. Pessoalmente, me arrependo do dia que a deixei me convencer a contratar aquele bastardinho. Ele é um completo desperdício de tempo e dinheiro, e, se eu não o demitir logo, o idiota vai acabar eletrocutado por um fio desencapado, e eu vou levar toda a culpa...

– Entendo, mas tenho que tratar o caso como suspeito até termos prova em contrário. Você é tio dele, e o garoto não tem pai. Ele nunca fez confidências, não contou nada de extraordinário?

– Está brincando? Com Marc, tudo é extraordinário. O garoto tem a cabeça nas nuvens.

– Pode dar algum exemplo?

Richard fez um gesto irritado.

– Posso dar vários exemplos. O menino vive em um mundo de sonhos. Se acreditar em metade do que ele diz, vai acabar pensando... não sei... Drácula era nosso vizinho e *aliens* corriam pelo mundo. – Terminou de beber a cerveja e jogou a lata longe, ainda com um anel de espuma sobre o lábio superior. Limpou a boca com a manga. – O trabalho que fizemos antes de ele desaparecer, por exemplo...

– Ou ser levado.

– Sim. Tanto faz. – Richard contou a Ben sobre a adega. – Ele não parava de falar naquilo. Estava convencido de que havia algo estranho.

Ben se inclinou para a frente na cadeira, deixando a lata de cerveja de lado e pegando o bloco de anotações.

– Esse serviço foi feito em uma residência particular?

– Não, é um lugar para Santos Esquisitos. – Richard riu. – Sabe como é, um centro para alguma coisa cristã, eu acho. Uma escola, talvez. Pessoas agradáveis, simpáticas, decentes. Pagaram em dinheiro.

– Tem o endereço?

– Sim, é claro. – Richard foi até a sala ao lado e voltou folheando uma agenda grossa. – Aqui está. Centro de Educação Cristã, fica a 15 quilômetros daqui, mais ou menos, no meio de um bosque. Mas você vai perder tempo se acha que o garoto foi para lá. – Richard suspirou. – Escute, talvez eu pareça muito crítico com o garoto. Se aconteceu alguma coisa com ele, sinto muito e vou retirar tudo o que disse. Mas não acredito nisso. Três ou quatro dias, o dinheiro que ele pegou na bolsa de Natalie vai acabar, e ele vai voltar para casa de ressaca e com o rabo entre as pernas. E é nisso que vocês gastam o dinheiro que pagamos em impostos, em vez de ir atrás dos bandidos?

Roberta não sabia há quanto tempo estava deitada sobre o banco duro e estreito. A mente ia clareando devagar e ela piscou, tentando lembrar onde estava. Memórias assustadoras retornaram. Um cara grande e forte a arrastando para fora do carro. Havia sido contida. Recebera uma injeção de alguma coisa enquanto gritava. Depois, deve ter desmaiado.

Sua cabeça pulsava e sentia um gosto horrível na boca. Estava em uma cela pequena, fria e sem janelas. O corredor era comprido e largo, mas a cela em que fora trancada era minúscula. Havia grades de ferro em três dos quatro lados. A parede atrás dela era de pedra. Uma lâmpada pendia de um fio no meio da cela, a luz amarela e fraca iluminando moderadamente os grossos pilares de pedra.

Em outra cela, alguns metros distante da dela, um adolescente estava deitado no chão, aparentemente em coma. Parecia estar sedado, ou morto. Roberta tentou chamá-lo. Ele não se mexeu.

O guarda era um homem magro de aproximadamente 30 anos. Tinha olhos bulbosos e inquietos e a barba amarela e desgrenhada. Uma submetralhadora pendia de uma tipoia em seu pescoço. Ele andava nervosamente de um lado para o outro o tempo todo. Roberta o observava, medindo a cela pelo número de passos do vigia. De vez em quando ele a estudava, os olhos bulbosos analisando cada detalhe da prisioneira, da cabeça aos pés.

Depois de certo tempo o guarda foi substituído por um homem encorpado com a cabeça raspada, mais velho, mais confiante. Ele lhe trouxe uma caneca de café fraco e um pouco de feijão com arroz em um prato de alumínio. Depois de servir a refeição à prisioneira, ele passou a ignorá-la.

O adolescente na cela vizinha recobrou os sentidos. Levantou-se tonto, apoiando-se sobre os joelhos e nas mãos, e olhou para ela com os olhos muito vermelhos.

– Meu nome é Roberta – ela cochichou de onde estava. – E o seu?

O garoto não conseguiu responder. Apenas a encarou. Era evidente que o guarda não queria que os prisioneiros conversassem. Ele pegou uma seringa em uma bolsa de zíper, agarrou o braço do garoto por entre as grades da cela e aplicou a injeção. Um minuto mais tarde, o adolescente estava novamente desacordado.

– O que está aplicando nele? – Roberta perguntou por entre os dentes.

– Cale a boca, vadia, ou vai levar uma também. – E voltou a ignorá-la.

Roberta teve a impressão de que horas e horas se passaram até o guarda finalmente devolver o posto ao vigia magricelo e barbudo. Logo depois de reassumir seu lugar, ele sorriu hesitante para Roberta, e ela correspondeu.

– Ei, você poderia me dar um copo de água? – ela pediu.

O guarda hesitou, mas se aproximou de uma mesa sobre a qual havia uma jarra e alguns copos empoeirados.

Depois de Roberta beber a água, ele deu a impressão de querer ficar mais perto da cela. Ela sorriu novamente.

– Qual é o seu nome?

– A... André – ele respondeu nervoso.

– André, chegue mais perto. Preciso de sua ajuda.

O guarda olhou por cima do ombro, embora não houvesse ninguém por perto.

– O que você quer? – resmungou desconfiado.

– Perdi um brinco – ela disse. Era verdade. Devia ter caído em algum lugar entre o hotel e a cela. Roberta apontou para as sombras no chão. – Caiu aí fora, do seu lado. Não consigo alcançá-lo pelas grades.

– Dane-se, ache você mesma – ele se virou com ar carrancudo.

– Por favor! É antigo, ouro 24 quilates. Vale muito dinheiro.

O comentário despertou seu interesse. Ele hesitou, mas empurrou a submetralhadora para trás e se aproximou. Ficou de joelhos, procurando na poeira do chão.

– Onde?

Roberta abaixou-se e o encarou pelas grades.

– Por ali, eu acho... talvez um pouco... sim, foi ali...

– Não estou vendo nada.

O guarda remexia a sujeira com os dedos, o rosto concentrado e ávido. Quando se aproximou, ela sentiu o cheiro de suor azedo misturado a desodorante barato, um cheiro que lembrava feijão frio. Roberta esperou até a cabeça do vigia quase tocar as barras da cela. Então, passou a mão entre elas dos dois lados, o coração disparado com o que pretendia fazer. A atenção do homem estava concentrada no chão. Ela respirou fundo e agiu.

Com um movimento súbito, ela o agarrou pela barba com as duas mãos. O guarda puxou a cabeça para trás com um grito abafado, mas ela o segurava firme. Roberta usava os joelhos contra as barras para não perder o equilíbrio. Ela puxou com força, e a testa magra se chocou contra as barras de ferro. O vigia gritou de dor e a agarrou pelos pulsos. Segurando sua barba com mais força, Roberta se jogou para trás violentamente e bateu a cabeça dele na grade mais uma vez. O guarda caiu no chão, tonto, mas ainda resistindo e lutando. Ela enterrou os dedos em seus cabelos engordurados, segurou dois tufos com força, e com a brutalidade inimaginável que é fruto do desespero, bateu a cabeça dele várias vezes no chão, até o homem parar de gritar e de se debater. Ele ficou imóvel, caído com o rosto na poça de sangue que jorrava do nariz quebrado.

Ela o soltou e caiu deitada dentro da cela, respirando com dificuldade e limpando o suor que lhe entrava nos olhos. Então, viu a argola com as chaves presa ao cinto do guarda e rastejou no chão sujo, estendendo um braço para pegá-la. A argola estava ao alcance de seus dedos estendidos, e ela a abriu, com movimentos desajeitados pelo medo de alguém aparecer e surpreendê-la. Enquanto experimentava as diferentes chaves da argola, Roberta olhava nervosa para a porta de aço no alto da escada.

A quarta chave que ela experimentou girou na fechadura. Ela empurrou com força a porta de aço para tirar do caminho o corpo inerte, pegou a submetralhadora que ele havia derrubado e a pendurou no pescoço.

– Ei, acorde – disse, batendo nas grades da cela do adolescente, mas ele não respondia.

Roberta pensou em abrir a porta e carregá-lo, mas sabia que o garoto era pesado demais para ela. Se conseguisse sair sozinha, voltaria mais tarde com a polícia.

Ela correu para os degraus de pedra. Quando chegou ao terceiro, a porta de aço no topo da escada se abriu, e ela ficou paralisada.

Um homem alto vestido de preto surgiu na porta aberta. Seus olhos se encontraram.

Conhecia esse homem. Seu sequestrador. Sem hesitação, ela apontou a SMG para a cabeça dele e apertou o gatilho.

Mas ele continuava descendo a escada, sorrindo para ela. Roberta apertou o gatilho com mais força, mas estava emperrado, ou alguma coisa assim. A arma não funcionava. Mais três guardas apareceram na porta, todos apontando para ela armas semelhantes.

E todos haviam se lembrado de destravá-las.

Bozza arrancou a submetralhadora da mão dela. E segurou o punho com que ela tentava agredi-lo, torcendo-lhe o braço para trás das costas. Uma onda de dor. Mais um centímetro e ele lhe quebraria o braço. O homem a empurrou de volta à cela e a jogou lá dentro. A porta de barras de ferro se fechou com um estalo.

Bozza sentia uma vontade enorme de cortar a mulher em pedaços, devagar e deliberadamente. Ele pegou a faca e raspou a lâmina pelas barras.

– Quando seu amigo Hope se entregar – o homem cochichou com aquela voz rouca, estrangulada –, todos nós vamos nos divertir.

Ela cuspiu em seu rosto, e Bozza o limpou com uma risada áspera.

Roberta o viu levantar a cabeça do guarda caído no chão e cortar-lhe a garganta, deixando-o sangrar como um porco no ralo no meio do corredor.

51

Os longos e quentes verões da França, ritmo pacato, boa comida e bom vinho eram qualidades que atraíam muitos britânicos aposentados, pessoas que deixavam para trás a ilha e seu império decadente e iam se instalar na Europa continental. Mas nem todos os que para lá se mudavam eram os habituais ex-advogados, professores ou empresários. Havia anos o velho companheiro de Ben nas forças armadas, Jack, deixara a chuvosa cidade de Blackpool e fora morar em uma bela casa de praia perto de Marselha. Jack estava de certa forma aposentado, mas ainda mantinha alguns clientes. Seu ramo era o da vigilância eletrônica... e algumas outras coisas relacionadas.

A Triumph Daytona percorria a estrada litorânea como um míssil. A viagem até Marselha levava duas horas. Ben pretendia concluí-la em uma.

Cinco horas mais tarde, ele voltava com uma grande bolsa preta presa à garupa.

A alameda larga e curva cortava o gramado exuberante e se estendia até a fachada de vidro e pedras brancas do edifício moderno situado entre as árvores. Em um dos altos pilares de pedra da entrada brilhava uma placa de bronze com uma cruz e a inscrição CENTRO DE EDUCAÇÃO CRISTÃ. Havia uma fileira de carros parados do lado de fora do prédio. De onde estava, no portão, Ben via as discretas câmeras de segurança que giravam e faziam uma varredura completa do terreno e da vegetação em torno do edifício. Os portões de ferro estavam fechados. Viu outra câmera no muro e uma campainha para visitantes.

O garoto teria pulado o muro para entrar, o que significava que sua motocicleta devia estar em algum lugar por ali, do lado de fora. Ben estacionou a Triumph na rua, alguns metros depois do portão, e caminhou pela calçada espiando sob arbustos e árvores. No limite entre a grama e o asfalto, do outro lado da rua, ele encontrou marcas apagadas de rodas na terra. O leve aclive da lateral da estrada conduzia até um aglomerado de arbustos espinhosos e continuava para as árvores além deles. Ele seguiu as marcas de grama amassada e encontrou parte de uma pegada na terra. Viu também alguma coisa amarela e brilhante em meio ao verde da vegetação. Ao levantar um galho frondoso, encontrou a parte traseira de uma Yamaha 50cc no meio dos arbustos. A placa tinha a mesma sequência de números que Natalie Dubois havia lhe fornecido.

Ben voltou para perto da Daytona. Já tinha um plano em mente. Desamarrou a bolsa preta da garupa da moto e a deixou cuidadosamente sobre a grama. Depois abriu os alforjes da motocicleta e retirou um macacão azul e equipamento elétrico.

A recepcionista se preparava para ir tomar café quando o eletricista entrou no saguão elegante do Centro de Educação Cristã e se aproximou de sua mesa. Ele vestia macacão de operário e usava um boné, carregava uma maleta e uma pequena caixa de ferramentas.

– Pensei que o trabalho de troca dos fios estivesse concluído – ela disse, notando que o homem tinha belos olhos azuis.

– Vim apenas para inspecionar o resultado final, *mademoiselle* – respondeu o eletricista. – Não vai demorar. Só preciso verificar algumas coisas, fazer algumas anotações. Saúde e segurança, faixas vermelhas, enfim, normas da construção civil, sabe como é. – Ele exibiu um cartão laminado, que a secretária decidiu que devia ser autêntico, embora não tivesse tempo para lê-lo.

– O que tem aí? – a mulher perguntou, apontando para a maleta.

– Ah, só rolos de fio e coisas assim. Medidores elétricos, peças e ferramentas do ofício. Quer dar uma olhada? – O homem deixou a maleta sobre a mesa e abriu uma parte do zíper, exibindo fios coloridos e enrolados.

Ela sorriu.

– Não, tudo bem, acredito no que está dizendo. Até mais tarde.

52

Place du Peyrou, Montpellier

A van sem identificação parou na praça um minuto antes das 11 horas. Como havia sido combinado, Ben esperava ao lado da estátua de Louis XIV. As portas traseiras se abriram e quatro homens fortes e grandes desceram. Ele levantou os braços quando os quatro o cercaram. Um revólver foi empurrado contra suas costas e ele foi revistado. Estava desarmado. Eles o jogaram dentro da van sem nenhuma cerimônia e o fizeram sentar-se no banco duro do automóvel, entre dois homens. As janelas de trás eram escuras, e uma divisória de madeira isolava a cabine da frente, impedindo toda e qualquer visão do mundo exterior. A van partiu, e o barulhento motor a diesel reverberava na caixa metálica.

– Acho que ninguém vai me contar aonde vamos, não é? – ele perguntou, apoiando os pés no arco da roda do outro lado para não escorregar pelo banco.

Ben não esperava uma resposta. Quando eles se sentaram em silêncio, quatro pares de olhos frios, uma Glock 9 mm, uma Kel-Tech calibre 40 e duas pistolas de repetição Scorpion se voltaram em sua direção.

A viagem barulhenta e agitada durou mais ou menos meia hora. Considerando os solavancos, deviam ter saído da estrada principal e seguido por trilhas rurais sem asfalto. Era o que ele esperava. Depois de um tempo, a van reduziu a velocidade, virou à direita, e ele ouviu o ruído dos pneus rangendo sobre o cascalho. Depois sobre o concreto.

Um solavanco e uma descida acentuada. Finalmente a van parou, e as portas traseiras se abriram.

Mais homens armados. A luz de uma lanterna iluminou o rosto de Ben. Ordens ríspidas foram dadas, e ele foi retirado da van e posto em pé do lado de fora. Estavam em uma garagem subterrânea.

Com armas pressionando-lhe as costas, ele foi empurrado e levado por uma pequena escada com degraus de pedra. O grupo caminhou pelo edifício escuro e passou por corredores desertos. A luz da lanterna brilhava atrás dele. No final de um corredor estreito, Ben viu uma porta baixa. Um dos guardas, o barbudo com a Scorpion, sacudiu um molho de chaves e abriu cadeados. A pesada porta foi aberta e, com a ajuda da lanterna, ele viu que era feita de aço, blindada.

Mais degraus os conduziram a um cômodo que parecia ser um porão ou uma adega. O eco das vozes dos guardas revelava que era um lugar espaçoso. A luz da lanterna era refletida por pilares de pedra. E mais alguma coisa... Barras de ferro. No fundo da sala, Ben imaginou ter visto um rosto atento, olhos piscando diante das luzes brilhantes.

Era Roberta.

Antes que pudesse chamá-la, foi impelido para outra porta. Um ferrolho foi removido, uma porta rangeu e ele foi empurrado para dentro de uma cela. A porta se fechou atrás dele com um estrondo e o ferrolho voltou ao lugar.

Na escuridão, Ben explorou o ambiente. Estava sozinho na cela. As paredes eram sólidas, uma camada dupla de tijolos, provavelmente. Sentou-se na cama dura e esperou. A única luminosidade era o brilho verde e pálido de seu relógio.

Depois de vinte minutos, por volta da meia-noite, foram buscá-lo. Ben foi levado sob a mira de armas de volta ao espaço cavernoso da adega.

– Ben?

Era a voz de Roberta. Apavorada, ela o chamava de longe, mas foi silenciada pelas palavras ríspidas do guarda parado ao lado de sua cela.

Eles subiram a escada para os corredores escuros. Um lance de escada. Havia mais luz perto do primeiro andar. O grupo passou por uma porta, e Ben piscou, ofuscado pelo brilho repentino de paredes pintadas de branco e luzes neon. Eles o levaram para outra escada, por um corredor e através de uma porta para um escritório.

No fundo da sala, um homem grande e de aparência grave, vestindo terno, levantou-se da cadeira atrás de uma mesa com tampo de vidro. Ben foi cutucado nas costas com o cano de uma metralhadora. O homem armado o empurrou para o outro lado da sala.

– É um prazer conhecê-lo finalmente, bispo Usberti.

O rosto largo e bronzeado de Usberti foi iluminado por um sorriso. Ele falou com forte sotaque italiano.

– Estou impressionado. Porém, agora sou arcebispo. – Com um gesto, convidou Ben a sentar-se em uma das cadeiras de couro próximas da mesa, abriu um armário e pegou dois cálices de cristal e uma garrafa de Rémy Martin.

– Gostaria de um drinque?

– Muito civilizado de sua parte, arcebispo.

– Não quero que pense que tratamos mal nossos hóspedes – Usberti respondeu gracioso enquanto servia uma dose generosa em cada taça, dispensando os guardas com um gesto autoritário da mão livre. Ele notou que Ben observava os guardas que saíam da sala. – Espero poder confiar em você. Sei que não vai tentar nenhum de seus truques enquanto conversamos em particular – ele disse, entregando uma das taças a Ben. – Por favor, lembre-se de que há uma arma apontada para a cabeça da dra. Ryder neste momento.

Ben não esboçou nenhuma reação.

– Parabéns pela promoção – disse. – Vejo que deixou a batina em casa.

– Eu é que deveria lhe dar os parabéns – respondeu Usberti. – Tem o manuscrito Fulcanelli, não é?

– Sim, eu tenho. – Ben girou o conhaque dentro da taça. – Então, por que não liberta a dra. Ryder?

Usberti riu, um risada sonora e profunda.

– Libertar? Meu plano *era* matá-la assim que pegasse o manuscrito.

– Você a mata, eu mato você – Ben avisou em tom calmo.

– Eu disse que meu plano era matá-la – Usberti respondeu. – Mudei de ideia. – Ele girou o copo e o deixou sobre a mesa, observando Ben com curiosidade. – Também decidi não matar *você*, sr. Hope. Mas devo acrescentar que há certas condições.

– Muito generoso. Magnânimo.

– De jeito nenhum. Um homem como você pode ser útil para mim. – Usberti sorriu com frieza. – Porém, confesso que levei um tempo para me dar conta disso. No início observei furioso enquanto você ia eliminando meus homens um a um, frustrando todas as minhas tentativas de acabar com você e com Ryder. Você provou ser difícil matá-lo. Tão difícil que comecei a pensar que um homem assim é valioso demais para não ser aproveitado. Quero que venha trabalhar para mim.

– Quer que eu trabalhe para a *Gladius Domini*?

Usberti assentiu.

– Tenho grandes planos para a *Gladius Domini*. Você pode fazer parte deles. Farei de você um homem rico. Venha comigo, Ben Hope. Vamos dar uma caminhada.

Ben o seguiu para fora do escritório. No corredor, os guardas armados que vigiavam a porta os seguiram a alguns passos de distância apontando as armas para Ben. Eles pararam diante de um elevador. Usberti pressionou o botão, e em algum lugar lá embaixo ecoou o som do mecanismo hidráulico.

– Diga-me, Usberti. O que tudo isso tem a ver com o manuscrito Fulcanelli? Por que está tão interessado nele?

As portas da cabine do elevador se abriram com um som abafado, e eles entraram seguidos pelos guardas.

– Ah, eu me interesso por alquimia há muitos, muitos anos – respondeu Usberti, apertando o botão para o piso térreo.

– Por quê? – Ben quis saber. – Para suprimi-la por ser heresia?

Usberti riu.

– É isso que pensa? Pelo contrário, quero fazer uso dela.

O elevador parou suavemente, e eles saíram da cabine. Ben olhou em volta. Estavam em um laboratório científico de iluminação radiante e operado por quinze técnicos, mais ou menos, todos ocupados com equipamento científico, gráficos e computadores, todos vestindo jalecos brancos e exibindo a mesma expressão séria.

– Bem-vindo ao laboratório de pesquisa alquímica *Gladius Domini* – disse Usberti fazendo um gesto amplo. – Como pode ver, é um pouco mais sofisticado que o estabelecimento da dra. Ryder. Meus cientistas trabalham em equipes divididas em turnos, de forma que não há interrupção no funcionamento do laboratório. – Ele segurou o braço de Ben e o levou até o fundo do espaço iluminado.

As armas continuavam apontadas para suas costas.

– Quero lhe falar um pouco sobre alquimia, sr. Hope – continuou Usberti. – Não acredito que já tenha ouvido falar de uma organização chamada O Vigia?

– Na verdade, sim, ouvi.

Usberti levantou as sobrancelhas.

– É muito bem informado, sr. Hope. Nesse caso, deve saber que O Vigia era um grupo de elite em Paris e foi formado depois da Primeira Guerra Mundial. Um de seus membros era um homem chamado Nicholas Daquin.

– O aprendiz de Fulcanelli.

– Exato. Como deve saber, então, esse jovem brilhante sabia que seu mestre havia descoberto alguma coisa de enorme importância. – Usberti fez uma pausa. – Havia outro membro do O Vigia que se interessava pela descoberta de Fulcanelli – ele prosseguiu. – O nome dele era Rudolf Hess.

53

Naquele momento o homem conhecido por algumas pessoas como Saul estacionava seu Mazda conversível de dois lugares diante de um velho galpão vazio na periferia de Paris. A noite era fria. As estrelas brilhavam sobre as luzes da cidade. Ele conferiu o horário e ficou batendo impacientemente os pés no chão enquanto esperava.

A pasta que segurava estava cheia de dinheiro, notas somando 250 mil dólares americanos, valor que havia sido exigido pela pessoa que telefonara e dissera ter algo que se dispunha a vender: o inglês Ben Hope, capturado, amarrado e amordaçado. Usberti ficaria satisfeito quando soubesse o que Saul tinha para ele.

Naturalmente, o dinheiro era falso, obtido com um dos subagentes de Saul na *Gladius Domini*. Na verdade, o dinheiro era só uma distração. Mesmo sendo falso, Saul não tinha a menor intenção de entregá-lo a ninguém. Em um coldre escondido sob o paletó havia uma 45 automática compacta. E ele planejava usá-la assim que pegasse o produto. Ou no caso de não haver nenhuma mercadoria.

Saul ainda não conseguia entender essa história envolvendo Michel Zardi. Aparentemente, o subestimaram. Primeiro ele conseguira escapar do assassinato, depois, de algum jeito, havia atraído vários dos melhores homens de Saul para a morte, e agora afirmava ter em seu poder o inglês Ben Hope? Nunca teria imaginado que um *nerd* como Zardi tinha toda essa coragem e esse talento.

Mas, se aquela história fosse algum tipo de truque, desta vez ele não escaparia. E caso Zardi tivesse amigos com ele, Saul já tomara providências. Um atirador armado com um rifle Parker-Hale 7.62 mm com mira noturna havia sido posicionado no telhado do galpão imediatamente após ele ter recebido o telefonema.

Um ou dois minutos se passaram, e Saul ouviu o barulho de um motor. Ele viu os faróis do carro percorrendo a propriedade fabril e se aproximando do galpão. A van Nissan enferrujada parou ao lado de seu Mazda. O motorista não era Michel Zardi. Era um homenzinho gordo com um bigode e um chapéu. "Um dos comandados de Zardi, talvez", Saul pensou.

– Você é Saul? – o homem perguntou ao descer da van.

– Onde está Hope?

O homem resmungou alguma coisa.

– Trouxe o dinheiro?

Depois do assentimento de Saul, ele apontou para a parte de trás da van. Saul sorriu ao imaginar o atirador posicionando esse idiota gorducho no centro de sua mira.

O homem abriu as portas da Nissan, e Saul aproximou-se. Havia um corpo no chão de madeira da van. Estava amarrado e amordaçado.

Olhou para Saul com uma expressão horrorizada de reconhecimento. Não era Ben Hope.

Era o seu atirador.

Antes que Saul pudesse reagir, o tenente Rigault apontava uma arma para sua têmpora, e oficiais armados saíam do galpão. Os pontos vermelhos flutuando por toda a extensão da cabeça e do paletó de Saul eram miras laser dos atiradores de elite da polícia, cujos dedos treinados estavam posicionados sobre gatilhos de extrema sensibilidade.

Rigault jogou Saul no chão da van ao lado do atirador da *Gladius Domini* e o algemou com as mãos às costas, recitando-lhe seus direitos. Quando Saul foi levado para uma van da polícia que o esperava ali perto, Rigault ligou para Simon.

– O peixe mordeu a isca.

54

O elevador subia suavemente. As armas ainda apontavam diretamente para a cabeça de Ben, agora que Usberti o levava de volta ao escritório. Ele seguiu o arcebispo para dentro da sala, e os guardas ocuparam suas posições lá fora, ao lado da porta. Usberti fez um gesto para que ele se sentasse e serviu mais bebida.

– Só existe um Rudolf Hess de quem ouvi falar – Ben comentou. – O nazista.

Usberti assentiu sorrindo.

– Sim, discípulo de longa data e *Führer* assessor de Hitler. Hess sempre teve um grande interesse pelo esotérico, sentimento que pode ter sido inspirado pelos primeiros anos de vida na Alexandria, no Egito. Em sua adolescência, a família voltou à Europa. Hess se dedicou a seus interesses, e nos anos de 1920 descobriu importantes segredos alquímicos com Nicholas Daquin, o aprendiz de Fulcanelli. É claro, naquele tempo Hess também estava muito envolvido com a ascensão do Partido Socialista Nacional. Reconhecendo a importância daquele conhecimento, ele o transmitiu imediatamente a seu líder e mentor, Adolf Hitler.

Ben estava atordoado. O alexandrino, o misterioso amigo de Daquin, o homem chamado Rudolf, poderia realmente ter sido o nazista Hess?

Satisfeito com a reação de Ben, Usberti continuou:

– Muito antes da guerra, o Partido Nazista estava interessado no potencial da alquimia para ajudar na construção do Terceiro Reich. A Companhia 164 era uma instalação secreta de pesquisa nazista cujo propósito era pesquisar a transmutação alquímica da matéria pela alteração de sua frequência vibratória.

– Mas como a alquimia poderia ter ajudado o Terceiro Reich?

Usberti riu. Ele abriu uma gaveta, e alguma coisa brilhante surgiu em sua mão. O arcebispo deixou o pesado objeto sobre a mesa, diante de Ben.

– Sr. Hope, aí está o conhecimento secreto de Fulcanelli conforme foi revelado a seu aprendiz Nicholas Daquin.

A barra de ouro brilhava sob a luz da lâmpada. Na lateral havia um símbolo, o carimbo de uma pequena águia imperial empoleirada sobre uma suástica.

– Está brincando.

– De jeito nenhum, sr. Hope. O principal objetivo da Companhia 164 era a criação e fabricação de ouro *alquímico*.

– A partir de metais básicos?

– Óxido de ferro e quartzo, principalmente – respondeu Usberti. – Os metais foram altamente processados de acordo com os métodos que Daquin explicou a Hess. Como vê, foi graças à colaboração involuntária de nosso amigo Fulcanelli que os nazistas conseguiram esse incrível conhecimento.

– E eles tiveram sucesso? – Ben perguntou com olhar desconfiado.

– A evidência está na sua frente. – Usberti sorriu. – Documentos nazistas relatam que membros do Partido testemunharam a produção de ouro alquímico nas instalações da Companhia 164, na periferia de Berlim, em 1928. A fábrica foi destruída na Segunda Guerra Mundial, sob o pretexto da explosão de instalações industriais. Ninguém sabe ao certo quanto ouro eles conseguiram produzir durante aqueles anos. Mas acredito que foi uma quantidade considerável.

– Está sugerindo que os nazistas foram financiados por ouro alquímico.

– Não, sr. Hope, estou afirmando, porque é um fato. – Ele tocou a barra de ouro. – Milhões de barras como esta foram recuperadas pelos Aliados no fim da guerra, e ainda há muito mais para ser encontrado.

Esse ouro não foi produzido a partir dos dentes e objetos de ouro tirados dos judeus em campos de concentração e então derretidos, como relatam os livros de história. Nem mesmo seis milhões de prisioneiros judeus poderiam ter fornecido tanto ouro. Essa história toda foi inventada pelos governos Aliados para encobrir o fato de Hitler estar realmente produzindo ouro alquímico. Eles temiam que a verdade, se fosse revelada, pudesse desestabilizar toda a economia global.

Ben riu.

– Já ouvi teorias de conspiração bem malucas, mas esta é a melhor de todas, com certeza.

– Ria quanto quiser, sr. Hope. Não vai demorar muito para conseguirmos criar ouro alquímico. Riqueza ilimitada. Pense nisso.

– Você não parece ser pobre. Sua operação deve custar caro.

– Ficaria surpreso se soubesse quem são alguns dos nossos investidores – respondeu Usberti. – Eles vêm de todas as áreas, do mundo todo. Incluem vários membros muito poderosos do ramo corporativo mundial. Mas meus planos requerem muito dinheiro.

– Como os planos de Hitler?

Usberti deu de ombros.

– Hitler tinha seu grande plano, eu tenho o meu.

Houve um minuto de silêncio enquanto Ben refletia sobre tudo que Usberti estava lhe dizendo.

– Então, agora entende por que eu quero o manuscrito Fulcanelli – continuou o arcebispo, andando de um lado para o outro diante da janela escura. – Graças à destruição da fábrica de ouro dos nazistas, faltam certos detalhes necessários para concluir o processo. Creio que a chave está no manuscrito. E esse não era o único segredo de alquimia que Fulcanelli possuía. – Ele parou, olhou diretamente para Ben, e continuou: – Mas quando o velho idiota descobriu que o segredo da criação de ouro havia caído nas mãos de Hess e de seus colegas, entrou em pânico. Desapareceu levando consigo o segundo grande segredo, o qual nunca passou a seu aprendiz Daquin, mas que acredito estar revelado no manuscrito.

– Continue.

– Entenda, sr. Hope, que as duas coisas de que mais necessito para fortalecer a *Gladius Domini* são riqueza e tempo. Tenho 59 anos. Não vou viver para sempre. Não quero ver todo o árduo trabalho que tive ir parar nas mãos de um sucessor que possa estragar tudo. Quero permanecer no controle por mais cinquenta anos, pelo menos, ou mais, e ver meus objetivos realizados.

Ben levantou o corpo quando Usberti pegou a garrafa de conhaque para servir mais uma dose.

– Então está procurando o elixir da vida?

Usberti assentiu.

– Para usá-lo eu mesmo e também para proteger seu segredo. Quando meus espiões me contaram que a dra. Ryder estava perto de descobrir esse segredo, decidi que ela precisava morrer.

– Uma medida extrema, considerando que ela ainda não tinha todas as respostas. Estava apenas no início da pesquisa, na verdade.

– Sim, mas estava comentando suas descobertas com todo mundo que quisesse ouvir.

– Não podia ter simplesmente contratado a doutora para trabalhar para você?

Aquele sorriso frio surgiu novamente.

– Todos os meus cientistas são membros da *Gladius Domini*. Acreditam fervorosamente na nossa causa. A dra. Ryder é uma individualista, como demonstra claramente seu comportamento. É ambiciosa, cheia de ressentimento contra seus colegas cientistas. Ela quer provar que todos estão errados e também quer desenvolver a própria descoberta. Jamais teria trabalhado para mim.

– Por que mantê-la viva agora?

– Ela está viva no momento – respondeu Usberti. – Mas, se vai continuar viva por muito mais tempo, depende inteiramente de você, sr. Hope.

– De mim?

– Exatamente – Usberti assentiu sério. – Já disse que quero que venha trabalhar para mim. Considerou minha oferta?

– Não disse o que queria que eu fizesse.

– Estou formando um exército. Exércitos precisam de soldados, homens como você. Minhas fontes me relataram seu impressionante histórico. – Usberti fez uma pausa. – Quero que seja o comandante militar da *Gladius Domini*.

Ben riu alto.

– Você terá riqueza, poder, mulheres, luxo, tudo o que quiser – Usberti continuou.

– Pensei que só recrutasse crentes, não individualistas.

– Quando encontro um homem de talentos excepcionais, posso abrir exceções.

– Estou lisonjeado. Mas o que acontece se eu recusar a oferta?

Usberti deu de ombros.

– Roberta Ryder morre. E você também, naturalmente.

– É uma proposta interessante – Ben disse sorrindo. – Mas, diga-me, por que um arcebispo católico quer construir um exército particular? Já tem uma posição elevada em uma organização poderosa. Por que não permanecer no comando de uma forma ortodoxa? Com sua ambição, um dia pode se tornar papa. Então, terá o poder que deseja para fazer reformas.

Foi a vez de Usberti gargalhar alto.

– *Reformas?* – ele repetiu em tom desdenhoso. – Acha que estou interessado na Igreja deles? O que é um papa? Um fantoche manipulado para agradar as multidões. Uma decadente figura de liderança, como sua rainha da Inglaterra. Não, isso não é para mim. Quero mais poder que isso. Muito mais.

– Tudo em nome de Deus? Sua organização não me parece muito piedosa. Espionagem, lavagem cerebral, assassinato, sequestro...

Usberti o interrompeu com mais uma risada.

– Sabe pouco sobre a história da Igreja, sr. Hope. Ela sempre fez essas coisas. Na verdade, o problema é que ela *parou* de fazer. Aquele monte de velhos fracos em Roma deixou tudo enfraquecer. A fé no Ocidente está desaparecendo. O povo foi abandonado. As pessoas são como soldados sem líder. Como uma criança sem mãe.

– E você quer ser a mãe dessa gente, certo?

Usberti o encarou.

– Eles precisam de um líder forte, da mão que os guiará. E, além disso, o que eles têm? Ciência? Imunda. Corrupta. Só se interessa por lucros, clonagens humanas, colonizar outros planetas porque estão destruindo este aqui. Tecnologia? Brinquedos para tentá-los. Jogos de computador. Televisão que permite que a mídia controle suas mentes. Eles precisam de um líder. Eu sou esse líder. Darei a eles algo em que acreditar e por que lutar.

Ben franziu o cenho.

– Lutar? Contra quem?

– Vivemos tempos instáveis – respondeu Usberti. – Enquanto a fé do mundo cristão mingua, um novo poder se fortalece. As forças obscuras do Oriente Médio. – O arcebispo deu um soco na mesa. Havia fogo em seus olhos. – O inimigo que a igreja esmagou há séculos recupera agora suas forças. Estamos fracos, eles se fortalecem. Eles têm fé, nós temos apenas o medo. Dessa vez eles vão vencer. Já está acontecendo. O Ocidente não tem ideia do que vai enfrentar. Por quê? Porque esquecemos o que significa acreditar em alguma coisa. Só a *Gladius Domini* pode impedir que essa podridão destrua toda a trama do nosso mundo ocidental.

– E acha que uma organização terrorista fundamentalista sem nenhuma importância como a Espada de Deus pode mudar o mundo?

Usberti corou.

– Essa organização sem importância, como a chama, é uma força crescente. A *Gladius Domini* não se restringe a alguns agentes na França. O que tem visto de nossa força é como uma gota no oceano. Somos uma agência internacional. Temos agentes espalhados por toda a Europa, América e Ásia. Temos amigos nos níveis mais altos da política e das forças armadas. Na China, a economia que cresce mais rapidamente no mundo, dois milhões de novos recrutas se juntam ao movimento fundamentalista cristão todos os anos. Você não tem ideia do que está acontecendo, sr. Hope. Em poucos anos, teremos um exército de devotos totalmente equipado, um grupo que fará o Terceiro Reich parecer um bando de escoteiros.

– E então? Vão promover um ataque independente contra os islâmicos?

Usberti sorriu.

– Se não conseguirmos exercer influência suficiente sobre os políticos estrangeiros dos Estados Unidos, nossos contatos na CIA e no exército, então, sim. Como a Igreja um dia enviou seus exércitos para esmagar as forças perniciosas de Saladino e outros reis muçulmanos, nós vamos promover uma nova era de guerra santa.

Ben pensou por um momento.

– Se entendi bem – disse –, está falando sobre começar a Terceira Guerra Mundial. Provocar uma *jihad* entre uma nova cristandade e as forças unidas do mundo muçulmano só vai causar destruição para todos, Usberti.

O italiano fez um gesto desdenhoso.

– Se for essa a vontade de Deus, que seja derramado sangue. *Neca eos omnes. Deus suos agnoscet.*

– *Mate todos eles. Deus reconhecerá os seus* – Ben traduziu. – Palavras de um verdadeiro tirano assassino, arcebispo.

– Chega de conversa – Usberti ficou impaciente. – Entregue o manuscrito.

– Não o tenho comigo – Ben respondeu calmo. – Acha que eu o teria trazido para cá? Francamente, Usberti, deveria ser mais sensato.

O rosto do arcebispo se tingiu de um vermelho furioso.

– Onde ele está? Não brinque comigo, estou avisando – disse ele.

Ben consultou o relógio.

– Neste momento, o manuscrito está nas mãos de um associado. Disse a ele que ligaria por volta da 1h30. Se eu não ligar, ele saberá que alguma coisa aconteceu e queimará o documento.

– E você perderá a vida.

– É verdade. Mas minha morte é menos importante para você que sua imortalidade.

Usberti pegou o telefone de cima da mesa.

– Use este – ordenou. – Ou vai ouvir os gritos de Ryder antes de morrer. O Inquisidor é um homem que sabe como prolongar a agonia.

Ben também tinha essa capacidade. Ele esperou um momento, deixando Usberti sentir cada segundo dele.

– Depressa – insistiu o arcebispo. Seu rosto bronzeado empalidecia enquanto ele segurava o telefone.

Depois da pausa prolongada, Ben deu de ombros. E pegou o aparelho.

– Tudo bem. E você terá minha resposta para sua oferta.

Ele pressionou uma combinação numérica no pequeno teclado prateado. O número apareceu na tela. O telefone estava no modo de espera.

O dedo de Ben hesitou sobre a tecla de discagem. Havia uma expressão intrigada no rosto de Usberti.

– E aqui está minha resposta – disse Ben.

Usberti o encarou tomado por um súbito horror, percebendo que alguma coisa saíra muito, *muito* errado.

55

Ben não tirou os olhos de Usberti enquanto pressionava a última tecla e ouvia os bipes da sequência de discagem rápida.

Seis receptores remotos espalhados pelo prédio da *Gladius Domini* responderam instantaneamente ao sinal telefônico. Estavam ligados a seis minidetonadores elétricos instantâneos que, por sua vez, ativavam eletronicamente seis pacotes de explosivos do tamanho de punhos fechados.

Menos de meio segundo depois, a combinação de explosões balançou o prédio. Acabamentos despencavam aos pedaços, paredes estouravam para o exterior. O fogo se espalhava pela garagem subterrânea, transformando cada carro em um instrumento incendiário. A recepção elegante foi destruída quando uma grande bola de fogo se alastrou, espalhando-se pelos corredores como um mar de líquido flamejante. Homens gritavam envoltos em chamas. No primeiro andar, cada janela explodia em uma eclosão letal de fragmentos provocada pela destruição do laboratório, onde equipamentos científicos e computadores eram reduzidos a destroços.

No escritório, Usberti estava paralisado pelo terror, sentindo o chão tremer sob seus pés em resposta à ensurdecedora explosão. A onda de choque expulsou o ar da sala. Ben se levantou e correu para o italiano em pânico. No mesmo instante, os guardas entraram na sala empunhando suas armas. Ben agarrou uma das cadeiras de aço tubular e matou com uma pancada o guarda que primeiro se aproximou dele. Com um golpe preciso, introduziu uma das pernas da cadeira na boca do homem, atravessando-a pelo palato e para dentro do cérebro. A Scorpion que segurava caiu no chão. A rajada de fogo da segunda arma destruiu o vidro da mesa de Usberti. Ben rolou e estendeu o braço para a submetralhadora caída no chão. Ele atirou, abrindo buracos de 9 mm na parede e no corpo do guarda. O homem caiu contorcendo o rosto.

Usberti havia desaparecido. Atrás de uma cortina, uma porta de emergência ainda balançava. Passos pesados soavam na escada de incêndio do lado de fora.

Ben correu. Roberta era mais importante. Ele saiu da sala e seguiu para o elevador. Enquanto corria, digitava no teclado do telefone um segundo número. Enquanto o elevador descia ao subsolo, ele saltou e segurou na moldura de aço do alçapão no centro do teto. Ficou ali pendurado por um momento antes de levantar o alçapão. A bolsa que deixara ali ainda estava no mesmo lugar. Ele pulou para o chão do compartimento e abriu a bolsa quando o elevador parou num solavanco. Deu um passo para o corredor e pressionou o botão de discagem do telefone. Na outra extremidade do prédio, uma carga menor de PBX desativou o disjuntor principal. Todo o edifício ficou escuro.

Ben tirou a Browning de dentro da bolsa, engatilhou-a e acendeu a lanterna acoplada ao cano, na parte inferior da arma. Dirigiu-se à adega, girando a luz de um lado para o outro enquanto percorria os corredores escuros.

Tudo tinha sido exatamente como Ben Hope dissera que aconteceria. As explosões simultâneas foram precisas. De repente ouviram um estouro menor, não mais que um baque abafado, e o prédio mergulhou na escuridão. Só a luz alaranjada e trêmula das chamas podia ser vista do chão lá embaixo.

A um sinal de Simon, as unidades táticas da polícia emergiram do esconderijo no meio das árvores e invadiram o prédio. Vestindo coletes pretos, capuz e óculos de segurança para visão noturna, as unidades armadas se espalharam no caos. Alguns homens atiravam às cegas contra a equipe em meio ao pânico. Os atiradores da polícia eram muito mais rápidos, mais frios e mais precisos. Só disparavam contra aqueles que representavam ameaça iminente. Os que tentavam fugir ou jogavam suas armas eram rapidamente imobilizados e deitados no chão com pés e mãos amarrados, carabinas MP-5 eram-lhes apontadas na nuca. Lá embaixo, no laboratório de ciências, técnicos rastejavam atordoados pelo chão, cobertos de fuligem e sangrando em meio aos escombros fumegantes. Todos eram postos em pé e levados para fora sob a mira de armas. Em menos de cinco minutos a polícia havia dominado completamente o prédio.

Usberti temia que seu coração parasse de bater. Explosões haviam sacudido o prédio, e ele ouvia gritos e tiros no interior, enquanto descia correndo pela escada externa. Ofegante, com a respiração pesada, cambaleou pelo terreno. O arcebispo apoiou-se em uma árvore e então dobrou-se, arfando e tremendo de pavor e fúria.

Ben Hope havia-lhe puxado o tapete. Reconhecia os talentos do homem, sim, e tinha consciência da própria astúcia, mas, mesmo assim, o subestimara de maneira desastrosa. Ainda não conseguia entender que diabos havia acontecido.

– Você aí – disse uma voz. – Mãos na cabeça.

Usberti levantou os olhos e viu dois homens em uniformes pretos a alguns metros dele, apontando as armas em sua direção. Um rádio chiou. Lentamente, ele se afastou da árvore e levantou as mãos. "Ser pego desse jeito..."

Um dos homens levou a mão às costas para pegar as algemas.

No mesmo instante, os dois oficiais foram erguidos do chão como bonecos de palha. Eles voaram um contra o outro, e o choque entre as duas cabeças provocou um som surdo, pavoroso. Ambos caíram no chão sem emitir nenhum som.

O rosto de Usberti se iluminou com um largo sorriso aliviado quando ele reconheceu o homem alto debruçado sobre os dois corpos.

– Franco! Graças ao Senhor!

Bozza sacou a faca e cortou a garganta dos dois homens com

rapidez e eficiência. Depois pegou um dos rádios e uma MP-5. Olhou rapidamente para trás e então segurou o arcebispo pelo braço e o conduziu por entre árvores na escuridão.

A distância até a estrada era de meio quilômetro. Bozza ajudou Usberti a subir a encosta para chegar ao asfalto. Ele viu as luzes de um carro se aproximando. Soltando o braço de Usberti, Bozza se colocou no meio da estrada, bem na frente da luz dos faróis. Quando o carro se aproximou, ele apontou a MP-5 para o para-brisa. A freada violenta fez o carro derrapar e parar atravessado na pista.

Havia um jovem casal dentro do automóvel. Bozza abriu a porta do motorista e puxou o homem pelos cabelos. Ele o jogou deitado no acostamento e, casualmente, disparou uma rajada de tiros contra seu peito. O homem ficou imóvel entre as folhas no chão.

Dentro do carro, a jovem gritava histérica. Bozza a retirou pela janela, olhou com frieza para seu rosto e quebrou-lhe o pescoço com um simples movimento de torção. O Inquisidor arrastou os dois corpos para a vala além do acostamento e os cobriu com galhos e mato.

– Bom trabalho, Franco – aprovou Usberti. – Tire-me daqui.

Bozza o ajudou a sentar-se no banco traseiro e assumiu o volante. Eles partiram em alta velocidade rumo à pista de pouso.

A última coisa que Ben havia posto em sua bolsa, quando a preparara, tinha sido uma pequena carga explosiva. Ele fixou as conexões de explosivo plástico contra a porta de aço da adega, introduziu os dois eletrodos e correu rapidamente para longe da porta antes de pressionar o botão do telefone. O estouro fez o ar tremer. Quando a fumaça se dissipou, havia um buraco tão grande na porta que dava a impressão de que fora mordida por uma boca enorme. As extremidades da abertura brilhavam com um vermelho apagado. Ben entrou na adega fumacenta, a arma em punho e pronta.

O único guarda provavelmente estava perto da porta no momento da explosão. Ben apontou a pistola para ele. Deitado de costas, havia sangue escorrendo das orelhas e narinas do homem. Um pedaço triangular de aço brotava-lhe do peito. Ben tirou do cinturão do guarda o molho de chaves e correu escada abaixo para o espaço amplo e repleto de fumaça, gritando o nome dela.

– Ben! – Roberta gritou de volta, reconhecendo a voz dele, apesar do apito estridente que a explosão havia deixado em seus ouvidos. – Tem um garoto ali. – Ela apontou para a cela vizinha.

Ben direcionou a luz da lanterna e viu Marc inerte, estava drogado. Ele abriu a porta das duas celas.

– Venha, vamos sair daqui – disse em voz baixa, evitando o abraço de Roberta. A caminho da saída, pegou o garoto desacordado e o jogou sobre um dos ombros.

Oficiais intrigados encontraram Marc Dubois deitado no banco traseiro de uma das viaturas dez minutos mais tarde.

– De onde ele veio? – perguntou um deles.

– Não faço ideia – respondeu seu companheiro.

Só algum tempo depois eles perceberam que aquele era o garoto dos cartazes de Pessoa Desaparecida.

Profundamente satisfeito, Simon viu seus homens retirarem do prédio enfumaçado mais de trinta pessoas, todas tossindo e atordoadas. Seis corpos haviam sido resgatados até aquele momento e havia armas e munição suficientes para justificar sérias acusações de terrorismo contra a organização.

Rapidez, Agressividade, Surpresa. Ouvira dizer que esse era o lema não oficial de um certo regimento do exército britânico. Rindo, ele balançou a cabeça.

56

Roberta oscilava entre a euforia e a exaustão enquanto Ben a conduzia na escuridão para longe do prédio. Com um braço enlaçando sua cintura, ele a levava pelo bosque, por entre as árvores. Chegaram à trilha além da área isolada pela polícia onde ele escondera o carro alugado. Ele estava evasivo e silencioso, ignorando as perguntas que ela fazia.

Os dois chegaram ao carro. Ben virou-se depressa ao ouvir o ruído de galhos se movendo atrás deles. Mas era só uma coruja incomodada com a passagem deles.

Ben dirigia por estradas secundárias e desertas, e eles ficaram em silêncio por um tempo. Roberta fechou os olhos. Os detalhes das horas no cárcere já se tornavam nebulosos e distantes em sua mente.

Após dois quilômetros percorrendo trilhas de terra, eles chegaram a uma pista estreita.

– Aonde vamos? – ela perguntou.

– Aluguei um lugar.

Passaram por alguns vilarejos e, vinte minutos mais tarde, chegaram a um chalé cercado por árvores e com via de acesso própria. Ben conduziu Roberta até a casa, abriu a porta e acendeu a luz. O chalé era simples e funcional, mas seguro.

Ela se deixou cair em uma velha poltrona, reclinou a cabeça e fechou os olhos. Ele se aproximou para oferecer uma taça de vinho tinto. Roberta bebeu depressa, sentindo o imediato efeito relaxante. Ela o assistia empilhar gravetos e pedaços de madeira e acender o fogo na lareira de pedra. Ben estava estranhamente quieto, distante.

– O que aconteceu, Ben? Qual é o problema?

Ele não respondeu, ajoelhou-se diante da lareira, de costas para ela, e remexeu as toras com uma vareta de ferro.

– Por que não fala comigo?

Ele soltou o ferro com um barulho, levantou-se e virou para encará-la.

– O que diabos você estava fazendo? – perguntou furioso.

– Como assim?

– Tem ideia de como eu fiquei preocupado? Pensei que estivesse morta! O que deu na sua cabeça para sair do quarto daquele jeito?

– Eu...

– Que coisa mais estúpida, idiota e...

Roberta ficou em pé. Os lábios tremiam-lhe tanto quanto as mãos.

Ele se conteve ao ver sua expressão.

– Escute, não precisa chorar. Eu sinto mui...

Ben não conseguiu terminar a frase. Um soco no queixo o interrompeu. Ficou atordoado com a dor e deu dois passos trôpegos para trás.

– Não fale comigo desse jeito, Ben Hope!

Silêncio. Os dois se encaravam. Ele massageava o queixo. Depois, Roberta o abraçou e enterrou o rosto em seu ombro. Sentindo a imediata tensão no corpo de Ben, ela se afastou e o fitou com insegurança, os olhos cheios de lágrimas.

Nesse momento, a tensão o deixou e alguma coisa brotou dentro dele, algo grandioso e forte. Queria agora o calor que rejeitara por tanto tempo. Queria mergulhar nele como um nadador mergulha em uma lagoa morna no meio do oceano, queria ficar lá para sempre. Enquanto fitava aqueles olhos tristes, úmidos e curiosos, ele descobriu que a amava mais do que havia percebido.

E a segurou pelos braços, puxando-a contra si. Os dois ficaram abraçados em silêncio, acariciando e tocando os cabelos um do outro.

– Tive tanto medo – Ben sussurrou. – Pensei que a tivesse perdido.

Passou os dedos na face de Roberta e limpou delicadamente as lágrimas que agora escorriam em seu rosto sorridente. Aproximaram os lábios e ele a beijou, um beijo demorado e cheio de desejo, como jamais havia trocado com nenhuma outra mulher.

Na manhã seguinte, Roberta acordou com um galo cantando ao longe. Abriu os olhos e depois de um ou dois segundos se lembrou de onde estava. A luz do sol penetrava pela janela do quarto. Sorriu imediatamente com as lembranças da noite anterior. Não havia sido um sonho. Quando dissera a Ben o quanto o amava, ele havia respondido que sentia o mesmo por ela. E a tratara com ternura, revelando um lado inteiramente novo com o despertar dessa paixão.

Roberta deitou-se de costas e alongou o corpo sob o lençol, deliciando-se com a sensação do algodão macio. Afastando do rosto os cabelos embaraçados, ela estendeu um braço para tocá-lo. A mão percorreu um travesseiro vazio. Ele devia estar lá embaixo.

Por um tempo, Roberta flutuou naquele espaço nebuloso entre o sono e a vigília. O horror do sequestro e do cárcere era agora uma lembrança distante, como se pertencesse a outra vida, como se fosse um pesadelo do passado já meio esquecido. Ela imaginava como seria morar na Irlanda, à beira-mar. Nunca havia morado perto do mar...

Mais acordada agora, tentou adivinhar o que Ben estava fazendo. Não sentia cheiro de café, nem ouvia ruídos que não fossem o cantar dos pássaros nas árvores lá fora. Ela se levantou e atravessou o quarto nua, recolhendo as peças de roupa que havia deixado no chão desde o alto da escada até a cama. Mais lembranças iam retornando, e ela sorria.

Ben não estava lá embaixo preparando o café. Ela o procurou pela casa chamando seu nome, mas não recebia resposta. Onde ele estava?

Percebeu então que o carro e as coisas de Ben haviam desaparecido e ficou muito preocupada. Roberta encontrou o bilhete sobre a mesa da cozinha e sabia o que havia nele antes mesmo de desdobrá-lo para ler a mensagem.

Lágrimas corriam-lhe pelo rosto. Sentada à mesa da cozinha, com a cabeça apoiada nos braços, ela chorou por muito tempo.

57

Palavas-les-Flots, sul da França, três dias depois

O outono se aproximava. A estação de maior movimento chegava ao fim no resort litorâneo, e os únicos turistas que ainda estavam por ali se banhando no oceano eram britânicos e alemães. Ben sentou-se na praia e olhou para o horizonte azul. Estava pensando em Roberta. Ela já devia estar voltando para casa, para uma vida segura.

Partira cedo depois da noite de amor. "Não deveria ter deixado aquilo acontecer", ele se recriminava. Não era justo com Roberta. Sentia-se horrível por ter admitido seus sentimentos por ela, mesmo planejando ir embora à primeira luz do dia, enquanto ela ainda dormisse.

Ao amanhecer, sentara-se à mesa da cozinha e escrevera o bilhete. Não era grande coisa, queria ter sido capaz de dizer mais, mas só teria servido para causar mais sofrimento a ambos. Ao lado do bilhete, havia deixado dinheiro suficiente para Roberta voltar rapidamente e em segurança para a América. Então, pegara suas coisas e se preparara para ir embora.

Mas não conseguira simplesmente partir, quisera vê-la pela última vez. Voltou ao quarto na ponta dos pés, tomando cuidado para não acordá-la. Ficara lá por um ou dois minutos, observando seu sono profundo. Seu peito subia e descia suavemente sob o lençol, os cabelos cobrindo o travesseiro. Com toda delicadeza, afastara uma mecha que caía sobre o olho de Roberta e sorrira com carinho ao ver a expressão completamente relaxada, quase infantil, do rosto adormecido. Sentira um enorme desejo de tomá-la nos braços, beijá-la, mimá-la, servir-lhe café da manhã na cama. Ficar com ela, viver feliz.

Mas nada disso era possível. Era como um sonho que permanecia além dos limites impostos pela realidade. Seu destino estava em outro lugar. Ele recordou o que Luc Simon havia falado. "Somos lobos solitários. Queremos amar as mulheres, mas só conseguimos magoá-las."

Depois de soprar um último beijo para Roberta, ele se obrigara a partir.

E agora voltava a pensar em sua missão. Fairfax o esperava. Ruth o esperava.

Ele voltou à pousada perto da praia. Em seu quarto, sentou-se na cama, pegou o telefone e discou um número.

– Então, estou oficialmente livre?

Simon riu.

– Você nunca deixou de estar, Ben. Só queria encontrá-lo para fazer algumas perguntas.

– Não era o que parecia, Luc.

– De qualquer maneira, a resposta não oficial é sim, está livre para ir embora – disse Simon. – Cumpriu sua parte no acordo, e eu vou cumprir a minha. Marc Dubois voltou para casa. A *Gladius Domini* está sob investigação e metade dos membros foi presa por assassinato, sequestro e uma infinidade de outras acusações. Portanto, estou disposto a esquecer algumas questões que o envolvem, se é que me entende.

– Entendo. Obrigado, Luc.

– Não me agradeça, apenas não me cause mais nenhum problema. Faça-me feliz anunciando que vai deixar a França ainda hoje.

– Em breve – Ben garantiu.

– É sério, Ben. Aproveite o que resta do tempo quente, vá ao cinema, conheça os pontos turísticos. Seja um turista comum, para variar. Se souber que você aprontou alguma coisa, vou cair em cima de você como uma tonelada de tijolos, meu amigo.

Simon desligou o telefone e sorriu. Apesar de tudo, não conseguia deixar de sentir certa simpatia por Ben Hope.

A porta do escritório se abriu atrás dele, Luc virou-se e viu o detetive calvo entrar na sala.

– Olá, sargento Moran.

– Bom dia, senhor. Desculpe, não sabia que ainda estava aqui.

– Já estava saindo – Simon respondeu, olhando para o relógio. – Quer alguma coisa, sargento?

– Só vim buscar uma pasta, senhor. – Moran aproximou-se do arquivo e abriu uma gaveta, procurando algo nas pastas suspensas de papelão.

– Bem, estou de saída. – Simon pegou sua pasta, bateu no ombro de Moran com simpatia e saiu.

Moran o viu desaparecer no corredor. Depois empurrou a gaveta, fechou a porta silenciosamente e pegou o telefone. Quando discou um número, uma voz feminina o atendeu na recepção.

– Pode me dizer qual foi a última ligação recebida neste ramal? – ele perguntou. E anotou o número. Em seguida desligou e ligou para o número que havia anotado.

Outra voz feminina atendeu.

– Desculpe, devo ter ligado para o número errado – ele falou depois de uma pausa e desligou.

Uma terceira ligação, e dessa vez a voz do outro lado era um sussurro rouco.

– Aqui é Moran – o detetive anunciou. – Tenho aquela informação que queria. O alvo é o albergue Marina em Palavas-les-Flots.

Sentado à mesa na pousada, Ben bebeu um gole de café e esfregou os olhos. Começou então a analisar as anotações.

– Certo, Hope – murmurou para si mesmo. – Vamos lá. O que temos até agora?

A resposta inevitável era que não tinha muito. Alguns fragmentos isolados de informações, muitas perguntas sem resposta e só isso.

Não sabia o bastante. Estava esgotado pela falta de sono, mentalmente exausto após dias correndo, planejando e tentando equilibrar todos os elementos da equação em sua mente. E agora, sempre que tentava se concentrar em algo, tudo que podia ver era o rosto de Roberta diante dele. Seus cabelos, seus olhos. A forma como se movia. O jeito de rir, o jeito de chorar. Não conseguia tirá-la do pensamento, não conseguia preencher o vazio que sentia, agora que ela não estava mais a seu lado.

Estava quase sem cigarros de novo. Pegou a garrafinha e a sacudiu. Ainda restava um pouco. Ele começou a remover a tampa. "Não." Deixou a garrafa fechada sobre a mesa e a empurrou para longe.

Ainda estava intrigado com aqueles grupos de números e letras alternados, aparentemente aleatórios e sem significado, que apareciam em nove páginas do bloco. Com uma caneta na mão, examinou o bloco e anotou os números e letras na ordem em que apareciam.

i. N 18
ii. U 11 R
iii. 9 E 11 E
iv. 22 V 18 A 22 V 18 A
v. 22 R 15 O
vi. 22 R
vii. 13 A 18 E 23 A
viii. 20 R 15
ix. N 26 O 12 I 17 R 15

Em caligrafia normal, eles pareciam mais ainda com um código do que quando os viu anotados no bloco. O que significavam? Conhecia o suficiente de criptografia para saber que um código como esse precisava de uma chave para ser interpretado. A chave frequentemente usada por espiões e agentes da inteligência era uma linha escolhida ao acaso em um livro. As primeiras vinte e seis letras da linha podiam ser associadas com as letras do alfabeto, ou com os números, ou ambos. Era possível usar essa associação e continuar eternamente indo para a frente ou para trás pela linha-chave, dando diferentes variantes ao código e fornecendo leituras completamente diferentes. Se você sabe qual é o livro, que página e que linha usar, tudo é só uma questão de decifrar a mensagem cifrada.

Mas, se você não sabe, o código é impossível de ser quebrado. E Ben não tinha como saber. Fulcanelli podia ter escolhido qualquer coisa, qualquer livro ou texto, como linha-chave para essas sequências. Podia ter utilizado qualquer um dos idiomas que conhecia. Francês, italiano, inglês, latim ou uma tradução de/ou para qualquer um deles.

Ele ficou sentado por um momento, pensando em todas as possibilidades. A famosa agulha no palheiro era fácil de achar, comparado ao que tinha ali. Revirando todas as informações que acumulara, ele se lembrou de repente da gravação que Anna havia feito em uma sessão com Klaus Rheinfeld. Nela, Rheinfeld resmungava sequências semelhantes de números e letras alternados. Ben as anotara.

Ele procurou nos bolsos e encontrou o bloquinho. Rheinfeld repetira a mesma sequência de letras e números várias vezes. N-6; E-14; I-26; A-11; E-15. Mas ela não aparecia em nenhuma página do bloco. Rheinfeld trabalhara sozinho no código? Ben lembrou-se de Anna descrevendo como ele havia contado obsessivamente nos dedos enquanto repetia os números. Ele também contara nos dedos enquanto repetia aquela outra frase... qual era, mesmo? Alguma coisa em latim, alguma coisa relacionada à alquimia. Ben fechou os olhos tentando lembrar.

"A frase estava em algum lugar no bloco de Rheinfeld." Ele virou as páginas sujas e encontrou o desenho do alquimista em pé ao lado de sua preparação borbulhante. Lá estava a inscrição na lateral do caldeirão. IGNE NATURA RENOVATUR INTEGRA. *Pelo fogo a natureza é renovada inteira...*

Se Rheinfeld contava nos dedos enquanto repetia a frase... isso significava... Ben contou as letras da frase em latim. Vinte e seis. Vinte e seis letras no alfabeto. Era essa a linha-chave para decifrar o código?

Ele anotou a frase em um pedaço de papel. Acima e abaixo das palavras, escreveu as letras do alfabeto e os números de 1 a 26. Parecia simples demais, mas tentaria assim mesmo. Ele descobriu rapidamente que, embora os números do código só pudessem ser equiparados a uma letra, a repetição de letras na frase permitia que as letras cifradas tivessem vários significados. Usando essa chave ele decodificou as primeiras duas palavras da mensagem oculta, N 18 / U 11 R:

C	R		H	K	I
E			R		K
M					S
U					Y

As letras horizontais deviam formar algum tipo de palavra reconhecível, simplesmente dispondo nas colunas verticais as alternativas sugeridas pelo código. Mas não fazia sentido. "Tente de novo, era óbvio demais mesmo." Ele inverteu os números de 1 a 26, de forma que progredissem em sentido contrário ao da linha-chave, e decodificou novamente as primeiras duas palavras.

C	I		H	P	I
E			R		K
M					S
U					Y

Agora pareceu-lhe que havia entendido tudo errado. A linha-chave devia ser alguma coisa completamente diferente.

– Deus, odeio enigmas – resmungou.

Mordendo a ponta da caneta, olhou novamente para o bloco em busca de inspiração. Os olhos se depararam com o desenho do alquimista e seu caldeirão. Embaixo do caldeirão havia fogo. Sob o fogo havia a inscrição ANBO.

Então ele entendeu. *É claro, idiota.* ANBO era a forma codificada para IGNE, fogo em latim. Se ANBO era IGNE, então o alfabeto havia sido alinhado com as letras *alternadas* na linha-chave. Quando chegava ao fim, simplesmente voltava ao começo, preenchendo as lacunas que restavam.

26 25 24 23	22 21 20 19 18 17	16 15 14 13 12 11 10 9 8	7 6 5 4 3 2 1
I G N E	N A T U R A	R E N O V A T U R	I N T E G R A
A N B O	C P D Q E R	F S G T H U I V J	W K X L Y M Z

Associando as letras dessa linha aos números de trás para frente de 1-26, conseguiria uma chave completamente diferente com a qual trabalhar.

– Muito bem – ele resmungou –, aqui vamos nós mais uma vez.

N18 U11R, de acordo com o código. Baseado nessa nova chave, N podia ser B ou C ou G ou K; 18 só podia ser E. Seguindo para a segunda palavra, U podia ser Q ou V; 11 só podia ser U; e R podia ser E, F, J ou M.

Ele olhava fixamente para as anotações, incapaz de chegar a uma conclusão. Mas, de repente, seu coração deu um pulo. "Espere um minuto." Um esboço se formava. Com as letras disponíveis era possível soletrar duas palavras distintas. CE QUE. *AQUELE QUE*. Ele escreveu a chave de maneira mais organizada.

A: I/26	G: N/14	M: R/2	S: E/15	Y: G/3
B: N/24	H: V/12	N: G/25	T: O/13	Z: A/1
C: N/22	I: T/10	O: E/23	U: A/11	
D: T/20	J: R/8	P: A/21	V: U/9	
E: R/18	K: N/6	Q: U/19	W: I/7	
F: R/16	L: E/4	R: A/17	X: T/5	

E agora a mensagem oculta começava a se revelar rapidamente enquanto ele usava a chave para decifrar o código, escolhendo as palavras a partir das letras disponíveis.

i.	N 18:	CE
ii.	U 11 R	QUE
iii.	9 E 11 E	VOUS
iv.	22 V 18 A 22 V 18 A	CHERCHEZ
v.	22 R 15 O	CEST
vi.	22 R	LE
vii.	13 A 18 E 23 A	TRESOR
viii.	20 R 15	DES
ix.	N 26 O 12 I 17 R 15	CATHARES

O QUE VOCÊ PROCURA É O TESOURO DOS CÁTAROS

A animação dessa descoberta renovou a energia de Ben. Ele virou as folhas do bloco, buscando mensagens que pudessem lançar mais luz sobre aquilo que procurava. Ao pé da página, onde ele havia encontrado a palavra codificada TRESOR, havia um bloco de mais três palavras cifradas.

22E 18T 22 E 18I 26 T12 U20 A18

22E 18T 22E 18I - 26 - T12 U20 A 18. O padrão agora parecia familiar, mas quando ele aplicou sua chave para decodificar a mensagem, o desânimo o invadiu.

C	L	E	D	C	L	E	A		A		D	H	Q	D	P	E
	O		I		O		W				I		V		R	
	S		X		S						X				U	
															Z	

Não conseguia de maneira alguma achar algum significado para aquilo. COEICSEW A IHVDRE?

– Tudo bem, seu velho bastardo, você não vai se livrar de mim tão fácil.

Começando a entender a brincadeira perversa que Fulcanelli parecia estar fazendo, ele inverteu a chave, desta vez anotando os números em sequência direta ao longo da linha-chave e o alfabeto em sequência inversa. Percebeu então uma nova forma de interpretação.

C	H	E	C	C	H	E	D		A		C	H	E	D	A	E
	O		R		L		Z				R		J		F	
	S		W		O						W				I	
															K	

Acompanhando a primeira linha e extraindo das colunas verticais letras que pudessem fazer sentido, de repente ele conseguiu formar palavras inteligíveis em francês.

CHERCHEZ A...
PROCURE EM...

Só a última palavra o intrigava. Podia ser RHEDIE, WHEDIE, WHEDAE, RHEDAE, ou várias alternativas estranhas como CHJDKE, que obviamente não faziam nenhum sentido.

Ele coçou a cabeça. *Procure em...* Considerando o contexto, a misteriosa terceira palavra devia ser o nome de um lugar: procure em *algum lugar*. Ele estudou todas as possíveis alternativas em seu mapa, mas não conseguiu encontrar nada. Lembrando de repente que havia uma seleção de guias locais à venda no saguão da pousada, ele desceu correndo, pediu à proprietária um guia que contivesse informações sobre toda a área de Languedoc e voltou ao quarto já lendo o índice. Mas ali também não havia nenhum nome parecido com aquele.

– *Droga!* – Ele arremessou o guia do outro lado do quarto. O volume se abriu antes de se chocar contra a parede e cair, atingindo um vaso de flores sobre o console. O vaso caiu e quebrou. – Droga! – ele gritou mais alto.

Então, lembrou-se de algo que fez a fúria arrefecer, sumir completamente. E os códigos que Rheinfeld repetia para si mesmo naquela gravação? Poderia encontrar neles uma resposta? Abriu novamente o bloco e trabalhou em cima das cinco letras. Quase riu quando viu o resultado.

KLAUS

Rheinfeld decifrara o enigma, o pobre bastardo. Ben se perguntava se o alemão havia enlouquecido em resultado da frustração de não saber o resto. Começava a entender exatamente como o homem se sentia.

Enquanto limpava a água e recolhia as flores e os cacos de porcelana do chão, resmungando palavrões o tempo todo, Ben pensou em mais alguma coisa. "Que idiota! É claro!" Largou tudo e correu até onde estava sua bolsa. Dentro dela, encontrou o falso mapa medieval mostrando a velha Languedoc, aquele que estivera pendurado na parede da sala de Anna. Ele desenrolou o desenho e o abriu sobre a mesa.

Quando encontrou o lugar, Ben comparou sua localização com o mapa moderno. Não havia nenhuma dúvida. O antigo nome do vilarejo medieval de Rennes-le-Château, a menos de 30 quilômetros distante de Saint-Jean, era Rhédae. Ben deu um soco na mesa. PROCURE EM RHEDAE de repente tinha um novo e real significado: *PROCURE EM RENNES-LE-CHÂTEAU.*

E, de acordo com seu guia, Rennes-le-Château era o local que a lenda associava mais intensamente ao tesouro perdido dos cátaros.

58

Dirigindo pela via esburacada no sentido da D118 a caminho de Rennes-le-Château, Ben ia pensando sobre o que havia lido a respeito do lugar em seu novo guia. Era um nome que lembrava vagamente de algum documentário da televisão, mas não havia percebido que o antes pacato povoado medieval era agora uma das mais sensacionais atrações turísticas do sul da França. Seu guia dizia: *um importante centro para aqueles que procuram tesouros sagrados e fenômenos mágicos. Quer você acredite ou não no oculto, em ideias cabalísticas, UFOs ou círculos em plantações, não há como negar o estranho mistério de Rennes-le-Château.*

O enigma de Rennes-le-Château tinha por base a história de um homem chamado Bérenger Saunière. Ele havia sido o humilde sacerdote do vilarejo que, em 1891, durante a reforma da velha igreja, supostamente descobrira quatro pergaminhos lacrados dentro de tubos de madeira. Os pergaminhos datavam de um período entre 1244 e a década de 1780 e, dizia a história, levaram o padre Saunière à descoberta de um grande segredo.

Ninguém sabia o que Saunière encontrara, mas, logo após essa descoberta, o padre aparentemente passara da pobreza à riqueza milionária do dia para a noite. De onde viera o dinheiro ainda era um mistério. Algumas fontes diziam que ele encontrara o famoso tesouro dos cátaros, uma fortuna em ouro que os hereges haviam escondido de seus opressores no século 13. Outros diziam que o tesouro não era dinheiro ou ouro, mas um grande segredo, algum tipo de conhecimento antigo que Saunière, subornado pela Igreja, jamais divulgara.

Como era de se esperar, boatos sobre o tesouro e a obscuridade dos fatos se combinaram para provocar um interesse histérico quando a história foi divulgada pela mídia no início da década de 1980. Tudo isso dera origem a um culto fervoroso de tudo que se relacionava ao mistério de Rennes-le-Château. Místicos, hippies e caçadores de tesouros para lá se dirigiam em bandos a cada verão. A indústria de turismo de Languedoc era louca pelos cátaros desde então.

Ben saiu da estrada principal em Couiza e o carro seguiu por uma encosta tortuosa. Depois de quatro quilômetros de cenário cada vez mais selvagem, ele chegou ao pequeno vilarejo de Rennes-le-Château.

A igreja ficava recuada alguns metros em relação à rua, protegida por um portão de ferro. Ao lado dela havia um centro turístico que contrastava intensamente com o vilarejo medieval. Havia uma visita organizada em andamento, com um grupo de turistas seguindo um guia e fotografando tudo. Ben juntou-se a eles e, pela conversa, percebeu que eram britânicos.

– E agora, senhoras e senhores – dizia o guia em tom entediado –, se quiserem me acompanhar por aqui, vamos entrar na misteriosa igreja propriamente dita. Como todas as igrejas medievais, esta foi construída de frente para o eixo leste-oeste, e o plano do piso tem a forma de uma cruz. O altar é...

Ben seguiu o grupo para o interior da igreja, onde as pessoas se espalharam olhando em volta, apreciando a decoração rebuscada. Imediatamente depois da porta havia uma estátua de um demônio com chifres e olhar impressionante. Acima dele havia quatro anjos, todos olhando para a igreja na direção do altar.

O guia apontou a figura demoníaca. Sua voz ecoou na igreja.

– Essa criatura assustadora representa o demônio Asmodeus, guardião dos segredos e guardião dos... *tesouros escondidos*.

O comentário divertiu o grupo, mas Ben já começava a perceber que não teria nenhuma utilidade para ele. Por isso se afastou deles e foi para fora da igreja, para a luz do sol, chutando uma pedra como forma de extravasar a frustração.

Rennes-le-Château ficava no alto de uma encosta rochosa, sobre uma paisagem panorâmica. No limite ocidental do vilarejo, o terreno despencava formando um despenhadeiro. Ben estava em pé na beirada do precipício e olhava para as colinas e vales, protegendo o isqueiro do vento enquanto acendia um cigarro. Ele suspirou. Onde estaria Roberta agora? Havia anos não se sentia tão dolorosamente sozinho.

Aqui e ali ao longe ele via várias torres muito antigas e edifícios arruinados, e também dois vilarejos de pedra ocre. Lá embaixo, no vale árido, ficava o vilarejo que seu mapa dizia ser Esperaza. Ele sorriu ao pensar no significado do nome. Esperança. Seus olhos seguiram o horizonte até algumas ruínas distantes, que o mapa identificava como Coustaussa.

Uma lembrança o perturbou. Uma cena como aquela. Estavam no alto de uma encosta na vila em que ela morava, olhando para os vales. Lembrava-se do que ela lhe dissera. Em algum lugar especial, as posições relativas dos velhos sítios davam uma pista para um segredo que traria grande sabedoria e poder àquele que solucionasse o mistério.

– O que estava tentando me dizer, Anna? – ele resmungou olhando para o horizonte.

Fulcanelli. Os cátaros. Tesouros perdidos. Tudo estava interligado, tinha que ser. O alquimista descobrira o antigo pergaminho e a cruz por ali em algum lugar? Por isso Usberti escolhera essa parte da França para instalar a sede da *Gladius Domini*?

Ele andou pelo vilarejo durante um tempo, arrastando os pés. Não muito longe da igreja, encontrou um pequeno café frequentado por turistas, um lugar onde eram vendidos cartões-postais e suvenires. O estabelecimento estava quase vazio, e o cheiro do café era bom. Ele escolheu a mesa no canto mais afastado da porta e sentou-se com sua xícara, tentando organizar os pensamentos. O que significava tudo aquilo? Ben tirou o bloco de Rheinfeld da embalagem plástica e o abriu. Seus olhos foram atraídos mais uma vez pelos versos.

As paredes desse templo não podem ser derrubadas
Os exércitos de Satã passam sem perceber
Os corvos ali guardam um segredo oculto
Conhecido apenas por aquele que procura com fé e justiça

Talvez fosse o raciocínio perturbado de um cérebro privado de sono, esgotado, ou era um raio de luz penetrando a neblina dos enigmas alquímicos. Mas uma ideia repentina o atingiu como um raio.

Ele virou as páginas do bloco até encontrar o desenho dos círculos gêmeos idênticos ao da lâmina da adaga. Se a memória não o enganava, o que distinguia a versão do desenho no bloco e o da lâmina era a inscrição do símbolo do corvo marcando seu centro. Se Rheinfeld havia copiado o desenho do original com precisão, isso significava que Fulcanelli havia acrescentado o novo detalhe deliberadamente. Devia ter um significado. Mas qual?

Os corvos ali guardam um segredo oculto.

Ele olhou novamente para a página, onde o mesmo símbolo do corvo aparecia junto da palavra DOMUS. A Casa do Corvo.

Ele ponderou. Uma hipótese: se a Casa do Corvo – deixando de lado por um momento o que ela realmente *era* – ficava no centro da forma geométrica dos círculos gêmeos, seria possível que essa forma dos círculos gêmeos representasse um *lugar* de verdade? Um local, como Anna havia sugerido, marcado por linhas sobrepostas na paisagem física e tendo sítios antigos como pontos de referência?

Parecia maluco, mas, à sua maneira, fazia o mais perfeito sentido.

Ben voltou aos versos. *As paredes desse templo não podem ser derrubadas.*

Que tipo de parede de templo não poderia ser derrubada? Não as de pedra, isso era certo, considerando o número de antigas ruínas que havia por ali. Os exércitos das cruzadas haviam sido implacáveis na destruição das fortalezas e igrejas de seus inimigos heréticos.

Ele pensou em outra coisa. E se as paredes do templo nunca houvessem sido construídas com pedras – nunca tivessem sido erguidas?

E se elas fossem as linhas de uma invisível forma geométrica que atravessa a terra, conhecidas apenas pelos fiéis e justos que conheciam o segredo? Os exércitos inimigos nem teriam sabido que esse templo estava ali. Porque suas paredes eram invisíveis. Era um templo virtual.

Na prática, era um mapa. O que quer que fosse a Casa do Corvo, ficava no centro do *layout* que parecia ser um marco para alguma coisa. Alguma coisa que podia causar muitos problemas. Tesouro alquímico secreto? Usberti era obcecado pela descoberta desse tesouro. Os nazistas o desejavam. Talvez aqueles que haviam desencadeado o holocausto contra os cátaros também procurassem por ele.

Os pensamentos de Ben agora se atropelavam numa velocidade vertiginosa. Ele tirou da bolsa o mapa das estradas, desdobrou o quadrado de papel e o abriu sobre a mesa de plástico. O dedo apontou para Rennes-le-Château. Esse era o lugar para o qual Fulcanelli o guiara. Ali começaria a busca, no núcleo do território cátaro e no foco do mistério de seu tesouro perdido.

Utilizando o cardápio como régua, ele começou a traçar linhas de lápis no mapa. Logo foi possível ver que padrões iam surgindo.

Saint-Sermin – Antugnac – La Pique – Bugarach.

Couiza – Le Bezu.

Esperaza – Rennes-les-Bains.

E pelo menos mais uma dúzia. Todas eram linhas retas que ligavam perfeitamente as igrejas próximas, vilarejos e ruínas de castelos, passando diretamente pelo ponto onde estava sentado, o centro de Rennes-le-Château. Essa descoberta bizarra parecia confirmar que estava procurando no lugar certo. Mais linhas, e logo ele construía uma extensa rede que se estendia espantosamente por toda a área.

Visitantes entravam e saíam, e ele nem notava o movimento no café. Sua bebida havia esfriado na xícara. Ben estava hipnotizado pelo confuso labirinto de complexidade controlada que começava a se descortinar a partir da ponta de seu lápis. Depois da primeira hora, ele havia criado um círculo perfeito cuja circunferência conectava quatro igrejas antigas na área, Les Sauzils, Saint-Ferriol, Granès e Coustaussa.

Para seu espanto, as linhas projetadas formavam uma estrela de seis pontas cujas extremidades cabiam perfeitamente dentro do círculo e tocavam exatamente as duas primeiras igrejas. O centro do primeiro círculo era precisamente em Esperaza, o vilarejo no vale abaixo de Rennes-le-Château.

Depois de mais uma hora, os funcionários do café começaram a se perguntar quanto tempo o estranho cliente ainda ficaria ali sentado desenhando sobre o mapa. Ben nem os notava. Agora havia um segundo círculo, e ele o traçava com mão firme. O centro ficava sobre um lugar chamado Lavaldieu – *Vale de Deus*. Os círculos tinham tamanhos idênticos e ficavam em sentido diagonal nas posições NO/SL no mapa. Ele traçou mais linhas e balançou a cabeça admirado ao ver o complexo símbolo alquímico revelar-se lentamente.

O hexagrama no círculo Esperaza tinha uma das pontas ao sul em Les Sauzils e outra em Saint-Ferriol. O pentagrama no círculo Lavaldieu tinha suas duas pontas ocidentais em Granès e Coustaussa. Uma linha reta perfeita ligando Peyrolles a Blancheforte, a Lavaldieu fornecia o ponto sul do pentagrama, onde ele tocava o limite do círculo Lavaldieu. Finalmente, outra linha reta perfeita conectando Lavaldieu no centro com o mais distante castelo de Arques dava a ponta mais a leste da estrela.

Ele se recostou na cadeira e contemplou o mapa riscado e cheio de linhas. Mal podia acreditar no que via. Os círculos gêmeos estavam completos. O diagrama era perfeito em sua geometria: o templo virtual, bem ali no mapa barato de posto de gasolina.

A civilização que havia criado o fenômeno, muito antes de Fulcanelli tê-lo encontrado, devia ter sido incrivelmente desenvolvida em levantamento topográfico, geometria e matemática. A logística de criar aquela elaborada rede de linhas representando uma acidentada paisagem montanhosa era de enlouquecer, e ficava ainda pior considerando o esforço que deviam ter feito para construir deliberadamente igrejas e assentamentos inteiros nas localizações exatas marcadas pelo traçado invisível de um círculo ou pela intersecção de duas linhas imaginárias. E tudo isso só para criar uma localização secreta para um conhecimento cifrado? Que conhecimento justificava todo esse esforço?

Talvez descobrisse. Estava seguindo as pegadas históricas de Fulcanelli. Agora, tudo que tinha que fazer era descobrir o ponto central, e isso deveria fornecer a localização exata da descoberta do alquimista, qualquer que fosse. Ele traçou mais duas linhas que atravessavam na diagonal e de forma simétrica o desenho, formando um X alongado que marcava o centro exato.

– O X marca o ponto – ele murmurou.

O ponto central ficava perto de Rennes-le-Château. Não podia ser muito mais que dois quilômetros, aproximadamente a noroeste.

Mas o que encontraria quando chegasse lá? Só havia um jeito de descobrir. Estava chegando perto.

59

Ben seguiu viagem. Começando pelo extremo oeste do vilarejo, descobriu uma trilha sinuosa que descia a encosta. Desceu derrapando em pedras e terra. Às vezes o solo seco cedia e ele escorregava alguns metros, tentando manter o equilíbrio. Quando chegou à linha das árvores, cem metros abaixo, o terreno tornou-se mais firme e os galhos serviam de apoio para a conclusão do trajeto. No início as árvores eram esparsas, mas, com o terreno mais plano, logo se tornaram uma floresta densa.

Ben seguiu por uma trilha entre as coníferas, os carvalhos e as faias frondosas. As aves cantavam nas árvores, e os raios claros do sol de outono penetravam por entre a folhagem verde e dourada. Pela primeira vez em dias ele se sentiu quase capaz de esvaziar a mente de pensamentos conturbados. Apesar da terrível saudade, era um alívio saber que Roberta estava segura longe dele. Independentemente do que acontecesse, ela ficaria bem.

Além da floresta no vale, o terreno começava a subir novamente. Um quilômetro além de um platô rochoso, uma encosta subia de forma dramática até um patamar muito alto. Ele viu que a rota que seguia o levaria diretamente ao topo desse patamar. Caminhava determinado entre as rochas, ignorando os arbustos espinhosos que arranhavam os tornozelos. O patamar estava cada vez mais próximo.

Longe, Franco Bozza observava a pequena silhueta pelos poderosos binóculos. Seguira Ben Hope desde Palavas, mantendo-se cuidadosamente fora de seu campo de visão. Vira quando ele havia descido a encosta desde Rennes-le-Château e cortara caminho pelo campo. Era evidente que o homem sabia para onde ia. Não sabia o que o inglês estava procurando, mas tinha certeza de que ele encontraria. Dessa vez, não o deixaria escapar.

Bozza o seguia traçando um semicírculo ao redor da trajetória de Ben. As árvores frondosas e abundantes o mantinham escondido. Progredindo com discrição pelo terreno cada vez mais rochoso, parando de vez em quando para verificar o progresso da pequena silhueta distante, ele o acompanhava e agora o observava de um ponto logo acima de onde Ben estava, perto do cume da elevação. Atrás dele, onde o terreno descia até um vale muito verde, havia uma casa distante.

A parede rochosa se erguia até um patamar plano, como um platô raso, e depois subia novamente até o cume. À direita, a encosta mergulhava de forma dramática por cerca de 300 metros até um vale profundo e cheio de árvores. Ben começou a longa subida. Depois de mais ou menos meia hora, ele chegou ao primeiro nível, aproximadamente 10 metros distante. Uma ponta de rocha cinzenta se destacava da parede do penhasco formando uma caverna rasa. Ele parou e descansou por alguns minutos, olhando para a subida que ainda teria que vencer.

Acima dele, Bozza avançou um pouco mais pela grande montanha. De seu vantajoso ponto de vista, tinha uma boa visibilidade do inglês através dos binóculos. A rocha larga e plana se destacava da parede da montanha como um toldo. Sentia que ela era estável sob seu peso, e era segura o bastante para permanecer ali por mil anos. Mas Bozza era um homem pesado, e quanto mais avançava sobre o patamar, mais desafiava o equilíbrio da rocha.

Quando percebeu que a pedra começava a se mover, era tarde demais para fazer qualquer coisa.

Bozza permaneceu deitado de bruços sobre a rocha nos primeiros metros da queda, que mergulhou no precipício, bateu contra um aglomerado de pedras menores e as levou consigo no mergulho vertiginoso. Foi arremessado da pedra e desceu rolando e chocando-se contra a parede da encosta por 30 metros. Procurava desesperadamente um apoio para interromper o mergulho, mas tudo a que se agarrava caía com ele. A avalanche ganhava velocidade, levando com ela uma fatia da encosta.

De onde estava, Ben olhou para cima, tentando calcular o quanto da encosta ainda precisava vencer, e viu a nuvem de poeira levantada pelas rochas desmoronando. Seu sangue esfriou nas veias. A avalanche vinha em sua direção. Ele se encolheu em uma reentrância da rocha exatamente no instante em que as primeiras pedras bateram sobre a pedra saliente que a cobria. Elas se chocavam com força contra a superfície, arrancando boa parte do solo. Ben protegeu o rosto da chuva de terra e pedras que despencava como uma cortina sufocante. De repente, o chão cedia sob seus pés. Ele estendeu os braços com desespero e agarrou a beirada da pedra sobre sua cabeça. Ficou ali pendurado, torcendo para a ponta de rocha não se soltar e esmagá-lo. Uma grande rocha denteada ricocheteou na superfície da encosta e o atingiu no ombro, derrubando-o. Ele escorregou e rolou um bom trecho da encosta, com terra e fragmentos de rocha despencando à sua volta. Sentiu dor súbita e intensa quando seu corpo se chocou contra uma raiz saliente. Conseguiu se agarrar à raiz, apesar da chuva de terra que o atingia declive abaixo. A raiz o sustentou. A violência do deslizamento foi diminuindo, até que tudo acabou.

O ar era denso, poeirento. Ben cuspia e tossia, sentindo a boca e a garganta cheias de terra. Conseguiu encontrar um apoio seguro para os pés e, lentamente, foi apoiando o peso do corpo sobre as pernas, testando o terreno frágil. Deu um tapinha de agradecimento na raiz de árvore e voltou a subir com cautela, procurando um trecho sólido do terreno.

A queda de Bozza terminou no meio de uma pilha de pedras. Ele estava atordoado e ensanguentado. Os dedos tinham ferimentos profundos causados pelo esforço desesperado de se agarrar a alguma coisa. Levantou-se com dificuldade, trêmulo, e olhou em volta, estudando os escombros do deslizamento. Havia despencado de uma altura considerável. Mais alguns metros e teria mergulhado do patamar no meio da encosta para o precipício que terminava no vale lá embaixo.

Ele ouviu um barulho e se virou. Ben Hope estava a dez metros dele.

Bozza não teve tempo de pegar a arma. O olhar de Ben desceu diretamente, deliberadamente para o peito do homem, e a Browning disparou duas vezes numa sucessão rápida.

Os tiros ecoaram no silêncio da montanha. O corpo de Bozza foi jogado para trás como o de um boneco de pano. Por um momento, ele balançou na beirada do precipício, os braços abertos numa tentativa desesperada de manter o equilíbrio. Ben o observou com frieza e disparou mais uma vez. Bozza levou as mãos ao peito e, com um último olhar de ódio, desapareceu além do limite do precipício.

Uma hora depois Ben conseguiu descer até o vale repleto de árvores. Sentou-se sobre um tronco caído e coberto de musgo e recuperou o fôlego. Teria sido bom ter à mão um par de coturnos, os sapatos que usava estavam praticamente destruídos. Os pés estavam dolorosamente feridos dentro deles.

"Não pode ser aqui", ele pensou, olhando para o vale. No entanto, de acordo com o mapa e a bússola, tinha que ser. Não havia mais nada em lugar nenhum, apenas a mesma paisagem selvagem.

No lugar que procurava havia uma casa branca situada entre as árvores a algumas centenas de metros, do outro lado do vale. Ficava perto da base de uma montanha muito alta. Ben suspirou. Quando iniciou a busca, não sabia o que iria encontrar, talvez ruínas, ou mesmo um círculo de pedras, qualquer coisa. Mas aquela casa de campo branca, moderna e bem conservada era a última coisa que esperava ver no local da "Casa do Corvo".

Era um projeto radical, quadrado e com telhado plano, muito diferente das costumeiras casas de pedra da rural Languedoc. Parecia ter sido construída recentemente, nos últimos anos. Mesmo assim, a casa se integrava ao ambiente natural que a cercava com uma harmonia quase mágica, como se estivesse ali há séculos.

Aproximou-se do portão que recortava o muro e, quando olhava para cima, investigando a casa, ouviu uma voz.

– Olá? Tem alguém aí? – Uma mulher se aproximava dele atravessando um jardim bem conservado. Ela era alta, magra, altiva, entre 55 e 60 anos de idade. Mas o que mais chamou a atenção de Ben foram os óculos de lentes escuras e a bengala branca que ela usava para analisar o terreno à sua frente. A mulher caminhava com cuidado, descendo pela alameda até o portão. Ela sorriu, olhando para algum ponto acima do ombro de Ben.

– Estava apenas admirando sua bela casa – ele respondeu à mulher cega.

Seu sorriso tornou-se mais largo.

– Ah, você se interessa por arquitetura?

– Sim, muito – Ben respondeu. – Mas também estava pensando se poderia me dar um copo de água. Acabei de descer a montanha e estou com muita sede... Seria possível?

– É claro que sim. Vamos entrar – a mulher falou, e se virou para voltar à casa. – Venha comigo. Cuidado com a trava do portão, é muito dura.

Ele seguiu a mulher cega pela alameda calçada de pedras até a casa. Ela o conduziu por um largo corredor até uma cozinha moderna, e foi batendo a bengala até o refrigerador, de onde tirou uma garrafa de água mineral.

– Tem copos no armário. Por favor, sirva-se.

Ela se sentou com ele à mesa, o rosto composto numa expressão simpática enquanto o ouvia beber dois grandes copos de água.

– Você é muito gentil – Ben comentou. – Vim andando desde Rennes-le-Château. Estava procurando a Casa do Corvo.

– E a encontrou – ela respondeu com simplicidade, dando de ombros. – Esta *é* a Casa do Corvo.

– Aqui? – Não podia ser. Aquele lugar era moderno. Como podia ter sido citado em um manuscrito de alquimia de oitenta anos de idade?

– Talvez eu esteja no lugar errado – ele disse. – A casa que procuro é velha – ele pensou em uma possibilidade. – Esta casa foi construída no local de outra mais antiga?

Ela riu.

– Não, esta é a casa original. E é muito mais velha do que parece. Foi construída em 1925. Ela tem o nome de seu arquiteto.

– Quem foi o arquiteto?

– Seu nome verdadeiro era Charles Jeanneret, mas ele era mais conhecido como Le Corbusier. Seu apelido era *Corbu*.

– Casa do Corvo – Ben repetiu assentindo.

Corbu, *corbeau* em francês, corvo. Então, apesar de sua aparência ultramoderna, quase futurista, o lugar havia sido construído mais ou menos no período do manuscrito de Fulcanelli.

– Por que estava procurando a casa? – ela perguntou curiosa.

Ben retomou instintivamente a trama decorada.

– Eu estava fazendo uma pesquisa histórica. A casa é mencionada em alguns velhos documentos, e como eu estava na região, pensei em vir fazer uma visita.

– Quer conhecer a casa? – ela perguntou. – A visão me abandonou há alguns anos, mas minha mente ainda vê claramente cada detalhe dela.

Ela o levou de aposento em aposento, batendo a bengala e apontando uma ou outra característica. Na sala de estar principal havia uma lareira alta e elaborada de carvalho entalhado. Seu estilo ornamentado se opunha frontalmente ao projeto limpo, simples, quase asceta do resto da casa. Ben olhou para a lareira. Não era o trabalho artístico e a beleza que chamavam sua atenção, por mais impressionante que fossem. Ele observou o entalhe sobre o console, que dominava toda a lareira.

Era um corvo entalhado em um emblema circular, como aquele do manuscrito de Fulcanelli e na Catedral de Notre-Dame. Ele correu os olhos pelo corvo, notando as penas finas como lâminas, as garras curvas e o bico cruel. O olho era um fragmento cintilante de vidro rubi que parecia encará-lo de volta.

– Esta é uma característica original? – ele perguntou. – A lareira, quero dizer – acrescentou, lembrando que a mulher era cega.

– Oh, sim. Foi entalhado pelo próprio Corbu. Na verdade, ele começou a carreira estudando entalhe e produção de joias antes de tornar-se arquiteto.

Abaixo do corvo, as palavras em latim HIC DOMUS haviam sido inscritas com letras douradas em estilo gótico.

– *Hic*... aqui – Ben traduziu em voz baixa. – Aqui a casa... esta é a casa... *Esta é a Casa do Corvo*...

Mas aonde isso tudo levava? Por que Fulcanelli havia posto a casa no mapa? Tinha que ter um motivo. Devia ser alguma coisa ali. O quê?

Enquanto tentava encontrar algum tipo de conexão, ele olhou em volta. Havia uma pintura na parede do outro lado. O retrato de um homem velho vestindo o que parecia ser uma indumentária medieval. Em uma das mãos o homem tinha uma chave grande. Na outra ele segurava um escudo circular, talvez um prato, um círculo estranhamente vazio, como se o artista não houvesse concluído a pintura. O velho sorria misteriosamente.

– Não me disse seu nome, *monsieur* – lembrou a mulher cega.

Ele se apresentou.

– É inglês? Foi um prazer conhecê-lo, Ben. Meu nome é Antonia. – Uma pausa. – Receio ter que pedir para retirar-se agora. Vou visitar meu filho em Nice e ficarei fora por alguns dias. O táxi deve estar chegando.

– Obrigado por ter me recebido. – Ele mordeu o lábio, tentando esconder a frustração na voz.

Antonia sorriu.

– Fico feliz por ter encontrado o lugar. E espero que encontre o que está procurando, Ben.

60

Ele se sentou entre as árvores sobre o vale com a casa Le Corbusier lá embaixo, e tentou organizar os pensamentos. A noite caía depressa, e o vento ganhava velocidade. Nuvens negras se aglomeravam sobre a copa das árvores. Uma tempestade se aproximava.

O último comentário de Antonia o intrigava, parecia um pouco deslocado. *Espero que encontre o que está procurando*. Havia dito a ela que procurava a casa, só isso. Portanto, do ponto de vista de Antonia, ele já havia encontrado o que procurava. E *procurar* parecia forte demais, uma palavra muito incisiva para alguém que só havia ido dar uma olhada em uma velha casa que encontrara em um mapa.

Talvez estivesse vendo coisas onde não existiam. Ou a mulher cega sabia de alguma coisa que não havia revelado? A casa tinha alguma coisa para ele? Se não tinha, não havia mais nada. Não havia mais nenhum lugar para ir.

Um trovão retumbou ao longe. Ele estendeu a mão e sentiu uma gota de chuva grande e pesada cair-lhe na palma. Logo caiu outra, e mais outra. A chuva era torrencial quando a luz dos faróis apareceu na paisagem, percorrendo lentamente a via privada até a casa. Luzes se apagaram nas janelas. Antonia saiu, e o motorista a ajudou a entrar no automóvel protegendo-a com um guarda-chuva. Protegido da chuva sob as árvores, Ben viu o táxi se afastar.

Quando as luzes traseiras do carro desapareceram na escuridão e na chuva, ele levantou a gola e seguiu para o vale.

Movia-se em silêncio e com cuidado em torno da casa, percorrendo a área externa. A chuva despencava da calha, transformando em lama lindos canteiros de flores. Um relâmpago cortou o céu, e um trovão fez um estrondo um segundo depois. Ben removeu a água dos olhos.

A escuridão agora era completa com as nuvens negras encobrindo o céu. Ele usou a luz da mira da pistola para encontrar o caminho ao longo do muro até uma porta nos fundos. A fechadura era frágil e fácil de abrir, e em menos de um minuto ele estava no interior da casa. O raio branco e fino da mira iluminava seus passos de cômodo em cômodo, projetando longas sombras. A tempestade, agora bem em cima da casa, ganhava intensidade. Houve outro clarão, dois segundos de luz branca e um trovão imediato que fez a casa tremer.

Lembrando a disposição dos aposentos, Ben encontrou rapidamente a sala com a lareira ornamentada. Ele direcionou o raio de luz para o corvo entalhado, que parecia ainda mais vivo nas sombras do que à luz do dia. O olho vermelho cintilava sob a luz da mira da arma.

Ben recuou um passo, pensando. O que estava procurando? Não sabia ao certo. O símbolo do corvo o levara até ali, e seu instinto dizia que devia continuar seguindo essa pista. Ele olhou para a lareira, a mente trabalhando furiosamente enquanto a chuva lavava as janelas. Uma ideia surgiu-lhe na mente. Ele foi para fora da casa, na tempestade, e viu que estava certo.

Do lado de dentro da casa, a lareira parecia estar encravada na parede externa, mas vista do jardim, com a chuva lavando seu rosto e a luz da mira voltada para a linha do telhado, ele percebeu que a chaminé quadrada brotava da parte interna do vértice do telhado triangular. E notou que a janela na parede adjacente à lareira ficava a cerca de um metro do canto, mas de onde estava agora, do lado de fora, ela ficava a quatro metros do fim da casa, mais ou menos.

Quando correu para dentro, pingando e tremendo, Ben percebeu que, a menos que tudo isso fosse uma tendência da arquitetura ultramoderna, a discrepância significava que havia uma cavidade oculta atrás da lareira. Um espaço de isolamento? Grande demais, com certeza. Devia ter três metros de profundidade. Talvez fosse um corredor, ou um armário, um espaço por onde se pudesse ter acesso a partir de outra sala.

Mas onde ficava a entrada? Ele tentou todas as portas, mas nenhuma levava à direção certa. A sala de cima era um quarto com piso de tábuas fixas, sem nenhuma passagem. Não havia porão sob a casa, ou um vão por onde fosse possível chegar ao espaço escondido por uma escada ou porta-alçapão. Ele voltou à sala e examinou a lareira outra vez. Se havia alguma entrada, devia estar ali.

Ele acendeu as luzes e foi batendo na parede, atento ao som. A parede era sólida em todo o espaço ao redor da lareira. Movendo-se para a esquerda, as batidas produziram um som diferente. Mais um metro para a esquerda e a parede parecia ser oca. Não havia rachaduras ou fendas, nada que pudesse trair a existência de uma porta secreta. Ele tentou mover os painéis de madeira do revestimento nas paredes, esperando que um deles revelasse alguma coisa. Nada.

Ben tateou a parte de trás da lareira, enfiando a mão na chaminé cheia de fuligem. Talvez houvesse uma alavanca ou um mecanismo qualquer para abrir uma passagem. Não havia. Ele limpou a fuligem preta das mãos.

– Tem que haver alguma coisa – murmurou.

Determinado, passou as mãos por toda a lareira, pelas laterais, os dedos deslizando pelas linhas complexas do entalhe, procurando uma saliência que pudesse ser pressionada, puxada ou girada. Parecia inútil. A chuva lavava as janelas e raios cortavam o céu.

Ele se afastou da lareira, pensando com desespero. Não havia nada ali. Mas passaria por aquela parede, e se não havia uma porta pronta, ele mesmo abriria uma. "Merda."

Ben encontrou um machado em uma edícula do lado de fora da casa, cravado no apoio de cortar lenha e cercado por toras. Ele o arrancou do apoio. De volta à casa, na frente da parede em que percebeu a parte oca no interior, ergueu o machado acima da altura do ombro, mirando o local. Se estivesse certo, poderia abrir um buraco e uma passagem para o outro lado.

"Mas e se eu estiver errado?" Ele baixou o machado, tomado por uma dúvida repentina. Culpado, olhou para o corvo, e o olho vermelho parecia fitá-lo com sabedoria.

Ben estudou pensativo o rosto impassível da ave. Parecia tão viva que ele quase esperava vê-la voar em sua direção. Pôs o machado de lado e deslizou a mão pelas linhas suaves da asa e do pescoço, subindo até o olho vermelho e vidrado. Tomado de repente por uma ideia louca, ele apertou o olho com força.

Nada aconteceu. Supunha que teria sido óbvio demais. Usando a luz da mira da arma mais uma vez, iluminou os contornos do entalhe, examinando-o cuidadosamente. Ele passou a luz pelo olho do corvo, e um reflexo súbito e intenso o ofuscou. Aparentemente, havia um complexo sistema de pequenos espelhos no olho que concentrava a luz e a devolvia.

Outra ideia surgiu-lhe. Caminhou até o interruptor na parede e apagou a luz, mergulhando a sala na escuridão. Mais uma vez, ele direcionou o foco de luz, afastando-se um pouco para o lado para não ser ofuscado.

A luz refletida pelo olho do corvo atingiu a parede do outro lado da sala e desenhou nela um círculo vermelho de aproximadamente oito centímetros, exatamente sobre a pintura que ele notara antes. O círculo estava bem em cima do escudo redondo que o velho na pintura segurava.

Ben manteve o foco de luz no olho do corvo, aproximou-se um pouco mais da pintura e viu com perplexidade que o ponto vermelho continha o desenho dos círculos gêmeos com as estrelas, o mesmo que vira na lâmina da adaga e no bloco de anotações.

Ele lembrou que Antonia havia dito que o arquiteto tinha sido joalheiro. "Bastardo astuto." Havia sido um trabalho de complexidade quase inacreditável gravar o espelho com uma réplica minúscula, mas perfeita, do desenho geométrico. Mas o que significava?

Ele tirou a pintura da parede e seu coração deu um salto. Havia um cofre escondido atrás dela. Ben acendeu as luzes e voltou correndo para examiná-lo. O que poderia conter?

O cofre era do mesmo período que a casa, a porta de aço era adornada com desenhos esmaltados na técnica de *cloisonné* em estilo *art nouveau*. No meio da porta havia uma fechadura rotatória de segredo com dois mostradores concêntricos incomuns, um com números e outro com letras do alfabeto.

– Ah, Cristo, por favor, chega de *códigos*! – ele gemeu.

Ben tirou da bolsa o bloco de anotações. Entre as páginas estava a folha na qual havia escrito as chaves para decifrar o código. A combinação para abrir o cofre podia estar em algum lugar do bloco. Mas o que era? Ele virou as páginas. Podia ser qualquer coisa.

Ele se sentou, apoiou o bloco sobre os joelhos e trabalhou rapidamente com as versões codificadas em letras e números combinados. Primeiro tentou "Casa do Corvo" em francês. Era pouco provável, mas estava desesperado o bastante para tentar.

LE MAISON DU CORBEAU

Ele girou os mostradores para um lado e para o outro, introduzindo a sequência complexa. E/4, I/26; R/2, I/26... Ben levou um ou dois minutos para aplicar toda a frase. Sentado, esperou que algo acontecesse.

Nada. Ele suspirou impaciente e tentou outra combinação. *O tesouro Cátaro.*

LE TRESOR DES CATHARES

Nada. Isso podia levar a eternidade. Ele olhou para o machado no chão e por um segundo pensou em usar a ferramenta para arrancar o cofre da parede e tentar abri-lo por trás a tiros. Sorrindo, lembrou o que um sargento de Glasgow lhe havia dito uma vez: "*Na dúvida, rapaz, recorra à violência.*" Talvez não fosse um mau conselho, nas circunstâncias corretas.

Os olhos encontraram a pintura que havia tirado da parede, e ele se aproximou para examiná-la melhor.

"Que idiota eu sou. A chave!"

A grande chave prateada que o velho segurava tinha uma inscrição na haste. Ele se ajoelhou para ler as letras pequeninas. *Aquele que procura encontrará*. Ben pegou a caneta e anotou a frase de acordo com o código.

E/4, R/18; N/22, V/12, R/18, A/17, N/22, V/12,
R/18, A/11, A/17;
O/13, A/17, E/23, A/11, U/9, R/18, A/17, I/26

Seu coração batia acelerado quando ele girou o último número. Do fundo do mecanismo do cofre, Ben ouviu um estalo metálico. Depois silêncio. Ele agarrou a alça da porta e puxou. Nada. A combinação devia ser outra, ou havia acontecido algo errado com o mecanismo do cofre, depois de tantos anos. A porta estava presa.

Um som atrás dele o assustou. Ben se virou levando a mão à Browning.

A lareira se abria. Uma suave chuva de poeira caía da chaminé, enquanto painéis incrustados de fuligem deslizavam lentamente para revelar um espaço largo o bastante para ele passar.

Ben respirou fundo e entrou na lareira escura. Ele girou a luz da lanterna à sua volta, piscando espantado com o que via.

Estava em uma sala estreita, seis metros de comprimento e três de profundidade. De um lado havia uma grande mesa de carvalho coberta por uma fina camada de poeira. Em cima dela, um pesado cálice de metal, como uma grande taça de vinho com a borda cravejada de rebites de ferro. Na taça, fixando nele o espaço vazio dos olhos, havia um crânio humano. De cada lado desse sombrio ornamento havia dois castiçais de ferro, cada um deles com meio metro de altura, bases circulares largas e uma grossa vela de igreja.

A lanterna de Ben estava descarregando; ele levou a mão ao bolso para pegar o isqueiro e acendeu as velas. Depois pegou um dos castiçais, e a luz projetou sombras pela sala. O crânio sem dentes olhava para ele.

Nas paredes havia prateleiras empoeiradas repletas de livros. Ele pegou um volume e soprou a poeira e as teias de aranha da capa. Segurando a vela perto do livro, leu a antiga inscrição dourada na capa de couro: *Necronomicon*. O Livro dos Mortos. Ele o devolveu ao lugar e pegou outro livro. *De Occulta Philosophia*. Segredos da Filosofia Oculta.

Tudo indicava que estava no estúdio particular de alguém, um escritório abandonado há muito tempo. Ben guardou os livros com cuidado na estante empoeirada e girou o pesado candelabro à sua volta. As paredes da sala eram pintadas com murais retratando processos alquímicos. Ele se aproximou e estudou um deles, que retratava uma mão emergindo de uma nuvem. A Mão de Deus? Da mão, água pingava dentro de um estranho recipiente sustentado por pequenas ninfas aladas. De uma abertura no fundo do recipiente fluía uma substância etérea e nebulosa salpicada com símbolos alquímicos e o rótulo *Elixir Vitae*.

Ele se virou e levantou a vela para iluminar outros cantos da sala. Na parede acima da porta de entrada havia um rosto voltado para ele. Era uma pintura a óleo em uma larga moldura dourada. O rosto pertencia a um homem encorpado, de barba desgrenhada e abundantes cabelos grisalhos. Sob as espessas sobrancelhas cinzentas, os olhos pareciam brilhar com um senso de humor que não combinava com a expressão severa. Uma placa dourada embaixo do retrato anunciava em letras góticas:

FULCANELLI

– Então, finalmente nos conhecemos – Ben murmurou. Depois se afastou do retrato e caminhou pelo perímetro da sala, olhando para o chão. As pedras do piso estavam parcialmente cobertas por um velho tapete empoeirado. Além das extremidades do tapete ele podia ver o contorno de um padrão de mosaico no chão. Ben ajoelhou-se e deixou o candelabro no chão com um barulho metálico. Nuvens de poeira subiram, partículas que flutuavam à luz trêmula da vela. Ele levantou a borda do tapete, e uma aranha grande correu para as sombras, desaparecendo. Ben foi enrolando o tapete, formando um grande tubo que empurrou contra a parede. Quando soprou a poeira para longe, o mosaico colorido das pedras foi revelado. Depois de um ou dois minutos soprando e abanando, ele recuou para analisar o padrão do desenho.

A estampa tinha entre quatro e cinco metros de comprimento e cobria toda a largura do estúdio. Lá estavam eles novamente, os círculos gêmeos. No centro do desenho havia uma pedra circular que fixava uma argola de ferro. Ele agarrou a argola com as duas mãos e puxou com força. Um sopro de ar frio escapou do subsolo.

Ben direcionou a luz da mira da arma para o interior do buraco. O raio pálido iluminou uma escada em espiral entalhada em rocha sólida, que descia para a escuridão.

61

A longa escada em espiral o levou ao interior da rocha. À medida que descia mais e mais pelo túnel vertical, o som da tempestade ia se afastando, até sumir completamente.

Depois de vários degraus, a escada terminou em um corredor que seguia escuridão adentro. Só havia um sentido a seguir, e os únicos sons eram os ecos de seus passos e de água pingando. As paredes suavemente arredondadas do túnel eram altas o bastante para que se pudesse caminhar ereto. Devia ter levado séculos para escavar aquela abertura na montanha. Um túnel rústico também teria servido, mas quem havia criado esse espaço estava interessado em mais que utilidade. Essa pessoa buscava a perfeição. Mas por quê? Para onde conduzia o túnel? Ele seguiu caminhando.

Sem aviso, o túnel descreveu uma curva e, por um momento, ele pensou ter chegado a um beco sem saída. Mas no segundo seguinte sentiu algo roçando-lhe os cabelos. Uma brisa fria vinha do alto. Ele levantou a luz da lanterna. Havia uma passagem à esquerda, mais degraus, desta vez para cima. Ben subiu. Tinha a impressão de que subia mais do que havia descido. Isso só podia significar uma coisa: agora estava acima do nível do solo. Ele se lembrou do penhasco ao lado da casa, e deduziu que estava *dentro* da montanha. Profundamente no interior dela, cercado por milhares de toneladas de rocha sólida.

A lanterna ia ficando cada vez mais fraca. Quando apagou completamente, Ben a guardou no bolso e usou o isqueiro Zippo para enxergar o caminho. Estava ficando mais frio, e o vento soprava à sua volta, apesar das paredes em torno da escada serem sólidas e estreitas. Os dedos queimavam segurando o metal aquecido do isqueiro, e ele temia que o combustível inflamável pegasse fogo em decorrência do superaquecimento. Tropeçou repentinamente em um degrau, escorregou e quase caiu. Parou por um momento com o coração disparado. Depois de deixar o isqueiro escaldante esfriar um pouco, acendeu-o novamente e continuou subindo.

Logo a escada o conduziu a uma câmara. Segurando o isqueiro na altura da cabeça, Ben piscou admirado. A câmara parecia se estender para os dois lados, larga e profunda. Ele parou ao lado de um pilar de pedra que parecia brotar do chão e subia até os arcos do teto abobadado, cerca de 2 metros acima do chão. O pilar havia sido laboriosamente entalhado e esculpido, coberto por complexos desenhos retratando cenas e ícones religiosos. Alguns metros adiante havia outro pilar, e depois outro.

Ben virou a luz do isqueiro à sua volta. Fileiras de crucifixos dourados brilhavam à luz alaranjada. Diante dele havia um grande altar esculpido na pedra sólida, adornado com muito ouro.

Estava em uma igreja. Uma igreja gótica medieval encravada no interior de uma montanha.

Ben acendeu as velas do altar. Havia muitas, todas sustentadas por castiçais de ouro maciço. Uma vela de cada vez, e a igreja foi iluminada gradualmente por luz âmbar. Ele se espantou com o tamanho do espaço no interior da montanha. E a riqueza do lugar era incrível.

Havia arcas de pedra ao longo das paredes. Eram dúzias delas, todas com um metro quadrado e na altura do joelho. Ele se aproximou. As arcas estavam cheias de ouro. Ele examinou o conteúdo de uma delas, sólidas moedas de ouro, anéis, barras e amuletos. Havia na igreja ouro suficiente para fazer de quem o encontrasse o homem mais rico do mundo.

Carregando um dos pesados castiçais para enxergar melhor, ele se dirigiu ao altar imponente. Esculpidos na pedra lisa, dois leões brancos convergiam para uma só cabeça que sustentava uma pia circular de pedra de dois metros e meio de diâmetro. A luz da vela se refletiu na superfície da água dentro dela. Em torno da beirada lisa, em letras rebuscadas entalhadas na pedra, estava escrito:

Omnis qui bibit hanc aquam, Si fidem addit, Salvus erit

Aquele que bebe desta água encontra a salvação, se acreditar

Aos pés da estátua de um anjo havia um pedestal de ouro, e sobre ele repousava um longo tubo de couro. Dentro do tubo Ben encontrou um pergaminho. Delicadamente, ele desenrolou no chão o ressecado e arcaico documento, ajoelhando-se para estudá-lo. Era medieval, obviamente, apesar do fantástico estado de conservação. A inscrição nele tinha sido feita em uma estranha versão de latim que não conseguia entender, misturada ao que pareciam ser hieróglifos egípcios.

Ele piscou ao compreender a verdade. Este era o lendário manuscrito que todos estavam procurando? Agora estava claro que os papéis que Rheinfeld havia roubado de Clément, a cópia que ele fizera no bloco de anotações, nunca foram mais que as próprias anotações de Fulcanelli. Era o registro do alquimista, a anotação das pistas que o levaram a encontrar o manuscrito propriamente dito. As mesmas pistas que guiarão o próximo que seguir seus passos à procura do manuscrito.

Agora, diante dessa verdade, finalmente entendia o poder desse misterioso documento e o terrível magnetismo que exercia sobre tanta gente. Não havia como calcular quanto sangue fora derramado por causa dele ao longo das eras, fosse para protegê-lo ou para se apoderar dele. O manuscrito tinha o poder de inspirar o mal. Teria também o poder de fazer o bem?

Mais alguma coisa havia caído do tubo de couro. Era uma folha de papel dobrada. Ben a abriu. Era uma carta, cuja caligrafia ele já vira antes.

Àquele que procura:

Meu querido amigo,

Se você veio até aqui e está lendo estas palavras, eu o aplaudo. Este segredo, que escapa de grandes e sábios desde o nascer da civilização, está agora em suas corajosas e decididas mãos.

Resta-me apenas dar um aviso: Quando o sucesso finalmente coroar seu longo esforço, o homem Sábio não deve se deixar tentar pelas vaidades do mundo. Deve permanecer fiel e humilde, e lembrar sempre o destino daqueles que foram seduzidos pelos poderes do mal.

Na Ciência, na Bondade, o Adepto deve para sempre GUARDAR SILÊNCIO.

Fulcanelli

Ben ergueu os olhos da pia de pedra ao pé do altar. O *elixir vitae* estava bem na sua frente. A busca chegara ao fim. Não havia tempo a perder.

Ele se levantou, olhando em volta e procurando um recipiente que pudesse usar para levar o elixir para Ruth. Lembrou-se de sua garrafinha, e sem hesitar nem um segundo, removeu a tampa e jogou fora o uísque que havia nela, molhando a pedra do chão. Seu coração batia forte enquanto, mergulhando a garrafinha na bacia, ele a enchia. *Acreditava naquilo?* Aquela substância especial tinha realmente o poder de curar?

Gotas do precioso líquido pingaram do gargalo da garrafinha cheia quando ele a removeu da bacia de pedra. A curiosidade o dominava. Ele aproximou a garrafa dos lábios.

O sabor do líquido quase o fez vomitar. Ben cuspiu tomado por ânsia de vômito, limpando a boca enojado. Aproximando a vela da pia, despejou um pouco do líquido de volta à bacia de pedra. Havia nele um espesso visco verde.

Ben caiu de joelhos, a cabeça baixa. Havia acabado. Estava no fim da linha. Fracassara.

A repentina explosão na câmara foi como uma faca rompendo-lhe os tímpanos. Um dos leões brancos desprendeu-se do arranjo e caiu. A pia de pedra rachou e se abriu ao meio, desmoronando. A água estagnada escorreu pela base do altar e correu pelo chão formando um fio verde e pegajoso.

Ele se levantou apavorado. Antes que pudesse tirar a Browning do coldre, Ben olhava para a pistola Colt automática que avançava nas sombras em sua direção.

– Surpreso em me ver, inglês? – Franco Bozza perguntou com sua voz áspera ao surgir no círculo de luz. Seu rosto estava transtornado, ensanguentado, uma máscara de puro ódio. – Solte a arma.

Sob o colete à prova de bala, o peito de Bozza ainda doía muito, resultado do impacto dos tiros da 9 mm. A longa queda do alto do precipício havia sido interrompida por uma árvore. Os galhos rasgaram-lhe a carne e quase o empalaram. Sangue jorrava de uma centena de cortes, e a face direita fora aberta desde a boca até a orelha. Mas ele quase nem sentira as dores quando subira a encosta sob a tempestade. Tinha apenas um objetivo em mente: o que faria quando encontrasse Ben Hope novamente. Coisas que nem suas vítimas mais desgraçadas haviam experimentado.

E agora ele o tinha.

Ben o encarou por um segundo, depois tirou a Browning do coldre. Ele a jogou no chão e chutou para longe, sem desviar os olhos de Bozza.

– E a Beretta – disse Bozza. – A que você pegou de mim.

Ben esperava que ele tivesse esquecido. Lentamente, tirou a 380 da cintura e a jogou no chão.

Os lábios pálidos e finos de Bozza se distenderam num sorriso retorcido.

– Bom – ele sussurrou. – E agora estamos juntos aqui, finalmente.

– É um prazer.

– O prazer será todo meu, garanto – Bozza respondeu. – E quando você estiver morto, vou encontrar sua amiguinha Ryder e me divertir com ela.

Ben balançou a cabeça.

– Você nunca a encontrará.

– Ah, não? – Bozza desafiou, e havia quase humor na voz dele. A mão coberta pela luva preta mergulhou no bolso, e ele mostrou a agenda de endereços de Roberta. – Depois disso aqui vou sair de férias. – Ele sorriu. – Vou para os Estados Unidos.

Uma onda de horror cresceu dentro de Ben quando ele viu a agenda. Dissera a ela para destruir o livrinho de capa vermelha. Devia estar na bolsa de Roberta quando Bozza a sequestrou.

– Ela será a última a morrer – continuou Bozza, sorrindo satisfeito.

Ben podia ver que ele se deliciava com cada palavra.

– Primeiro ela vai ver toda a família ser cortada em pedaços. Depois, antes de matá-la, mostrarei a ela meu pequeno troféu. Sua cabeça. Então, finalmente, dedicarei minha atenção à dra. Ryder. *Porque forte é o Senhor Deus que a julga.* – Bozza sorriu sarcástico e baixou o Colt, apontando para o joelho esquerdo de Ben. Seu dedo começou a pressionar o gatilho. Primeiro explodiria uma rótula, depois a outra. Então um braço, depois o outro. Então, quando a vítima estivesse se retorcendo indefesa no chão, seria hora de usar a faca.

Anos antes, Ben havia sido treinado nas técnicas para desarmar um atirador hostil à queima-roupa. Tudo era uma questão de distância, embora fosse uma manobra desesperada, na maioria das vezes. Se o oponente estivesse perto o bastante, era relativamente menos insano tentar desarmá-lo. Se estivesse um passo longe demais, era praticamente impossível se mover com a rapidez necessária. O tempo que leva um movimento do dedo, e a morte seria inevitável.

Enquanto Bozza falava, Ben avaliava a distância entre eles. A medida estava na tênue linha divisória entre o alto risco e o imprudente suicídio. Ele sabia que tinha uma pequena vantagem relativa ao reflexo, meio segundo, no máximo. Era loucura, mas só tinha uma vida, precisava lutar por ela.

Um décimo de segundo, e ele tomou a decisão. Estava prestes a voar sobre Bozza, quando o tiro ecoou no ar.

O rosto marcado de Bozza ficou paralisado pela surpresa, a boca se abriu num "O" silencioso, e ele deixou cair a arma, levando as mãos com desespero ao buraco em sua garganta.

A silhueta nas sombras levantou a pistola mais uma vez e disparou um segundo tiro ensurdecedor que fez tremer a câmara. O topo da cabeça de Bozza foi arrancado em meio a um jato de sangue e miolos. Por um momento ele ficou ali parado, como se flutuasse no espaço, os olhos buscando os de Ben enquanto a luz se apagava neles.

Depois ele caiu no chão. O corpo se contorceu algumas vezes, sacudido por espasmos enquanto a vida o deixava, e finalmente ficou inerte.

Ben olhou incrédulo para a silhueta escura, uma aparição quase fantasmagórica que avançava lentamente em sua direção passando entre os pilares. Era uma mulher. Na penumbra, não conseguia ver seu rosto.

– Roberta, é você?

Mas quando a mulher se aproximou da luz, ele viu que não era. A pistola Mauser C96 antiquada ainda estava apontada para o corpo de Bozza, com uma fina coluna de fumaça se desprendendo do cano longo. A precaução não era necessária. Franco Bozza não voltaria a se levantar dessa vez.

A luz dourada da vela banhava o rosto da mulher que se aproximava. Ben ficou chocado ao reconhecê-la. Era a mulher cega.

E ela não estava mais cega. Não usava mais os óculos escuros e o encarava diretamente, com o olhar intenso de um falcão. Um sorriso enigmático elevou os cantos de sua boca.

– Quem é você? – Ben perguntou perplexo.

A mulher ficou em silêncio. Ben olhou para baixo e viu que ela lhe apontava a Mauser automática diretamente para o peito.

62

– Ponha as mãos na cabeça e ajoelhe-se – ela ordenou.

Pelo olhar firme e a mira direta da arma, Ben percebeu que ela falava sério. E havia ido longe demais, longe o bastante para arriscar tudo. Ele obedeceu. A mulher acendeu uma lanterna e iluminou seu rosto.

– Você me disse que estava interessado em casas antigas – a mulher falou, enquanto ele permanecia ali, ajoelhado e indefeso, piscando contra a luz ofuscante. – Mas parece que também tem interesse por outras coisas.

– Não estou aqui para roubá-la – ele respondeu com firmeza.

– Você invade minha casa, tem uma arma, entra em minha capela particular, e diz que não veio roubar? – A luz da lanterna iluminou o corpo de Bozza. – Quem é ele? Um amigo seu?

– Parece ser meu amigo?

A mulher deu de ombros.

– Ladrões podem discutir. O que tem aí? – Ela apontou a luz para a bolsa de Ben, caída perto do altar. – Despeje tudo no chão. Devagar para que eu possa ver suas mãos.

Ben virou a bolsa com cuidado, e ela direcionou a luz da lanterna para os conteúdos espalhados no chão de pedra. O círculo de luz destacou o bloco de anotações de Rheinfeld e o diário de Fulcanelli.

– Jogue aqueles dois para cá – ela ordenou, segurando a lanterna sob o braço.

Ben pegou os dois objetos e os jogou para ela. Mantendo a arma apontada para ele, a mulher folheou os dois registros, assentindo pensativa. Depois de uma pausa, ela os colocou no chão com delicadeza e baixou a arma.

– Desculpe – falou em tom mais ameno. – Mas eu precisava ter certeza.

– Quem é você? – Ben insistiu na pergunta.

– Meu nome é Antonia Branzanti – ela se apresentou. – Sou neta de Fulcanelli. – E abreviou a resposta com um gesto. – Podemos conversar mais tarde. Primeiro, temos que tirar o lixo. – Ela apontou o corpo de Bozza sobre a poça de sangue que se misturava à agua verde e estagnada do altar quebrado.

Iluminando a área diante dela, Antonia o conduziu por entre as colunas até uma passagem onde uma grande rocha circular se erguia apoiada contra a parede.

– Essa porta se abre para a encosta da montanha. Abra-a.

Gemendo com o esforço, ele moveu a pedra para trás no trilho escavado no chão. Quando a pedra rolou sobre si mesma com um rangido, o ar frio invadiu a câmara. A pedra cobria a entrada para um túnel curto, cerca de cinco metros de profundidade, e pela boca da caverna ele via um semicírculo de contorno irregular preenchido pelo céu noturno. A tempestade havia passado, e a lua cheia brilhava sobre a paisagem rochosa. Abaixo deles havia um precipício vertiginoso.

– Ninguém jamais o encontrará lá embaixo – Antonia falou apontando para o fundo da ravina.

Ben voltou ao local onde estava o corpo de Bozza. Agarrando o pesado cadáver pelas axilas, arrastou-o até o buraco, deixando uma trilha de sangue aguado na pedra do solo. Ben deixou o corpo no túnel e o rolou com o pé até a beirada do precipício. Viu o corpo despencar no vazio, uma forma negra contra as pedras iluminadas pelo luar, e desaparecer no meio das árvores escuras no fundo da garganta, centenas de metros lá embaixo.

– Agora vamos – disse Antonia.

A sensação de derrota era intensa quando ele a seguiu pelo túnel de volta para a casa. Então, o elixir era inútil. Só uma lenda, afinal. Teria que voltar de mãos vazias, olhar nos olhos de Fairfax e anunciar que a criança ia morrer.

Eles chegaram a casa. Antonia fechou a lareira atrás deles e o conduziu à cozinha, onde ele lavou um pouco do sangue do rosto e das mãos.

– Vou embora – Ben anunciou desanimado, deixando a toalha sobre um balcão.

– Não quer me perguntar nada?

Ele suspirou.

– De que adianta? Acabou.

– Você é a pessoa de quem meu avô falou, aquele que um dia viria aqui procurar alguma coisa. Seguiu o caminho oculto. Encontrou o tesouro.

– Não vim atrás de ouro – ele respondeu, sentindo nos olhos o ardor das lágrimas. – Não é nada disso.

– O ouro não é o único tesouro – Antonia revelou, inclinando a cabeça com um sorriso curioso. Ela se aproximou de um armário. Em uma das prateleiras havia garrafas de azeite de oliva e vinagre, potes de ervas secas e conservas, pimenta em grãos e temperos. Ela afastou os recipientes e pegou atrás deles um pote comum de cerâmica que colocou sobre a mesa com cuidado. Antonia removeu a tampa do pote. Dentro dele havia uma pequena garrafa de vidro. Ela a sacudiu com delicadeza e o líquido claro brilhou dentro dela.

– É isto que está procurando? – perguntou.

Ele estendeu a mão para a garrafa.

– Isso é...?

– Cuidado. É a única amostra que meu avô preparou.

Ben se deixou cair sobre uma cadeira, sentindo-se repentinamente tão esgotado quanto aliviado. Antonia sentou-se diante dele, apoiou as mãos sobre a mesa e o encarou séria.

– *Agora* vai ficar um pouco mais e ouvir minha história?

Eles conversaram. Ben contou a ela sobre sua missão e os eventos que o levaram à Casa do Corvo. Depois ouviu quando ela continuou a história que era contada no diário de Fulcanelli.

– Depois que Daquin traiu a confiança de meu avô, tudo aconteceu muito depressa. Os nazistas invadiram a casa e saquearam o laboratório procurando os segredos. Minha avó os surpreendeu, e eles a fuzilaram. – Antonia suspirou. – Depois disso, meu avô fugiu de Paris e veio para cá com minha mãe.

– O que aconteceu com Daquin?

– Aquele rapaz causou um grande estrago. – Antonia balançou a cabeça com tristeza. – Suponho que ele pensava estar fazendo o bem. Mas quando começou a perceber a que tipo de pessoas havia entregado os ensinamentos de meu avô, não conseguiu conviver com a culpa. Como Judas, ele se enforcou.

– Qual era a ligação entre Fulcanelli e o arquiteto? – Ben perguntou. – A Casa do Corvo?

– Corbu e meu avô tinham uma relação especial – ela explicou. – Ambos eram descendentes diretos dos cátaros. Quando Fulcanelli descobriu os últimos artefatos perdidos dos cátaros, ele encontrou também o local do templo oculto onde eram guardados os tesouros. A casa foi construída um ano depois dessa descoberta, uma forma de homenagear o templo e proteger os tesouros dentro dele. Quem teria imaginado que uma casa como esta marca a entrada para um altar sagrado?

– Fulcanelli morou aqui com você e sua mãe?

– Minha mãe foi mandada para um colégio na Suíça. Meu avô ficou aqui até 1930, quando minha mãe voltou com o marido. Naquele tempo, meu avô sabia que seus inimigos o haviam perdido de vista. Então, minha mãe assumiu o papel de guardiã da casa e de seu segredo. Fulcanelli partiu. Desapareceu. – Antonia sorriu com um toque de nostalgia. – Por isso não o conheci. Ele era uma alma inquieta, alguém que acreditava que sempre havia mais para aprender. Creio que pode ter ido para o Egito, o berço da alquimia.

– Ele já devia ser bem idoso nessa época.

– Tinha mais de 80 anos, mas as pessoas o tomavam por um homem de 60. O retrato que você viu foi pintado pouco antes de ele partir. Algum tempo depois, em 1940, eu nasci.

Ben levantou as sobrancelhas. Ela parecia ser muito mais jovem.

Antonia notou o olhar e sorriu enigmática.

– Quando cresci, eu me tornei a guardiã da casa – ela continuou. – Minha mãe se mudou para Nice. Ela tem agora quase 100 anos e ainda é uma mulher forte. – Uma pausa. – Quanto ao meu avô, nunca mais ouvimos falar dele. Acho que ele temia ser encontrado pelos inimigos, por isso nunca fez contato conosco nem revelou sua identidade a ninguém.

– Então, não sabem quando ele morreu?

Mais um sorriso misterioso distendeu os lábios de Antonia.

– Por que tem tanta certeza de que ele morreu? Talvez ainda esteja por aí, em algum lugar.

– Acredita que o elixir da vida pode tê-lo mantido vivo todos esses anos?

– A ciência moderna não tem todas as respostas, Ben. Eles ainda entendem apenas uma pequena fração do universo. – Antonia cravou nele um olhar penetrante. – Você correu muitos riscos para encontrar o elixir. Não acredita em seu poder?

Ben hesitou.

– Não sei. Quero acreditar. Talvez eu precise acreditar. – Ele tirou de dentro da bolsa o diário de Fulcanelli, o bloco de anotações de Rheinfeld e o desenho extraído da lâmina da faca e os colocou sobre a mesa. – De qualquer maneira, agora isso tudo é seu. O lugar dessas coisas é aqui. – Ele suspirou. – Então, o que acontece agora?

Antonia franziu o cenho.

– Como assim?

– Posso levar o elixir? O guardião permite que aquele que procura leve a garrafa daqui? Ou a próxima rajada daquela Mauser está reservada para mim?

Os olhos dela brilharam com humor, e Ben notou a semelhança de traços com o retrato de Fulcanelli. Ela tocou a velha e elegante pistola sobre a mesa.

– Era a arma de meu avô. Ele a deixou para minha mãe, para o caso de nossos inimigos algum dia nos encontrarem. Mas não há nenhuma bala nela para você, Ben. Meu avô acreditava que um dia um iniciado decifraria as pistas que ele deixou e viria até aqui para encontrar o segredo. Alguém puro de coração que respeitaria seu poder, nunca abusaria dele nem o divulgaria.

– Está arriscando muito por mim – ele respondeu. – Como pode ter certeza de que sou puro de coração?

Antonia o fitou com ternura.

– Está pensando apenas na criança. Eu vejo isso em seus olhos.

Roma

Uma procissão de carros da polícia seguia pela alameda entre os jardins da casa de campo renascentista. Os automóveis iam parando em um semicírculo organizado no pátio, ao pé das grandes colunas brancas.

De sua janela, no alto da magnífica cúpula, o arcebispo Massimiliano Usberti via os homens saindo dos carros e, acompanhados por seus funcionários, subirem a escada para a casa. Todos tinham aquela expressão carrancuda de uma visita oficial. Já esperava por eles.

Graças a um homem, Benedict Hope, a *Gladius Domini* havia sido seriamente prejudicada. Apesar de todo o ódio, Usberti tinha que admirar o homem. Não acreditava que poderia ser derrotado com tanta facilidade, mas, de algum jeito, Hope havia conseguido. Usberti fora superado, e estava impressionado.

O ataque havia sido rápido e preciso. Primeiro a prisão de seu melhor agente na França, Saul, e o desastre simultâneo em Montpellier. Depois a ação coordenada da Interpol contra seu pessoal em toda a Europa. Muitos de seus agentes estavam detidos para interrogatório.

Alguns, como Fabrizio Severini, estavam escondidos. Outros cederam à pressão do interrogatório e haviam falado demais. Como uma fileira de peças de dominó que caíam, como um rastro de pólvora que conduzia às informações, a investigação chegara em velocidade espantosa ao topo, onde ele estava.

Podia ouvir vozes na escada que subia até a cúpula. Estariam ali a qualquer momento. Provavelmente, acreditavam que o tinham encurralado.

Tolos. Não tinham ideia de quem era o homem com quem estavam lidando. Alguém como Massimiliano Usberti, com os contatos e a influência que eles não podiam nem sequer imaginar, não cairia com tanta facilidade. Encontraria um caminho para fora dessa confusão e então voltaria para se vingar.

A porta se abriu com um estrondo do outro lado da sala, e Usberti virou-se tranquilamente da janela para recebê-los.

63

Fairfax havia recebido uma ligação de Ben. A missão fora cumprida e ele estava retornando. Teria que esperar algumas horas até o jato particular chegar para buscá-lo no aeroporto perto de Montpellier.

Padre Pascal cuidava de seu pequeno vinhedo quando se virou ao ouvir o rangido do portão. Ben caminhava em sua direção exibindo um largo sorriso. O sacerdote o abraçou calorosamente.

– Benedict, sabia que você voltaria para me ver.

– Não tenho muito tempo, padre. Só queria agradecer mais uma vez por sua ajuda.

Os olhos de Pascal estreitaram-se apreensivos.

– E Roberta? Ela...?

– Voltou aos Estados Unidos e está segura.

O sacerdote suspirou aliviado.

– Graças ao Senhor ela está bem – o religioso comentou. – Então, concluiu seu trabalho aqui?

– Sim, vou embora hoje à tarde.

– Bem, então nos despedimos aqui, meu caro amigo. Cuide-se, Benedict. Que o Senhor o acompanhe e olhe por você. Vou sentir saudade... Ah, que tolice, quase esqueci. Tenho um recado para você.

Ben se sentiu constrangido quando a enfermeira o conduziu ao quarto particular. O policial que estava ali havia sido removido, depois de sua ligação para Luc Simon.

Anna estava sentada na cama, lendo um livro. Atrás dela, a luz do sol penetrava pela janela. Estava cercada por vasos de flores, rosas brancas e vermelhas que enchiam o quarto com seu perfume doce. A mulher ergueu os olhos quando Ben entrou, e seu rosto foi iluminado por um sorriso. A face direita estava coberta por um grande curativo de gaze.

– É bom ver você novamente – disse, esperando que ela não percebesse seu tom de nervosismo.

– Quando acordei pela manhã, encontrei todas essas lindas flores. Muito obrigada.

– Era o mínimo que eu podia fazer – Ben respondeu, olhando com desconforto para os hematomas na testa e em torno do olho direito de Anna. – Lamento muito pelo que aconteceu com você. E seu amigo...

Ela tocou-lhe o braço, e Ben abaixou a cabeça.

– Não foi culpa sua, Ben – Anna disse em voz baixa. – Se você não tivesse chegado, ele teria me matado. Você salvou minha vida.

– Talvez se sinta consolada por saber que aquele homem está morto.

Ela não respondeu.

– Quais são seus planos, Anna?

Ela suspirou.

– Acho que já vi o bastante da França. É hora de voltar a Florença. Talvez consiga recuperar meu emprego na universidade. – Anna riu. – E talvez um dia... quem sabe? Eu termine meu livro.

– Vou procurar por ele nas livrarias – disse Ben. E olhou para o relógio. – Tenho que ir. O avião está esperando por mim.

– Vai voltar para casa? Encontrou o que procurava?

– Não sei *o que* eu encontrei.

Ela segurou a mão dele.

– Era um mapa, não era? – E suspirou. – O diagrama? Compreendi tudo enquanto estava aqui nesta cama. Foi muita estupidez não ter pensado nisso...

Ele se sentou na beirada da cama e afagou a mão dela.

– Sim, era um mapa – confirmou. – Mas acho melhor você esquecer tudo que sabe sobre esse assunto. Esse é um conhecimento que atrai as pessoas erradas.

Anna sorriu.

– Eu percebi.

Os dois ficaram em silêncio na quietude do quarto repleto de flores, depois ela o fitou com seus olhos amendoados.

– Costuma ir à Itália, Ben?

– De vez em quando.

Gentilmente, ela o puxou pela mão em direção a si, e ele se inclinou para ela. Anna sentou-se ereta na cama e o beijou no rosto. Os lábios dela eram quentes e macios, e o contato se prolongou por alguns segundos.

– Se algum dia for à Florença – Anna murmurou em seu ouvido –, não deixe de me procurar.

64

Três horas mais tarde, Ben estava sentado no banco de trás do Bentley Arnage pela segunda vez a caminho da residência Fairfax. A noite começava a cair quando eles percorreram as alamedas cobertas de folhas entre fileiras de árvores e passaram pelo portão da propriedade de Fairfax. O Bentley passou pelos pequenos chalés de tijolos vermelhos de que Ben se lembrava da primeira visita.

Alguns metros adiante pela estrada particular, o carro começou a se desviar à direita, e Ben sentiu um suave solavanco das rodas dianteiras. O motorista resmungou alguma coisa, parou o carro e desceu para ver qual era o problema. Ele enfiou a cabeça no automóvel pela porta aberta.

– Lamento, senhor. Pneu furado.

Ben desceu enquanto o motorista pegava no porta-malas as ferramentas necessárias e o estepe.

– Precisa de ajuda? – ele perguntou.

– Não, senhor, isso não vai levar mais que alguns minutos – respondeu o motorista.

Quando ele começou a soltar a roda, a porta de um chalé próximo se abriu e um homem idoso usando boina caminhou sorridente até a alameda.

– Deve ter sido um prego ou alguma coisa assim – ele disse, tirando o cachimbo da bolsa. E olhou para Ben. – Quer entrar um pouco enquanto Jim troca o pneu? Está esfriando.

– Obrigado, mas estava pensando em fumar um cigarro e dar uma olhada nos cavalos.

O velho o acompanhou até o cercado onde estavam os animais.

– Gosta de cavalos, não é, senhor? – Ele estendeu a mão. – Herbie Greenwood, chefe dos estábulos do sr. Fairfax.

– É um prazer conhecê-lo, Herbie. – Ben se debruçou sobre a cerca e acendeu um cigarro.

Herbie pôs o cachimbo na boca quando dois animais, um cavalo castanho e outro de pelo escuro, se aproximaram trotando. Eles descreveram um arco paralelo indo na direção da cerca, reduziram a velocidade e se aproximaram do homem, balançando a cabeça e bufando. Herbie os afagou quando eles aproximaram o focinho dele num gesto carinhoso.

– Está vendo este aqui? – ele apontou para o mais escuro. – Venceu três vezes o Derby. Príncipe Negro. Está aposentado agora, como eu estarei em breve. Não é verdade, garoto? – Ele afagou o pescoço do cavalo, que roçava o focinho em seu ombro.

– É uma beleza – Ben elogiou o animal, analisando os músculos firmes. Abrindo a mão, ele a aproximou de Príncipe Negro, que pressionou o focinho macio e aveludado nela.

– Vinte e sete anos e ainda galopa como um potro – Herbie riu. – Lembro-me do dia em que ele nasceu. Todos achavam que ele não ia ser grande coisa, mas esse garoto se saiu muito bem.

No cercado vizinho, Ben viu um pônei cinza pastando satisfeito, e a imagem o fez pensar na foto da pequena Ruth que Fairfax havia lhe mostrado.

– Será que Ruth algum dia poderá montar de novo? – ele perguntou em voz alta.

O Bentley parou na frente da mansão alguns minutos depois, e um assistente foi receber Ben na escada da entrada.

– O sr. Fairfax o receberá na biblioteca em meia hora, senhor. Vou levá-lo aos seus aposentos.

Eles atravessaram o *hall*, os passos ecoando no ambiente amplo de piso de mármore. O assistente o levou escada acima até o último andar e para a ala oeste. Depois de se refrescar, Ben desceu meia hora mais tarde e foi conduzido à biblioteca.

Fairfax atravessou a sala e estendeu-lhe a mão.

– Sr. Hope, este é um momento maravilhoso para mim.

– Como vai Ruth?

– Você não podia ter chegado num melhor momento – respondeu Fairfax. – Ela tem piorado desde que nos falamos. Trouxe o manuscrito? – O homem estendeu a mão com grande expectativa.

– O manuscrito Fulcanelli não tem nenhuma utilidade para você, sr. Fairfax – disse Ben.

Uma onda de fúria tingiu de vermelho o rosto de Fairfax.

– O quê?

Ben sorriu e levou a mão ao bolso.

– O que trouxe no lugar dele é isto aqui. – Ele entregou o objeto que tirou do bolso.

Fairfax ficou olhando para a garrafinha amassada que tinha na mão.

– Guardei aí dentro para garantir a segurança – Ben explicou.

A expressão de Fairfax agora era de súbita compreensão.

– *O elixir?*

– Preparado pelo próprio Fulcanelli. É isso, sr. Fairfax. Era isso que estava procurando, suponho?

Havia lágrimas nos olhos de Fairfax, e ele segurou o precioso objeto com as duas mãos.

– Não sei nem como agradecer por isto. Vou levar o elixir aos aposentos de Ruth imediatamente. Minha filha Caroline está sentada ao lado dela dia e noite. – Ele fez uma pausa triste. – E depois, sr. Hope, espero que fique para jantar comigo.

– Então, enfrentou muitas dificuldades – Fairfax dizia.

Os dois estavam sentados à longa mesa de carvalho na sala de jantar da mansão. O dono da casa ocupava a cabeceira, e atrás dele o fogo crepitava na lareira. De um lado da lareira havia uma armadura completa de cavaleiro segurando uma cintilante espada de lâmina larga.

– Sabia que seria uma tarefa árdua – Fairfax continuou. – Mas você foi muito além das minhas expectativas. Um brinde a você, sr. Hope. – O velho ergueu triunfante a taça. – Não tem ideia da importância do que fez por mim.

– A Ruth – Ben respondeu erguendo a taça.

– A Ruth.

Ben o encarou.

– Nunca me disse como soube da existência de Fulcanelli.

– A busca do elixir é uma preocupação muito antiga – respondeu Fairfax. – Estudei o esotérico durante muitos anos. Li todos os livros sobre o assunto, tentei seguir cada pista. Mas minhas investigações nunca me levaram a lugar nenhum. Eu havia quase perdido a esperança quando um encontro casual com um velho livreiro em Praga me fez descobrir o nome Fulcanelli. Soube que esse mestre da alquimia era um dos poucos homens que conheciam o segredo do *elixir vitae*.

Ben ouvia enquanto bebia o vinho.

Fairfax prosseguiu:

– No início pensei que o segredo de Fulcanelli seria simples de ser encontrado. Mas logo descobri que era muito mais difícil do que eu imaginava. Homens que contratei para trazê-lo para mim fugiam com meu dinheiro, ou morriam. Logo compreendi que havia forças perigosas em ação para impedir minha busca. Investigadores comuns e pesquisadores normais não tinham utilidade para mim. Precisava de um homem com habilidades maiores que essas. Depois meus investigadores me levaram até você, sr. Hope, e eu soube que havia encontrado o homem ideal para a tarefa.

Ben sorriu.

– Estou lisonjeado.

Os pratos de *hors d'oeuvre* foram levados, e os empregados voltaram com uma coleção de antigas baixelas de prata. A tampa da baixela principal foi removida para revelar um suculento pedaço de carne assada. O chefe dos empregados cortou fatias finas com uma faca muito afiada. Mais vinho foi servido.

– Não seja modesto, Benedict. Posso chamá-lo de Benedict?

– Fairfax fez uma pausa para comer um pedaço da tenra carne assada. – Voltando ao que conversávamos, estudei a história de sua vida nos mais meticulosos detalhes. Quanto mais descobria sobre você, mais percebia que era ideal para os meus propósitos. Suas atividades no Oriente Médio. Operações especiais contra terrorismo no Afeganistão. Sua reputação de homem frio, eficiente e determinado, mesmo quando a tarefa em questão era considerada difícil demais pela maioria dos homens. Mais tarde, sua total devoção ao trabalho de resgatar crianças perdidas ou sequestradas, e a maneira implacável como punia homens maus que feriam ou prejudicavam os inocentes. Um homem incorruptível, de riqueza independente. Você não tentaria me roubar, e não se deixaria desanimar pelos perigos da missão. Definitivamente, você era o homem de que eu precisava. Se houvesse recusado minha oferta, não havia muito que eu pudesse ter feito para convencê-lo a mudar de ideia.

– Você sabe por que aceitei a missão – disse Ben. – Foi pelo bem de sua neta Ruth. – Uma pausa. – Mas teria ficado mais feliz se houvesse me prevenido sobre o fator de risco. Essa informação teria evitado muitos problemas.

– Confiei em suas habilidades. – Fairfax sorriu. – Também pensei que, se tivesse contado toda a verdade, você poderia recusar minha proposta. Para mim, era importante encontrar um jeito de persuadi-lo.

– Toda a verdade? Persuadir-me? Do que está falando, Fairfax?

– Deixe-me explicar. – Fairfax reclinou-se em sua cadeira. – Alguém na minha posição aprende desde o início da carreira que os homens podem ser, digamos, influenciados. Todo homem tem uma fraqueza, Benedict. Todos nós temos alguma coisa na vida, no passado. Algo obscuro, um segredo. Quando se sabe que segredos são esses, é possível tirar proveito deles. Um homem com um passado vergonhoso ou um vício secreto é fácil de manipular. Um homem que cometeu um crime é ainda mais fácil de influenciar. Mas você, Benedict... você era diferente. – Fairfax serviu mais vinho na própria taça. – Não consegui encontrar nada no seu passado que pudesse ser usado para pressioná-lo, convencê-lo a aceitar minha oferta, caso a recusasse no primeiro momento. Não fiquei satisfeito com essa situação. – Fairfax sorriu com frieza. – Mas meus investigadores acabaram encontrando um detalhe interessante em sua história. Reconheci imediatamente sua importância.

– Continue.

– Você é um homem muito determinado, Benedict – Fairfax prosseguiu. – E eu sei por quê. Entendi o que o motiva no trabalho... e o que faz de você alguém que se apoia na bebida. É atormentado pelo demônio da culpa. Soube que você nunca se recusaria a me ajudar nessa busca, se pensasse que o que procurava serviria para salvar Ruth. Porque Ruth é muito querida, alguém que guarda no fundo do seu coração, certo?

Ben franziu o cenho.

– Se eu *pensasse* que estava salvando Ruth?

Fairfax terminou o vinho da taça e a encheu novamente. Uma expressão divertida passou por seu rosto.

– Benedict – ele falou pensativo. – Esse é um nome com fortes conotações religiosas. Sua família era cristã, não? Devotos do cristianismo?

Ben ficou em silêncio.

– Só pensei... Bem, pais que dão aos dois filhos os nomes de Benedict e Ruth... Uma escolha orientada pela Bíblia, certamente? Ruth Hope... Um nome tristemente irônico. Porque não havia esperança para ela, não é verdade, Benedict?

– Como soube a respeito de minha irmã? Essa informação não faz parte do meu currículo profissional.

– Ah, quando se tem dinheiro, é possível descobrir qualquer coisa, meu querido e jovem amigo. Achei interessante que tenha escolhido esse trabalho, Benedict – Fairfax continuou. – Não é um detetive, não vai atrás de informações nem de bens roubados, apenas procura pessoas desaparecidas, especialmente *crianças* desaparecidas. É evidente que o que realmente procura é expiar a culpa por ter perdido sua irmã. Nunca superou o fato de sua negligência ter causado a morte dela... e talvez um destino pior que a morte. Traficantes de escravas não são famosos pela gentileza. Estupro, tortura, quem sabe o que podem ter feito com ela?

– Vejo que esteve bem ocupado, Fairfax.

O homem sorriu.

– Estou sempre ocupado. Percebi que você jamais conseguiria recusar uma missão para salvar a pobre criancinha doente com o mesmo nome e a mesma idade de sua irmã desaparecida. E estava certo. Foi a história da minha neta que o convenceu a me ajudar.

– Interessante essa sua maneira de colocar as coisas, Fairfax. *História*?

Fairfax riu.

– Como preferir colocar. Uma invenção. Uma mentira, se quiser que eu seja completamente honesto. Não existe nenhuma Ruth. Não há nenhuma menininha à beira da morte. E, lamento, não há redenção para você, Benedict.

Fairfax levantou-se e caminhou até um móvel. Ele levantou a tampa de uma caixa e tirou dela um pequeno cálice de ouro.

– Não, nenhuma garotinha morrendo – repetiu. – Só um homem velho que deseja uma coisa acima de tudo. – Ele olhou com ar sonhador para o cálice. – Não tem ideia de como é a sensação, Benedict, de se aproximar do fim de uma vida como a minha. Conquistei muitas coisas importantes e construí grande riqueza e poder. Não suporto pensar em deixar meu império nas mãos de homens menos competentes do que eu, homens que o dilapidariam e arruinariam. Teria morrido infeliz e frustrado. – Ele levantou o cálice como se propusesse um brinde. – Mas agora minhas preocupações acabaram, graças a você. Serei o homem mais rico e mais poderoso da história, com todo o tempo do mundo para realizar minhas ambições.

A porta se abriu e Alexander Villiers entrou na sala. Fairfax olhou para o assistente que se aproximava deles. Villiers sorriu ao tirar do bolso um revólver Taurus 357, que apontou para Ben.

Fairfax riu. Depois, levou o cálice aos lábios.

– Gostaria de poder beber à sua saúde, Benedict. Mas receio que seja o fim da linha para você. Villiers, atire.

65

Villiers apontou o revólver para a cabeça de Ben. Fairfax fechou os olhos e bebeu com avidez do cálice de ouro.

– Antes de me matar, há algo que precisa saber – Ben falou. – O que acabou de beber não é o elixir da vida. É água da torneira do seu banheiro.

Fairfax baixou o cálice. Uma gota de água escorria por seu queixo. A expressão de satisfação desapareceu de seu rosto.

– O que disse? – ele perguntou devagar.

– Você ouviu – Ben respondeu. – Admito, você me enganou. Estava certo sobre mim. Não enxerguei suas mentiras. Foi brilhante, Fairfax. E quase deu certo. Não fosse por um pneu furado e pelo encontro com o homem que cuida do seu estábulo, você agora teria em mãos o elixir verdadeiro.

– Do que está falando? – Fairfax perguntou com a voz estrangulada.

Villiers havia baixado a arma. Seu rosto era sério, pensativo.

– Herbie Greenwood trabalha na sua propriedade há trinta e cinco anos – Ben continuou. – Mas nunca ouviu falar em nenhuma Ruth. Você nunca teve filhos, Fairfax, muito menos netos. Sua esposa morreu sem ter procriado. Jamais houve uma menininha aqui.

– O que fez com o verdadeiro elixir? – gritou Fairfax. Ele jogou longe o cálice de ouro, que caiu com um som metálico e rolou pelo chão.

Ben levou a mão ao bolso e tirou dele a pequena garrafa de vidro que ganhara de Antonia Branzanti.

– Aqui está – disse.

E antes que os dois homens pudessem detê-lo, ele arremessou a garrafinha dentro da lareira. Ela se quebrou em milhares de fragmentos contra a grade de ferro, e as chamas ganharam força por um instante quando o álcool contido no conservante da mistura pegou fogo.

– E agora, o que acha disso, Fairfax? – Ben perguntou fitando-o nos olhos.

Fairfax virou-se para Villiers com o rosto pálido.

– Leve-o daqui e tranque-o – ordenou em tom frio, quase sem conseguir conter a fúria.

– Por Deus, Hope, você vai falar.

Villiers hesitou.

– Villiers, ouviu o que eu disse? – Fairfax gritou, o rosto passando da total palidez ao vermelho intenso.

Villiers levantou o revólver novamente. E se virou para o empregador, apontando a arma para ele.

– Villiers, o que está fazendo? Ficou maluco? – Fairfax recuou assustado.

– Ele não ficou louco, Fairfax – disse Ben. – Villiers é um espião. Ele trabalha para a *Gladius Domini*. Não é verdade, Villiers? Você é o informante. Tem relatado cada um dos meus movimentos ao seu chefe Usberti.

Fairfax havia recuado até a lareira, onde o fogo crepitava e rugia atrás dele. Tinha os olhos suplicantes, e a calça estava molhada de urina.

– Pago quanto você quiser – choramingou. – *Qualquer coisa*. Pense bem, Villiers, vamos trabalhar juntos. Não atire.

– Não trabalho mais para você, Fairfax – Villiers respondeu. – Trabalho para Deus. – Ele apertou o gatilho. O estouro da Magnum 357 abafou o grito de Fairfax.

O velho rasgou as próprias roupas quando uma mancha vermelha começou a se espalhar rapidamente por sua camisa branca. Ele cambaleou, segurou-se à cortina e a arrancou.

Villiers atirou novamente. A cabeça de Fairfax foi projetada para trás, e um pequeno buraco surgiu entre seus olhos. O sangue espirrou na parede. Os joelhos dele se dobraram e o homem caiu sem vida no chão, ainda agarrado à cortina. Uma das pontas do tecido caiu dentro da lareira, e as chamas devoraram-no rapidamente.

Antes que Ben pudesse saltar por cima da mesa de jantar, Villiers havia se virado e apontava a arma para o outro lado da sala.

– Pare onde está.

Ben contornou a mesa e caminhou com passos determinados na direção de Villiers, observando suas reações. Percebia que o homem estava nervoso, porque suava muito e respirava um pouco mais depressa do que o habitual. Provavelmente, nunca havia atirado em ninguém antes, e estava sozinho agora em uma situação muito difícil. Villiers não contava com esse desfecho, e sua organização estava em frangalhos, sem condições de mandar reforços ou ajudá-lo. Mas um homem nervoso podia ser tão letal quanto um confiante. Talvez até mais.

Ele levantou a arma e a apontou para o rosto de Ben.

– Pare onde está – ordenou. – Vou atirar.

– Vá em frente, me mate – Ben respondeu calmo. E continuou andando. – Mas, depois disso, é melhor começar a correr. Porque, quando seu chefe sair da prisão, ele vai encontrá-lo e torturá-lo de maneira que você nem pode imaginar por ter perdido o troféu que ele queria. Atire em mim, se quiser, mas é melhor atirar em você também.

As chamas se alastraram da cortina para o tapete. A calça de Fairfax queimava. Um cheiro enjoado de fumaça e carne queimada exalava na sala. O fogo lambia a lateral do sofá, espalhando-se rapidamente pelo estofado.

Villiers havia recuado e agora estava bem perto das chamas. A mão que segurava a arma tremia.

– Só tem um problema – Ben continuou. Sentia a raiva crescer como uma luz branca e fria. Olhando para Villiers, continuava avançando com firmeza em sua direção. – Não vai conseguir me levar vivo, não sem ajuda. Vai ter que puxar esse gatilho, porque, se não atirar, eu vou matar você agora. De qualquer maneira, você é um homem morto.

Villiers pressionou um pouco mais o gatilho, o rosto coberto pelo suor. O martelo do revólver se moveu, recuou. Ben via a ponta arredondada girando e se encaixando, pronta para se alinhar quando o martelo voltasse à posição e empurrasse a haste que explodiria o cartucho que abriria um buraco em sua cabeça.

Mas conseguira encurralar Villiers exatamente onde queria, bem perto e sem espaço para continuar recuando. Um golpe repentino atingiu o pulso do adversário. Villiers gritou de dor e a 357 caiu no fogo. Ben se moveu novamente, e o chute atingiu em cheio o estômago de Villiers, jogando-o em cima da armadura. As peças desmoronaram com um barulho estrondoso, e a espada rolou pelo chão de pedra. Villiers se arrastou desesperado tentando pegar a espada caída e, quando a alcançou, fez um movimento com a lâmina larga e poderosa na direção de Ben. Rápido, Ben se abaixou e a lâmina atingiu um armário antigo, derrubando recipientes de cristal que continham conhaque e uísque. Uma onda de fogo se espalhou pelo chão.

Villiers investiu novamente, balançando a espada de um lado para o outro. Ben recuou, mas tropeçou no cálice de ouro que Fairfax havia jogado no chão. Ele escorregou, caiu e bateu com a cabeça no pé da mesa de jantar.

A espada desceu novamente, cortando o ar e tentando atingi-lo. Atordoado com o tombo, ele rolou para o lado no último instante, e a lâmina acertou a mesa. Pelo canto do olho, Ben viu alguma coisa brilhando e estendeu o braço para pegar o objeto.

A fumaça negra ficava mais densa e o fogo se espalhava pela sala, incontrolável agora que tudo em seu caminho explodia em chamas. O corpo de Fairfax queimava da cabeça aos pés, coberto pelas roupas que agora eram pouco mais que retalhos de carbono, a carne torrando.

A silhueta de Villiers surgiu contra as chamas e ele levantou a espada para o golpe final. A luz do fogo cintilava na lâmina. Os olhos dele refletiam um triunfo animal.

Ben se contorceu e ergueu parcialmente o corpo. O braço descreveu um arco. Alguma coisa se moveu na fumaça entre eles.

Villiers parou. Os dedos afrouxaram sobre o cabo da espada. A lâmina caiu pesada no chão. Ele balançou, deu um passo para trás, depois outro. Os olhos se reviraram e o corpo de costas nas chamas. Oito centímetros de aço e o cabo de ébano da faca de entalhe podiam ser vistos cravados bem no meio de sua testa.

Ben levantou-se cambaleando. Toda a sala ardia em chamas ao seu redor. Podia sentir a pele encolhendo, murchando em decorrência do calor. Ele agarrou uma cadeira da mesa de jantar e a arremessou contra uma janela alta. A vidraça de dois metros e meio de altura se estilhaçou. O ar entrou na sala e o fogo alcançou proporções infernais. Ele viu uma brecha entre as chamas e reuniu todas as forças que ainda tinha para conseguir correr. Quando se lançou pelo espaço aberto na janela quebrada, sentiu um caco de vidro rasgando-lhe o antebraço. Ele caiu na grama e rolou, levantando-se rapidamente.

Meio cego com a fumaça e segurando o braço ferido, afastou-se cambaleando da casa e desceu a rampa do jardim na direção do parque em volta da propriedade. Lá, apoiou-se a uma árvore para tentar recuperar o fôlego, tossindo e arfando muito.

Chamas brotavam das janelas da residência de Fairfax e uma grossa coluna de fumaça subia para o céu como uma torre negra. Ele assistiu por alguns minutos ao fogo incontrolável consumindo a mansão. Depois, quando sirenes distantes se aproximaram, virou-se e desapareceu no meio das árvores.

66

Ottawa, dezembro de 2007

O avião pousou no pequeno aeroporto de Ottawa, no Canadá, com um guincho dos pneus no asfalto. Algum tempo depois, Ben desembarcou no ar frio e puro. Flocos de neve dançavam em torno dele quando embarcou no táxi que esperava por passageiros do lado de fora. A versão de Sinatra para a canção "*I'll Be Home for Christmas*" tocava no rádio, e uma fina tira de papel lustroso colorido pendia do espelho retrovisor.

– Para onde, amigo? – perguntou o motorista, virando a cabeça para olhar para ele.

– Campus da Universidade de Carleton – disse Ben.

– Veio para o Natal? – o motorista indagou enquanto dirigia o automóvel pela rampa de saída, descrevendo uma curva suave para entrar na estrada ladeada por bancos de neve.

– Estou só de passagem.

O teatro do prédio de ciências da Carleton estava repleto quando Ben chegou. Ele encontrou um assento vazio na fileira do fundo do auditório em declive, perto da saída central. Ele e outros trezentos alunos estavam ali para ouvir uma palestra de Biologia. Os doutores D. Wright e R. Kaminski falariam sobre os *Efeitos dos Campos Eletromagnéticos Fracos na Respiração Celular*.

Havia um rumor de conversas abafadas no teatro. Todos os alunos seguravam blocos e canetas para fazer anotações. No pequeno palco lá embaixo, foram providenciados uma pequena mesa de palestrante e duas cadeiras, dois suportes para microfone, um projetor de *slides* e uma tela. Os palestrantes ainda não haviam aparecido.

Ben não tinha o menor interesse no assunto da palestra. Mas tinha grande interesse na dra. R. Kaminski.

O teatro ficou em silêncio e algumas pessoas aplaudiram discretamente quando os dois palestrantes, um homem e uma mulher, subiram ao palco. Eles ocuparam suas posições em lados opostos da mesa. Apresentaram-se para a plateia falando ao microfone, e a palestra começou.

Roberta agora estava loura e usava os cabelos presos em um rabo de cavalo. Sua aparência era a de uma cientista séria, exatamente como quando a conhecera. Ben ficou satisfeito ao ver que ela seguira seu conselho e mudara de nome. Havia sido difícil localizá-la – um bom sinal.

Em torno dele, os alunos atentos e concentrados faziam anotações. Ben afundou um pouco na poltrona, tentando passar despercebido. Não conseguia entender nada do que ela dizia, mas, pelos alto-falantes, o som da voz dela e o ruído suave de sua respiração pareciam tão próximos que ele quase podia senti-la tocando-o. Até aquele momento, não havia percebido exatamente o quanto queria reencontrá-la, e como sentira saudade dela.

Ao embarcar para o Canadá, já sabia que essa seria a última vez que a veria. Não planejava ficar por muito tempo. Só queria ter certeza de que Roberta estava bem e segura e despedir-se dela em privacidade. Antes de ir para o local da palestra, deixara-lhe um envelope sobre a mesa da recepção. Era a agenda de endereços de capa vermelha e um bilhete contando que havia voltado da França e estava bem.

Ele observou o outro palestrante, Dan Wright. Podia perceber pela linguagem corporal do homem – a maneira como ele parecia querer ficar perto dela no palco, o jeito como assentia e sorria quando ela estava falando, como seus olhos a seguiam quando ela se movia entre o palanque e a tela – que ele gostava de Roberta. Talvez gostasse muito. "Ele parece ser um cara decente", pensou. O tipo de homem que Roberta realmente merecia. Estável, confiável, um cientista como ela, um homem de família que seria um bom marido, um bom pai.

Ben suspirou. Havia feito o que planejara fazer, concluíra o que pretendia realizar ali. Agora esperava uma chance para ir embora. Assim que ela se virasse de costas para a plateia por alguns segundos, sairia discretamente.

Não foi fácil. Havia vislumbrado em pensamento esse momento um milhão de vezes nos últimos dias. Mas agora que estava diante dela, ouvindo sua voz pelo sistema de alto-falantes, não conseguia se imaginar indo embora, embarcando no próximo voo de volta para casa, partindo para nunca mais vê-la.

"Mas tem que ser assim?" E se não fosse embora? E se ficasse? Haveria uma chance para eles, poderiam viver juntos? Essa história precisava realmente acabar assim?

"Sim, essa é a melhor alternativa. Pense nela. Se a ama, precisa ir embora."

– ... e o efeito biológico dessa forma ondular EM pode ser ilustrado por este diagrama – Roberta estava falando. Com um sorriso para o dr. Wright, ela pegou o *laser pointer* da mesa e virou-se para apontar o raio vermelho para a imagem mostrada na tela atrás dela.

Roberta ficou de costas por alguns segundos. "É isso", Ben pensou. E respirou fundo, tomando a decisão. Rápido, levantou-se e caminhou para a saída andando rapidamente pelo corredor central.

Quando ele começava a percorrer o corredor, uma jovem ruiva levantou a mão para fazer uma pergunta.

– Dra. Kaminski?

Roberta virou-se para a plateia.

– Sim? – disse, procurando a mão erguida.

– Será que pode, por favor, explicar a conexão entre os níveis elevados de endorfina e a mudança no ciclo das células de linfócito T?

Ben passou pela porta e continuou caminhando para a saída do prédio. O ar frio o atingiu em cheio quando ele chegou à rua.

– Dra. Kaminski...? – A jovem ruiva repetiu intrigada.

Mas Roberta não ouvira a pergunta. Olhava fixamente para a saída, para a porta por onde acabara de ver alguém sair.

– Eu... sinto muito – ela murmurou distraída ao microfone, e o cobriu com a mão provocando um ruído abafado que ecoou pelos alto-falantes. – Dan, assuma a palestra – sussurrou ansiosa para o perplexo dr. Wright.

Então, com a plateia explodindo numa confusão de comentários e curiosidade, Roberta pulou de cima do palco e correu pelo centro do teatro, em direção à porta. Alunos se viraram nos assentos para acompanhar a passagem da cientista. No palco, Dan Wright estava boquiaberto.

Ben desceu correndo a escada do edifício de fachada de vidro e atravessou com passos apressados o campus coberto de neve, levando com ele um coração pesado. Flocos gelados flutuavam à sua volta descendo do céu cinzento. Ele levantou a gola do casaco, cobrindo o pescoço. Por um espaço entre os prédios quadrados que formavam um quadrilátero em torno das extremidades do campus, ele viu a estrada distante, o estacionamento da universidade e um ponto de táxi. Alguns carros esperavam em fila, as janelas e o teto cobertos de gelo.

Ele respirou fundo e continuou caminhando na direção dos automóveis. Um avião passou por cima do campus com um ronco ensurdecedor, tinha acabado de decolar do aeroporto próximo dali. Chegaria lá em dez minutos, e teria tempo de sobra antes de embarcar.

Roberta passou pela porta do prédio e correu para fora, para a neve, olhando para o campus do alto da escada. Seus olhos localizaram a silhueta ao longe, e ela soube imediatamente que era ele. Ben estava quase chegando ao ponto de táxi. O motorista estava fora do carro, abrindo a porta de trás para ele. Roberta sabia que, se ele entrasse naquele automóvel, nunca mais o veria.

Ela gritou seu nome, mas a voz foi abafada pelo estrondo repentino de um 747 sobrevoando Carleton, exibindo na cauda a folha de *Acer*, símbolo do país, e da Air Canada.

Ben não a ouviu.

Ela correu, escorregando na neve seus sapatos delicados. Sentia o vento gelado esfriando as lágrimas quentes que lhe escorriam pelo rosto.

Roberta gritou o nome dele outra vez. E, ao longe, a silhueta ficou repentinamente tensa e parou.

– *Ben! Não vá!*

Ele a ouviu gritar muito longe e fechou os olhos. Havia na voz dela uma nota de desespero, quase um grito de dor, e ele sentiu um aperto na garganta. Devagar, virou-se e a viu correndo em sua direção pela praça deserta, os braços abertos, os passos deixando uma linha curva na neve.

– Vai entrar, senhor? – perguntou o motorista do táxi.

Ben não respondeu. A mão pousada na porta aberta do automóvel. Ele suspirou e empurrou a porta para fechá-la.

– Parece que vou ficar um pouco mais.

O motorista sorriu seguindo a direção do olhar de Ben.

– Parece que sim, senhor.

Inundado por uma série de emoções indefiníveis, Ben virou-se e caminhou na direção da mulher que se aproximava. Os passos foram ganhando velocidade, e um instante depois ele corria. Havia lágrimas em seus olhos quando disse o nome dela.

Eles se encontraram no limite da praça, e Roberta se atirou nos braços dele.

Ele a girou no ar.

Havia flocos de neve nos cabelos dela.

FIM

Nota do Autor

As referências à alquimia, ciência alquímica e história feitas neste livro são baseadas em fatos. O misterioso Fulcanelli realmente existiu. Acredita-se que ele tenha sido o maior alquimista de todos os tempos e guardião de importante conhecimento. Várias teorias ao longo dos anos especularam sua verdadeira identidade, mas esse conhecimento ainda é tão misterioso hoje quanto sempre foi. O enigma de Fulcanelli cativou a imaginação de artistas diversos, entre eles o mestre do cinema de terror italiano Dario Argento, que apresentou um personagem alquimista baseado em Fulcanelli em seu filme *A Mansão do Inferno*, de 1980, e Frank Zappa, que escreveu uma canção chamada *But Who Was Fulcanelli?* (Mas Quem Foi Fulcanelli?). Mais recentemente, um personagem que pode ou não ter sido Fulcanelli surgiu na série *Sea of Souls*, da emissora britânica BBC.

A comunidade científica dos últimos três séculos, aproximadamente, recusou-se a levar a sério todo e qualquer ensinamento de alquimia. Porém, isso pode estar prestes a mudar. Em 2004, uma coleção de textos de pesquisa alquímica escritos por Isaac Newton, o pai da física clássica, foi descoberta depois de ter passado oitenta anos desaparecida. Cientistas da Imperial College, em Londres, acreditam que o trabalho alquímico de Newton pode ter inspirado parte de suas posteriores descobertas pioneiras nos campos da Física e da Cosmologia. Com a ciência moderna empurrando continuamente os limites da ignorância humana, torna-se cada vez mais claro que os antigos alquimistas realmente foram, nas palavras da dra. Roberta Ryder, os originais físicos quânticos.

Os detalhes históricos dos atos de genocídio cometidos pela Igreja

Católica e pela Inquisição são precisos e, na verdade, amenizados. A Cruzada Albigense do século 13 é, sem dúvida, um dos capítulos mais sombrios da história da Igreja Católica, um período de brutal derramamento de sangue e crueldade que se espalhou por todo o sul da França e cujo propósito era exterminar ostensivamente o pacífico e disseminado movimento cristão conhecido como Catarismo, por ordens expressas do Papa Inocêncio III. É claro que os verdadeiros motivos do Papa podem ter menos a ver com devoção religiosa do que com aquisição de terras e, especialmente, com o lendário tesouro perdido dos cátaros. Como a historiadora Anna Manzini escreve em *The Alchemist's Secret* (O Segredo do Alquimista), até hoje ninguém sabe que tesouros os cátaros guardavam ou o que foi feito deles.

Charles-Edouard Jeanneret, mais conhecido como Le Corbusier ou simplesmente Corbu, foi um dos mais criativos e inovadores arquitetos do século 20. Embora a "Casa do Corvo" e seu tesouro escondido tenham sido criados especificamente para este livro, é fato que Le Corbusier era considerado um dos últimos descendentes dos cátaros. Fascinado desde sempre pela filosofia esotérica, ele usou ativamente em seus projetos arquitetônicos o fenômeno geométrico conhecido ao longo da história como "A Proporção Áurea" e pelos matemáticos como pi. Esse fascinante princípio da natureza, que alguns cientistas acreditam governar a estrutura de todas as coisas, também foi valioso para os alquimistas da Antiguidade. A morte de Le Corbusier por afogamento em 1963 foi, de alguma forma, cercada de mistério.

Os incríveis desenhos geométricos entalhados na paisagem em torno de Rennes-le-Château no sul da França realmente existem, e podem ser traçados em um mapa para criar o mesmo desenho bizarro dos círculos gêmeos e das estrelas mencionado neste livro. Ninguém sabe quem o criou, ou quando. Esta história aborda de forma especulativa o incrível fenômeno da vida real para sugerir que ele poderia ter sido usado como um marcador secreto para apontar com precisão a localização do tesouro escondido. Até hoje Rennes-le-Château é um importante centro de convergência para os caçadores de tesouros!

Rudolf Hess, o famoso nazista e assistente de Adolf Hitler, era realmente membro da sociedade esotérica secreta conhecida como O Vigia (Les Veilleurs), que costumava reunir-se na década de 1920 em Paris, na mesma época que o alquimista Fulcanelli viveu lá, de acordo com a história. Nascido em Alexandria, Hess era mesmo fascinado pelo oculto e pela alquimia. Essa pode ter sido uma das causas do interesse de Adolf Hitler pelo assunto, e a possibilidade histórica de os nazistas terem realmente desenvolvido experimentos com o propósito de criar ouro alquímico para patrocinar seu esforço de guerra e o Reich de mil anos que eles planejavam estabelecer.

A *Gladius Domini* é fictícia. Porém, os últimos quinze anos testemunharam um repentino surgimento de organizações religiosas militantes fundamentalistas no mundo todo, principalmente cristãs, pregando intolerância e dogmas severos. O cenário mundial está preparado para uma nova era de guerras santas que podem superar de longe o horror das cruzadas medievais.

Espero que tenham gostado da leitura de *O segredo do alquimista* tanto quanto eu gostei de pesquisar o assunto e escrever o livro. Ben Hope vai voltar.

Scott Mariani